戲非戲246

雪中悍刀行

第一部

（四）

孤身行北莽

烽火戲諸侯　作

高寶書版集團

道門真人飛天入地，千里取人首級；佛家菩薩低眉怒目，抬手可撼崑崙。
誰又言書生無意氣，一怒敢叫天子露戚容。
踏江踏湖踏歌，我有一劍仙人跪；提刀提劍提酒，三十萬鐵騎征天。

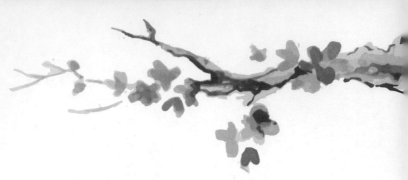

◆目錄◆

第一章　武帝城神仙鬥法　蓮花峰紅衣羽化

世子殿下一行人火速離開武帝城後，身分古怪的小蟲子掐指一算，臉色慘白，冷不丁跳下馬，在道路上打滾撒潑，眼淚鼻涕一大把，那撕心裂肺的可憐模樣，看著給人感覺就像是他那馬背上的採花賊老爹被正道人士給宰了似的。

徐鳳年已經從青鳥嘴裡得知有關城內鄧太阿飛劍殺人的神通，以及桃花劍神與小蟲子的交談，依稀猜出這「孩子」的荒誕背景。

小屁孩翻滾得滿身塵土，最後叉腰站在道路中央，面對西南方向，抹去鼻涕淚花，破口大罵道：「他娘的洪洗象這王八蛋做事不地道，你跟咱們龍虎山較勁做啥，不就當年天師府沒讓你喜歡的女子上山燒香嗎？後輩打鬧，你這修道幾輩子的老傢伙賭氣什麼？別他娘的以為你是呂老祖，貧道就不敢說話啊，當然，貧道是在與你講道理，千萬別找我打架！九朵氣運蓮花啊，九朵啊！貧道就那麼點家底，都給你老人家折騰沒了，貧道勤儉持家了一輩子，容易嗎？容易嗎！」說到最後，一口一個「貧道」的小孩就抽泣哽咽起來，小肩膀顫顫聳動，當真是聞者落淚、見者傷心。

徐鳳年一臉幸災樂禍，遙遙看了眼人頭攢動的東海，就當是苦中作樂了。他策馬來到龍宇軒身邊，笑問道：「不安慰下你兒子？」

無地自容的龍宇軒手足無措，臉部抽搐，滿頭冷汗。還兒子什麼啊，能被新劍神尊稱老神仙的瓜娃子，讓他認爺爺都占天大便宜了。

關鍵是那小孩要死不死這會兒轉頭朝龍宇軒喊了一聲「爹」，龍宇軒泥菩薩也有火氣，立馬回了一句，「老祖宗，別玩小的了，我喊你親祖宗行不？」

小蟲子白眼道：「喊你『爹』你就是爹了？那我去京城喊皇帝『孫子』，他就真是我孫子了？瞧你這點出息！」

龍宇軒差點一口血噴出來，若非顧忌他的隱蔽身分，他就要下馬去把這小王八蛋吊起來打。

徐鳳年瞧了一眼這對歡喜冤家，視線最終定格在小蟲子那張稚嫩的臉龐上。

以往流覽道教典籍曾見到類似「年逾百歲而貌如嬰兒」的描寫，以此描繪道門仙人的神異，三才相見結真嬰，應了新劍神鄧太阿所謂的返璞歸真。察覺到世子殿下投來的晦暗眼神，小蟲子拍拍屁股，擺出高人風範，習慣性去撫鬚，摸了兩下，都摸空了，才想起破關而出的自己體態才是稚童，哪來的鬍鬚可以裝腔作勢。

他訕訕一笑，也不矯情隱瞞，大搖大擺走到龍宇軒身邊，爬回馬背，與世子殿下齊頭並進，說道：「貧道龍虎山趙宣素。」

徐鳳年雖說早有心理準備，但聽到這小色胚自報家門以後，還是心神一顫。當代道教祖庭四位天師，兩位老天師趙希翼、趙希摶是希字輩，不光是在天師府趙家譜牒中高高在上，在天下道統裡的位置也是名列前茅，德高望重。希字以後是丹，故而趙丹霞、趙丹坪兄弟是丹字輩，接下來是靜字輩。龍虎山除去趙希翼、趙希摶，也還有一些閉關不出的希字輩老真人，只不過要麼並非天師府嫡傳，要麼本事平平，遠不如兩位老天師出名。但比希字輩高了兩個輩分的宣字輩，山外從未有人聽說。古稀已是世間年邁歲數，徐鳳年眼前這位，保守估計都活了兩個古稀。

世子殿下策馬上了一處高坡，似乎打定主意要在這裡等候老劍神李淳罡，自稱宣字輩龍虎真人的小孩子皺眉道：「不走了？離得如此近，就不怕李淳罡再度敗給王仙芝，到時候你可就要吃不了兜著走。鄧太阿在武帝城中殺人且贈劍，分明就用了心思。」

徐鳳年眺望海面，默不作聲。那只藏有十二枚飛劍的黃梨劍盒被他擱置在馬車上，對於拎桃花的鄧太阿，徐鳳年哪裡敢掉以輕心。鄧太阿以言行怪誕著稱於世，真真假假，要是這傢伙挖了個坑，徐鳳年總不能缺心眼得二話不說就跳下去，還把自己活埋了。

當初靖安王趙衡送了一本王仙芝的刀譜，徐鳳年同樣沒急著去練，還是需要等回到北涼給白狐兒臉鑒定以後，確認有利無害才下手。萬一練著練著一開始日行千里，緊接著就筋脈爆裂，武功盡廢，徐鳳年找誰訴苦去？

◆

東海海面一戰，雷聲大雨點更大，翻江倒海，劍幕漫漫。看得紮堆在海畔的武帝城眾人瞠目結舌，不承想世間武夫還能如此打鬥。

幾十名想近觀的江湖人士被罡氣與劍氣攪爛得屍骨無存。

武帝城城主王仙芝白鬚白髮，一襲黑袍，身形高大魁梧，赤腳負手而立於怒濤之上，任由一千九百劍層層蜂擁激射，在三丈以外折斷，墜入海中。八百飛劍以後，才堪堪推進至兩丈距離，又六百劍，終於抵達王仙芝一丈距離。

充沛劍氣與剛猛罡氣交鋒，閃電交織，哧哧作響，刺人耳膜。再五百劍，刺在黑袍白髮的王仙芝身軀上，卻寸寸碎裂，王仙芝毫髮無損。

觀戰者本以為一千九百劍無功後，那羊皮裘老頭兒就要黔驢技窮，不承想老傢伙緩緩吐露「劍成」二字，墜海斷劍悉數浮出水面，彙聚熔爐變成一柄舉世無雙的巨劍，橫亙於兩人中間。

劍成時，天幕破裂，璀璨金光緩緩灑下。

貌不驚人的老頭兒朗聲笑道：「李淳罡此劍開得天門，殺得你王仙芝否？」

李淳罡一劍開天門。

開門見山，此山是崑崙。

山坡上一行人俱是看得心神恍惚，這才是真正的陸地神仙啊。

當舒羞、楊青風，甚至連青鳥都不由自主仰望東海巔峰決戰時，眾人耳畔傳來馬匹慘叫聲，以及拔刀鏗鏘聲。回頭一看，龍宇軒與小蟲子所坐的駿馬被攔腰「斬斷」，正觀戰興高采烈的龍宇軒坐在血泊中，一臉茫然，不知為何馬匹會從腰部折斷，如同一根筷子被人兩指掐去。更奇怪的是，龍虎山輩分嚇人的小祖師爺站在兩截駿馬屍體中間，面沉如水，而拔刀殺人的世子殿下繡冬被磕回後，連春雷都一併拔出。

相貌與年紀、心智嚴重不符的趙宣素那淺淡笑意有些瘆人，開口問道：「徐鳳年，你怎知貧道要對你出手？」

徐鳳年微笑道：「趙老天師，知曉你身分後，本世子就在想，老劍神李淳罡與新劍神鄧太阿境界相差無幾，為何李淳罡只覺得你來歷古怪，卻瞧不出你有神仙逍遙的境界？很簡單，在武帝城內，你已經對本世子動了殺心，洩露了氣機運轉的蛛絲馬跡，原本你想趁李淳罡不在場，讓本世子暴斃於武帝城六名武奴身前，好嫁禍給王仙芝，只是你千算萬算，沒算到鄧太阿同樣隱匿氣勢入城，撞破了你的身分。若是僅限於此，本世子對於高人一向敬仰得很，也不會拔刀相向。趙老神仙下山，認了龍宇軒做爹，本世子就當作是世外高人不可以常理揣度，嫌龍虎山太悶，要下山遊戲人間一趟。敢問趙老神仙，可是為了那枯萎的龍池九朵氣運蓮，澈底對本世子起了殺意，連耐心都沒了？」

趙宣素平淡微笑道：「山外、山上都說你是金玉其外、敗絮其中的草包，貧道此行親眼相見，委實有些替小世子打抱不平。」

徐鳳年也不藏著掖著，瞇眼道：「再者老神仙興許不知道，到龍虎之前，在那匡廬山，本世子曾與那趙黃巢打過交道，方才老神仙真情流露，在地上一番肺腑之言，別人不知輕重，本世子可是聽得冷汗直流啊。」

趙宣素笑了笑，橫臂伸手，一氣化玄，將如臨大敵的便宜老爹給吸納到稚嫩掌心，砰一聲，龍宇軒整個人如雪球炸開，屍體墜地，比那分屍馬匹還不堪入目。這位很符合千年王八萬年龜比喻的道士只是盯著世子殿下，瞧也不瞧那死不瞑目的龍宇軒，只是輕淡感慨了一句：「人生無常，福禍相依。」

徐鳳年同樣沒有絲毫震驚，更沒有轉過頭看那名才成北涼客卿便暴斃他鄉的採花賊。他連嘴角滲出的血絲都不去擦拭，俯視著那名龍虎山老祖宗，好奇問道：「本世子只僥倖猜到老神仙要出手，但至於為何要痛下殺手，還是有些不解，望老神仙解惑一二。」

趙宣素伸出雙手，往下一按，舒羞和楊青風兩位連人帶馬彷彿一瞬間都給萬鈞重壓給壓到地面，兩馬壓成肉泥，兩名北涼扈從苦苦支撐，七竅流血，對上這位龍虎山祖師爺，竟是毫無還手之力。

道人瞥了一眼東海海面，輕笑道：「世子要拖延時間，無妨。貧道何嘗不在等天門洞開時？李淳罡啊李淳罡，不愧是呂祖以後五百年劍道第一人。」

瀕死的舒羞口吐鮮血，趴在地面上，掙扎道：「殿下救我！」

徐鳳年置若罔聞，笑道：「怎的，老神仙身懷如此玄妙神通，還怕那虛無縹緲的氣運纏身，飛升不得？」

道人嘆息一聲，「如何不怕，事已至此，便與你說明白了。貧道趙宣素與羽化登仙不過一線之隔，甲子以前是如此，可惜甲子以後仍是如此。就如貧道方才擊斃龍宇軒，逃不過福禍相依四字，貧道所在天師府趙家，與那天子趙氏同姓，五百年因果糾纏，就好似那玄武圖騰龜纏蛇，兩者氣數早已混淆。

古人言，清官難斷家務事，便是貧道略懂氣運淵源，也梳理不清楚，清理不乾淨。入武帝城時，偶遇鄧太阿，貧道其實已淡了殺心，當你氣數粗壯，命不該絕，貧道也樂得當一隻縮頭烏龜，躲在龍虎山那一畝三分地。

可惜行至此地，李淳罡竟然劍開天門，貧道便是殺你，也可趁機飛升，你瞧，那便是天門。貧道曾與趙黃巢打賭，誰先飛升，誰便輸去一印，貧道一旦今日飛升，氣數報應，他老王八若敢收印，可就要去尋那趙黃巢了。至於你，徐鳳年，死於王仙芝眼皮底下，趙氏朝廷借徐驍的屠刀剮去武帝城這塊爛肉，惡人自有惡人磨，也算是貧道對百年老友趙黃巢的一點補償。」

徐鳳年嘖嘖稱讚道：「老神仙打得一手好算盤。」

趙宣素哈哈笑道：「貧道活了一大把年紀，道平平，臉皮卻厚。」他接著笑道：「奉勸你別奢望那邊兩位陸地神仙察覺此處異樣，貧道這點本事還是有的。」

一根剎那槍彎曲如弧月，當空掃下。

趙宣素身形不動，任由剎那槍砸中那具稚嫩身軀，但下一幕竟是青鳥吐血倒飛出去。

道人惋惜道：「女娃娃可惜了這副根骨。」

繼而望向世子殿下，似乎有些嘲諷，「你還沉得住氣？」

青鳥搖晃著站起身，剎那槍不曾脫手。

徐鳳年瞥眼見舒羞、楊青風都支撐得艱辛，擺手阻攔下試圖與道人拚死的青鳥，問道：「這裡的人都得死？」

趙宣素點了點頭。

徐鳳年呵呵笑道：「那讓我先來？」

趙宣素沒有任何廢話，瞬間縮地成寸，掠至徐鳳年身前，不給他拔刀格擋的機會，出招便是殺手。

「呵呵。」

趙宣素才要觸及世子殿下，有手刀詭異一刺而至。

便是境界高如趙宣素，也被這神出鬼沒的一招給擊退，他低頭一看，脖子上留下一道猩紅血槽。

抬頭看去，是一個笑容古板的姑娘。

趙宣素皺了皺眉頭，看見遠處劍開天門，撐開海天一線，分明已經到了最佳時機。他扭了扭脖子，身軀喀嚓作響，連綿不斷，發出如一大串黃豆爆炸的詭譎聲音。

趙宣素冷笑道：「不錯不錯，世子殿下有些道行，竟然迫使貧道喚出真身。」

道人骨骼血肉如老樹逢春，開始生長。

徐鳳年平淡道：「真人不露相，原來是這麼個說法。你這高人，可當真是不高，不說老劍神李淳罡，便是新劍神鄧太阿，都差遠了。」

趙宣素怒極，仰天大笑。

「侄子，這馬屁拍得一般。」

一道特有的醇厚嗓音悠悠由山坡底下傳來。

「贈劍在先，還了一半恩情，殺人在後，還了另外一半，救了你兩次。今日起，鄧太阿與你娘親吳素再不相欠。

真人不露相，露相不真人。哪裡是不高的高人，分明一輩子都活到狗身上去了，鄧太阿殺狗來了。

既然李老前輩劍成於東海，珠玉在前，鄧太阿也不好貽笑大方。

劍起！」

趙宣素第一次流露出驚慌神色，憤怒道：「鄧太阿，你如何知道此地變故！」

「鄧太阿養劍，世上如何知道臻於巔峰。」

站在十丈外的鄧太阿攤開手，微笑道：「蛾眉、朱雀、黃桐。」

「蚍蜉、金縷。」

「太阿。」

六柄小劍破盒而出。

分別釘在趙宣素天靈蓋、兩側太陽穴、三丹田。

「道教言大真人證得不朽，可叫大地平沉、山河粉碎，要不你讓鄧某開開眼界？」

肉體崩潰，趙宣素竟然強硬使出元神出竅！

如一道青虹掠向天門。

鄧太阿向前踏出一步，依舊不急不緩溫言笑道：「想要登仙？那也要問過鄧太阿的劍才行。」

「回來！」

六柄飛劍分明只是釘在趙宣素肉體上，卻在道人的出竅元神映射出六劍輪廓，金光綻放，竟是將那元神硬生生拽回了肉體。

徐鳳年二話不說，一刀將其劈成兩半，獰笑道：「老子讓你登仙！」

◆

見到龍虎山老祖宗那具返璞歸真如稚童的身軀被徐鳳年一刀砍成兩半後，趴在地上的舒羞眼中閃過一抹快意的猙獰。往年她在北涼王府寄人籬下，做了許多骯髒的人命買賣，也曾有數次命懸一線的險況，可都不曾像今天這般徒勞，面對那個一路行來武帝城始終以兒童面目示人的趙宣素，竟是連半寸衣袖都摸不著，就給抬手下壓的磅礴氣機壓得喘不過氣，七竅流血。此時見到世子殿下在鄧太阿劍仙神通輔佐下，一刀功成，只覺得通體舒泰，恨不得當場便以身相許了這位年輕世子。

她心知肚明，若非徐鳳年出聲，再有幾個瞬息時間，她與楊青風就要體內氣機與身體血肉一同炸開，屍骨無存。舒羞做不到陣亡於蘆葦蕩中的呂錢塘那般豁達，狗屁的生死有命、富貴在天，她才逃離北涼那架陰冷牢籠，甚至有望去代替裴南葦成為靖安王府的偽王妃，如何甘心死在這裡？她默念心法，順了順氣息，卻覺遍身痛徹，舒羞一張漂亮嫵媚的臉蛋難免顯得十分扭曲。

只是一波才平、一波又起，不等舒羞腹誹那趙宣素死相難看，就聽到桃花劍神的六柄飛劍嗡嗡作蜂鳴，看到的竟是登仙入天門不成的出竅元神沒了肉體依附後，依舊凝聚不散，反而好似沒了禁錮，飄懸在空中，一身廣博飄逸的黃紫道袍，所謂天人氣派，仙風道骨，不過如此了。

舒羞癡癡抬頭，望著那彷佛逍遙於天地的無根元神，一股懼意鋪天蓋地湧來。舒羞艱難扭頭，望向遙遙站立的鄧太阿，分成兩批出匣的十二柄飛劍，已經悉數水落石出，玄甲、青梅、竹馬、朝露、春水、桃花，蛾眉、朱雀、黃桐、蚍蜉、金縷、太阿，顯然在舒羞看來，能與龍虎山大真人趙宣素一戰的，不是過於年輕的世子殿下，只能是這位久負盛名的桃花新劍神。

舒羞緩過氣後，立即掙扎著起身，顧不得儀態，撅起翹臀，彎腰踉蹌後撤；楊青風倒是不畏死，在原地盤膝而坐，安靜調息。

徐鳳年握刀緩緩退後，瞇眼望著類似匡廬山巔那中年道人的趙宣素，譏笑道：「真是百足之蟲死而不僵，牛鼻子老道一個比一個貪生。」

望天門而不得入的趙宣素回首看向那片金光灑落的海面，眼神複雜。六柄短劍仍是插在六人竅穴上，宛若附骨之疽。飛劍入元神，燒灼出一陣嗤嗤聲響，好似熱水澆冰雪，可是趙宣素卻彷彿渾然不覺。

鄧太阿隨身攜帶的飛劍，自然不是尋常兵器，否則也無法傷害出竅神遊的真人元嬰。劍雖小，劍中蘊含的豪氣卻是深不見底。世人皆以為斬妖除魔是道門故弄玄虛的伎倆，其實不然，故而江湖武夫臻於化境，拿天人開刀試劍，卻也是法理之中。

鄧太阿永遠是一副散淡溫和的模樣，絲毫沒有正與一名陸地神仙對峙的覺悟，笑問道：「鄧太阿從未去過龍虎山，不知這六劍的見面禮對趙老天師來說，是輕了還是重了，甚是惶恐不安啊。」

雖然身處於險境，徐鳳年還是有點忍俊不禁，這鄧太阿的確不愧是個怪人、妙人，先是罵趙宣素是一條老狗，這會兒又裝模作樣寒暄客套，可言語裡分明沒有半點敬意，實在是打臉、損人至極。徐鳳年繼而感慨萬千，若鄧太阿沒了這份御劍玄通，如何能有眼下的處變不驚？舒羞、楊青風之流，不是連一個字都沒說出口就被趙宣素給鎮壓了？更別提那命途多舛的龍宇軒，才做了幾天便宜老爹，就被翻臉不認人的便宜兒子一招給化作齏粉。

這龍虎山確實與武當山大大不同，老掌教王重樓，可沒半點道門執牛耳者的架子，幾次見面，那份慈祥可親，並非僅僅因為自己是北涼世子。偌大一座道教祖庭，也就趙希摶算是個好人，難怪這位邋遢老道會抑鬱不得志，而是趙丹坪這類青詞宰相竊居高位，如日中天。

想到這裡，徐鳳年瞥了眼攔在身前的刺客，呵呵一笑的小姑娘，為了那千兩黃金，這名來歷神祕的少女當真是鑽銅錢眼裡就不肯出來了？連命都不管不顧了？先是天下第十一王明寅，再是大真人趙宣素，她的葫蘆裡到底賣什麼藥，到底是殺人還是救人？賈姑娘？姓都與甲諧音，徐鳳年曾密信一封傳遞給徐驍，詢問她是否是安插在自己身邊的死士，這般涉及徐鳳年生死安危的大事，徐驍親自寫信講明此女絕非那王府頭號死士，如此一來，徐鳳年就更摸不著頭腦，這姑娘小腦袋裡都裝的啥啊？若說她純粹只是一個小財迷，誰信？

至於一刀沒能讓趙宣素神魂皆散，徐鳳年心中失望肯定有，但稱不上有多驚奇震驚。天人手段，本就玄奇叵測，東海水面上那兩位，搬山倒海開天門，各顯神通，是何等驚心動魄！趙宣素雖說以武力論殺人，肯定遜色於王仙芝與李淳罡，但若說被世子殿下一刀就解決掉，那也太掉價了，好歹是在龍虎山上修行了常人幾輩子的臭老道。

趙宣素不出門便可知江湖，不下山便可知天下，他不沾塵世煙火氣地輕輕拂袖，便將命名蛾眉、朱雀的兩柄飛劍拂出兩大竅穴。

飛劍並未斷折，被逼迫以後，環繞老道人四周飛旋，趙宣素視而不見，輕聲笑道：「早前在山上聽聞鄧太阿劍術超出當世同輩劍客兩個境界，直追呂祖法劍，今日有幸親身領教，不枉此生。只是來而不往非禮，貧道也有微末雕蟲小技，想與鄧劍神切磋一二。」

鄧太阿問道：「老天師既然這一世登仙無望，肉身也被兵解，何不順水推舟，趁著元神尚且聚斂，找一戶好人家投胎去？」

說話間，趙宣素再揮袖，又將劍身呈現金黃色的金縷一劍逼出竅外，撫鬚灑然道：「老道年幼立誓不證大道去天庭覓一席之地，死便死了，不屑那道門九種屍解。」

鄧太阿也有閒情逸致，並未跟市井百姓那般痛打落水狗，而是平靜問道：「道門讖緯，號稱可以預決吉凶，料知上下五百年風雨，算天算地，算不得自己性命嗎？」

徐鳳年眼睜睜看著老道士第三次捲袖起風雲，將兩柄飛劍拍到空中，僅剩最後一柄太阿小劍。

趙宣素搖頭，沉聲道：「天道如一駕馬車，奔馳如急雷，有飛蛾在內悠閒盤旋，試問這飛蛾為何不會撞上車壁？」

鄧太阿一臉感慨萬千說道：「身在天地間，如何得逍遙。一步踏不出崑崙，一世活不過百年。」

徐鳳年聽得莫名其妙，更沒有醍醐灌頂的感觸，只知道這兩位高人都在蓄勢待發，準確來說是鄧太阿胸有成竹，自信到了自負的地步，任由趙宣素脫離六劍禁錮。那邊馬車內，姐弟倆中慕容桐皇掀起簾子觀戰，慕容梧竹膽子小，不敢張望，縮在角落瑟瑟發抖。

鄧太阿等到與他同名的小劍彈至空中，輕聲道：「天道如何，鄧某不去深思，可自從練劍以來，卻從不懷疑手中劍。」

眾人只看到殺人術舉世無雙的鄧太阿笑咪咪伸指一曲，繼而一彈。

十二柄小劍在他身前排列出一條直線，似乎要在天地間畫下一條鴻溝。

天地變色，聲勢幾乎不輸東海水面。

一彈指六十剎那，一剎那九百生滅。

這才是指玄精髓所在。

故而王仙芝曾言世間金剛境，唯有白衣僧人李當心一人得其精髓，天象氣魄被曹長卿分去八斗，而指玄一境，由鄧太阿奪魁。

一品四境界，境界有高下，但並不意味著代表武學成就高低，尤其是那些占得天時地利人和的三教聖人，哪怕入了陸地神仙境界，生死之戰，也未必是三教以外散仙的對手。再者，三教中素來重天道、輕武道，連呂祖飛劍千里取頭顱的神通都被視作奇巧末技，與大道不合，三教聖人不尚武，可見一斑。

鄧太阿微笑道：「劍陣取名兵解，本是鄧某為王仙芝準備，世事難料，卻用在了你的頭上，可惜了。」

趙宣素瞇眼道：「好一座開天闢地的雷池。貧道斗膽跨越，倒要看看鄧劍神能否兵解得了貧道！」

龍虎山老祖宗果真一踏而過。

劍陣如長虹。

出竅元神頓時被攪碎得無影無蹤。

一個瞬息，鄧太阿怒道：「趙老狗安敢如此投機取巧！」

鄧太阿來到世子殿下身後，拎住後領就要將徐鳳年往後丟出去，但饒是新劍神已經足夠警覺迅捷，仍是抵擋不住一條紫氣洪流傾瀉到徐鳳年身前。

依稀可聞趙宣素兵解前夕的遺言：「既然斬不斷氣數，貧道便取個巧，偷一次天機，將龍虎山劫數轉嫁在你小子身上！」

紫氣東來。

元神雖被劍陣攪爛七八，但仍有二三成紫氣湧入徐鳳年體內。

鄧太阿頭一次露出如此惱羞成怒的面容，天地寂靜，他大喝道：「趙宣素，鄧某要你天師府斷子絕孫！」

三清紫氣浩蕩，縈繞徐鳳年全身。

大劫臨頭。

鄧太阿懊惱到了極點，他熟諳道教許多偏門手段，這趙宣素分明是存心要以一已性命做代價讓徐鳳年身死運消。鄧太阿雖說自視殺人罕逢敵手，但這世間就數因果氣運一事最捉摸不定。他與徐鳳年的因緣極淺，其實在王妃吳素逝世以後，不過剩下當年習劍少年的一個口頭承諾而已，在東海武帝城內外兩次出劍，便已償還乾淨。

這紫氣剎那間便與徐鳳年融洽十之八九，鄧太阿再神通廣大，總不能連氣機都斬斷，哪怕退一步，他願意承受這份劫數，卻是有心無力，汲取不了那道氣數。這也是鄧太阿最惱恨趙宣素的地方，身為道門真人，竟是如此下作歹毒！

呵呵姑娘轉身怔怔望著眉心那一枚紅棗由紫轉黑的徐鳳年，笑了笑，卻不是幸災樂禍，反而有些淒婉。這份陌生情愫，恐怕連黃三甲見到都要震驚。

她踮起腳尖，伸手去撫摸世子殿下發黑的印堂。

饒是鄧太阿都一愣，終於還是沒有阻攔。

◆

北涼寒苦。

那一年冬雪，有一個小女孩跪在路旁，賣身葬母。她出身市井底層，她爹嗜賭成性，原本還算溫飽殷實的小門小戶，幾年下來便輸得傾家蕩產。女兒呱呱墜地後，她爹與小家碧玉的娘子發誓不再賭博，甚至自己剁去一根手指，卻仍是拗不過賭癮。

自那個孩子記事起，每日所見便是她爹威脅要將她賣掉，來要脅她娘親去做私娼野妓，酗酒肆意打罵娘兒倆，便是他最大的出息。

當她在困苦日子裡越發長大，娘親容顏逐漸凋零，掙錢越少，女孩總無法忘記那些粗鄙男子提著褲腰帶從漏風茅屋裡走出，丟給她爹十幾顆銅板時，那個男人彎著腰接錢的諂媚笑臉。後來娘親在知道男人鐵了心要將女兒販賣後，病入膏肓的她換上了箱底最後一身素潔衣裳，以挖野菜為由支開女兒，煮了一鍋放入砒霜的米粥。

等到女孩回到家時，那個自她懂事後便沒喊過爹的男人已經屍體冰冷。一小鍋粥，才六碗的分量，他只管自己吃飽，一口氣喝了五碗，自然死得快，而那位才喝了一碗粥的女子，臨死前抱著女兒，流血也流淚，說不出話來。

十指凍瘡綻裂出血的小女孩清洗娘親的臉龐後，將她放入草席，不看一眼那男子，來到涼州城內，跪在卷席一旁。這場景，在北涼的冬日，人們早見怪不怪，所以不需要用木炭寫下什麼，也不需要她吆喝哭訴什麼。可是誰願意為了一個衣衫單薄的骯髒小女孩，去攤上這種需要耗費不少碎銀的晦氣事情？

道路上是鮮衣怒馬，貂裘尤物。

沒有誰會多看一眼興許熬不過這個冬天酷寒的小女孩。

幾個在她家掏過錢、進出過茅屋的潑皮漢子經過，一腳踢開了草席，露出小女孩她娘的屍體，她立刻趴在娘親身上。他們說她娘親是個髒女人，隨便拋屍野外就是了。她哭著說她娘一點都不髒，他們便去踩踏屍體，小女孩一口咬住其中一個無賴的腿，結果被扯住頭髮提起，一拳砸在她肚子上，問她到底髒不髒，她每說一次不髒、每搖一次頭，就挨一拳。她那會兒才多大，經得起幾下打？可路人冷漠，沒有誰會搭理這些，倒是許多人閒來無聊，看得津津有味。

後來，一輛豪奢馬車途經那裡，約莫是聽到了吵鬧，一名穿著華貴白裘的少年世家子不知怎麼便走下了馬車，來到她身前。他身邊站著一個滿眼嫌棄摀住鼻子的漂亮女子，他問她，她娘親與身邊女子誰更好看，嘴角滲出血絲的小女孩給了一個讓旁觀者哄然大笑的答案，那名陪伴在世家子身邊的狐媚女子丟了顏面，眸子裡滿是怒氣寒意。

荒唐名聲傳遍北涼的少年世家子卻沒有任何表情，他從身邊玩物女子頭上摘下一根才送出去的珠釵，釵子尾端掛著一顆碩大珍珠，小女孩不懂什麼一分圓、一分珍，不懂什麼珍珠一寸值千金，只看到那人蹲下身，將珠釵子插在她娘親頭上，問她好不好看，小女孩哭著說好看。他摸了摸她的腦袋，呵呵笑了笑，沒有說話。

他回到馬車，揚長而去，再以後，便馬上有人安葬了她娘親。

那個冬日，小女孩跪在墳頭，遇到了黃龍士。

這些年，她除了殺人，唯一的愛好就是收集釵子。

今年襄樊城外，她殺了那個什麼天下第十一，誰要當年那名少年世家子死，她便要誰死，管你是一品高手還是陸地神仙？對她而言，這是唯一的道理。

◆

「十步殺一人，千里不留行。事了拂衣去，深藏身與名。」這首膾炙人口的遊俠詩篇，點睛在於那個「殺」字，若是修改成「救」字，顯然不倫不類。此時病懨懨坐在馬車內的世子殿下，心情就十分古怪。

呵呵姑娘，即那個豢養大貓做寵物的賈姑娘，原本以為就算不是國仇家恨，也是冷血無情的超一流刺客，怎麼都不會出手相救，拿自己的身體移花接木過去趙宣素的三清劫數。

前幾日在東海坡頂，徐鳳年體內猶如一座煉丹熔爐，鼎沸異常。與外丹以金石藥材做餌不同，內丹是熔化精氣神，其中凶險，絲毫不遜色於趙老道的殺招，趙宣素的紫氣東來與王重樓的大黃庭，形同兵戈相向。

徐鳳年陷入昏迷，幾近瀕死，等他醒來，從青鳥嘴中得知是呵呵姑娘救了他一命，引得紫氣逆行入她身，然後她便脫身離去，並未留下隻言片語。

桃花劍神讓青鳥給他這位遠房侄子留下兩句話，說是他已抹去十二劍祕法禁制，需要新主子飲血飼養，短則三年，長則十年，可以生出靈犀，只要氣機充沛，學上一門上乘馭劍術，便能牽引駕馭十二劍。他當年欠下徐家或者說吳素的授業救命之恩，就算兩清，以後能不見便不再相見。

◆

羊皮裘李老頭掀開簾子彎腰走入車廂，懶洋洋靠著車壁坐下。

徐鳳年瞥了一眼，東海一戰如何收官，只聽說是不勝不敗，誰都沒能瞧出端倪。

王仙芝為老劍神開海送行，給足了顏面，顯然當年半柄木馬牛之恩，在武道最高峰上屹立不倒一甲子的王老怪始終不曾忘卻，這讓徐鳳年對那武帝城主生出丁點兒好感。

老劍神看見繪有百鳥朝鳳圖棉毯上擺有一只黃梨木盒，便很不客氣地打開劍盒，分明劍氣森森，但到了羊皮裘老頭嘴裡卻是：「娘娘腔，繡花針。這姓鄧的晚輩是個娘們兒不成？」

傷勢由內而外蔓延的徐鳳年臉色蒼白，膝蓋上蓋了一塊西蜀天工小緞毯，除此之外車內還新添了一座暖炭爐。如今尚未入冬，可見此時此刻世子殿下是何等虛弱，他苦笑道：「幸好鄧太阿沒在場，要不然前輩你還得打一架。」

李淳罡伸手脫了靴子，愜意摳腳，吹鬍子瞪眼道：「咋的，老夫打不過王仙芝，還打不過鄧太阿？」

徐鳳年挑了挑眉頭，小心翼翼問道：「東海之上，前輩輸了？」

李淳罡撇了撇嘴，直截了當道：「老夫輸了便是輸了，有什麼好藏著掖著的。王仙芝這些年就沒落下過境界，修為一直穩步上升，底子打得扎實，悟性又好，老夫打不過王仙芝也不奇怪。不過那場架，王仙芝僅實打實出了九分氣力，他若傾力一戰，恐怕只有五百年前的呂祖才鎮得下這匹夫，老夫還差些火候。可惜你小子沒瞧見他讓東海之水立起的場景，很能嚇唬門外漢。」

不顧世子殿下心中震撼，老劍神又將視線投注在劍盒上，這一次沒有言辭刻薄，而是輕聲感嘆道：「這十二柄袖珍飛劍，被抹去了禁制，差不多算是半死之物，還能存有眼下的劍意，殊為不易。養劍與飛劍，鄧太阿確實天下第一，不愧是能讓吳家劍塚顏面掃地的劍道天才。不過叫青梅竹馬、春水桃花什麼的，真是酸掉老夫的大牙，比起木馬牛，差了十萬八千里。劍道劍術，道術之爭，看似水火不容，其實術到極致，與道無異。鄧太阿是聰明人啊，跟王仙芝的以力證道，有異曲同工之妙，這樣的江湖，才有意思。」

徐鳳年神情古怪。羊皮裘老頭兒摳腳摳舒坦了，便伸手重新闔上劍盒，看得徐鳳年一陣頭疼，虧得眼前這位是李淳罡，才能如此對待鄧太阿所贈劍盒，擱在一般江湖豪俠身上，還不得將這小盒子高高供奉起來。

李淳罡約莫是瞅見世子殿下的眼神，沒好氣道：「你小子可曾聽說地不知寒人要暖，少奪人衣作地衣？」

徐鳳年再不學無術，但這句針砭時弊的詩句淺顯易懂，還是清楚聽出了其中的諷刺。他低頭看到一寸一金的名貴毯子，愣了愣，自嘲道：「老前輩憂國憂民，果然大俠大宗師。」

羊皮裘老頭對這小子的溜鬚拍馬無動於衷，掏了掏耳屎，嘖嘖道：「聽聞趙宣素不惜拚了一條老命也要將龍虎山劫數嫁禍給你，那名宰了王明寅的少女刺客不趁火打劫也就罷了，還幫你？靖安王趙衡的千兩黃金，全打水漂了？這件事烏煙瘴氣的，老夫百思不得其解。說你小子運氣差，的確是差到了極點，惹上了趙宣素這個百年不出龍虎的大天師，但說你運氣好，也沒錯，分明是臨頭的潑天大禍，還能否極泰來，誤打誤撞，三清紫氣一舉搗開你那些竅穴，大黃庭幾重樓了？等你傷勢恢復，豈不是快要摸著金剛體魄的門檻？應了那句富貴險中求啊。趙宣素這老小子也忒不是個東西，沒本事跟徐驍和北涼三十萬鐵騎叫板，只知道尋你這小輩的晦氣，過雷池自尋兵解。嘿，都說廟小妖風大，在老夫看來這龍虎山是水深王八多，沒奈何偷雞不成蝕把米，惹上了鄧太阿，大師府不得安寧嘍。」

徐鳳年摀住刺痛的胸口，咬牙冷笑道：「這臭老道被鄧太阿阻攔，殺我不成，便瞅準老前輩劍開天門的機會，想要出竅飛升，結果仍是被鄧太阿飛劍截留，迫不得已這才玉石俱焚。原本我看在趙希摶收黃蠻兒做徒弟的面子上，上次在劍州便不與龍虎山計較什麼，果然人善被人欺，不管鄧太阿如何出手，下次我再登上龍虎山，一定要讓這幫黃紫貴人好好消受一番！」

李淳罡嗤笑道：「就你那點道行，真當自己是鄧太阿、曹長卿之流了？」

徐鳳年坦然笑道：「年輕嘛。加上有老前輩一旁指點，練刀事半功倍，總有報仇解氣的一天。」

李淳罡伸出一根手指輕敲劍盒，輕念了一個「起」字，劍盒滑開，十二飛劍懸空排成一線，與山坡上鄧太阿列陣如出一轍。他不理會徐鳳年的驚訝，自顧自說道：「劍意一途，臻於巔峰境界，洶湧江河奔東海，滾滾天雷下天庭，看似因過於霸道而毫無章法，其實歸根結底，仍是順道而馳，有法可依。

術道兩者缺一不可，如人遠行，術是腳力，道是路徑，光有腳力，誤入歧途，不過是畫地為牢，走不長遠。僅知方向，卻不行走，無非望梅止渴。鄧太阿還是太小氣了，只是送你飛劍十二，卻沒留下御劍法門。授人以魚不如授人以漁，老夫當初展示兩袖青蛇不下百次，你若真正牢記，銘記於心，便是上乘御劍手段，有朝一日能打破瓶頸，藉著體內大黃庭，以飛劍殺人，並非癡人說夢。

古人云：『讀書破萬卷，下筆如有神』，這也是老夫當初要姜丫頭練字不練劍的苦心所在，練字如何不是練劍？非是老夫自誇，兩袖青蛇已是這江湖百年以來劍法極致，等於將那萬卷書鋪在你書案上，至於你小子到底能通透幾分，看你造化。老夫總不能如攙扶幼童走路般教你習劍，一來太跌份，再者對你只是揠苗助長，並無裨益。」

十二柄飛劍以肉眼幾乎不可見的急速微顫。

「落。」

飛劍緩緩落下，安靜躺在劍盒中。

面對老劍神李淳罡破天荒的感嘆唏噓，徐鳳年輕輕喊了一聲「老前輩」後，再無下文。

獨臂李淳罡掀起簾子，望向窗外風景，笑道：「如你所猜想，老夫與王仙芝一戰後，對劍道也好，對人生也好，都無遺憾。老夫膝下無子孫，一個老無所依的糟老頭，無牽無掛，今日所言，算是人之將死，其言也善。這輩子也曾年少輕狂，出劍斬不平，可天地之大，豈是老夫一人一劍能擺平的？記得早前有一位詩壇女文豪讚譽老夫『劍摧五嶽倒』，老夫不屑擔當，不過『收劍膝前橫』一說，如今細細咀嚼，確是有些滋味。」

徐鳳年一時間百感交集，竟是無言以對。

按理說李淳罡藉著重返劍仙境界與王仙芝驚天地、泣鬼神一戰，已是當之無愧的劍道魁首，再不濟都可與鄧太阿並駕齊驅，是排在天下前三甲的武道宗師，正是時候借勢崛起，讓這一個新江湖再度刮目相看，可眼下羊皮裘老頭兒卻是雲淡風輕，有了澈底退出江湖的心思。並非是他心灰意冷，而是了無牽掛，再無所求，真正有了仙人風骨。

李淳罡放下簾子，輕聲笑道：「送你回到北涼，便去與姜丫頭見上最後一面，好將畢生所學傾囊相授。你小子可有言語需要老夫幫你轉述？」

徐鳳年搖了搖頭。

李淳罡本就不是小肚雞腸那些兒女情長的人物，便不再在這個話題上糾纏不休，突然自言自語笑道：「不知將來誰能收了王仙芝這頭老怪物。」

徐鳳年試探性問道：「登頂再出樓的白狐兒臉如何？入指玄的黃蠻兒如何？」

羊皮裘老頭略作思量，說道：「那白狐兒臉只是出樓的話，還差了一大截，不過再給他一些際遇，再多拿幾個十大高手練練手，磨礪個十幾、二十年，然後去武帝城，倒是可以有精彩一戰。至於你那弟弟，嘿，本就是第二個王仙芝，打什麼打。」

徐鳳年心情大好。

徐鳳年掀起簾子，見外頭風景旖旎，前頭一座青山，是滿目的青翠青竹，他出聲讓青鳥停下，下了馬車散步，心曠神怡。

這是裴南葦與慕容姐弟近期第一次見到世子殿下，加上遠處風景獨好，都下車賞景。

舒羞望著身負重傷有些面目萎靡的年輕世子，不知為何，總覺得他白馬出涼州後，一直在孕育著什麼，直到武帝城外，經歷大劫以後的男子，終於蛻變，身上那股氣勢渾然天成。

舒羞怔怔望著那背影，一時間有些癡了。

◆

登山拾級而上，青竹夾道，涼風習習，青鳥給世子殿下披上了一件不合時節的狐裘。

徐鳳年本就身材修長，皮囊極佳，如此一來，更給這位公子哥增添了許多出塵氣度，好似一位野狐逸人。

靖安王妃裴南葦與慕容姐弟緊隨其後，老劍神李淳罡留在山腳看守馬車，便沒有隨行，便宜了舒羞可以擅離職守一次，一邊欣賞竹海層巒疊嶂，一邊近距離悄悄打量那個背影。

當裴南葦望見山腰竟然有一個清澈如鏡的小湖，頗為驚豔，尤其是湖心有人築樓而居，湖畔有一條楠竹紮成的秀氣竹筏，綠竹倒映，風起竹濤響，宛如仙境。

徐鳳年沒有打算叨擾湖中竹樓主人，徑直朝湖邊一株青秀婀娜的修竹走去。他腳尖輕柔一點，竹子寧折不屈，素來被書生文人比作氣節風骨，此時在徐鳳年腳下溫順彎去，朝鏡湖延伸倒下，彎出一個微妙弧線。

徐鳳年停下腳步後，這竿青竹離湖面尚有兩丈餘高度。

徐鳳年沒來由想起王初冬那句「昨夜驟雨敲孤竹，可是民間疾苦聲」，不知道這個情竇初開的小丫頭最近可好？駐足於竹上眺望開去，湖心竹樓炊煙嫋嫋。

離開武帝城醒來後，收到褚祿山送來的密信，徐鳳年得知騎牛的傢伙總算下山，不鳴則已，一鳴驚人，騎鶴江南，從袁庭山手中救走大姐不說，還駕馭那柄呂祖佩劍飛至龍虎山，與趙黃巢相隔千里撂下幾句話，龍池氣運蓮凋零九朵，轟動天下，神仙得不能再神仙。

徐鳳年也不清楚這傢伙到底跟呂祖、齊玄幀有何牽連，對世子殿下而言，只要這個膽小鬼對大姐一心一意，而且被大姐喜歡，你洪洗象便只是武當山寂寂無名的掃地道童又如何？徐家雄踞北涼，氣吞萬里，三十萬鐵騎對峙估大一個北莽皇朝，自有與家世匹配的氣魄。

得到這個據說連皇宮裡頭都議論紛紛的駭人消息後，原本費解趙宣素為何痛下殺手的疑惑，總算有了點眉目。匡廬山趙黃巢天人出竅，徽山袁庭山行刺，江南道大姐遇刺，年輕掌教洪洗象下武當，天師府龍池變故，龍虎山趙宣素出世，武帝城風波，串成一線，雖然肯定其中還有許多不為人知的陰私與謀劃，但主要脈絡大概差不離。

徐鳳年回過神後，眼角餘光瞥見兩頰紅腮粉紅的慕容梧竹，俏生生站在湖邊偷窺自己，只覺得好笑，問道：「聽說武帝城王仙芝身材魁梧，大耳圓目，鬚髯如戟，白髮如雪，氣勢很是生猛，寒來暑往僅穿麻衣，雨雪天氣蓑衣著身，喜好去東海搏殺蛟鯨。膽子小些的，瞧上一眼就得肝膽欲裂。」

這個問題為難了慕容梧竹，她漲紅著臉輕聲道：「梧竹當時與殿下一同出城，走得急，瞧不真切，望殿下恕罪。」

徐鳳年溫言安慰道：「本世子也就是隨口一說，別緊張。」

除慕容梧竹以外三人，裴南葦刺人得很，沒有半點籠中雀的覺悟，幾乎事事針鋒相對，感覺比襄樊城內的那位靖安王妃還要有王妃架子。不過最近時日始終有舒羞壓著，總算嫻熟了點伺候人的手段，臉色難看歸難看，文火慢燉入味，不過如此。

慕容桐皇性子陰沉，似乎對權力有種畸形的嗜好，徐鳳年猜測自己將會成為世襲罔替北涼王的既定事實，遠比本身言行要更有威懾力，所以不太喜歡慕容桐皇的城府。至於舒羞，人情世故修練成精的女子，在江湖和王府兩大染缸摸爬滾打，早就把純情啊、善良啊給大卸八塊丟了餵狗，這位胸口風光無限好的尤物女子，既然是性命之重甚至重不過胸脯幾兩肉的王府扈從，徐鳳年勾勾手指也就能上床行魚水之歡，只不過到時候誰占誰便宜都不知道，徐鳳年還沒饑渴到這程度。

慕容梧竹望向立於綠竹上的世子殿下，眼中流溢不加掩飾的愛慕崇敬，她的情感與心思都遠比弟弟慕容桐皇要更簡單清澈。徐鳳年曾拯救他們姐弟於水深火熱，路見不平也好，順水推舟也罷，她都牢牢惦記這份天大恩德。自劍州牯牛大崗一路行來，她的喜怒哀樂都因眼前年輕世子而起落，尤其是在武帝城內，他端碗而行至城頭，盤膝而坐，說不盡、道不完的風流倜儻，慕容梧竹整個人只覺得醉醺醺，好像喝了一壺後勁奇大的好酒，至今都沒緩過神來。在武帝城外，徐鳳年拔刀劈開龍虎山老祖宗肉身，更是看得她膽戰心驚，她當時只有一個念頭，若是他不幸死了，她也不願苟活。

慕容桐皇斜眼看了看姐姐，對於她的動情，只是冷眼旁觀。

徐鳳年攏了攏袖子，正準備反身下山，突然看到湖心竹門緩開，走出一位湖畔遠望只得看清楚依稀身段的女子，哪怕看得模糊，也令人怦然心動，徐鳳年身邊幾位即便是慕容桐皇，也是絕代佳人，更別提裴南葦是胭脂評上的美人，可如此讓凡夫俗子垂涎豔羨的花團錦簇，在那女子出現在視野後，彷彿在一瞬間就被奪去了大半風采。

女子比拚容顏，雷同於江湖高手的過招較勁，很講究先聲奪人，湖心竹樓中的女子，木釵素衣，走到臨湖的青苔石階蹲下，雙手掬起一捧清水，輕輕潤了潤臉頰，這才轉頭朝徐鳳年這邊遙遙望來。

她並未出聲，只是安靜望著這群不速之客，始終空谷幽蘭，遺世獨立。

錦衣狐裘的徐鳳年怔了怔，眼神閃過一抹恍惚，破天荒猶豫不決。

裴南葦皺了皺眉頭，隱隱不快，倒不是要與那素未謀面的陌生女子爭風吃醋，只不過她一向自負自己的姿色，罕逢敵手，竹樓那位横空出世，終究讓靖安王妃生出一些本能的危機感，果然是只要有人，何處不江湖？

徐鳳年長呼出一口氣，擺擺手示意舒羞等人不要有所動作，從腳下青竹上彈射向竹筏，無需撐筏，楠竹小筏劃開水波，優哉游哉駛向湖心。

竹筏離青竹小樓三丈外停下，女子站起身與徐鳳年對視，她鬢角被湖水潤透，黏在臉頰上，幾滴水珠從她吹彈可破的雪白肌膚上滑落，她伸手抹去下巴的淺淡水跡，也不說話。

徐鳳年主動開口笑道：「三年前在洛水河畔見過妳。不過那時候擠在一群向妳示愛的青年俠士堆裡，擠了老半天才殺出一條血路，好不容易冒頭，還被人絆了一腳，摔個狗吃屎，估計妳不會注意到我。」

她想了想，平靜道：「記得那時候你穿得比較、單薄。」

出乎意料的答案，徐鳳年自嘲道：「哪裡是單薄，分明是個衣衫襤褸的乞丐，虧得能被小姐上心，三生有幸。」

她見徐鳳年欲言又止，微笑道：「我叫陳漁。」

果然！

胭脂榜上有女子「不輸南宮」，是與白狐兒臉並駕齊驅的美人。

徐鳳年一臉溫良恭儉謙遜靦腆，柔聲問道：「陳姑娘獨居於此？」

她沒有心機地笑著點了點頭。

徐鳳年「哦」了一聲，輕輕跳上岸，接下來一幕將湖畔那幾位都給震驚得目瞪口呆，只見世子殿下彎腰一把扛起竹樓女子，躍上竹筏，離開湖心。

她彎著纖細蠻腰，腦袋貼在世子殿下胸口，徐鳳年低頭看去，兩人恰好對視。她無疑有一雙靈氣沛然的眸子，世子殿下號稱浪跡花叢二十多年未嘗一敗，閱女無數，什麼樣的絕色沒有見識過？可這一雙眸子，卻是唯一能與二姐徐渭熊媲美的。

白狐兒臉的眼神過於冷冽，與他的昔日佩刀繡冬、春雷如出一轍，英氣無匹，談不上有多少秀氣溫婉。此時她抬頭凝視著膽大包天的世子殿下，沒有絲毫震驚畏懼羞澀，眼波底處蘊藏著一縷淡淡惱怒，足以讓尋常登徒子自慚形穢到拿自己頭髮吊死自個兒，可惜她撞上了無法無天慣了的徐鳳年。

徐鳳年低頭眯眼，笑容燦爛，豪氣而無賴道：「我答應要給弟弟搶個數一數二的大美人做媳婦，弟媳婦啊，以後咱們就是一家人了！」

神情一直古井無波的女子終於顯露出愕然。

有當街強搶民女的膏粱子弟，有擄走美嬌娘做壓寨夫人的山匪草寇，這都不奇怪，但是這世上竟然還有搶美人做弟媳婦的王八蛋？

老於世故的舒羞眨了眨眼睛，嘴角勾起，搶個女人都能搶得如此霸氣，不愧是北涼世子啊。

◆

一輛不起眼的馬車駛入京城，馬夫是一名身穿樸素道袍的年輕道士，談不上有多英俊，背負一柄不與時同的長劍，神情溫和，一看就是好說話的主。

城門九脊封十龍，巍峨壯觀。

馬車只有一名乘客，披裘而坐，靠著年輕道士後背，聽那年輕道人說些京城這座中天之城的種種妙處，聽他講述是如何與崑崙同脈相接，坐鎮太和殿的皇帝陛下如何南面而聽天下，內庭東西六宮七所又是如何按卦象而建。

年輕道士年紀不大，說出來的道理卻不小，與美貌女子說天下城池歸根到底是追求與天地互滲的境界。

女子面容清瘦，裹了件不算太昂貴的貂裘，像是中等殷實人家裡走出的小家碧玉。貂裘毛雜，不如狐裘華美，京城裡頭喜好攀比的闊綽婦人，都是不屑穿這類貂裘子的，除非是關東雪貂才能入眼。

女子聽著年輕道人語調柔和的嘮嘮叨叨，閉著眼睛，嘴角帶著滿足的笑意。

入了城，她嗅了嗅，輕聲道：「好香呢。」

道士轉頭看見一座酒樓，知道她餓了，立即停下馬車，跳下，攙扶著她走入酒樓，揀了個三樓靠窗視野開闊的位置。

她只給自己點了一個素菜，再給結伴而行的道士點了一壺酒，這讓大失所望的店小二翻了個大大的白眼，心想這對外地男女出手也太寒磣了，好不容易來京城一趟，也不知多帶些銀兩，店小二後悔把這座位讓給他們了。

酒先上，道士倒了兩杯，那道素菜燒茄子是酒樓招牌菜，她便是被這份獨一的香味吸引來的。

她夾了一筷子，嘗了口，笑瞇起眸子，也幫那道士夾了一筷入碗，笑道：「好吃，茄子去皮橫豎各一刀，切成四瓣兒，刀工很細，剁半頭蒜拍碎，而不是切碎，撚小火慢慢煸透，三個茄子下鍋，到上桌也就正好這一六寸小盤了，關鍵是要讓豆醬、蒜香與茄子味道相得益彰，而不會誰壓過誰，故而這道茄子賣得比肉貴，咱們沒花冤枉錢。」

店小二原本有些憤懣，聽到女子講解門道後，心情才稍稍轉好，心想這美豔卻病態的女子還算是個行家。

年輕道士嘗了嘗，沒有說話，只是笑，略顯憨傻。

女子嘗了一口便放下筷子，望向窗外車馬如龍，托著腮幫，遺憾道：「要按照你們道家來說飲食，人秉天地之氣而生，所以時令很重要，那些菜都要法四時而成。我本來是個吃貨，不怕胖，到了這個季節，可就正是貼補秋膘的好時光啦，只管放開了胃口去吃，到了冬天，哪怕再冷，也不怕。可惜現在什麼胃口都沒有了，唉。」

年輕道士默不作聲，眼瞼低斂。這與她一路遠行，都是她想去哪裡，他便帶去哪裡，不管是相隔千里，不管是如何的崇山峻嶺，他都會帶她去飽覽風景，只求她盡興而歸。

在舊西蜀，帶她看了天下最壯觀的竹海。

在舊西楚，去看了西壘壁遺址。

再往南，他帶她去了那座尼姑庵，她求了一籤，卻是下下籤。

往極西而去，有山高可通天。

然後，她說要去看一看京城。

酒樓內的食客大多是京城本土人士，最是擅長道聽塗說，天子腳下的百姓，帶著股眼高於頂的優越感，彷彿天底下就沒有他們不知道的。而時下最振奮人心的喧囂話題，起先是東海武帝城王仙芝與獨臂李淳罡那一戰，堪稱江湖五十年來最驚心動魄的一場巔峰之戰。緊接著武當山姓洪的年輕掌教下山，聽說好像有那飛劍千里的神通，傳言那道士更是呂祖轉世一般的神仙人物，一下子就讓道教祖庭龍虎山失了顏色，最聳人聽聞的莫過於那位陸地神仙才下山沒多少時日，便帶著一名女子陸續去了幾大春秋亡國境內，一劍接一劍，將舊西蜀、東越僅剩不多的一點氣運柱給斬崩塌了。到後來西去崑崙，天下數百頂尖煉氣士都蜂擁前去，希冀親眼見證那名仙人一劍斬氣運的雄渾氣魄，有隱祕消息迅速傳入京城，當那道人一劍斬出，粗如山峰的氣運柱子便要支離破碎，讓世間萬萬千千的聽者個個瞠目結舌，都好奇天底下莫不是真有如此不飛升卻勝似登仙的仙人？

酒樓內有人唾沫四濺，「那武當掌教別看表面上年紀輕輕，其實活了可有好幾百歲了，最起碼也得有三百年，足足五個甲子！」

立馬有人疑惑：「那豈不是比老掌教王重樓還得超出太多？既然這般年邁，為何直到最近才下山，若是真有神通，哪裡輪得到龍虎山做羽衣卿相？」

原先那人拍案怒道：「這位真人是當之無愧的陸地神仙，他的想法，我等俗人，如何知曉？」

無數人點頭附和：「確實。」

「理該如此！」

「聽說道門裡大真人都會賤物貴身，志在守樸，不在意那俗世虛名。」

將所有紛紛議論聽在耳中，臨窗托著腮幫的女子回頭，看了眼桌對面的年輕道士，眼神促狹。

年輕道人紅了紅臉。

街道外響起雷鳴馬蹄，砸得地面一陣轟動，好似地震。

臨窗幾桌食客都探頭望去，嚇了一大跳，竟是難得一見的皇城精銳羽林軍出動，而且看架勢可不止幾十鐵騎。羽林軍一直是王朝京畿重地的守衛，戰力堪稱舉世無敵，一時間街道上鐵甲森嚴。

馬隊好像沒個盡頭，沒多久就占據整條京城主道，而且每一位羽林衛皆是劍拔弩張，帶頭幾位將軍更是京城裡權勢與聲望皆炙手可熱的功勳武將，除去甲士，還有無數大內高手隨行，如臨大敵。今天這排場，恢宏得可怕，天子出巡都未必如此浩大，一些明眼人都瞅出一絲深陷戰爭的濃重戒備，這更讓人倍感寒意，難道天底下還有誰敢在京城造次？這得吃多少顆熊心豹子膽，有多少條命才行？

外行看熱鬧，唯有真正的內行才能看出門道，除去近千羽林衛甲士與幾近傾巢而出的大內高手，更有數十位王朝內一等一的大煉氣士凝神屏氣。

女子嘆氣道：「回了吧。」

年輕道士點點頭，溫柔問道：「想去哪兒？」

女子笑道：「去武當山，咱們第一次見面的地方，再不去，怕我的身子就撐不住了哦。」

年輕道士問道：「騎鶴出城，還是乘馬車？」

女子來了孩子心性，眨眼道：「乘馬車的話，是不是會給你惹麻煩呀？」

道士搖搖頭，輕聲道：「不會啊。」

女子猶豫了一下，緩緩起身。

年輕道士紅了臉，主動伸出手。

女子握住。

他們一同走出酒樓，當負劍道士出現在街道上，那些當今最拔尖的一撮煉氣士都不約而同往後撤退一步，連帶著以悍不畏死著稱的羽林軍都連大氣不敢喘。

年輕道士將女子輕輕抱上馬車，掉轉馬頭朝向城門，對滿街鐵甲視而不見，一手抓馬鞭一手握住女子沁涼的手，平靜道：「讓道。」

一名武將壓抑下躁動不安的駿馬，怒道：「大膽武當洪洗象，安敢在京城內不守規矩！」

滿城譁然。

那年輕道士淡然道：「貧道不知你們的規矩。至於你們的王法，再大，也大不過貧道身後劍。」

出聲的中年武將身邊有一位年輕甲士，手提一杆銀槍，聞言便要策馬前衝，被武將伸手攔住。

女子柔聲道：「走吧。」

道士臉色頓時緩和，點了點頭，握緊她的手。

街道上幾乎所有馬匹一剎那全部跪下，人仰馬翻，雞飛狗跳，毫無規矩可言。

這一日，武當洪洗象與徐脂虎出城離京，無人敢攔。

這一日，天下盡知那名愛穿紅衣的女子，叫徐脂虎。

◆

武當小蓮花峰。

雲霧繚繞。

陳繇、宋知命、俞興瑞三位武當輩分最高的老道士都遙遙並肩站立，將山巔留給那對男女，三位老人面面相覷，有驕傲、有遺憾、有惋惜，百感交集。

附近除去三名年老掌教的師兄，便只有李玉斧一名新上武當的「外人」。

昨日掌教上山，與他們說了一件事情，足可謂江湖五百年來最匪夷所思的一樁壯舉。

不管心中如何萬般不捨，陳繇等師兄們都不願去阻撓。

年輕道士與紅衣女子肩並肩坐在龜馱碑底座邊緣，她搖晃著腳，並不知道他要做什麼，只是望著雲海中的七十二峰，哀傷道：「騎牛的，可能我沒辦法陪你一起變老啦。」

那年他十四歲時，兩人初遇。

江南重逢後，她深知自己活不長久，可當她騎上黃鶴，只覺得此生便再沒有遺憾了。

他帶她遊遍了天下南北。

她見他沒有動靜，皺了皺鼻子扭頭，敲了敲他的腦袋，問道：「怎麼，還傻乎乎等下輩子找我嗎？你傻啊，不累嗎？」

年輕道士想了想，只是搖頭。

她一下子紅了眼睛，咬著嘴唇問道：「你打算再等我了嗎？」

騎牛的年輕掌教伸手揉了揉女子臉頰，擦去淚水，眼神溫暖道：「如果我說讓妳等我三百年，妳願意等嗎？」

她毫不猶豫道：「你等了我七百年，換我等你三百年，當然可以啊。」

再相逢後僅限於牽手的年輕道士壯起膽了，輕輕抱住她，笑道：「好。」

她環住他脖子，呢喃道：「真是個膽小鬼。」

他問道：「真的不去看一看大將軍與世子殿下了？」

她笑著搖頭：「不看，怕他們傷心，怕他們流眼淚。」

年輕道士深呼吸一口，等女子依偎在他懷中，那柄橫放在龜馱碑邊緣的所謂呂祖佩劍出鞘，沖天而起，朝天穹激射而去，彷彿要直達天庭才甘休。

九天之雲滾滾下垂。

整座武當山紫氣浩蕩。

他朗聲道：「貧道五百年前散人呂洞玄，五十年前龍虎山齊玄幀，如今武當洪洗象，已修得七百年功德。」

「貧道立誓，願為天地正道再修三百年！」

「只求天地開一線，讓徐脂虎飛升！」

年輕道士聲如洪鐘，響徹天地間。

「求徐脂虎乘鶴飛升！」

黃鶴齊鳴。

有一襲紅衣騎鶴入天門。

呂祖轉世的年輕道士盤膝坐下，望著註定要兵解自己的那下墜一劍，笑著闔上眼睛。

陳繇等人不忍再看，老淚縱橫。

有一虹在劍落後，在年輕道士頭頂生出，橫跨大小蓮花峰，絢爛無雙。

千年修行，只求再見。

第二章 嘆陵江劍破千甲 笑廣陵盡掛涼刀

世子殿下一行人歸途稍稍作了轉折，來到廣陵江。

正值八月十八大潮，觀潮遊客來自天南地北，盛況空前。春秋大定以後，再無先前國界割裂，士子負笈遊學與遊俠帶劍闖蕩都越發暢通無阻，順帶著探幽賞景也都風靡越濃，廣陵大潮與峨嵋金頂佛光和武當朝大頂並稱當世三大奇觀。

人燕磯是一線潮最佳觀景地點，冠絕天下，今日更有廣陵水師檢閱，藩王趙毅會親臨壓陣。廣陵巨富與達官顯貴都拖家帶口前來觀潮，與庶族寒士、市井百姓相比，前者人數雖少，卻自然而然占據十之七八的上好觀景位置，擺下几案床榻，放滿美酒佳餚瓜果，邀請世代交好的清流名士，一同談笑風生指點江山。

當潮水湧入喇叭口海灣，會有一條隸屬廣陵水師的艨艟帶領潮頭而入，兩岸綿延十里，皆是車馬華裳。大燕磯檢閱臺上由廣陵王趙毅一聲令下，當依稀可見小舟與潮頭前來，擂鼓震天，潮水與鼓聲一同生生不息，百姓便可見到霧濛濛江面有一白線自東向西而移，白虹橫江，潮頭也隨著推進漸次拔高，抵達大燕磯附近，最高可到四丈，鋪天蓋地。

世子殿下來得略晚了，江畔適宜觀潮的地點早已紮滿帳篷或者擺滿桌案，而聽到震耳欲聾的歡呼聲，已經可以猜測到那艘弄潮艨艟馬上就要臨近，他只得棄了馬車，讓舒羞與楊青風留在原地看守，不過分離前世子殿下笑著提醒兩位扈從不妨坐在車頂觀景。

青鳥手中提有一只小罈，腰間懸了那柄呂錢塘遺物赤霞劍。徐鳳年走在最前，慕容梧竹身子骨嬌弱，被他牽著，以她那隨波逐流的性子，指不定被沖散了都沒臉皮喊出聲求救。

慕容桐皇靠右側，一些個最喜歡湊熱鬧、好揩油的登徒子才要動手，就被慕容桐皇一巴掌搧過去，或者抬腿狠踹，出手動腳毫不含糊，吃悶虧的浪蕩潑皮大多想立馬從這小娘子身上討回便宜，只不過見到為首的徐鳳年的錦衣狐裘，立即蔫了氣勢，訕訕然縮手，另尋目標，揀幾個軟柿子下手。反正觀潮人海中，多的是受欺負後悶不吭聲的小家碧玉，沒必要在一棵樹上吊死。

在竹海被擄來的陳漁與裴南葦一樣，頭戴遮掩密實的帷帽，身段妖嬈，猶勝雌雄莫辨的慕容姐弟，不過這兩位位列胭脂榜的大尤物都緊緊跟在世子殿下身後，右有慕容桐皇一路耳光啪啪，左有女婢青鳥拿劍鞘清掃障礙，沒誰能夠近身。

羊皮裘老頭兒負責殿後，沒他什麼事情，很多時候眼光都丟在那陳姓女子身上，準確來說是小腰上。老劍神百年閱歷，仍是不得不承認徐小子挑女人的眼光，可比武道上的攀登還要出彩，這一點饒是李淳罡都不服氣不行。

老劍神這段時日忙著欣賞裴南葦的屁股、舒羞的胸脯、慕容姐弟這對並蒂蓮，大飽眼福，但看得最多的，還是那姓陳的陌生女子，尤其是她的細軟腰肢，嘖嘖，當真是讓觀者悚然動神。女子風情如何，看靈氣，觀其眼眸，看風情，還得看那承上啟下的腰肢呀，姍姍而行，小腰搖擺幅度太大，則妖豔俗媚，可若是太小，又略顯小家子氣，這便是舊話所謂「女子腰上有江山」的出處。

但這陳漁美是絕美，老劍神讚嘆秀色可餐之餘，卻有一絲疑慮。她出現的時機、地點都太巧，被徐小子擄搶後表現得過於平靜，已經超出大家閨秀處變不驚的範疇，觀察氣機，這名渾身上下透著玄機的絕色並非習武之人，畢竟天底下能有幾個抱樸歸真的老狗趙宣素？試問她的憑仗到底何在？

羊皮裘李老頭瞇了瞇眼，一行人好不容易衝出人海，再往前便是廣陵豪族霸占的江畔，有許多虎背熊腰的健碩僕役環胸站立，威懾百姓，一些個大門閥子弟，聘請了諸多江湖上赫赫有名的幕賓客卿，佩劍懸刀，孔武有力，有模有樣。兩片區域，涇渭分明，這與報國寺曲水流觴名士不屑與凡夫俗子同席而坐，極為相似。

徐鳳年約莫是沾了身邊佳人美眷的光，以他為中心，附近形成一圈真空，到了這裡，不需要踮起腳尖去觀潮。李老頭負手而立，眺望江面上迅如奔雷的一線潮，神情蕭索。

當年一人一劍睥睨天下，在廣陵江上御劍踏潮頭而行，何等意氣風發，如今年邁，御劍越發純熟，卻半點想要去木秀於林的心情都欠奉。

這位如今只喜歡閒來摳腳的老頭並不清楚當年他作此壯舉後，引來無數江湖豪俠陸續在廣陵江上展露崢嶸的風潮，有力士扛千斤大鼎怒砸潮頭，有劍俠泛舟對抗潮水，還有膂力驚人的神箭手連珠迭發，與大潮相撞，激蕩起千層浪。

當年呂錢塘成名前在江畔結茅練劍十餘年，不正是仰慕劍神李淳罡青衫仗劍走江湖的丰姿嗎？可惜趙毅入主舊西楚疆土後，廣陵水師龍盤虎踞於此，哪有嫌命長的江湖人士敢來擺弄高手架子。廣陵水師不論規模還是戰力在王朝水師中都穩居第一，遠非青州水師那類繡花枕頭可以相提並論，一旦開戰，估計給廣陵水師塞牙縫都不夠。

每年檢閱，除了大藩王趙毅在大燕磯上俯瞰眾生，最出風頭的一定要數那象徵廣陵水師的弄潮兒，獨自一人駕艨艟過江。

此刻兩岸眾人望去，艨艟巨艦一毛輕。

一名青年將軍按劍而立，甲冑鮮明，英姿颯爽，引來無數小娘閨秀們心神搖曳。

南方士子成林，蔚為壯觀，去逛任何一座寺廟、道觀，放眼望去，滿壁滿牆皆是詩詞書法，便是一些漏風漏雨的寒磣客棧，都可見著各種懷才不遇的羈旅文章，因此她們實在看太多、聽太多同齡士子的文采斐然。

眼下那位，論文，尚未及冠便三甲賜同進士出身，寫得一手絕妙草書，號稱「一筆書」，紙上不管十字、百字，從來都是一筆寫就，毫無雕飾；論武，曾經在校場上贏下廣陵王府的一位劍術大客卿。此人文韜武略，俱是一等風流，無疑是廣陵當之無愧的頭號俊彥，連跋扈的廣陵世子都心甘情願與之結拜兄弟，並尊其為兄長。

當艨艟駛過，許多準備好的篝火、蘆花都被遊人使勁甩入廣陵江，向廣陵龍王祈福。這些人清一色是地方豪族或者外地門閥的男男女女，尋常百姓撐死了帶上一束蘆花，大多數離江畔有些距離，哪裡有膽量丟擲篝火，萬一氣力不足，沒丟入廣陵江，而是砸在豪奢子孫們的帳篷几案上，少不了一頓結實的毒打。

這不，一些壯著膽子扔蘆花的庶民，惹來禍事，來不及逃竄便被凶僕惡奴逮住，掀翻在地，一頓拳打腳踢，還不敢出聲，只能鼻青臉腫爬回人堆。

徐鳳年本就是王朝裡罵名最拔尖的大紈褲，見怪不怪，也沒那路見不平、拔刀相助的俠義心腸，兩耳不聞不平事，只是抿起涼薄嘴唇，裹著一襲如雪裘子安靜前行。

他眼前有兩堆杯觥交錯的世族子弟，有幾個健碩僕役上前阻擋去路，被青鳥一言不發拿劍鞘拍飛，在空中旋轉了兩圈才墜地，當場暈厥。

徐鳳年不理睬幾名廣陵世家子的聒噪，走到江畔，恰好一線潮湧過，他從青鳥手中接過罈子與赤霞大劍，先將裝有呂錢塘骨灰的罈子丟入江水，一劍擲出，擊中小罈，骨灰灑落於江潮水中。

對於呂錢塘的陣亡，徐鳳年談不上如何悲慟，只不過既然應承下那名東越劍客的遺願，總要按約完成才行。徐鳳年拍了拍手，蹲下身，望著滾滾前奔的潮頭，輕聲道：「都說壯士不死即已，死即舉大名。難怪你臨死要破口大罵。」

徐鳳年站起身，發現陳漁望向艨艟戰艦上的男子背影，有帷帽遮擋，看不清她臉色，但給人感覺有些異樣。

徐鳳年斜瞥了一眼那幾個還在喋喋不休的廣陵貴族子弟，等他們下意識驚嚇閉嘴後，才轉頭對這個沉默寡言的女子打趣笑道：「怎的，妳相好？」

她淡然搖頭道：「他曾提及書法與劍術相通之處，見解獨到。草書留白少而神疏，空白多而神密，筆勢開合聚散，放在劍術上，假若瑰麗雄奇，不如……」

徐鳳年很沒風度地打斷，「紙上談兵，無趣得緊。」

陳漁不再說話，一笑置之。

對牛彈琴。

徐鳳年雖說度量小，心眼窄，不過還剩下點自知之明，自嘲道：「咱們啊，的確是道不同、不相為謀，陳漁，既然都已經是一家人，妳不妨明說了，可曾有心上人？」

陳漁平靜問道：「如果有，你是不是就宰了他？」

聽到從美人嘴裡說出一個殺氣凜冽的宰字，別有韻味，徐鳳年大言不慚地哈哈笑道：「妳這性子我喜歡，做弟媳婦正好。」

陳漁望向大燕磯，那裡有個一身蟒袍幾乎被撐破的臃腫男子，她沒來由嘆了口氣。

徐鳳年笑咪咪問道：「別嚇唬我，妳跟廣陵王趙毅都有牽連？」

陳漁臉色如常，沒有作聲。

徐鳳年雙手插入袖口，輕聲道：「走了，回北涼。」

陳漁沒有挪動，猶豫了一下，道：「有人要我去京城，你攔不下的。」

徐鳳年停下腳步，一臉玩味道：「誰這麼蛤蟆亂張嘴，動不動就要吞天吐地的？」

陳漁盯著世子殿下的臉龐，沒有任何玩笑意味。

徐鳳年臉色古怪起來。

陳漁彎腰拾起一束地上的蘆花，丟入廣陵江，說道：「我三歲時便被龍虎山與欽天監一同算了命格，屬月桂入廟格。」

一直冷眼旁觀的羊皮裘老頭沒好氣道：「不是當皇后就是當貴妃的好命。」

徐鳳年「哦」了一聲，沒有下文。

◆

一線潮潮頭每推進一段距離，身邊有美婢筆墨伺候的士子騷客揮毫寫完詩篇後，就要由友人大聲朗誦而出，贏得滿堂喝彩後，再將詩文連同宣紙一起丟入廣陵江。說是即興成賦，其實誰都明白這些精心雕琢的詩詞早就打好腹稿，一些肚裡墨水不足的士族子弟少不得在觀潮前很長時間都在絞盡腦汁，更有無良一些的乾脆就砸下金銀去跟寒族書生買些，一字價錢幾許，就看買家出手闊綽程度以及賣家文字的檔次品質了，少則十幾兩，多則黃金滿盆。

北涼世子早年是這個行當裡最負盛名的冤大頭，聽到跟隨大潮連綿不絕的吟誦聲，自然熟諳其中門道。不斷有士子出口成章，朗朗上口，與廣陵江上水師雄壯軍姿，交相呼應，還真有那麼些王朝鼎盛的味道，很能讓老百姓臣服於藩王趙毅的威勢之下。

徐鳳年沒有讓陳漁如願以償地在那個話題上刨根問底，只是抬頭瞥了一眼廣陵王趙毅，看那模模糊糊的體型，真像一座小山。這頭肥豬身下壓過的春秋亡國皇后就有兩位，至於淪為階下囚的公主、嬪妃，就更是不計其數，手指加上腳趾都未必數得過來。

當初趙毅領命壓陣廣陵，傳言每隔幾天就有前幾日還是皇室貴冑的華貴女子不堪受辱，投井的投井，吞釵的吞釵，上吊的上吊，惡名遠播王朝上下，與北涼褚祿山不相伯仲。

不過若是以為趙毅只是個糟蹋貴族女子的好色之徒，還真是小覷了這位三百多斤重的大藩王，徐驍所在的貧瘠北涼與燕剌王所在的蠻荒南唐，民風彪悍，北涼更有控弦數十萬的北莽虎視眈眈，但平心而論卻還是數西楚、東越兩大皇朝舊地的廣陵，最為難以招安撫平。

西楚士子風流舉世無雙，名士大儒多如牛毛，廣陵王趙毅若是沒點真本事，只知血腥鎮壓而不知籠絡人心，天下賦稅十出五六的富饒廣陵早就滿目瘡痍了，這對帝國財政運轉無異於一場災難。當今天子的兄弟，雖不能說個個雄才偉略，卻還真沒有庸碌之輩，離陽王朝能夠問鼎江山，除了命數，也是趙氏人力使然。

正當世子殿下完成了呂錢塘的遺願準備離開江畔，一陣不合時宜的馬蹄聲驟起，徐鳳年轉頭看去，皺了皺眉頭，竟有甲冑鮮明的幾十輕騎策馬奔來，在人海中硬生生斬波劈浪般開出一條空路，許多躲避不及的百姓當場被戰馬撞飛，三十餘騎兵，馬術精湛，佩刀負弩，十分刺眼。趨利避害是本能，徐鳳年身前百步距離附近的觀潮百姓，早已推搡躲閃出一條可供雙馬並駕的路徑。

為首一位體格健壯的騎士倒提著一杆漆黑蛇矛，面目猙獰，一眼便盯住了駐足岸邊的徐鳳年，驀地加重力道一夾馬腹，加速前衝。緊要關頭，一名興許是與爹娘失散的稚童不知為何倒入道路上，跌坐在地上，只是大聲哭啼，那持矛的騎士卻是半點勒韁的意圖都沒有，只是嘴角獰笑，讓人看得毛骨悚然。

馬道兩邊分別是廣陵士族子弟與尋常百姓，沒有人敢觸這個霉頭，一來誰不知廣陵王麾下游隼營負責陸上安危，再者便是想要做些什麼，委實有心無力，廣陵多文人，可沒有銅身鐵臂去攔下一匹疾馳的戰馬，急著投胎不成？

書生一支毛筆如何當面抗拒武夫長矛？

這時夾雜在人群中的一名遊俠兒模樣的青年怒喝一聲「不可」，雙手按在身前兩名百姓肩膀上，高高躍起，想要攔馬救人。這位俠義心腸的武林中人顯然是由外地而來，小看了那名馬上將領的恐怖武力，以及廣陵王麾下甲士的冷酷。不等他出手救人，一矛挑起，洞穿了他的胸膛，好似這人直衝衝撞上了矛尖，透心涼，血濺當場，可憐才開始遊歷江湖的遊俠兒瞬間斃命，鐵矛一抽，屍體便重新墜回人群。

不過是眨眼工夫，碗口大小的馬蹄毫不猶豫地就要踩踏在那名孩童身上，這蓄勢狂奔的馬輕而易舉就能在那孩子身上踩出兩個血坑來。不忍目睹心有戚戚者有之，瞪大眼睛看得津津有味者有之，光顧著驚駭畏懼者更有之。

騎士殺人抽矛後，朝遠處那名一身富貴氣質的年輕公子投以凜冽眼神示威，只是瞳孔劇烈收縮，比起方才應對那名莽撞江湖兒郎要驚訝百倍。眾人視野中，只瞧見內錦衣、外罩白裘的英俊公子身形飄逸，腳尖如蜻蜓點水，幾次觸地，便來到哇哇大哭的稚童身後，彎腰拎住衣領往胸口一攬，然後一個無比瀟灑的急停，修長身體微微後傾，腳步不停，面朝高坐於馬上的武將，往後掠去。

武將湧起一股狂躁與憤怒，這小子竟敢在自己眼前矛下擺弄俠士風範？

馬上武將再提鐵矛，藉著馬勢，往那名公子哥胸口就刺去，喝聲道：「豎子找死！」

不見那公子如何發力，只見他回撤速度驟然提升至極致，迅捷如一道白虹，當下便與戰馬拉出很長一段路程，將驚嚇到茫然的孩童放在一名青衣女婢身邊。出乎所有人意料，這位強攖鋒芒的公子哥救人以後，非但沒有見好就收，而是肩膀一抖，所披狐裘被震出體外，由那名青衣青繡鞋的女婢輕輕接住，他本人再度迎頭衝去。

長矛來勢洶洶，方才展露救人手法讓人賞心悅目的公子哥，面無表情地握住矛尖，沒有任何言語，猛然往後一拽，竟是助長了駿馬前衝的萬鈞如雷勢頭，下一刻，眾人瞪大眼睛，看得心潮澎湃，像一名世族翩翩佳公子遠多於江湖遊俠的年輕男子身體驟停，微微躍起，按住戰馬馬頭，往下一壓！

周邊無數旁觀者同時倒抽一口冷氣，起碼得有小兩千斤重的優質戰馬被攔截後，竟是寸步不能再向前，馬頭朝地面砸去，前蹄轟在石板上，喀嚓一聲齊齊斷折，整匹馬壯碩的後半身軀扭曲，馬背上的武將連人帶矛都摔出去老遠。以他的本事，本不該如此狼狽，只是這名公子哥的手段實在令人匪夷所思。

才在臭水溝裡翻了船，武將正要藉著長矛刺在地上起身，突然感受到一股籠罩全身的冰冷殺機，他才準備顧不得大將風度做出近乎潑皮無賴的對敵措施，就被那位看著秀氣溫婉的青衣女婢一抬腳，一腳將他的頭顱踏入地裡，死相比那名遊俠兒還要淒慘。其餘騎士的卓絕馬術在這個時候得到淋漓盡致的表現，幾乎同時勒馬停下，一時間馬嘶長鳴，刺破耳膜。

這一切不過是幾個眨眼的工夫，局面便澈底顛倒。

那名臉色清涼如水的錦衣公子腳下倒著那匹與主子先後斃命的戰馬，輕輕拍了拍手，望向其餘憤怒與畏懼交織在一起的騎兵，他也不說話。一些個小心翼翼從人牆縫隙中親眼看到這一幕的妙齡女子，沒多久前還在癡癡眺望江中艨艟上的偉岸男子，這時候已經滿心滿腹都是這位公子哥的臉孔。畢竟對這些小家碧玉而言，廣陵江上那位文武雙全的弄潮人，太過可望而不可即，種種神乎其神的事蹟，只是道聽塗說，聽過也就罷了，最多捧起《頭場雪》這類才子佳人愛情小說時，代入小說裡的淒婉女子，掬一把同情淚，感觸一些自家身世，不會真以為自己能與那般才情驚豔的公子春宵一度，不會真有那癡情公子於良辰美景叩門輕喚，因此遠不如此時親眼所見來得刻骨銘心。

那公子似乎沒那個耐心對峙，向前走了一步，弱了鋒芒氣勢的馬隊下意識後撤一步，正當輕騎回神後羞憤不已，一陣格外沉重的馬蹄聲響起，騎士們鬆了口氣，知道正主來了，紛紛讓道。

一匹淡金色鬃毛的汗血寶馬緩緩奔來，以牠的出眾腳力本不該如此艱辛，實在是騎在馬背上的那位體重嚇人，相貌跟廣陵王趙毅如同一個模子刻印出來，奇醜稱不上，就是臃腫，馬背顛簸，一身細膩精緻到近乎煩瑣境界的服飾都沒能遮住他的肥肉顫抖。

汗血寶馬在王朝內撐死不過百來匹，扣除皇城裡二十來匹，京城達官顯貴、皇親國戚、武將勳臣，這幾類炙手可熱的大人物又分去一半，因此京城以外，不管是誰，便是一條狗，只要有資格坐在這種長途奔跑後滲出血漿的駿馬，都有大把的人願意去認作祖宗。

汗血寶馬身後還有一匹也是千金難購的青驄寶駒，坐著容顏枯槁的灰衣老者，眼神如刀。兩匹馬下，有一名僕役，馬停下後，這人趕緊踮起腳尖與主子竊竊私語，對著慕容姐弟這邊指指點點，對那膽敢跟游隼營騎卒較勁的年輕公子根本不放在眼裡。

做奴才的如此，更別提那胖子，從頭到尾沒看過舉動足夠駭人的傢伙，只是笑咪咪盯著幾位身段一位比一位丰韻妖嬈的女子，瞪大銅鈴般大小的眼珠子，都忘了拿袖口抹去嘴角口水，可惜了一身堂堂蘇造工出品的昂貴衣服。

眾人心中哀嘆。

這位臭名昭著的主子駕到，便是神仙都沒法子在廣陵活下來了，一時間再看那名俊逸公子哥，只有冷笑。人心反復，何其精彩。

胖子終於記起胡亂擦去垂涎三尺的口水，大手一揮，「搶了！」

那名僕役這輩子的最大本事就是諂媚討好與狐假虎威，一聽到主子把聖旨頒發下來，一改原先的卑微姿態，挺直了腰杆，趕忙兒轉頭望向那群辦事不力的游隼營騎卒，罵道：「一幫沒用的玩意兒！沒聽見咱們世子殿下發話嗎？利索地，搶人！」

囊括整個舊西楚王朝與小半個東越國的廣陵，士子的書生意氣可謂天下最重，這些年雖說在廣陵王治下也有豪閥子孫欺男霸女的勾當，這都是情理之中的事情，但那些齷齪行徑大多不會如此明目張膽，沒誰傻乎乎地在觀潮盛典上、無數的世族子弟的眼皮底下辦事。

京城國子監三萬學子，除去江南道，便是以廣陵出身的讀書人最多，加上有西楚老太師孫希濟以左僕射身分執掌門下省，成為廣陵士子心目中的定海神針，一般而言膏粱子弟再目無法紀，為非作歹之前也要掂量掂量。但在廣陵，只有一個例外，那便是趙毅嫡長子趙驃，典型的虎父犬子，沒繼承到藩王老子的陰鷙城府，只學會了趙毅的好色貪食，欺占凌辱女子僅就數目而言，堪稱青出於藍而勝於藍。

這廝去年瞅上了一位臨清郡守的兒媳婦，足足追了兩個郡，最後帶一幫鷹犬惡奴破門而入，在府上便剝光了那才入門沒多久的小娘子衣裳。事情鬧到廣陵王那邊，結果堂堂胸口官補子繡文雀的正四品郡守，給趙毅用一柄玉如意當場打殺了，緊接著一名前往京城告狀的骨鯁言官才出家門，便被攔路截殺，趙毅趙驃父子的跋扈，能不讓人透骨心寒？

徐鳳年笑了笑，問道：「趙驃，你要跟我搶女人？」

廣陵世子殿下趙驃驚訝地「咦」了一聲，似乎感到有趣，肥胖身軀微微前傾，終於注意到這位外地佬，問了一個很符合他作風的問題：「你認識本世子？我跟你很熟？」

徐鳳年微笑道：「不太熟。」

趙驃白眼道：「那你廢什麼話？你放心，本世子也不是不講道理的人，今兒心情也好，搶了你幾位女人，回頭從王府上還你幾個本世子玩膩了的丫鬟。」

徐鳳年不禁有些哭笑不得，這頭肥豬怎的跟靖安世子趙珣一個天、一個地，重量有後者兩倍，可腦子裡的貨，卻估計只有趙珣一根手指頭那麼大。相信若不是有廣陵王趙毅護短，身上這三百來斤的肉都賣不出幾文錢。

趙驃撇了撇嘴，自言自語道：「嘿，本世子這輩子只佩服一個人，那就是北涼的徐鳳年，徐哥哥！」略作有感而發，這位世子殿下沒好氣說道：「還不滾開，本世子搶你的女人，那是給你小子天大面子，再不識趣，將你剝皮丟入廣陵江。」

◆

與世子殿下相處，近朱者赤說不上，說是近墨者黑，想必徐鳳年也會捏著鼻子承認。

自打與世子殿下在劍州邊境偶遇，生性膽小的慕容梧竹此時此景，哪怕已經依稀猜測出那一坨肥肉的恐怖身分，也怡然不懼，很難想像這位閨女原本連上徽山成為百歲老人的床榻玩物都會認命。在她以往的人生裡，雖說出生於劍州士族，但一郡長官對她來說便已是權勢滔天的大官，這才幾天時間，登徽山牯牛大崗，拜訪武帝城，彷彿就把一輩子都活夠了。

當徐鳳年悍然出手按下馬頭，救下稚童，慕容梧竹只覺得世上千萬人，獨獨遇上他一人便足矣，只是她沒來由傷春悲秋起來，自己不如弟弟桐皇聰慧，不如裴南葦漂亮，不如青鳥姐姐武力超群，自己能為他做什麼？

在慕容梧竹莫名傷感時，一名中人之姿的婦人踉蹌跑出人群，死死抱住孩子，卻不是向有救子大恩的世子殿下感激涕零，而是撲通一聲跪下，朝遠處乘坐汗血寶馬的趙驃磕頭，哭訴著她並不認識這群人，孩子驚擾了將士們的軍機要事，民婦祈求世子殿下恕罪。她磕頭不止，額頭青腫，旁觀者面面相覷後便釋然，理該如此，並不覺得這名少婦的忘恩負義有何不妥，在廣陵轄下，道理全由廣陵王說了算，王法，可不就是趙氏一族的家法嗎？

一些個暗自嫉妒徐鳳年風采的年輕士子都要麼搖扇的搖扇，要麼竊竊私語猜測徐鳳年如何下場可悲，心情十分愜意。慕容梧竹才出火坑，雖說與舒羞之流差不多，跌跌撞撞算是進了北涼的染缸，但心性還是單純如未曾落筆潑墨的白宣，聽聞婦人的違心言語，怒極的她漲紅了臉，小跑過去就一巴掌摑在那婦人臉上，慕容梧竹也不知道如何訓斥，婦人被打懵了，停下哭泣，倒是慕容梧竹自己哭了起來。

一名猶豫不決冠著秀才頭巾的男子縮躲在人後，硬是不敢出現，應該是那婦人的丈夫。見到這絕色姑娘一耳光打在他娘子臉上，他的臉都開始火燙滾滾，但最終還是沒有勇氣走出去，小心翼翼瞅了瞅那邊馬上的廣陵世子殿下趙驃，再看了眼馬下的英俊公子，只希望這些個他一介升斗小民惹不起的大人物，莫要拿他一家三口下刀，更是悔青了腸子，這趟不該來觀潮。

徐鳳年回頭望向捧著狐裘的青鳥，不需出聲，心有靈犀的青鳥就來到瑟瑟發抖的婦人身前，冷冷說了一個「走」字。兩腿發軟的婦人慌張起身，拉扯著孩子頭也不回地鑽入人群，與夫君相會後，擠開人群就打道回府。從始至終，她都沒有去看一眼那位公子，至於心中到底是愧疚還是慶幸，天曉得。

在廣陵有些地位的膏粱子弟都知道每逢大集會，世子趙驃必定會安插許多專門負責找尋俏娘子的遊哨，這些走狗的嗅覺極其管用，一般而言總能讓殿下滿載而歸，否則以趙驃的體型，不管是乘車還是騎馬，出行一次何其艱辛勞苦？

趙驃除了孜孜不倦地獵色，還相當生財有道，府上專門有一名管家負責點評周邊家族裡女子的姿容，若是不想被他帶回廣陵王府壓在胯下，就得孝敬上供大把的銀子，即便是幾乎算是與世子殿下穿一條褲子長大的周刺史大公子，也沒辦法逃過一劫，就因為有個門當戶對並且水靈誘人的媳婦，一文錢不可少地交了七、八萬兩「貢銀」，只敢私下玩笑一句「世子殿下童叟無欺，公平得很」。可見趙驃的吃相，吃女子也好，吃銀子也罷，難看到了何種境界。廣陵王趙毅偏偏對此喜歡得緊，笑言這位嫡長子是一頭小饕餮，能吃是天大福氣嘛。

趙大世子見眼前這位沒有動靜，本就少到可憐的耐心徹底消散，做了個手勢，便不再理睬馬前的同齡人，只是抬頭伸長脖子盯著慕容梧竹，掃視一遍，竟然還是一對姐妹花？世間竟有如此形似神似的絕美並蒂蓮？老天爺待本世子不薄啊。再瞇眼看下去，就越發驚喜，還有兩位戴帷帽的娘子，雖說看不清臉蛋，但僅看身段已是銷魂至極，至於那秀氣的青衣女婢，氣質也十分不俗啊，今天到底是怎麼了，如此幸運，這幾位品相超乎尋常的姑娘，可是能讓本世子好生應付大半年的無聊時光了。

趙驃口水長流，嘖嘖道：「小娘子們，快到本世子的碗裡來，本世子最心疼美人了，一定會慢慢吃，慢慢嘗。」

徐鳳年瞥見灰衣老者下馬，有動手的意思，總算開口說道：「趙驃，事先說好，你要搶我的女人可以，可別到時候美人沒到你碗裡去，你身上倒是有幾斤肉到了我碗裡來。」

趙驃破天荒正兒八經看了眼這位外地人，習慣了被擄搶女子以及她們家人的哭天喊地，實在是無趣無味，這讓世子殿下總有一種高手寂寞的憂鬱。廣陵境內，誰不是一見到他身後陣勢就嚇破了膽，偶有不缺骨氣的高門世族，也是徒勞反抗被血腥鎮壓後說著報應之類的廢話，還真沒人能在他身前能不嘴唇發抖說話的英雄好漢。

記得前些年有一對據說很是被江湖人士稱道的神仙俠侶，遊覽至廣陵，起先世子殿下沒帶多少扈從，吃了點小虧，他立馬回府帶了十幾位客卿與三百鐵騎將那對試圖逃竄的狗男女堵在了邊境上，他先是當著那位大俠的面來了一場活春宮，接著當著那女俠的面剝了她夫君的皮，最後拿一根長矛將他們身體刺透串在一起，好心好意讓他們做了對亡命鴛鴦。至今世子殿下仍然記得那位身子豐腴的女俠的淒豔眼神，以及那名所謂俠士的含恨淚水，趙驃咂摸一番，真是得勁，這可比平常寵幸誰家的女子來得暢快多了，真是餘味無窮啊。

趙驃想到這個，對那幾位女子就越發眼神炙熱，開始尋思幾種只是想到卻沒實施的新鮮花樣，想著想著，他便習慣性地將一根手指伸入嘴中，含混不清道：「可惜沒機會見到徐哥哥，聽說他的梧桐苑有好些尤物，否則大可以拿來切磋切磋，再說了徐哥哥還有兩位姐姐，本世子誠心以禮相待，不介意分享自家那些個女子，想必徐哥哥也應該出手大度些，把兩位姐姐與整座梧桐苑都送出，才算厚道。」

趙驃依然自言自語：「要是不願意不厚道，如何是好？」這位世子殿下嘆息一聲，拔出手指，沾了無數口水，臉上笑意滿滿，眼中則沉滿了陰森，「北涼啊，好遠的，本世子沒那氣力遠遊討要，可若是到了廣陵，可就容不得徐哥哥你小氣了。」

回過神，見到給自己辦事一直無往不利的灰衣老者已經走向那人，趙驃扭了扭脖子拭目以待。趙驃只看到那位年輕公子哥臉色平靜，只是朝自己伸了伸手，忍不住好奇問道：「做啥？」

徐鳳年沒有說話。

慕容梧竹無意間瞥見青鳥姐姐竟然翹了翹嘴角。

最不起眼的羊皮裘老頭兒緩緩走入眾人視野，沒好氣道：「好好一條廣陵江，甲子前還是天高江闊，這會兒竟然如此晦氣，連老夫都看不下去了。徐小子，那條走狗和三十騎歸我，那頭死豬就歸你了！老夫醜話說在前頭，不從他身上割下幾斤肉，以後甭想老夫浪費精氣神。」

糟老頭才說完話，一幕令人瞠目結舌的殺戮便發生了，三十騎連人帶馬都給無形劍氣絞爛，至於那名高手風範的灰衣客卿，還沒來得及動嘴，更別說動手，一顆腦袋就好像給看不見的利器削平了去！

不見任何動靜的老劍神繼續說道：「有真正的高手要從大燕磯趕來了，你小子要不想被幾千鐵騎追著跑，就馬上動作。」

徐鳳年笑了笑，只是伸臂一抓，竟從地上一具騎卒屍體手中馭取了一柄劍。

馭氣駕物？

一直冷眼旁觀事態發展的陳漁細眯起眼，總算不是太愚蠢的廣陵世子殿下二話不說，掉轉馬頭就要跑路。留得青山在，不怕沒娘子。

徐鳳年大踏步前行，一手扯住馬尾，將前衝的汗血寶馬拉扯得前蹄高揚，上馬需要三名僕役使出吃奶力氣去攙扶的趙驃根本沒有馬術可言，立即向後摔在地上。

徐鳳年拿劍鞘刺在這名同是王朝內權勢世子殿下的脖子上，讓其無法動彈，在趙驃手臂上一劍削下足有三兩肉，笑咪咪道：「瞧瞧，你的肉到我碗裡來了，不騙你吧？」

鬼哭狼嚎。

第二劍在趙驃圓滾如柱子的大腿上切下得有半斤肉，還是迷死女子不償命的笑臉，「對了，我就是你徐哥哥。」

肥豬世子撕心裂肺，掙扎得厲害，徐鳳年將劍鞘換了地方，死死釘在趙驃腦門上，眾人只見得世子殿下四肢掙扎翻滾，頭顱卻動不得。

徐鳳年第三劍在趙驃左臉頰割下一塊肉，然後笑問道：「疼不疼？」

看趙驃屁滾尿流的模樣，可想而知。

徐鳳年「哦」了一聲，又從右臉頰一劍剁下，「看來挺疼。」

趙驃褲襠濕透，口吐白沫，澈底疼死暈厥過去。

老劍神微笑道：「徐小子，馬上有人來了，悠著點。是走是留，你說。」

「青鳥，去馬車拿繡冬、春雷。」

徐鳳年說完，轉頭對李淳罡笑問道：「老前輩可敢與我去大燕磯觀潮？」

李淳罡愣了愣，哈哈大笑，那叫一個豪氣，「當年吳家九劍破萬騎，老夫一人便能頂他們九個！」

陳漁本以為這人闖禍以後就要灰溜溜夾著尾巴逃離廣陵，北涼世子殿下又如何？

這裡是廣陵，是藩王趙毅苦心經營二十年的地盤，積威深重。《宗藩法例》規定王不見王，其實朝野內外都知道所謂七大藩王，真正能與北涼王叫板的也就燕剌王與廣陵王，不幸趙毅便是其一。

廣陵除去雄壯甲天下的水師，還有相當數量的精銳騎兵，其中八千親衛背魁軍更是精銳中的精銳，疾如錐矢，戰如雷電，騎兵統帥盧升象、扛纛將張二寶都是離陽王朝裡公認的萬人敵，名聲可與陳芝豹以外的徐驍五位義子並肩，其中盧升象在春秋中先是雪夜下盧州，緊接著千騎過東越，戰功顯赫。

大將軍顧劍棠拆散舊部，只帶嫡系入主兵部，其餘戰力依次落入燕剌王、廣陵王囊中，被瓜分殆盡，地方十數位刺史根本不敢索要一兵一卒。

論軍功，論實力，廣陵王趙毅當然比不過異姓藩王徐驍，只不過強龍鬥不過地頭蛇，何況徐鳳年撐死只是一條過江幼蟒，如何抗衡趙毅這條早已成精了的廣陵巨蛇？情勢所迫，陳漁與女婢青鳥幾人一同緩行，抬頭望去，岸邊觀潮者都奔散逃命而去，滿地狼藉，可見陸地上有一條黑流湧來，那是背魁軍鮮明的烏騅馬、漆黑甲，氣勢之大，絲毫不遜廣陵一線潮。

陳漁皺了皺黛眉，這徐鳳年失心瘋了不成，單說教訓世子趙驃的手法殘忍，她並不反感，惡人自有惡人磨，頂尖紈褲之間的恩怨，人多沒有溫情脈脈可言，只是徐鳳年身陷險境卻硬生生逆流而上，也太不理智，逞威風、抖聲勢可不是這般玩法，千金之子坐不垂堂，如此淺顯的道理，都不懂嗎？

陳漁輕微冷哼一聲，嘴角冷笑，真是可惜了草蛇灰線伏線千里，竟是才出園圃草廬，在這廣陵江畔就要斷線？

舒羞和楊青風沒有置身事外的理由，青鳥握有一根剎那槍，三人與世子殿下和羊皮裘老頭拉開一段距離，既然棄了馬車，青鳥沒忘記讓舒羞帶上鄧太阿的劍盒，前頭兩位準備正面扛下騎兵第一波衝鋒，實在是目中無人得讓人心顫。

世子殿下瀟灑前行，腰掛長短雙刀，手握刀柄。雖然臉色微白，看上去氣色不佳，但在按下馬頭與那一手驚世駭俗的以氣馭物後，沒有誰認為世子殿下只是個病秧子。

獨臂老劍神，既然今日一戰十有八九是此生最後一次在世間出手，也就無妨捅破天去，西蜀劍皇當年斬殺千騎力竭而亡，李淳罡要教天下武夫知道劍道巔峰，不止於此！

他李淳罡一劍江湖百年，輸給王仙芝兩場又如何？當真就沒有後輩劍士可將那武帝城城主拉下馬？只有一個鄧太阿，劍道大江之上，還是太少了！

陳漁走在最後，腳邊那暈死過去的肥豬趙驃微微睜眼，三百斤肉骨碌一滾，以迅雷不及掩耳之勢爬起身，身形矯健得讓人懷疑自己是否看花了眼，一身顫肉晃蕩得厲害，起身後與徐鳳年背道而馳，撒腳狂奔，只求迅速離開是非之地。

將這一切看在眼中的陳漁略微愕然，心想這廣陵世子殿下倒也不真的傻，還知道裝死蒙混過關，若不是這般丟人現眼，少不得再被割下幾兩肉。

陳漁不再打量這堆汙穢肥肉，轉頭看到北涼世子殿下已經有拔刀姿態，陳漁心中嘆息，若是設身處地，她定會趁人潮散盡之前大聲自報家門，將北涼世子殿下的名號傳遍廣陵江岸，這才能夠使得趙毅投鼠忌器，不敢正大光明地用近千鐵騎一味軋過來。畢竟擅殺北涼世子，是註定要轟動朝廷的大罪，何況此世子在離陽王朝最是真金足銀，是世襲罔替到手的一等殊勳子弟。可機會稍縱即逝，那些觀潮人不管家世高低，連看熱鬧的膽量都沒有，即便事後知曉內幕，都沒了資格做證人，誰還會冒死向朝廷直言一二？

來歷不明的陳漁心思複雜，記起丟鐔拋劍的白裘公子背影，那時依稀聽到一句話，她喃喃自語道：「壯士死即舉大名，這話不假，可這是豪傑破釜沉舟的做派，你分明有望做占北吞南的梟雄王侯，為何會如此莽撞？本以為你敗絮其外、金玉其中，不承想，裡外皆是敗絮。」

◆

大燕磯閱師臺上，一杆「趙」字大纛在江風中獵獵作響，體態臃腫更勝趙驃的中年男子蟒袍玉帶，九蟒，金黃蜀錦大緞，水腳江牙海水，與廣陵潮水相得益彰。

男子屁股下的座椅是尋常三倍大小，他不動如山，只是坐著便比大燕磯上許多文臣高大。王朝蟒袍非皇室宗親不可穿，當然，揭竿造反者不算。而這象徵榮華富貴攀至頂點的蟒衣分九級，就色澤而言，除非是皇太子，藩王與一般皇子身穿蟒袍都按律當用淡黃、藍色或者石青色，至多蟒袍邊緣繡金。而眼下這座穩重得一塌糊塗的小山，卻是特賜一襲品色最正的金黃蟒袍，可謂天恩浩蕩到了極點。緣於這位權柄大握的藩王與當今天子乃是同母而生，兄弟情深比較其餘宗親藩王，自然不可相提並論，廣陵王趙毅，天下唯一能與皇帝陛下同榻而臥的存在！

當年以一柄玉如意打得郡守腦漿迸裂，結果也無非是京城有大宦官錢貂寺趕赴廣陵，替天子傳了一句不痛不癢的口頭責備。

藩王趙毅身邊偏生站著一位瘦猴一般的老人，留兩撇鼠鬚，穿的倒是出自蘇造工的一流袍子，只不過長相實在砢磣。趙毅右手邊那一位中年將軍則是相貌堂堂，玉樹臨風，按劍而立，可見大藩王對這名武將的信任。此人便是當世名將盧升象，用兵詭譎，尤其擅長以少數精銳騎兵進行千里奔襲，以奇制勝，東越亡國，一半功勳都應該算在盧升象頭上。寒族出身的盧升象不管在軍中還是士林都口碑極好，不知為何始終留在廣陵。

當初顧劍棠十二騎入京，本該多一個盧升象，這些年經常有傳言要讓盧升象去京城擔任兵部侍郎，打熬五、六年，等到顧劍棠百尺竿頭、更進一步，就要由他接任兵部尚書，直到今年湖亭郡棠溪劍仙盧白頡橫空出世，出任兵部侍郎一職，朝野才沒了揣度喧囂。

賊眉鼠眼的廣陵王府首席老幕僚，仲出蘭花指撚了撚鬍鬚，怪腔怪調道：「升象你高看這北涼世子了，早知如此，大可以貓逮耗子慢慢下嘴。」

北涼世子一行人才一腳踏入廣陵，王府密探就已經把消息傳到了王府春雪樓，這棟春雪樓常人不得入內，是王府軍機重地，廣陵轄內事無巨細，政出此樓，故而被廣陵官場視作一座大龍門，能夠入樓面見廣陵王趙毅，證明這名官員才算真正在廣陵坐穩了位置。

能在此樓為剛剛成為廣陵節度使的趙毅出謀劃策，便意味著此人已經是廣陵境內手眼通天的權貴，紅到發紫，比起那些頭頂封疆大吏名頭的郡守刺史，還要讓人生畏。

今日徐鳳年前來觀潮，春雪樓上的藩王嫡系與幕僚謀士都報以不拉攏、不敲打的冷淡策略，只不過世子殿下趙驃打亂了陣腳，這對春雪樓一眾廣陵影子權貴來說，也不算什麼。他們當中大多是近二十年才在樓內找到一席之地的青壯派，對於那異姓王徐驍沒有太多敬畏，幾個性格激進的幕賓這些年一直不遺餘力地鼓吹要拿北涼鐵騎做廣陵雄師的踏腳石，因此聽聞世子殿下率三十騎前往尋釁，竟然被那徐鳳年割肉示威，便是盧升象都有些怒氣，當下便提議在北涼世子不曾自揭身分來自保前，便用千餘鐵騎以雷霆攻勢衝殺過去，哪怕有武帝城那邊揚名天下的老劍神護駕，哪怕這一千背魁軍陣亡得一個不剩，大可以再調三千鐵騎！

殺一名將來會世襲罔替北涼王頭銜的年輕人，順便殺掉一個成名江湖的劍道魁首，盧升象相信身邊主子有這個魄力去拚掉一、兩千背魁軍。

別人不知京城那位九五之尊的隱蔽心思，深諳兵事與朝政的名將盧升象在春雪樓上二十幾年屹立不倒，地位始終位列前三，豈會琢磨不到幾分底線？興許今日動盪，北涼徐瘸子板上釘釘會勃然大怒，牽一發動全身，京城便要傳旨，甚至有可能要廣陵王削爵一等，但一時得失，不論在廟堂謀算還是兩國交戰中，都大可以不予理睬。徐驍大半輩子戎馬生涯，負傷無數，如今年歲已破五十，還能活多久？

給你徐瘸子二十年又能怎樣，到時候北涼分崩離析，身邊主子才不到甲子，更重要的是膝下子孫綿延，盧升象敢斷言屆時不光廣陵王趙毅恢復王位，世子殿下都可以拿到一個夢寐以求的世襲罔替！北涼勢大，如通天大蟒盤踞北方邊境，唯一致命的七寸則是徐字王旗下只有兩子，幼子徐龍像是個癡兒，長子徐鳳年一死，徐驍有本事將春秋八國顛覆，難道還有本事與老天爺作對？除非陸地神仙一般的三教聖人，少年百年過往是枯骨，自古皆然，口口聲聲天子萬歲，誰能真正萬歲？

盧升象不去與鼠鬚謀士斤斤計較，平淡道：「那徐鳳年要尋死，你我攔得住？」

相貌猥瑣的王府大幕僚嘿嘿一笑，眼神竟是鋒芒異常。

人不可貌相哪。

盧升象當時提出要以岸邊一千騎撵殺徐鳳年，其實並不是十分確定趙毅是否有隱忍二十年的耐心，但事實上這位大藩王不光讓張二寶率軍前往，而且讓人領虎符前往山巍大營，下令其餘背魁軍傾巢出動，這份果決狠辣，便是殺人如麻的盧升象都有些動容。

要知道斬殺北涼一根獨苗的世子以後，意味著廣陵就要與北涼鐵騎結為死敵，真要廣陵軍與北涼鐵騎在戰場上廝殺，兩個廣陵都會穩輸，趙毅只有兩大靠山——京城那位同父同母的兄長，以及北涼與廣陵之間離陽王朝的千里江山！

寥寥幾人，三言兩語，大燕磯上談笑間便決定了王朝未來二十年的走勢。

盧升象聽著跌宕潮聲，心神遠不如臉色和語氣那樣平靜。

這便是權勢啊。

女子如畫，素手研墨，紅袖添香，又如何比得在錦繡江山中獨立鼇頭？

廣陵王趙毅肘抵在椅臂上，托著渾然一體的下巴臉頰，無法想像接近四百斤重的男子竟肌膚如雪，他笑咪咪道：「帶著那幾位女子行走江湖，好似三歲少兒鬧市持金，怎能不招蜂引蝶？驃兒眼光向來很好，這次吃虧，不怪驃兒，是本王小覷了徐家小兒的膽識。確實，能在江南道痛殺士子，在徽山大雪坪與龍虎山對罵，在武帝城登上城頭，就算是一只繡花枕頭，好歹也該是咱們廣陵蘇造工的手藝了，對不對？」

盧升象沒有附和，只是在檢閱臺上望著背魁輕騎如洪流傾瀉，那群勢單力薄的北涼訪客還真敢螳臂當車，北蠻子真是被徐瘸子給慣壞了。

面孔顯老態的鼠鬚幕僚奸笑道：「那小兔崽子人傻膽大，不算本事，有王爺運籌帷幄，斷然逃不出手掌心。興許那小子到死都不相信王爺會連徐驍的面子都不給，只是不知那位重出江湖的李淳罡，可擋下一千騎兵幾次衝擊？」

盧升象搖頭，語氣沉重道：「據悉李淳罡在徽山成就陸地神仙，穩坐劍仙境界，當年西蜀皇叔劍斬千餘北涼鐵騎，絕非江湖人士以訛傳訛，想必這位李老劍神，會很棘手。」

廣陵王趙毅微笑道：「一千背魁軍可花了本王好些銀兩，說折了就折了，略有惋惜。不過廣陵這些年本就平靜乏味，能用一千或者幾千條人命換點樂子，不至於血本無歸。升象、竹坡，這場好戲，看仔細了，別揮霍了本王的銀子。」

盧升象面無表情，被稱呼竹坡的謀士笑吟吟道：「張某與江湖草莽打交道不多，今日肯定要睜大眼睛好好瞧一瞧所謂的劍仙，能否力挽狂瀾。」

趙毅打了個響指，自嘲道：「劍仙飛劍取頭顱，本王不敢托大，若是不小心被李淳罡狗急跳牆，一劍割去腦袋，就鬧天大笑話了。」

響指過後，一名面容枯槁劍氣卻沖天的午邁劍客緩緩登上檢閱臺，雙手交疊擱在劍柄上，面朝騎兵與李淳罡，閉目凝神。

老者正是東越劍池碩果僅存的前代大劍宗，柴青山。其劍術冠絕帝國東南，為廣陵王趙毅不知擋下多少次刺殺暗算，東越劍池當代劍主顧及劍池清譽，不得已將柴師叔逐出。

那撚鬚謀士嬉笑道：「柴青山，你也算劍道宗師人物，況且你師兄曾經被李淳罡折辱，羞憤自盡，仇人相見，分外眼紅才對，怎的如此平靜，莫不是被李淳罡在東海那邊劍開天門嚇破了膽？」

趙毅皺眉道：「張竹坡，別跟娘們兒一樣小肚雞腸的，柴客卿不過殺了你那不爭氣的侄子，多大點兒事，再嘮叨碎嘴，信不信本王讓你當場與柴客卿打上一架。」

張竹坡眼珠子一轉，啪啪狠狠打了自己兩記耳光，告罪道：「小的知錯了。」

柴青山始終凝神屏氣，不動聲色。

江上水師演練照舊，但廣陵江畔瞬間風起雲湧。

先鋒大將張二寶一馬當先，持有一杆馬槊，揮舞開來，裂空呼嘯。

羊皮裘老頭提有一柄游隼營騎卒制式佩劍，遠算不上什麼神兵利器，望向綿延不絕的廣陵騎兵，蒼老臉龐上露出一些笑意。

「初入江湖，踏廣陵潮頭仗劍而行，只覺得只要一劍在手，天地逍遙，好不痛快。真是懷念那會兒的年少不知愁滋味啊。終於要退出江湖，因緣際會，還是在這廣陵江。」

徐小子，老夫與你相識一場，那矯情的忘年交稱不上，不過老夫瞧你倒算順眼，你若是傾力搏殺，名頭是足了，可對你以後執掌北涼鐵騎未必就是好事。你這世子殿下，得講究那藏拙，恨不得天天往自己身上潑髒水才睡得安穩。老夫看你真是活得不自在，與我等沽名釣譽的江湖匹夫大大不同，故而這一戰，莫要怪老夫一人搶去所有風頭，一千騎殺盡，那趙毅不肉疼，再殺他個三、四千鐵騎就是，總要老夫酣暢才行。

萬一真要落敗，你小子無需想著替老夫收屍，只管扯呼便是，老夫死前自會留力一路送你出廣陵。」

徐鳳年笑道：「徐驍曾經說過大丈夫小事玩世不恭一些，沒關係，但生死關頭，仍要有所為！有所不為！老前輩若是信得過小子，只管往前殺去，後背交由徐鳳年便是。咱倆殺到那大燕磯才好！」

老劍神李淳罡停下腳步，笑罵道：「可是明知道老夫不會敗，才說這一番豪言壯語？」

徐鳳年一臉委屈道：「老前輩這話比兩袖青蛇還傷人。」

老頭兒開懷大笑，腳尖一點，身形激射，氣概豪邁道：「鄧太阿，以劍殺人，你當真以為比老夫更強？」

◆

後世記載，八月十八觀潮日，李淳罡一劍斬敵破甲兩千六百餘。

江湖再無老劍神、新劍神一說。

血流成河，拍岸大潮沖刷不去。

李淳罡與北涼世子臨近大燕磯，徐鳳年笑問廣陵王趙毅：「本世子若是身死，徐驍就要教你廣陵滿城盡懸北涼刀，信否？」

◆

天下沒有不散的筵席。

馬隊行至與兩州接壤的貧瘠邊境，聽到車廂內的細微動靜，青鳥停下馬車，世子殿下彎腰掀起簾子，下車後望向遠不如南方旖旎的北涼風光，怔怔出神。

霜降一過，樹枯黃葉落，蟄蟲入洞，室外哪怕一陣微風拂面，都透著衣衫遮掩不住的寒意，立冬更是眨眼將至，徐鳳年出行時春暖花開，再回到那涼州城已是入冬。

三年遊歷時只是在江湖底層摸爬滾打，除了辛酸還是心酸。這趟出行看似耀武揚威，打交道的人物要麼非富即貴，要麼就是那些江湖上最拔尖的宗師或者怪胎，也對，尋常只敢在這個江湖淺灘撲騰戲水的蝦米角色，怎麼好意思跟打開天窗亮出身分的北涼世子打招呼？這不是貼上臉面找搧？徐鳳年回頭看了一眼同時下車的慕容姐弟、靖安王妃裴南葦，當然還有那不曾下車的馬夫劍神。

廣陵江一戰，短短兩里路程，在李淳罡劍下躺了兩千六百具背魁騎兵屍體，層層疊疊，少有完整的屍體，世子殿下的袍腳被鮮血染紅濕透，除去那名使馬槊的武將僥倖存活下來，上陣的廣陵甲士，悉數慷慨赴死。

廣陵王趙毅不知是被李淳罡那句「再讓老夫殺兩千鐵騎過過手癮，臨死再拉一位藩王墊背，雖死無憾」震懾住，還是被他置死地脫口而出的恐嚇給打亂算盤，反正不管那座白肉小山心中如何計較，終於還是沒有阻攔徐鳳年離去。

◆

八月十八日，徐鳳年雖未親手殺人，卻是第一次感到恐懼，因為劍術無匹的李淳罡每多殺一人，他就要多一分可能性留在廣陵江餵魚。人力終有竭盡時，要知道大燕磯附近堆積了足足六千多背魁軍，密密麻麻如同闖入螞蟻窩，更別提還有廣陵水師無數樓船戰艦虎視眈眈，趙毅真要下定決心殺人滅口，李淳罡即便能帶他一人脫困而出，也無法顧及青鳥等人。

坐回馬車後，徐鳳年低頭看著雙手，顫抖不止，如何都停不下來。

這裡頭有一絲躁動的畸形興奮，親眼所見李淳罡劍氣所及，鋒芒掠過，便是一大片血肉模糊，試問自己練刀，此生何時能有這種以一介武夫力敵千軍萬馬的本事？

出廣陵以後，李淳罡臉色立即呈現出一種油盡燈枯的泛黃，徐鳳年如何不知老劍神出劍前便將江畔一戰視作一生收官手筆，三教聖人才可借用天地玄機，四兩撥千斤，三教以外的武人，即便強如李淳罡，一劍便是一劍，需要耗費大量氣機，尤其是在鐵騎洪水般不斷衝擊的狀況下，根本不給羊皮裘老頭如意圓轉的喘息機會，這才是病根所在。

吳家劍塚九劍殺萬騎，那可是吳家最巔峰時的整整九位劍道大家，並且九人能夠相互依靠借勢，而李淳罡則是單獨面對數千騎！廣陵背魁軍無疑是帝國東南最精銳的一支精銳，李淳罡在短短半個時辰內破甲兩千六，又豈是吳家九位先祖可以媲美？

徐鳳年抬頭看了眼空中青白鸞的動靜，知道祿球兒正帶著北涼鐵騎奔赴趕來。

李淳罡緩緩下了馬車，走到世子殿下身邊，問道：「怎麼，不要老夫送你到涼州城門？」

徐鳳年搖頭微笑道：「算了，褚祿山已經帶兵前來迎接，就不麻煩老前輩了。」

羊皮裘老頭兒故作驚訝「咦」了一聲，白眼道：「徐小子你那被狗叼走的良心怎的全回來了？」

徐鳳年只得苦笑。

李淳罡灑然笑道：「廣陵江邊，你小子熱血上頭，老夫陪你瘋了一次，最後能活著站在這裡，其實你與老夫互不相欠什麼。沒有你，老夫便是再斬殺兩千騎，也得乖乖死透，下場未必能比西蜀劍皇好。你那句話比老夫千百劍都來得厲害，可見匹夫之怒，別說與那天之一怒相比，便是與王侯一怒，都差得遠。老夫算是看透了，江湖人就老老實實在江湖上行事，否則再大本事也拎不清恩怨，江湖兒郎江湖老，才是正理。你們這些帝王將相、豪閥高門的勾心鬥角，誰摻和進去，都要惹一身葷腥。隨便扳手指頭數數看，龍虎山、東越劍池，看似得勢，還不是一隻隻甕中鱉、池中鯉，哪天養肥了，指不定就是想清蒸就清蒸，想紅燒就紅燒，老夫一眼望去，還真就只有武當和吳家比較像樣。」

徐鳳年一臉掩飾不住的黯然神傷。

李淳罡斜瞥了一眼，知道提起武當山，戳中了世子殿下的軟肋。他於心不忍，轉移話題問道：「在廣陵連趙驃的肥肉都敢割到自己碗裡，陳漁的姿色，老夫看著都覺著驚豔，到嘴裡的肉，你心甘情願吐到京城那口大碗裡去？」

徐鳳年平靜道：「大概還是那句話吧，有所為、有所不為，天底下事情總不能都由著我的性子來轉。先是那被曹長卿毀去七七八八的趙勾威脅在前，緊接著皇后親自派人捧著懿旨來到跟前，打一棍子再給棗子，軟硬兼施，我能有什麼辦法。要是沒有廣陵江這檔子事，說不定我還有那個膽識去跟皇后娘娘耍賴皮，在襄樊差點跟靖安王趙衡澈底撕破臉皮，還把人家的正王妃都拐到北涼，跟廣陵王趙毅結下仇，死結一個，神仙都解不開，眼下估摸著徐驍都準備好掃帚抽我了，再給他惹是生非，連皇后那邊都落下不識大體的糟糕印象，恐怕連家門都進不去。隋珠公主一事，已經讓這位後宮爭鬥號稱前無古人、後無來者的女子心生怨念，說實話，我寧肯被坐龍椅那位覺著不像話，也不敢一而再、再而三讓這位惦念上心。女子心狠起來……」說到這裡，世子殿下驀地住嘴。

李淳罡伸了伸腰，扭扭脖子，不以為意，笑道：「江湖盛傳要重定武評，這次要把那些個類似趙宣素的深水王八都挖出來曬一曬，而且不重境界高低，只憑殺人手段來排名。可惜原本當之無愧的天下第一，姓洪的武當掌教已經自行兵解，否則王仙芝這天下第二就更加當之無愧嘍。

至於老夫嘛，估計藉著廣陵一役的喪心病狂，會排在鄧太阿之前。再者，老夫斷言一直被江湖小覷的顧劍棠這次會搗不住了，十有八九能進前五，不過這些都與老夫無關了。姥山王丫頭，委實是老夫生平所見女子中最富才氣的，『臉上可喜可驚皆得意，實則皆胸中可悲可泣，殫心竭慮求富貴功名，睜眼才知黃粱一夢』。小丫頭無心一語，道盡世間失意。」

李淳罡長呼出一口氣，「老夫約莫還可以再撐上幾年，以後姜丫頭若是習劍大成，要找你拚命，可莫要腹誹老夫。」

徐鳳年溫言笑道：「早些練出個女子陸地神仙，我與她豈不是見面更早？否則以她的淺薄臉皮，怎麼好意思殺我，這得感激老前輩。」

李淳罡點頭笑道：「你小子別的不說，這份肚量，很合老夫的胃口。」

羊皮裘老頭耳尖，聽到馬蹄聲遙遙傳來，輕聲感嘆道：「徐小子，今日一別，就沒在江湖再會的可能了，老夫有沒有你想要的東西，說來聽聽，老夫破例一回。」

徐鳳年笑道：「老前輩你能有啥，兩袖青蛇都已傳授，劍開天門的劍意，學不來。若說剩下什麼，這身年紀比我還大的破敗羊皮裘？還是算了吧，我就不送老前輩離去了。」

李淳罡漫不經心挖了挖耳朵，深深看了一眼世子殿下，笑了笑：「如此最好，老夫受不了那些纏綿矯情。」

老人在官道上負手緩行，背影傴僂，百步以後，似乎知道世子殿下在目送，沒有轉身，揮了揮手。

徐鳳年伸手遮了遮夕陽光線，緊抿起嘴唇。

木馬牛、酆都綠袍、劍神。

大雪坪一聲劍來、武帝城劍開天門、廣陵江斬殺兩千六百騎。

還有那身穿羊皮裘的摳腳獨臂老漢。

都已是江湖一縷餘暉。

徐鳳年喃喃道：「一個人就能讓整個江湖都覺著老了，可真是一件霸氣無匹的技術活兒，老前輩，本世子沒法子打賞啊。」

◆

徐家鐵蹄之下，八國安有完卵？

這句老話，不曾經歷過那場狼煙戰火的人，未必會當真。

北涼三十萬鐵騎精且雄，未見其面先聞其聲，官道上馬踏如雷鳴，一次次踩踏地面，整齊得讓人心顫，緊接著可以望見道路盡頭一杆徐字王旗逐漸升起，簡簡單單一個「徐」字，鐵畫銀鉤，傳聞出自一名女子之手。

當靖安王妃裴南葦終於望見當頭兩位黑甲重騎，竟緊張得呼吸都下意識放緩。襄樊城，靖安王趙衡擁有一支戰力相當優秀的親衛騎兵，在帝國中部腹地堪稱橫掃諸軍，當裴南葦在廣陵江看到數千背魁騎兵的衝鋒，曾以為天下騎卒悍勇，已是頂點。

這時候裴南葦才知道什麼叫一山還有一山高，佩刀控弩的鳳字營屬於北涼輕騎，眼下高馬披重甲的騎兵卻是北涼軍中真正意義上的鐵騎，裝備精良，冠絕王朝，騎卒戰鬥素養更是首屈一指。

戰馬踏蹄，馬背上的騎卒隨之起伏，手中長槍傾斜角度竟是絲毫不變，距離世子殿下馬隊五十步距離，幾乎同一時間馬停人靜，沒有任何雜音。

兩騎穿梭而出，其中一名武將極為神武俊逸，白馬銀槍，翻身下馬，行雲流水。另外一名則讓裴南葦想起了廣陵趙毅、趙驃父子，下馬動作便沒了任何美感，可以說是滾落下馬，搶在白馬武將前頭，帶著哭腔踉蹌奔跑，一左一右，雙腳踩出的塵土貌似不輸給戰馬。

裴南葦與慕容姐弟瞬間臉色微白，世間女子，少有不憎惡畏懼眼前肥胖男子的，號稱談褚色變，連裴南葦都沒能免俗。若是在襄樊城靖安王府，她自然從容，可到了北涼境內，孤苦伶仃的裴南葦實在沒這份底氣和硬氣，但接下來那名早該去地獄挨千刀萬、剮下油鍋的胖子，讓裴南葦深刻理解到什麼叫沒羞沒臊的阿諛諂媚。

離世子殿下還有五、六步距離，這廝整個身軀就轟然撲在地上，抱住徐鳳年的大腿，一臉眼淚鼻涕含糊不清，「殿下終於回來了，祿球兒該死啊，廣陵江邊上沒能陪在殿下身邊，殿下要是有個三長兩短，祿球兒怎麼活啊！祿球兒聽到這事後，連夜就去大將軍那邊跪求一枚虎符，恨不得親率兩萬騎兵從涼州殺到廣陵，把那對父子的卵蛋割下來給油炸了。到時候廣陵王府妃子娘們兒無數，先由殿下挑，好的都挑走暖床，差的留給祿球兒幾個就行。」

裴南葦尚好，還能故作鎮定，慕容梧竹已經嚇得面無人色，戰戰兢兢躲在慕容桐皇身後，探出一顆腦袋，怯生生的，生怕那尊凶神悲煞前一刻坐地哭號，下一刻便站起身獰笑著朝她餓虎撲羊。她與靖安王妃所想不同，裴王妃到底是王朝內實權藩王的正王妃，雖說也忌憚褚祿山的聲名狼藉，但更注重北涼鐵騎的真實戰力以及褚祿山背後的故事，慕容梧竹哪會多想褚祿山的官職以及春秋中的戰功，她現在恨不得天底下所有的胖子都缺斤少兩。

徐鳳年揉了揉褚祿山臉頰，無奈道：「好啦、好啦，都是自己人，你這裝孫子給誰看呢。警告你，本世子現在對三百斤以上的穩重男子十分沒好感，你再膩歪試試看？」

很多時候被人遺忘千武牛將軍身分的褚祿山幽怨地掙扎起身，世子殿下臉上掛著笑容，有意無意攙扶了一把。褚胖子依舊在那裡自顧自嘟囔，徐鳳年轉頭看到意料之外的白熊袁左宗，輕聲道：「辛苦袁二哥了。」

喜好拿敵人頭顱當酒碗的袁左宗瞇眼搖頭道：「末將職責所在，殿下無須上心。」他停頓了一下，似乎覺得措辭有些生硬，素來不苟言笑的袁左宗破天荒微笑打趣道：「殿下一聲『袁二哥』，袁左宗這幾百里路走得舒坦。」

徐鳳年讓舒羞把馬讓出來，在官道上與褚祿山並駕齊驅，命數遠比呂錢塘要好的舒大娘只得去充當馬夫。她自打出了廣陵，就沒有一宿睡踏實過，直到現在才心安。到了北涼，你便是條蛟龍都得乖乖把頭顱低下去，而且對北涼而言，從來沒有過江龍的說法，到了這裡，只有過江蟲。歸途中她從世子殿下那裡得到一個隱蔽消息，襄樊城內被趙珣金屋藏嬌的女子已經暴斃，這是否意味著自己可以取而代之？世子殿下話有留白，她不敢妄自揣測。

兩輛風塵僕僕的馬車緊隨其後，其中一輛由梧桐苑大丫鬟青鳥執鞭驅馬，她望著世子殿下的背影，咬緊嘴唇，緩緩低下眼角。

官道上最前頭三騎，世子殿下居中，兩位北涼王義子左右護駕，皆是在春秋中以最結實軍功揚名的正三品武將。袁左宗威名雖不如陳芝豹那般名震離陽、北莽兩大王朝，但比較寧峨眉、典雄畜這幾位讓北莽咬牙切齒的北涼青壯派將軍，仍是穩壓一頭；再者袁左宗馬戰、步戰皆是帝國內公認的超一流武將，僅憑這一點，北涼軍便有「袁白熊」擁躉無數。

離三人稍近的北涼鐵騎縱馬疾馳之餘，都目不轉睛地望向那位世子殿下。以往所見所聞，不過是殿下在境內與其他公子哥爭風吃醋搶女人，上次三年遊歷也不曾傳出什麼風聲，他們也就只當是殿下去禍害別地兒的姑娘了。

可這趟出行陸續有消息傳回北涼，讓整個北涼都驚嚇得不行——襄樊城外單騎雙刀對上了靖安王趙衡，陣前把一名武將當著藩王的面給當場捅死，誰信？後來再聽說不知如何成了殿下扈從的老劍神李淳罡，在劍州徽山借劍無數，龍虎山天師府惱羞成怒要老劍神歸還，世子殿下說了一句「還個屁」，這樁美談倒是有不少人深信不疑，這才是殿下的風範。說起這個，感到荒唐的同時，倒也十分解氣。至於最近瘋傳的廣陵江畔李淳罡劍斬兩千六百騎，沒有幾人信以為真，但世子殿下那句要教廣陵滿城盡掛北涼刀，幾乎所有聽眾都要拍案驚奇，叫一聲「好！」這段時日，因為這句話，北涼特產綠蟻酒可是賣得幾乎要斷貨了。

北涼百姓喝酒助興，不亦樂乎，大街小巷的酒樓、酒肆生意火爆，原本對那位世子殿下鋪天蓋地的口誅筆伐，都煙消雲散。一些生意頭腦極好的說書先生，東拚西湊，南打聽、北收集地杜撰出更多精彩事蹟，只要是談論世子殿下這趟遊歷的，就能贏得滿堂喝彩。往常平日裡說書先生口沫耗費好幾斤，額外打賞撐死不過幾顆銅板，如今每日都能到手好些碎銀子，對那位素未謀面的世子殿下便更是不遺餘力去吹捧誇讚。起先士子書生們都嗤之以鼻，可架不住身邊所有人眾口一詞，開始將信將疑，最後見大勢所趨，不得已只好跟著起鬨。

但是，北涼軍卻異常地保持沉默。

慕容梧竹放下簾子，自言自語道：「原來褚祿山這樣的大魔頭，也會怕殿下呀。」

慕容桐皇冷笑道：「這褚祿山只是怕那位功勞大到沒辦法賞賜的北涼王而已。」

慕容梧竹皺了皺眉頭，不習慣反駁弟弟的她放低聲音說道：「可我覺得褚祿山其實有些怕殿下的。」

慕容桐皇猶豫了一下，陷入沉思。

入涼州城前，世子殿下坐回了馬車，與裴南葦同乘一車。

裴王妃掀開車簾一角，透過縫隙看到指指點點的夾道百姓，譏笑道：「殿下還會害羞？翻山越嶺三千里，終於把惡名變成美名，不正是世子殿下這次出行的本意嗎？」

徐鳳年不理睬這冷嘲熱諷，雙刀疊在膝蓋上，閉上眼睛，按照大黃庭心法口訣默默呼吸吐納，眉心那一枚紅棗印記，出廣陵以後，由深轉淡。

◆

北涼王府。

裴南葦跟著徐鳳年走下馬車，讓她始料不及的是王府的壯闊規模，以及迎接陣仗的寒酸。偌大一座占山擁湖的王府，想必應該僕役無數，可此時朱漆門口只站著一位身材不算健壯的老者。

今日是立冬，古語「水冰地凍，雉入大水為蜃蛤」，老人似乎畏懼寒意，雙手插入厚實袖口，似乎站久了，身上熱氣流失得快了，禁不住風吹的老頭抖了抖腳，見到馬車停下，面帶笑意走來，見到世子殿下便笑著說些瑣碎嘮叨，類似「回了啊，好好好，瞧著壯了些」，「爹已經讓府上弄好了驢打滾、嫩薑母鴨這幾樣葷菜，一年中就數立冬進食最補身子骨」，「咦，怎的出涼州時候帶了多少女子，這趟回來一個都不見多啊？莫不是出行銀子帶得少，那些涼州以外的小娘們兒太精明市儈了？」

慕容桐皇嘴角抽搐。

慕容梧竹瞪大眼睛，一臉茫然，這老頭兒，該不會就是那位人屠北涼王吧？慕容梧竹不斷告訴自己絕對不是。

靖安王妃裴南葦心中震撼不輸給慕容姐弟，但到底相對更加老於人情世故，正兒八經彎腰施了一個婉約萬福，但言語中情不自禁帶了些顫音，「裴南葦拜見徐大將軍。」

慕容梧竹咽了咽口水，本能地後撤一步。

慕容桐皇確認眼前老人身分後，揮了揮衣袖，五體投地，額頭死死貼在冰涼石板上，畢恭畢敬道：「劍州草民慕容桐皇，叩見北涼王！」

可惜徐驍正眼都沒瞧一下彎腰萬福的靖安王妃與伏地叩拜的慕容桐皇，裝束打扮與王朝第一號藩王完全不搭邊的老人見兒子沒挪腳步，搓了搓手，放在嘴邊哈著霧氣，笑問道：

「怨老爹給的人馬少了，沒能在廣陵那邊宰了趙毅那頭死肥豬？」

並沒有絲毫覺得被怠慢的裴王妃眼皮一跳，不敢有任何動彈的慕容桐皇更是身體顫抖。

徐鳳年抿起一直給人感覺炎涼刻薄的嘴唇，平靜道：「本以為你會罵我幾句的，就算不罵，至少也不會給個好臉色。」

徐驍笑望向這個嫡長子，輕輕揮了揮袖袍，拍了拍世子殿下肩膀，一起走向側門，輕聲感觸道：「知子莫若父，老爹豈會不知你是逼著自己去當這個北涼王。」

徐鳳年沉默不語。

進了王府，徐鳳年瞥見大管家手裡端著一個大青瓷盤，內有小瓷碗，盛放有一坨瞧著不怎麼新鮮的肉。

在靖安王妃裴南葦眼中像富家翁多過人屠太多的老人努努嘴，輕笑道：「從趙毅身上割下來的，快馬加鞭就給送來了。」

徐鳳年愕然。

徐驍緩緩道：「你離開廣陵以後，老爹讓人去與他講講道理，約莫是他覺得理虧，就自己割下了這塊肉。」

裴南葦有種想轉頭逃竄的衝動。

徐驍這一次沒有再跟最寵溺的世子殿下嬉皮笑臉，只是輕聲說道：「老爹畢竟老了，再以後，可就要你自己與別人講這些道理了。」

◆

何謂家大業大？慕容姐弟走入北涼王府，才知道什麼叫一入侯門深似海，當他們看到那座聽潮湖以及屹立湖畔的武庫大亭，倒抽一口涼氣。所幸晚宴排場很小，倒是與家境殷實的尋常商賈差不太多，沒有擺出那擊鐘列鼎而食的陣勢。

世子殿下坐在徐驍身邊狼吞虎嚥，袁左宗和褚祿山也都有資格入座，一人舉杯慢飲酒，一人小心翼翼撕著嫩薑鴨肉。慕容梧竹自打走入王府就有點神情恍惚，吃得心不在焉，兩瓣小屁股蛋兒愣是沒敢貼緊凳子。

飯桌上徐驍偶爾給徐鳳年夾幾筷子菜，其間小聲說了一句「要是脂虎在，夾菜就輪不到爹了」，一直低頭的世子殿下只是略微停頓了一下，就繼續大快朵頤，撐得腮幫鼓鼓。

散了以後，自然有管事領裴王妃這幾位訪客去住下。

◆

徐鳳年到梧桐苑沐浴更衣以後，清清爽爽地伸了個懶腰，以紅薯為首的那些個靈氣流溢的鶯燕，見世子殿下手裡提了一把繡冬刀，很難得沒有嘰嘰喳喳。

徐鳳年溫醇地笑了笑，一人摸了一下臉頰，這才走出院子，來到聽潮亭外，推開大門，登上三樓，找到正站在梯子上尋覓祕笈的白狐兒臉。

「喂」了一聲。

白狐兒臉躍下長梯，兩人對視，誰都沒出聲，場面貌似既不溫馨也不溫情。不過這也挺好，否則兩個大老爺們兒脈脈含情的，徐鳳年估計自己都要起一身雞皮疙瘩，有慕容桐皇這前車之鑒，連累他對白狐兒臉都有些古怪彆扭。

白狐兒臉收回視線，去找尋那一本祕笈查漏補缺。

徐鳳年見白狐兒臉沒有客套寒暄的意思，只得自己找話說道：「我見著了陳漁，很國色天香。陳漁，她爹娘真是未卜先知，相貌稱得上沉魚落雁。」

白狐兒臉輕淡問道：「搶回北涼王府了？」

徐鳳年自嘲道：「沒呢，被京城裡出來的一封八百里加急懿旨給拐跑了，要不然我一定要讓那娘們兒知道啥叫山外有山，天外有天。」

白狐兒臉皺著眉頭，轉身盯住這口沒遮攔的世子殿下，嘴角勾起，絕無半點嫵媚，而是讓人透骨生涼意的殺機勃勃，「咦，吸納了八分大黃庭，就真當自己金剛不敗了？這趟屁顛屁顛來武庫還繡冬，是暗示我砍你一砍？說吧，砍上幾刀才滿意？」

徐鳳年緩緩把繡冬擱在身後，尷尬笑道：「我這不是想殺一殺那清高婆娘的傲氣嘛。」

白狐兒臉就那麼看著心虛的世子殿下，問道：「我跟你很熟？」

徐鳳年很正經地思考了這個問題，然後以莫大的真誠語氣說道：「你跟我不熟，我跟你很熟，這樣行不行？」

白狐兒臉轉身，嘴角隱約有一抹弧線，語氣冷淡道：「很有風骨，難怪現在整個北涼都在拍世子殿下的馬屁。」

徐鳳年小人得志便倡狂，嘿嘿笑道：「謬讚謬讚。不過憋了好些年，總要找機會氣一氣那幫靠罵本世子出名的讀書人。」

白狐兒臉無奈搖了搖頭。

徐鳳年好奇問道：「何時登上四樓？」

白狐兒臉環視一周，說道：「也就這幾天了。」

徐鳳年唉聲嘆氣道：「這輩子都不指望能追上你了。」

白狐兒臉這次沒有挖苦世子殿下，平靜說道：「境界高低算得什麼？除去王仙芝，誰敢說能贏得了一直逗留金剛境的李當心？皇宮大內韓貂寺能以指玄殺天象，早已被默認。儒釋道三教中人，大多境界都有水分，只論殺人對敵的話，起碼得降一個境界才符合實情。所以大雪坪上軒轅敬城成就儒聖，也只能與大天象的軒轅大磐同歸於盡。當然，儒生禿驢道士，最厲害的是一張嘴，動輒就要替天行道一語成讖，打架不行也沒什麼，情有可原。」

徐鳳年苦笑道：「幸好你不是個娘們兒，否則如此毒舌，誰敢娶你。」

白狐兒臉沒理睬徐鳳年的插科打諢，直截了當地伸了伸手。

徐鳳年猶豫了一下，厚顏無恥道：「本世子跟繡冬相依為命小兩年了，天天睡覺都要摟著，已經處出深厚感情，而且你若是嫌棄繡冬沾染上俗氣的話，不如……」

白狐兒臉沒有縮手，只是一瞪眼。

殺氣、煞氣、霸氣！

這他娘才是未來要江湖奪魁的高手胚子啊。難怪被李老劍神視作未來穩坐武道最高釣魚臺的高手，年紀輕輕就能將陸地神仙視作囊中之物，徐鳳年自認差了十八條大街，其間隔了無數個包子鋪、典當鋪、酒樓、青樓，人比人氣死人。

剛被誇有骨氣的世子殿下趕忙將繡冬拋過去，一溜煙轉身登樓而上。

白狐兒臉接過繡冬刀，斜了斜腦袋，微笑不語。

徐鳳年來到閣頂，正襟危坐，病入膏肓越發枯槁的李義山，正在以一杆硬毫書寫，半個時辰以後，抬頭緩緩說道：「軒轅家藏祕笈都已梳理完畢，樓下南宮僕射出了不少力……」才說話間，徐驍拎著兩壺酒上樓來，盤膝坐下，將原本疊在一起的三只青碗分開，酒香彌漫，李義山只要有酒喝，就不再說話。

喝完一壺半市井百姓都喝得起的綠蟻，微醺的李義山見只剩下半壺了，便揮揮手下了逐客令，父子倆相視一笑，站起身離開閣頂。

李義山自顧自倒了一小碗酒，呢喃了一聲「江山」，一飲而盡，「美人」，再一小碗，則是就著「美人」入腹，接著忠義、君臣、春秋、江湖，都與綠蟻烈酒一同一一入腹，最終醉倒在几案上。

徐鳳年與徐驍來到清涼山巔，父子密談，外人不得知半點內容。

◆

第二日清晨，徐鳳年前往武當山，在小蓮花峰龜馱碑附近坐著發呆，仰起脖子望了很久的天高雲淡，最後雙手摀住臉龐。

依稀幾騎悄悄回到城內，世子殿下去看了看那間賣醬牛肉的鋪子，已是關門大吉，自然再見不到那個對任何客人都板著臉的小姑娘。

這一年臘月二十八，徐鳳年代替徐驍單獨前往地藏王菩薩道場敲鐘一百零八。

◆

元宵節黃昏時，家家戶戶掛滿大紅燈籠，世子殿下與幾名身分天壤的女子出門散心，白狐兒臉出人意料地隨行，不往鬧市去，只是揀選了一家僻靜酒樓，上二樓點了些精緻糕點，再讓小二去溫了一壺黃酒。

一樓有一對爺孫女以說書謀生，目盲老人敲竹板說故事，娓娓道來，面黃肌瘦的小女孩坐在一條小板凳上，彈琵琶附和。琵琶劣質，手技生澀，遠稱不上天籟。

盲藝人落座並未多久，世子殿下開始喝酒時，才說完一段暖場的小奏子，說的是咱們北涼王妃如何白衣敲鼓。因為酒樓位置偏僻，這會兒城中百姓大多都在準備逛元宵燈市，一樓食客寥寥無幾，二樓更是生意慘澹。

徐鳳年跟白狐兒臉面對面喝著酒，想了想，招手讓店小二給樓下爺孫二人送去一碗溫熱黃酒。酒送到了一樓，目盲老人與孫女說了些什麼，小女孩懷抱琵琶站起身，朝二樓鞠了一躬。

目盲老說書人與酒樓借了一條凳子，將酒碗放在手邊，說到興起，便抬手酌酒一口。

說那北涼馬蹄聲。

說那春秋狼煙四起。

不知不覺，最後便說到了北涼世子殿下於廣陵江畔那一句話。

世子殿下安靜地聽說書人酌酒閉目而談，面無表情。

興許配合爺爺的跌宕情緒，小女孩彈琵琶極為吃力，面紅耳赤，力所不逮。盲藝人回過神後，顫顫巍巍伸出手，摸了摸孫女的腦袋，然後伸手去拿酒喝，一搖晃，才知空了，老者放回酒碗，咂巴咂巴嘴，似乎意猶未盡，卻也不覺得沒酒了便是遺憾，只是自言自語道：「北涼老卒韓文虎，今日好似喝出了大江東去的豪氣，真是好酒。」

第三章 女俠押鏢走北莽 書生挎刀赴邊關

魚龍幫在北涼只能算是個三流小幫會，劉老幫主的名氣倒是不小，是內外兼修的拳術高手。據說年輕時候偶遇武當山一位輩分不低的仙長，傳授了一部上乘內功心法，加上自身苦練三十年的家傳開山炮捶，好些綠林好漢都死在老幫主拳下。可惜老幫主性子執拗，聲勢最盛時，礙於面子，低不下頭去與官府老爺們打交道，受了諸多刁難。

當時還未年邁的幫主還能靠雙拳以及幫內幾位兄弟一同打天下，在幫派林立的北涼還算橫著走，只不過隨著老兄弟們掙夠了銀子，陸續金盆洗手，退隱江湖，一個個含飴弄孫、頤養天年，獨木難撐大局的劉老幫主便逐漸捉襟見肘，這時候再想去與官老爺們打點關係，熟絡熟絡臉面，好分一些日進斗金的灰色營生，就是提著豬頭都進不了廟門了。

前十幾、二十年，那些個在魚龍幫面前只能說是小字輩的什麼洪虎門、柳劍派，就因為孝敬銀子給得足，加上願意拉下臉皮給官府做許多見不得光的活計，如今大多腰纏萬貫，別說幫主門主，便是客卿們也都個個財大氣粗，沛在涼州、陵州這些寸土寸金的大城裡都有了私宅。魚龍幫總算後知後覺，勒緊褲腰帶低頭哈腰求人收下孝敬錢，幫裡一些原本幾乎要被蠶食乾淨的門路，才略有起色。

這趟出行目的地是北莽邊境劍南行臺的留下城，幫著陵州城裡一位老爹是從四品武將的將門子弟，將一些從帝國江南道購買的綢緞胭脂等緊俏貨物送往北莽那邊轉售，差價相當可觀。不過這種營生可不是誰都敢做的，帝國與北莽王朝這會兒在邊境上哪天不留下幾百條鮮活性命，手上尋常的官牒路引未必能安然走過關隘，不過既然那位紈褲有個當實權將領的老爹，就無需擔心北涼這邊沿途關隘會太過刁難，唯一擔心的就是北莽那邊的遊寇馬匪。

魚龍幫咬牙接下這樁生意，雖說提心吊膽做著刀口舔血的事，卻只能拿到可憐兮兮的一分利。但蚊子肉再小也是肉，況且能夠與那位公子哥結下香火情，這比掙到真金白銀要更來得關鍵。去年魚龍幫一位二幫主親傳弟子路見青龍幫少主為非作歹，憤而出手，結果被人藉著人多勢眾將四肢打殘不說，魚龍幫差點還被官府貼了封條，這便是有靠山和沒有靠山的區別了。青龍幫少主那段時日沒事就搖著扇子到魚龍幫，對老幫主的孫女死纏爛打，讓幫裡上下都憋了一股子惡氣。

這趟給官府子弟辦事，魚龍幫不敢有絲毫怠慢，除了劉老幫主要留在幫裡震懾那些覬覦魚龍幫僅剩幾塊肥肉買賣的宵小之徒，擅使雙手劍的二幫主肖鏘，原本已打算本月中旬退隱，為此錯過了良辰吉日，甚至連幫中不問江湖世事多年的大客卿公孫楊，都與那把牛角大弓一起重出江湖，與肖鏘一同輔助將來要接手魚龍幫的劉妮蓉。

貨不算太多，恰好裝滿一輛馬車。若非是運往茹毛飲血的北莽，就很有大弓射麻雀的嫌疑了。臨近邊境，託福於帝國驛路發達，魚龍幫這段日子走得還算輕鬆。當頭一馬竟坐著一名窄袖緊衣的女子，腰懸一柄青鞘長劍，姿容分明嫵媚如禍水尤物，卻自有一股不容侵犯的英氣，約莫是她那雙秋水長眸過於冷淡的緣故。

相差半匹馬的位置，肖鏘策馬前驅，這位二幫主雖是雙手劍，卻並非腰上各懸一劍，而是一鞘藏雙劍，十分古怪詭異。肖鏘的劍術也情理之中地十分偏鋒毒辣，劍下亡魂沒有一百號也有七、八十號，哪個江湖高手不是以他人性命和名聲踩出來的？而且許多老派江湖人重名甚於重命，江湖講究的是十世仇猶可報。肖鏘這些年每年被尋到魚龍幫門口的仇家是越來越多，可見魚龍幫實在是式微得厲害。這趟出行北莽，事關魚龍幫未來幾年的布局，未必不會有心眼活絡的仇家趁機出手。

銳氣勃發的女子伸手遮了遮撲面而來的風沙，眺望了一眼關隘城頭，望山跑死馬，瞧著不遠，其實還有挺長一段路程，她緩緩說道：「師父，過了關口，就是北莽了。」

肖鏘劍術雖超群而凌厲，待人接物卻是魚龍幫上下公認的和善，脾氣也好，再者身邊女子是他的關門弟子，他臉上露出一抹會心笑意，以濃烈的隴西腔說道：「為師這輩子也才去過一趟北莽，想起來也沒啥可稱道的經歷，倒是公孫楊那只老悶葫蘆，名聲其實都是在那邊闖蕩出來的。」

極為內秀的女子顯然便是劉老幫主的孫女劉妮蓉，她訝異道：「公孫客卿不是舊西蜀人嗎？」

肖鏘摸了摸劍鞘，輕聲唏噓道：「誰家沒有一本難念的經，悶葫蘆不願說罷了。」

劉妮蓉轉頭瞥了一眼馬車，在幫裡便一直深居簡出的公孫楊就獨坐在車上。她轉回頭後放低聲音問道：「師父，你說這一車貨物本錢是多少？」

肖鏘笑道：「就貨物本身來說，便是在富得流油的江南道上，也不便宜，大概得有六、七千兩才拿得下來，加上這北涼到江南一去一來，與各路牛鬼蛇神的過境打點，沒有一萬兩銀子是不可能的。可要是到了北莽留下城，就能賣出三萬五千兩白銀，回到那位官家子弟手裡，扣除林林總總的開銷，掙個一萬六、七是逃不掉的。這銀子，就跟滾雪球一般，總是越滾越大，只要有本錢、有門路、有背景，還怕缺銀子？這些將門後代、世家子弟，父輩們忙著搜刮民脂民膏，他們也沒閒著。平心而論，這些個公子哥倒也不都是蠢材，說到攏人脈，為師這些只知道打打殺殺的莽夫，十個都不頂人家一個。」

劉妮蓉嘆息道：「魚龍幫錯過了最好的機會，若是二十年前就能狠下心鑽營，今天興許就是陵州最大的幫派了。」

肖鏘一臉無奈道：「所以妮蓉妳別怪老幫主，他千辛萬苦把妳介紹給豫梁豪族呂氏的公子，並非只是貪圖對方家世，好攙扶一把魚龍幫。老幫主就妳這麼一個孫女，怎麼捨得把妳往火坑裡推。為師親眼見過那名呂氏年輕人，品性不差，就是傲氣了一些，畢竟已經考取功名，莫說是我們魚龍幫，便是北涼第一大門派龍門派的閨女，人家也未必瞧得上眼，為師這話雖然說得難聽，卻也是實話。」

劉妮蓉默不作聲，緊抿起嘴唇。肖鏘知道這位徒弟的冷清性子，鑽了牛角尖以後十匹馬都拉不回來，也就不再勉強。說到底，這是劉家的家事、私事，他一個即將要遠離武林享清福去的老傢伙，點到即止就算本分，只不過肖鏘心知肚明，以後日子是否舒坦安穩，還得與魚龍幫勢力大小直接掛鉤，自然有一份希望劉妮蓉能夠嫁一個好人家的私心。

豫梁呂氏早二十年前還只是個寒族，富裕歸富裕，但別說高門世族，便是小士族都要低看，可抓住機會交好於北涼軍一位實權人物，得以崛起於春秋硝煙中。北涼軍這棵參天大樹，盤根交錯，呂氏也算小有名氣，當然，比起最拔尖的那十來個家族，仍是天壤之別。可那些權貴顯赫不可言的高門子弟，又豈是劉妮蓉一名江湖女子能夠高攀的？

劉妮蓉記起什麼，長呼出一口氣，一臉神往道：「師父，聽說武當新掌教是仙人轉世，曾騎鶴下江南，還有李老劍神在武帝城東海上與王仙芝打得不分勝負，後來更是在廣陵江只憑一劍便斬殺兩千六百騎，再就是桃花劍神鄧太阿單身上龍虎山，殺到了天師府才甘休，直到被小呂祖齊仙俠與一名天師府後人阻攔，才反身下山，這些是真的嗎？」

肖鏘聽到這個，也是一臉崇敬，笑道：「這些神仙人物，為師這輩子都沒見到一個，哪裡知道真假。飛劍一說，為師雖已習劍三十載，連御劍的毛皮都不曾抓到，就更是雲裡霧裡嘍。不過為師寧願相信兩位劍神都是可以御劍千里取首級的陸地神仙，好歹給咱們這些同樣提劍的魯鈍後輩一個美好的念想，就像咱們吃不起那北涼王府裡的山珍海味，可光是想一想，總也是能舌下生津的嘛。」

肖鏘哈哈大笑，劉妮蓉眼神熠熠。

劉妮蓉眼角餘光瞥見身側一名年輕男子，她下意識皺了皺眉頭。這名身穿只能算是潔淨衣裝的年輕人腰懸古樸單刀，劉妮蓉只知道是那名將門世子派遣而來，也沒有表明詳細身分，負責監督貨物運送，大概職責便是盯梢，生怕魚龍幫這些沒見過世面的土鱉見財起意，偷偷摸摸從成堆貨物裡順手牽羊走些不起眼卻價格不菲的小物件，這如何能讓心高氣傲的劉妮蓉瞧他順眼？

那名懸刀年輕男子相貌與氣質俱是不俗，魚龍幫幾十號矯健成員倒也沒眼拙到以為他只是從四品將軍府上的雜役，終歸是能夠與魚龍幫隨行到北莽的角色，這一路便有許多猜測。有說是森嚴將軍府上某位管事的兒子，沾了光；有說是將軍的遠房親戚，受到栽培，這趟是歷練來了。但更多人都惡狠狠心想這只皮囊好到讓人嫉妒的繡花枕頭，是那將軍公子的相好，嘿，大富大貴門第裡的事情，誰說得準？骯髒汙穢的祕事醜聞，還少了去？

劉妮蓉心思清澈，當然不清楚幫裡人看年輕男子的眼神為何那般玩味，反正這一句時日，大抵相安無事，既然那人不惹是生非，她當然就不去找他的晦氣。她私下曾問過師父肖鏘這名陌生男子身手如何，肖鏘只說是看不出，她也就釋然。多半是拿那柄單刀做裝飾品的無聊人物，反正豪門大族裡出來的膏粱子弟，都好這一口。明明被酒色掏空了身子，比書生還手無縛雞之力，卻喜好佩刀帶劍，實在是惡俗至極！

單刀男子那一騎與魚龍幫始終拉開一段明顯距離。

看到劉妮蓉投來的窺視目光，他報以微微一笑。

劉妮蓉冷著臉轉頭。

◆

佩刀青年的離群，被魚龍幫幾十號精銳健士理所當然地視作官府老爺做派，兩個字，矯情。

幫中一些個年輕後生，起先還擔心這俊俏小子萬一被劉小姐刮目相看，讓他們這些近水樓臺好些年的傢伙太過打臉，當然心生警惕，恨不得把他給五花大綁，後來見劉妮蓉態度冷淡，如釋重負，起先那些對佩刀傢伙的惡意腹誹，也就淡去，畢竟一個巴掌拍不響，再說了總拿人家尋開心，也顯得他們小肚雞腸。所幸這位自稱姓徐的年輕人，也沒狗仗人勢如何對魚龍幫頤指氣使，雙方井水不犯河水，就這樣來到了北涼與北莽交界的關隘。

倒馬關依山築城，位於南北捷徑要衝，匾額由當朝書法大家宋至求寫就，商賈來往絡繹不絕，城門處道路兩側集市熱鬧非凡。

這裡少有兵戈，也就比邊境絕大多數關城少了許多肅殺氣氛。有一座舊城城樓臺基遺址，毛石和鵝卵砌成，裂縫青苔，瓦礫雜亂，許多居住關城附近的稚童在上頭追逐玩耍。

一名壯碩漢子身穿青色布衣，腰束紅布織帶，虎目瞪圓，提了一柄比軍伍制式斬馬刀精簡很多的巨刀，刀尖劃地，氣勢洶洶上了臺基，冷哼一聲，將大刀刺入地面，環胸而立。

大人們趕忙小心翼翼繞過這魁梧漢子去將各自孩子抓下臺基，一個頑皮孩子泥鰍一般滑溜，孩子的娘親芳齡二十出頭模樣，邊塞風沙粗糲，不承想這位少婦小娘子肌膚還好似油脂，她纖腰小腳，竟是追不到頑劣孩子。

臺基下羈旅商賈與當地百姓笑聲一片，一些個上了年紀還沒女子暖床的青皮無賴，紮堆在一起啃著紅棗，更是吐著棗核出聲調戲，讓小娘子俏臉漲紅。孩子途經斬馬刀壯漢身邊，初生牛犢不怕虎，伸手就要去觸碰刀身，結果被漢子凶神惡煞一瞪眼，嚇得怔在原地，隨即哇哇大哭，穿對襟素衣的小娘子趕忙摟過孩子，柔柔歉意相視，怯生生的，也不敢說話。

那三十來歲的黑臉漢子竟是沒來由紅了紅臉，大概是個粗中有細的雛兒，見到眼前小娘子水靈，好不容易板臉營造出來的高人形象一下子就破功，那些市井無賴更是撒野起鬨。

這座殘敗臺基，每隔十天半月就有江湖人士在這裡比武較技，小娘子雖是正經人家的女子，但常年定居於倒馬關附近村莊，見過許多較技光景，對這些一言不合動輒拔刀相向的莽夫卻也不是太過畏懼。

北涼貧瘠寒苦，比起沃土千里的富饒江南，想要活下來，就得從老天爺牙縫裡摳出東西來吃，民風樸素的同時異常勇健尚武。官府對武夫私鬥並不禁絕，但若是誤傷百姓一人，便是充軍的大罪，誤傷人數到了三人以上，則要就地正法，沒有上百兩銀子去孝敬兵爺爺們，根本活不下來。

如今世道，會點花拳繡腿就敢說自己是闖蕩江湖的，有幾位兜裡能有幾十兩銀子？有了娘親撐腰，那孩子胡亂抹了抹小花貓淚臉，對壯漢做了個鬼臉，馬上要與人比試的漢子無奈撓撓頭，顯然並非窮凶極惡之徒。孩子原本還想伸腿踹一下這個連刀都不讓摸的小氣黑炭塊，幸好被他娘親連忙拉走，柔柔訓斥了兩句。

黑臉壯漢看似目不斜視，眼角餘光卻丟在小娘子微微彎腰後撅起的屁股蛋上，喉結微動。那女子身子玲瓏嬌小，衣裳素潔，大概是清洗次數有些多，加上她臀部相比身段太過挺翹，被兩瓣飽滿撐得吃力，就越發顯得春光無限好。

倒不是說這斬馬刀漢子就起了歹意，他的確有些過硬把式，但不屑做那喪盡天良的採花賊，若說強搶民女這類勾當，他一個沒根沒底的江湖遊魂，又是斷然沒這本錢去做的，至於逛蕩窯子，沒銀子如何是好？這不今天才約戰了一名邊境上小有名氣的劍客，想著拚了受傷也要靠斬馬刀斬出一些口碑，好讓一些富貴人物青眼相中，能做成護院教頭是最好。

肖鏘帶著貨物去與關隘校尉出示路引官牒。閻王好說，小鬼難纏，一時半會肯定不會過關。這事本該劉妮蓉出馬，只不過她相貌誘人，極為容易橫生枝節，肖鏘也不在乎非要讓幫主孫女歷練積攢這點人情世故，一車子貨物出了問題，魚龍幫砸鍋賣鐵倒也勉強賠得起，可惹惱了那名將種公子，就真要傷筋動骨了，因此就乾脆不讓劉妮蓉露面，有官牒私信，想必破費一番，就可以順利出境。

劉妮蓉帶著幾名隨從四處轉悠，與師父肖鏘說好了半個時辰後在城門口相見，劉妮蓉有心想趁著這趟出行招募一、兩位江湖俠士入幫，她若真想要接手魚龍幫，沒有一點自己的嫡系，難免要抬不起頭，而且事事束手束腳，終歸是不美。

她和六、七位魚龍幫年輕幫眾隨人流一同來到臺基附近，幾名想要近身揩油的地頭蛇潑皮，都被劉妮蓉身邊護花使者輕輕撞開，都是巧勁，讓人知難而退，畢竟這裡不是陵州，萬一惹到扎手硬點子，誰會買一個聽都沒聽說過的魚龍幫面子。

當今江湖有多大？稍微混跡些年數的半吊子江湖人都可以隨口報上一大堆名號，所謂的門派、幫教、寺莊、島寨、會宮，不說別地，一個陵州，報得上名號的就有四十幾個。說難聽一點，你能取個好名字都難如登天，魚龍幫也就是出道算早，才搶到「魚龍」這麼個不俗氣的名諱，出了陵州，整個江湖裡估計同名的魚龍幫沒有十個也有八九個。

驀地響起一大片哄然叫嚷聲，劉妮蓉轉頭看去，一名白衣如雪的佩劍俠客踩著人海肩頭翩然而至，神態出塵。這一手露得相當出彩的劍客朝劉妮蓉這個方向點肩而來，劉妮蓉如何受得了這種被人踩肩跨頭而過的羞辱，腰間名劍默默出鞘寸餘，眼神凌厲。

那名面如桃花的俊秀劍士瞇了瞇眼，似乎察覺到劉妮蓉的氣機鋒芒，稍作拐彎，踩著附近觀戰百姓的肩膀掠到臺基上，飄然落定後，堪稱玉樹臨風。

沒點真本事可不敢像他這樣出場，江湖臥虎藏龍，萬一踩著踩著就踩到大坑裡去，被高手隨手一扯就給扯到地面上摔個狗吃屎，這還過招個屁。接下來都是按照武林規矩走，比武雙方先要朗聲自報名號，要麼互相潑髒水，要麼互相吹捧，接下來還不能馬上盡興酣鬥，而是得說上一句「刀劍無眼，生死自負」，若是生死相搏，還得有德高望重的江湖前輩做見證，讓雙方簽押下生死狀。

別以為這時候就萬事大吉了，若非是真正淡泊名利錢財的高手，還得眼光四顧，等到場下一些大小賭莊收足了賭注，才可以開場。畢竟許多打鬥，真正高手相爭，往往盞茶工夫之內便定下勝負，瞧著也不精彩，這就要賭莊方面花些銅錢雇人大聲叫好，若是稀鬆平常的比試，就更需要鼓勁吆喝，這對比試雙方都有好處。最倒楣的則是被不買帳的觀眾一起喝倒彩，這簡直是江湖武夫的奇恥大辱，如今北涼一位威風八面的幫派大佬，至今還被許多死敵對頭拿他當年出道時比試的寒磣場景當大笑話噁心人。

劉妮蓉身邊許多老百姓興致勃勃地端來了長條板凳，拖家帶口坐等好戲，更有插了幾十串冰糖葫蘆的小販穿梭來往，嘴饞孩子們都吵吵嚷嚷著讓爹娘掏幾枚銅錢，臺基下人聲鼎沸，好不熱鬧。

劉妮蓉環視一周，沒有掉以輕心。魚龍幫這兩年在陵州不受其他幫派善意待見，而且靠取人性命贏得「雙旋燕」名號的師父肖鏘，樹敵無數，這趟沒了魚龍幫劉老幫主庇護，未必沒有人來報仇尋釁。陵州生意再大也有個限度，這一畝三分地站著幾十號宗門派別，誰都想著把別人的飯碗摟到自己手裡。魚龍幫當下正值「中興」的緊要關頭，別說差不多勢力的幫派生怕魚龍幫壯大，就是一些個大幫派都想著陰一下魚龍幫。劉妮蓉自知沒有以往誰都可以不買帳的底氣，唯有小心再小心。

身邊幾撮陌路人就讓劉妮蓉心中十分忌憚，一夥是方才城門外一同遞交官牒的商家，如魚龍幫販賣胭脂水粉這類昂貴物品，已算是很大的手腕，但誰都知道真正手眼通天的、最厲害的是那些見不得光的鹽鐵私販。這種事情一經發現，就是家破人亡，任你背後杵著多大的官老爺，一旦被北涼軍得知，便是正四品從三品的封疆大吏，都要被斬首傳邊示眾。接下來就是販馬，從北莽買馬，至於是賣給北涼軍政還是賣給私人，各憑能耐，總之這樁買賣也是把腦袋拴在褲腰帶上的凶險活計，不但要在北涼這邊有熟稔結實的關係，在北莽都需要相當可靠的實權人物幫忙鋪路。此時劉妮蓉身邊就有一幫販馬的，看似商賈裝扮，卻個個身體矯健，神華內斂，另外一幫更是公然朝著她指指點點，絲毫沒有隱瞞的跡象。

劉妮蓉輕聲道：「小心點，別光顧著看臺上比武。」

身邊魚龍幫青年都默默點頭。

不知怎的，當劉妮蓉望見遠處與山體相連的一垛土坯牆上，蹲著那個年輕男子，一手拿一串冰糖葫蘆，低頭啃咬，卻不是與他們一樣觀看臺基上的比武爭鬥，而是眺望倒馬關城頭。她愣了一下，有些哭笑不得，這傢伙倒是有閒情逸致，當真是半點草莽武夫的味道都沒有，將軍府那邊怎就弄了這麼一號人物來「押鏢」？

劉妮蓉沒心情打量深思這位年輕佩刀男子的身分，繼續將視線投往臺基上。不得不承認使斬馬刀那位，膂力不可謂不驚人，將一柄四十來斤的大刀揮舞得只見刀光；白衣如雪的劍士更是劍法高超，斬馬刀下閒庭信步，手中一劍輕挑慢提緩緩點，十分寫意，顯然留有餘力，劍術起碼能與她師父肖鏘持平，這讓劉妮蓉生出了招攬心思。

土坯牆頭上，當然就是咱們的世子殿下徐鳳年了。

竹籤串成的冰糖葫蘆，酸甜可口，糖漿濃稠淡黃，雖是小販吝嗇澆上的劣質糖稀，卻也別有風味；糖果子脆而不膩，一口一個山楂子，喀嘣脆。

竹籤上沒幾下就只剩下最後一顆山楂，世子殿下正要下嘴，看到身邊蹲著個小屁孩，目不轉睛地盯著自己，正是那個在臺基上與黑臉刀客較勁的調皮稚童。

孩子估計家境並不如何，只不過穿得乾淨，不像一般窮苦孩子那樣邋遢，見到世子殿下轉頭，小孩兒趕忙裝模作樣去看臺基上的打鬥。徐鳳年笑了笑，咬下竹籤上僅剩的糖果子，丟了竹籤，然後伸出手，遞出另外那串還沒下嘴的冰糖葫蘆。

小孩子側了側頭，眼角餘光使勁打量著誘人的冰糖葫蘆，吞了吞口水，似乎家教很好，沒有跟陌生人討要的習慣，露出兩顆虎牙，紅著臉靦腆地搖了搖頭。

見徐鳳年依然伸著手，稚童猶豫了一下，終於鼓足勇氣下定決心，轉過頭，睜大眼睛看著世子殿下。

徐鳳年轉頭一臉不解。

孩子伸手指了指徐鳳年懸在腰間的春雷刀。

顯然，在孩子看來，自己再饞嘴，一串冰糖葫蘆也比不得摸一摸這柄真刀。

哪個孩子心中沒有一個江湖？

徐鳳年笑了笑，大方地摘下佩刀，交給這個孩子。

孩子滿眼遮不住的雀躍驚喜，雙手抱住其實並不沉重的春雷刀。

好似這樣簡簡單單，就擁住了江湖。

小孩兒對春雷刀愛不釋手，見身邊這位長得好看的哥哥也不小氣，就乾脆一屁股坐在土坯牆邊緣，一雙腳丫懸在泥牆外。坐髒了衣服，不過是回頭被娘親念叨一、兩天，可這刀是真刀呀，指不定這輩子就只能摸上這麼一回了。

世子殿下見這孩子捧著刀，有些忘我，不得不伸手輕輕拎住稚童的後領，稍稍往後扯了扯，生怕這小傢伙不小心墜下牆頭。

世子殿下咬了口冰糖葫蘆，瞇眼望著城外絡繹不絕的官道。水至清則無魚，鹽鐵與販馬生意，以北涼軍的嚴密掌控與滲透能力，想要抓幾頭肥羊以儆效尤，並不難，只不過北涼本就是個鳥不拉屎的窮苦地方，太需要大量北涼以外的真金白銀進入流通。

李翰林那個口碑差到一種境界的老爹，豐州刺督李功德，能夠當上新北涼道的經略使，還真不只是因為這老無賴屬於徐驍的嫡系走狗，要說李功德讓錢生錢的手段是北涼第二，沒誰敢自稱第一。徐驍曾打趣說給李功德一枚銅錢，隔天就能生出一兩銀子。再者，為了能撈到這個北涼道名義上僅次於節度使的正二品官帽子，李功德這隻雁過拔毛的老貔貅破天荒吐出了好些真金白銀，傳聞有豐州豪紳與親家喝酒，大笑著說以後可就不只是他們豐州一地受李鐵公雞的壓榨了。

徐鳳年嚼著山楂，神遊萬里。這趟祕密出行，沒有興師動眾，走得悄無聲息，除了一柄窄短春雷刀，身上就只有幾張銀票和一小袋子碎銀，加在一起才三百來兩家當，這要擱在涼州頭等青樓，也就才入一頓花酒的門檻，還未必能盡興。

徐鳳年叼著一根已經沒有冰糖葫蘆的竹籤，見摸刀稚童顯然喜歡極了這柄春雷，把小臉蛋貼在刀鞘上，朝眼前這位好脾氣的大哥哥一臉憨笑。

徐鳳年見臺基上白衣劍客與斬馬刀漢子打鬥才入佳境，一時半會人群散不了，也不急著將春雷討要回來。這個憧憬江湖的孩子，讓他想起某個身無分文的窮光蛋。他咬著竹籤蹲在牆頭，柔聲笑道：「摸可以，別把刀抽出來，鋒利著呢，到時候你娘親追著我打，如何是好。」

孩子歪著腦袋偷偷朝徐鳳年眨了眨眼睛，故意提了提嗓門，燦爛笑道：「才不會哩，我娘從不打人的，性子可好啦！」

徐鳳年摸了摸這顆小腦袋，笑而不語。

一大一小身後站著那位布裙荊釵的柔媚小娘子，她其實早就沿著泥徑氣喘吁吁追上土坯牆。她才在鬧市一個釵子攤前盯著發呆片刻，只是囊中羞澀，看著過過眼癮，都沒好意思拿起來細細端詳，生怕被攤主白眼，不承想一回神就發現沒了兒子身影。她性子清淡，也不急在臉上，果然瞧見了在牆頭與一位陌生佩刀公子相伴的孩子，起先憂心會不會鬧出風波，她這等寒苦人家可經不起任何折騰，她撩起裙角就小跑到牆頭，只不過恰巧看到那公子拉扯她兒子後領口的小動作，她不知不覺便一下子心境安寧下來。

知道孩子打小就喜好愛慕那些行走江湖的俠客，倒馬關舊城遺址上的比武，就沒有一次落下過，有些時候，聽到巷弄裡玩伴的呼喚，也顧不得是在吃飯，便衝了出去，回來後倒也不忘記一粒米飯不剩地吃完，一邊吃一邊手舞足蹈與她說大俠們是如何出招的，讓她瞅著只有滿心歡喜。

許多無法與人言說的苦，也就不那麼苦了。

聽到孩子的「溜鬚拍馬」，身段妖嬈氣質卻秀氣如閨秀的小娘子捣嘴笑了笑，一雙眸子瞇成月牙兒。她斂了斂神態，只藏了些風韻悄悄掛在眉梢，朝這位心地不壞的公子哥斂衽行禮。約莫是這些年艱辛孀居，對各色男人養成了一種敏銳直覺，一些欲擒故縱的陰暗伎倆，她大多可以一眼看穿，眼前這個咬著竹籤的年輕男子，可比咱們倒馬關那名只知附庸風雅的校尉公子，還要像大家族出來的子弟呢。更難得的是這公子看自己的眼神很清澈，這讓她想起那口村頭老井裡的井水，乾乾淨淨，卻看不透深淺，但總歸是讓人討厭不起來的。

小娘子輕聲道：「右松，還不把刀還給這位公子。」

稚童點頭「嗯」了一聲，站起身，雖眼含不捨，但還是利索地站起身，恭恭敬敬地把春雷刀交還給了彎腰接刀的大哥哥。

小娘子自然而然拍去孩子屁股上的黃塵泥土，窮人家的孩子，玩鬧得再瘋，也不能作踐了一針一線縫出來的衣衫。她是一名北涼驛卒孀婦，沒了男人，莊稼地便都由她獨力做活。官府每年都會發下一筆撫恤銀錢，不多，到手就八兩銀子，但總算讓她有個盼頭。私下聽私塾先生說按北涼軍律得有三十多兩才對，多半是被官爺層層剋扣了去，只不過她一個寡居婦道女子，也不計較這些，再者計較不來。

倒馬關附近村莊倒是有些男人想要娶她入門，其中還有位是帶了軍功的，可她覺得右松既然跟夫君姓了趙，就不能再讓他喊別姓的男子一聲「爹」了。右松性子皮是皮了些，可孩子這樣才靈氣。她略微識些字，比起尋常粗鄙村婦眼界要更寬，每天聽著他搖頭晃腦背私塾學來的詩書，她在一旁撚著燈芯，只覺得對一日勞作的辛苦，生活的不易，緊巴巴卻充實的日子，也就沒有什麼怨言了。

遺址臺基上刀光劍影，兩位俠士你來我往，打得天昏地暗。下邊觀眾大多是過安穩小日子的平民百姓，甭管你們是何方神聖，什麼大山追風劍、斬馬劈虎刀的，只要砰砰啪啪打得起勁，就不會吝嗇掌聲喝彩。整整一、兩百號觀戰者都大呼痛快，許多漢子都站在板凳上拍手叫好，反正也不需要他們掏半枚銅錢嘛。那些個下了賭注的，倒是相對要緊張，沒怎麼出聲，只有看到押注人物打出好看的招數，才暗暗攥拳，看到落了下風就要揪心。

徐鳳年沒什麼觀戰興致，但也沒流露出絲毫不屑，率先走下土坯牆頭，那小娘子順勢牽起稚童的手。她生怕與這名公子待在一起，會惹來市井巷弄裡最是能生根發芽的閒言碎語，哪裡還敢在牆頭逗留，只想著早早下了泥路，與孩子早些離開集市。他們母子所在的村子就在邊上，不到一里路。

孩子感激這位哥哥的大方，笑著扯了扯世子殿下的袖口。

徐鳳年回頭，見孩子伸出手，似乎想要牽手，徐鳳年笑了笑，卻沒有伸手，只是輕輕看了一眼微微張嘴滿臉漲紅的小娘子，不想讓她難堪，故而只是捏了一下稚童的臉頰，大踏步離去。

小娘子悄悄呼出一口氣，臉頰發燙得厲害，瞪了一眼孩子，後者到底是白如薄紙的孩子，只覺得娘親比以往好看，是在害羞，卻不知道她臉紅個什麼。

酣戰總算落幕，再不結束，那些個被十幾枚銅板雇來暖場的傢伙就得把手掌拍紅腫了，個個嗓子沙啞，倒不是說他們如何敬業，只不過這場比試委實打得精彩紛呈。黑炭漢子手中斬馬刀，嘿，那氣力可真算是力拔山河了，光是在上頭揮刀幾百下就讓人覺得敬佩。更了不起的是那名白衣劍客，一劍在手，衣袖飄飄，如游龍驚鴻，讓人眼花繚亂。

斬馬刀壯漢敗得心悅誠服，拱手認輸，由衷說了幾句稱讚劍客的好話，這份豁達氣度，又讓看客們豎起大拇指。而讓場下好幾位小家碧玉心生癡戀的高明劍士，劍歸鞘後，留下一句「行卻江南路幾千，歸來不把一文錢」，飄然而去，端的瀟灑不羈，有劍仙風骨。

終歸是一幅皆大歡喜的畫面，不等耍斬馬刀的下臺，就有一位家境殷實的老翁上去籠絡示好。劉妮蓉正思量著如何出面，才能與那頗有能耐的斬馬刀漢子不落俗套地親近，一名魚龍幫管事的中年人面有憂色地跑來，與她竊竊私語，劉妮蓉皺了皺眉頭。

不知為何，倒馬關校尉竟然出面攔下他們，說是官牒出了點問題，肖鏘都抬出了將門子弟的身分，一樣不管用，看來今晚註定要在關內留宿，這讓劉妮蓉有些不安。

照理說倒馬關只是一座小隘，這裡官銜最大的副都尉不過六品，魚龍幫傾力辦事的那位則是從四品，頭頂官帽子大了好幾級。雖說是武散官，不掌虎符兵權，但北涼軍自成體系，抱成一團，順藤摸瓜，總能牽扯出各種沾親帶故的關係。小小關隘六品折衝副都尉，在銀子沒少送出的前提下，沒理由不賣人情。

劉妮蓉顧不上那名斬馬刀武夫，快步走向城頭，遇到沉著臉的肖鏘，顯然受氣不小，他見到劉妮蓉，走到官道一側，低聲苦笑道：「有古怪，今晚夜宿，要不安生。咱們找家鬧市裡的店住下，貴就貴些，這筆銀子萬萬不能省了。每班十人，輪流值宿，熬過了今夜就好。」

劉妮蓉本就不是小家子氣的女子，點頭道：「是該如此。」

說話間，劉妮蓉瞥見那群馬販子徑直朝他們走來，擁簇著一位神態傲慢至極的豐腴女子。這女子歲數不大，以一塊精美貂皮做纏額的頭箍。這種裝飾涼州邊境極為風靡，秋冬季節既可禦寒，也美觀，俗稱貂覆額或者臥兔兒，最早由北涼王府流傳出來，好像是大郡主徐脂虎最先如此巧妙裝束，性子活潑的北涼權貴女子，都忙不迭地跟風。

貂覆額曼妙女子身邊都是些一眼便知的老到練家子，氣質沉穩，呼吸遠較常人要來得綿長，尤其是女子身側一名老者，眼神陰鷙如老蒼鷹，雙手十指如鉤，不知修習何種功法，呈現出不合常理的淡金色，大抵是龍爪手這類霸道凶狠的外家套路。

七、八號赳赳武夫眾星拱月般擁著倨傲女子。除了她，瞧著最多餘的是一名胭脂氣濃重的敷粉男子，長得俊俏，就是過於女子般的陰柔，沒半點陽剛氣，他小鳥依人地貼著女子，丟向劉妮蓉這夥人的眼神十分陰狠玩味。

徐鳳年緩步行來，見到場面有劍拔弩張的趨勢，就停下腳步，打算遠遠觀望。很不幸他這個細節，不僅被眼觀八面的劉妮蓉撞見，惹來她的不悅，連那豐腴到了有點肥胖的女子都發現了。這婆娘撞見皮囊、氣度俱佳的世子殿下，頓時眼睛一亮，嘴角勾起，竟是連劉妮蓉都不管，直截了當地朝徐鳳年勾了勾手指，一臉要寵幸徐鳳年的神色。

女子能如此當街色眯眯看人，也算臉皮和本事都了得。

徐鳳年往後退了一步，這在劉妮蓉眼中，幾乎已是該殺頭的死刑，心想這佩刀青年實在是讓人惱怒，怎的一點江湖兒郎的骨氣都沒有！繼而一想，劉妮蓉嘴角冷笑，掛滿了嘲諷鄙夷。這姓徐的本就不是江湖人士，不過是將軍大門裡一條跟主子搖尾乞憐的哈巴狗兒，寄希望於他能有何種擔當，未免太高看他了。

那敷粉俊哥兒見身邊女子動了春心，嫉妒到眼紅，撒嬌一般嘀咕了一聲，「小姐，那小白臉佩刀哩，這些蠻子多粗俗。」

女子抬手就是一巴掌拍在這男子臉上，後者捧著臉，眼神幽怨，泫然欲泣，看到魚龍幫劉妮蓉一夥人都讓人毛骨悚然，只覺得反胃作嘔得一塌糊塗，如此一來，對那姓徐的惡感倒是減輕了許多。

養面首如養貓狗的富貴女子面朝徐鳳年，又是太陽打西邊出來的一張春意熱臉，她可是一眼就鍾情了這位身材修長的年輕人，吃膩了身邊脂粉堆裡冒尖的小白臉，總需要換換味道才能養胃舒心不是。她正要說話調戲那佩刀的小白臉，驀地街道上響起一陣馬蹄聲，有四騎不顧鬧市喧鬧縱馬奔來，滿街雞飛狗跳，所幸沒有踩傷撞倒行人，歸功於這四騎跋扈歸跋扈，騎術倒也精湛。

一名錦衣公子躍下馬，身後三騎披甲扈從卻肅然不動。

劉妮蓉將這一切看在眼中，已經猜出這名公子的身分，倒馬關折衝副都尉的長公子——周自如，八九不離十。北行沿線需要打點的地方和人物，劉妮蓉已經在路上被師父肖鏘說得爛熟於心。記住周自如的名字，是因為這人運肖鏘都著重提起，據說周自如不僅文采斐然，有諸多佳篇流傳北涼，更是可開三石弓，百步穿楊，箭術超群。須知三十斤為鈞，四鈞是為石，能拉滿三石弓已是膂力駭人，若還能保證箭矢準頭，沒有水分的話，足以直接進入北涼軍擔任遊弩手。

江湖、軍旅兩相輕，可天底下還真沒有敢小覷北涼軍的無知莽夫。劉妮蓉望著這個周自如，沒料到他下馬後不是先與那女子言談，而是對自己笑臉相向，這讓措手不及的劉妮蓉下意識微微撇過頭，回過神後才感到羞愧，眼神恢復冷寂。

在北涼勉強能算是將種子孫的周自如與那豐腴女子相談甚歡，約莫是這位貂覆額有了周自如這般貨真價實的真俊彥，頓時對徐鳳年失去了興趣與性趣，只是拋了個媚眼，與周自如走入關隘城門。跟如臨大敵的魚龍幫一行人擦肩而過時，她不忘示威地朝姿容清水芙蓉般的劉妮蓉冷哼一聲，倒是周自如有意無意頓了頓腳步。

肖鏘鬆了口氣，出門在外，只要不是武力睥睨世間的孤雲野鶴，哪能事事稱心如意，少不得面對各種勢力憋屈幾回。他生怕劉妮蓉上了心，便尋了個輕鬆話頭說道：「這周公子文武雙全，倒是配得上咱們妮蓉。」

劉妮蓉苦澀道：「師父，你知道我最反感這類官宦子弟了，看著和和氣氣，為人處世玲瓏八面，其實吃人不吐骨頭。」

肖鏘笑了笑，不再打趣這個心氣奇高的徒弟，當下眾人便一起找尋合適的客棧入住。一般而言，不入新開之店，不入換主之店，都是行走江湖的老規矩，道理也淺顯，只不過就在倒馬關駐兵眼皮子底下，倒不用太計較這些。

他們最終找到一家鬧市中的老字號，三十多人一晚就得花去將近二十兩銀子，饒是從小衣食無憂的劉妮蓉，都有些心疼，明知是本地熟客的話只要不到十兩，但為了穩妥起見，即便被當作肥羊狠宰一頓，魚龍幫也只能捏鼻子忍下。

這期間徐鳳年安靜地跟在後頭，街上那一幕，讓魚龍幫對這位原本不是一條道上的佩刀青年十分輕視。心想你小子佩刀是拿來看的？都差點被一個娘們兒搶走當小白臉了，就算打不過那些惡僕，你小子好歹意思意思，擺出一張憤然的臉孔嘛，你這副不言不語還倒退一步的孬種行徑，不是連累咱們魚龍幫都陪著你丟人現眼？

呸！

一名魚龍幫年輕人吐了一口唾沫在徐鳳年腳邊。

江湖人直來直往，姓徐的馬上得到現世報，除了撈到一口唾沫，他還被安排與一個資歷最淺的幫眾住在客棧最廉價的狹小偏房，徐鳳年對此依然默不作聲，並沒有異議。與他同房的傢伙叫王大石，可惜體魄性格都與名字截然相反，個子矮小不說，還生得瘦如竹竿，非但不如茅坑裡石頭那般又臭又硬，反而性子十分懦弱溫順，只不過他父親早年死於幫派鬥毆，算是為魚龍幫盡了死忠，劉老幫主惦念這份情義，力排眾議將根骨不佳的王大石納入幫中。

這小夥子雖說沒半點武學天賦，但肯吃苦，做事也異常勤快，能出十分力，絕不偷懶一分，在幫裡沒少做刷馬桶或者給師兄們洗衣物的髒活，任勞任怨，這些年受到的欺負得有幾大籮筐。

只不過這小子天生樂觀，嘻嘻哈哈，從不叫苦記仇。一次在幫內，劉妮蓉無意間看到他被欺負得過分了，就額外留心，對王大石稍微照顧了一些，這才讓王大石的境況略有好轉。

這趟出門，小山頭林立的魚龍幫就只有王大石樂意對徐鳳年擠出一個笑臉。大概是同病相憐，這次與徐鳳年住在一屋，王大石不用顧忌師兄以及師叔伯們的臉色了，關上門後就主動喊了一聲徐公子，還掏出剛才在鬧市買來的倒馬關特產細棋子糕。

他其實買了兩份，明面上那份足有一斤多，暗地裡藏了三兩不到，前者自然而然被師兄們搜刮了去，若非如此，喜好糕點的王大石就算花了錢，也連這三兩美食都吃不到，這便是王大石苦中作樂出的小精明了。

在沉默寡言的徐公子面前，王大石明顯有一種強烈的自卑，強烈到不知如何掩飾，他掏出了所有油紙包裹的細棋子乳糕，紅著臉問道：「徐公子，嘗一嘗？」

徐鳳年搖了搖頭。王大石也不覺得意外，坐在桌前自顧自吃起來，才下嘴，就有幾位師兄不敲門便推門而入。王大石愕然地轉頭，下意識下嚥掉那嘴糕點，只知道完蛋了，被師兄們知曉他私藏了糕點，以後肯定又要被他們按下頭去爬褲襠。

三位五大三粗的師兄進了屋子，在目瞪口呆的王大石身上搜了搜，沒有想要的結果。其中一名師兄灰心喪氣，遷怒王大石，一巴掌拍在腦門上，罵道：「你小子竟然沒有偷偷摸摸黑下幾塊糕點，你他娘的是笨還是蠢啊？害老子輸給李豆那顆小辣椒半兩銀子，說好了，這半兩銀子得你出，過幾日發了錢，你趕緊地還給師兄，聽到了沒！」

一頭霧水的王大石只得木然點了點頭，那師兄臨走還不忘再一巴掌拍下，罵罵咧咧摔門而去，「晦氣！」

王大石等師兄們走遠了，做賊般門上門，再耳朵貼在門上，沒聽見腳步聲，這才懸下心中驚嚇，抹了抹嘴，一臉暗自慶幸的傻笑，絲毫沒有那些糕點是他出錢買來就該是他的的覺悟。這種扶不上牆的爛泥，似乎被欺負才是再正常不過，若是有三十年河東、三十年河西，才是怪事。

王大石看了眼空蕩蕩的桌面，傻眼了，這時徐鳳年抬起手，將千鈞一髮之際摸走的失蹤糕點重新放回桌上，王大石跑回桌邊坐下，感激涕零得不知如何說話。

無形中做了一樁善事的徐鳳年還是面無表情，並不與王大石套近乎，只是把椅子拉到靠窗位置，閉目休憩，好似老僧入定。

一等廂房裡頭，劉妮蓉與師父肖鏘、客卿公孫楊還有一名洪姓管事分坐桌子四面。桌上橫一鞘雙劍的肖鏘輕聲笑道：「妮蓉妳仔細說說看那白衣劍客的劍法套路，那幫小兔崽子說得含糊不清，半點眉目都說不出。」

劉妮蓉跟肖鏘習劍多年，而且自幼耳濡目染爺爺劉老幫主與各路高手對敵，其中不乏劍術高人，眼光頗為獨到。她娓娓道來，幾處精妙招式，還不忘以手指做劍，懸空緩緩比畫。

肖鏘可不是那沽名釣譽的劍士，一鞘雙劍，最厲害的地方在於出鞘以後子母雙劍可借勢在身邊四周一丈內如雙燕迴旋，攻守兼備。這當然不是那上乘劍道的御劍神通，而是取巧的劍招。肖鏘自嘲完全不入劍道宗師的法眼，但在魚龍幫看來已是極為玄妙的本領，便是見多識廣的劉妮蓉也誠心敬佩，她辛苦習劍十幾年，也只能做到讓單劍迴旋於周身三尺範圍內，而且中看不中用，於對敵廝殺根本無益。

肖鏘是魚龍幫少數能在陵州武林排在二流冒尖位置上的高手，離劉老幫主的第一線相差其實不遠，是幫內名副其實的劍術第一人，劉妮蓉拜師於他，肖鏘不算誤人子弟。

肖鏘聽劉妮蓉說完比武過程，微笑道：「如果為師沒有猜錯，那白衣劍客是當下邊境風頭很盛的程頤澈，本以為是糊弄老百姓的三腳貓功夫，不承想還真有些道行。可惜這位走得急了，否則還真可以論劍會友，若是能入了我魚龍幫做客卿，那更是好事。」

劉妮蓉輕嘆道：「可惜。」

肖鏘看了一眼臉色木訥的公孫楊，笑道：「這程頤澈身手高則高矣，比起咱們老悶葫蘆還是差了火候。妮蓉，當年妳公孫叔叔……」

公孫楊吃力地抬了抬眼皮子，神情古井無波，打斷了老友肖鏘的揭老底，擺擺手道：「沒有的事就不要提了。」

肖鏘無奈道：「我這還沒說！」

公孫楊彎腰站起身，輕聲道：「小姐，我先回房。」

劉妮蓉起身要送行，被公孫楊搖頭攔下，他獨自走出屋子。

魚龍幫都知道這位大客卿右足趾上患有濕毒，舉步維艱還在其次，據說睡覺的時候連鞋根都拔不起來，所以走路微瘸，也不如何露面。魚龍幫那些上了輩分的人物中，就這位連一個徒弟都沒有收，只聽說老傢伙能使出五箭連珠的絕技，但誰都沒機會親眼見證，那張牛角大弓常年蒙塵懸掛在牆壁上，也不知是不是充門面的。

等公孫楊離去，肖鏘才透露了些祕辛往事，劉妮蓉這才得知公孫楊曾有過騎馬入城時，雙手抓住城門將一匹烈馬夾起懸空的壯舉。真是如此的話，公孫叔叔巔峰時已經完全不輸她爺爺了，只是不知這些年境界修為退步了沒有。

劉妮蓉深知武道一途如逆水行舟，一日懈怠就要荒廢一月功夫，就像明珠蒙塵久了，重新擦拭也不復當年圓潤珠光，所謂人老珠黃，便是這個道理。明珠也有性命，而武功境界同樣有只可意會不可言說的靈性，經不起任何揮霍。

肖鏘猶豫了一下，沉聲道：「妮蓉，今日為師在街上看到有個熟悉的背影。」

劉妮蓉心頭一跳，小聲問道：「是師父的仇家？」

肖鏘點了點頭：「一個不棘手，就怕好幾個人聚在一起。」

劉妮蓉語氣鎮定地微笑道：「怕什麼，客棧離關隘就這麼點距離，他們還敢公然鬧事不成，再說有師父與公孫叔叔壓陣，這群鼠輩，來一隻殺一隻，來兩隻殺一雙，來三隻全殺光。」

肖鏘也被劉妮蓉的語氣感染，湧起一股曾被暮氣遮蓋的英雄氣概，笑道：「我輩習劍，當有這份豪氣。妮蓉，妳以後境界必定比為師高出一籌不止！」

劉妮蓉微微一笑。

只不過當夜幕降臨，魚龍幫就笑不出來了。

本意是住在鬧市，好讓那躲在陰暗處見不得光的宵小們心生顧忌，誰知竟然被人甕中捉鱉了。

劉妮蓉站在窗口，臉色蒼白，客棧外頭火把照耀得黑夜如同白晝，對魚龍幫有企圖的勢力竟然有三股之多。

第一股是二幫主肖鏘的仇家，有五、六人，並未騎馬，顯然是要趁著肖鏘金盆洗手前最後一趟行走江湖，把這個仇給報了。江湖自有江湖的不成文規矩，大體上有三條，第一條金科玉律是幾代仇猶可由子孫來報，但一般不禍及妻女，造就滅門慘案，別說官府通緝，武林中人也會不齒，俠義之士，若能力所及，更可能會出手教訓。再就是一日為師、終身為父，別說那隨意更換門庭的「三姓家奴」，就是才換一個師父，不論何種理由，都將是終生汙點，故而拜師一事，幾乎是江湖中人頭等大事，不輸士林中的士子及冠。第三條則是一旦擺完退隱儀式，擺過了金盆，倒去了碗中水，那麼尋常恩怨，就要一概作廢。

第二股勢力並不出人意料，是白天貂覆額的女子，人人皆騎駿馬。

最後一股簡直讓魚龍幫心生絕望，感到五雷轟頂，竟是關隘折衝副都尉的大公子周自如，身後跟隨騎兵八、九騎，步卒甲士有二十餘。

周自如的英俊臉龐在火光照耀下熠熠生輝，與二樓的劉妮蓉對視後，緩緩道：「捉拿匪寇，閒雜人等自行避退。」

貂覆額女子言行無忌，絲毫不忌諱客棧魚龍幫是否會聽見，嬌滴滴道：「周公子，說好了，那姓劉的女子歸你，她手下那名佩單刀的小哥兒，可千萬不能傷著分毫。」

周自如皺了皺眉頭，沒有答覆。

隱約有不快的女子扯了扯嘴角，壓下已經到嘴邊的不敬言語，嫵媚慵懶地高坐於馬上，一隻手貼在腰間，食指富有節奏地敲打著玉帶扣上的紋頭。

在這邊境，有誰逃得出本小姐的手心？為何男子可以坐擁後宮三千佳麗，不許我們女子有面首三百？本小姐偏偏就要！

◆

周自如自認飽讀兵書，並且能夠嫺熟運用於世事，這些年無往不利，不僅成了折衝副都尉老爹的首席幕僚，出謀劃策，還親自設局，讓好些榜上有名的江洋大盜都栽倒在關隘裡，光是賞銀累計就有兩千多兩白銀。周自如不顧老爹肉疼，將這些銀兩大部分都分發給替他們父子賣命的倒馬關士卒，他雖說是關隘這一畝三分地上最大的公子哥，但因為兔子不吃窩邊草，在百姓中口碑一向不錯。這次針對魚龍幫撒下大網，只是臨時起意。

三天前，陵州那邊幾位草莽找到周自如一名哥們兒，吃了一頓花酒，宴席上說要對魚龍幫裡一位叫肖鏘的痛下殺手。周自如原本不打算摻和這種江湖仇殺，不過那幾位武林中人辦事也爽利，扣押了一名亡命流竄到倒馬關附近的劫匪，二話不說交給周公子。

周自如見他們只要求將魚龍幫留在倒馬關一宿，不需要親手沾上髒活，也就應承下來。孰料魚龍幫到達以後，竟拿出了一名北涼前任兵器監軍的手諭私信，這讓周自如措手不及，當下便懊惱上了這幫不知輕重的江湖莽夫。

只不過周自如深知好不容易攢下倒馬關周公子一諾千金的名頭，實在不願意敗壞了去，只得硬著頭皮唱黑臉，攔下魚龍幫一夥，不過暗中已經做好準備，一旦兩夥人火拚起來，就讓心腹帶兵插手，絕不讓事態發展到不可收拾的地步。

但黃昏時，與身為倒馬關熟客的貂覆額女子相遇，一番密談，改變了周自如略顯保守的初衷，轉而決心要讓魚龍幫吃一個大虧。既要將原先的江湖人情收下，那些屬於魚龍幫的貨物盈利，周自如也要收入囊中——當然不是與那當下已是虛銜武散官的將軍撕破臉皮，而是親自帶人將這筆買賣去北莽敲定了。

有貂覆額這個北莽女子牽線搭橋，到時候從四品武散官該掙的，周自如會一枚銅錢不少地雙手奉送，甚至只會更多。如此一來，周公子也算與那位前任兵器監軍搭上了線，至於魚龍幫幾十號人的身家性命，周自如也只能心中歉意幾句了。再者，他的如意算盤，可不止是算到了一箭雙雕！

高坐於馬上神情淡漠的周自如抬頭看去，悄悄做了個手勢，客棧中某間屋子，馬上有嗓子粗糙的漢子竭力喊道：「爺爺今天被你們堵在這裡，算爺爺陰溝裡翻大船，認栽，但爺爺我有魚龍幫三十幾號可以換命的好兄弟都在這裡，誰敢上來尋死，爺爺算他英雄好漢！」

魚龍幫幫眾大多都站在窗邊看戲，本來理所當然以為能將自己擇在外頭，還想著有一場兵抓匪的好戲可以欣賞，不承想就聽到這幾句，幫眾們差點一口鮮血噴在窗戶上。

這位王八蛋寇匪是哪條道上的，幾個性子急躁的年輕幫眾，提刀就要循著聲音去宰了這隻不知道哪個池子裡爬出的龜兒子。還未出門，二幫主肖鏘與管事就來將眾人攏到隔壁相連的三間房子裡，不許任何人出手。

魚龍幫這些年可沒資格做那種養尊處優躺著收銀子的幫派，幫裡成員也見多了你來我往的算計，這時候再蠢笨也知道落進了陷阱，一個個大氣不敢喘。若只是幫派之間的尋釁廝殺他們誰都不懼，只是客棧外頭那騎兵與甲士，實在讓人膽寒戰慄，便是僥倖活下來，事後擅殺官軍的大帽子一扣下，魚龍幫還能在北涼江湖上立足？

劉妮蓉臉色蒼白地來到一間屋子外，平緩了一下急促的呼吸，伸手敲門。她行事不可謂不當機立斷，身陷死局，連公孫楊都沒有帶上，單身赴會，帶著莫大誠意，想要見識一下客棧內是誰要將魚龍幫拖入萬劫不復的泥沼。

劉妮蓉寄希望於這些人只是想要銀子，但她內心深處知道今夜十有八九是不能用銀子擺平了。

手還沒碰到門，驀地寒光一閃，劉妮蓉悚然一驚，身體向後傾去，一柄鋒利鋼刀破門而出，劉妮蓉甚至可以清晰看到刀鋒僅在自己臉面上一寸距離劃下的一絲刀線！

房中人一擊沒有得逞，果斷收刀，一腳踢在房門上。劉妮蓉嬌軀倒地前，單手一拍地面，身體旋轉，躲過門板，站在走廊中，臉色鐵青，看到一名吊兒郎當將刀背扛在肩上的年輕人。

這廝走出屋子，抽了抽鼻子，與劉妮蓉對視後哈哈笑道：「早知道是個皮嬌肉嫩的娘們兒，小爺我就出刀含蓄些了。」

劉妮蓉壓抑下心中怒氣，盡量平靜地問道：「為何要陷害我魚龍幫？」

那年輕刀客雖然玩世不恭好似市井調戲小娘子的尋常無賴，但看人眼神與握刀氣勢，卻讓劉妮蓉一陣心驚，果然是北涼軍中的精銳甲士。記得爺爺劉老幫主說起過軍旅將士與江湖武夫的不同，興許都手上染血，可相比後者的狠辣，前者會多出一種真正滲透到了骨子裡的悍不畏死，這種堅毅，是面對千軍萬馬鍛鍊出來的心氣，是死人堆裡咬牙爬回陽間的煞氣。

劉妮蓉心中確認刀客的身分後，全身冰涼，心情跌入谷底。

那人咧嘴一笑，開門見山道：「我家二哥相中了妳，妳若是識趣，就乖乖跟二哥回去，二哥要我交代妳一句，妳若是肯做他的女人，魚龍幫也就失去這三十幾號人馬，有我二哥幫襯，你們魚龍幫以後來往北涼、北莽，暢通無阻，也算因禍得福，就當是二哥的聘禮好了。醜話說前頭，二哥已經有了要明媒正娶的女子，劉小姐妳嘛，做個沒名沒分的侍妾好了。別覺著委屈，其實是你們魚龍幫攀高枝了。再者，能讓我趙潁川喊一聲二嫂，得是多大的福氣。」

劉妮蓉冷笑道：「你二哥周自如真是算無遺策，小女子佩服至極。」

自稱趙潁川的青年刀客舔了舔嘴角，瞥了一眼屋中癱軟在椅子上的漢子。這可憐傢伙落在二哥手心真算倒了八輩子楣，中了以往採花賊行走江湖必定首選的軟筋散，死狗德行，原本還有些江湖好漢的硬氣，不願栽贓嫁禍到魚龍幫頭上，自己只好拿刀子在他大腿上慢慢劃出一條血槽，離褲襠命根子只有半寸距離，這漢子總算沒了矜持，按照二哥吩咐的言語扯開嗓子喊了一遍。

趙潁川盯著這個被二哥瞧上眼的劉妮蓉，心想二哥眼光就是好，笑道：「談妥了，麻煩二嫂與趙潁川去後門一同離開，以後魚龍幫是姓劉還是姓周，反正一家人不說兩家話，二哥自然有本事讓魚龍幫一躍成為陵州數一數二的大幫派。談崩了，那就怪不得趙某把妳打暈了扛在肩上，丟到二哥私宅的床上去。萬一妳發狠要圍毆趙某，也無妨，趙潁川自信還逃得走。至於屋裡頭那位，反正是死是活都已無關大局，可是二嫂，真要這般不打不相識才開心嗎？」

劉妮蓉只覺得悲涼，官家子弟，都是這樣城府陰險嗎？周自如才是一名從六品折衝副都尉的兒子，算計便已是如此可怕，當初爺爺與那兵器監軍子孫的合作，豈非更是與虎謀皮？難道一開始就是魚龍幫死敵與那將軍府設下的圈套？劉妮蓉深呼吸一口，平靜道：「你要是能活著離開客棧，轉告周自如一句，讓他去吃屎。」

扛刀的趙潁川伸出大拇指稱讚道：「二嫂好風采，只希望今晚後半夜到了二哥床上，也這般讓人喜歡。」

原先根據周自如的謀劃，趙潁川讓那名流竄犯潑完髒水後與劉妮蓉說上話，就該離開，劉妮蓉肯服軟是最好，不肯服軟就由周自如親自帶兵闖入客棧抓人。這家客棧最大的後臺本就是他周大公子，這點風波都不需要花費半分人情銀兩。

趙潁川才說完，約莫是事情進展太過順利，他並沒有急著撤退，而是在走廊中拖刀狂奔，朝劉妮蓉衝撞而來。相距十步時，他往一面牆壁一躍，腳尖一點，折向另一面牆壁，再彈向劉妮蓉時的速度已超乎原先太多，無形中還有了居高臨下的地理優勢，驀地一刀迅猛劈下，哪裡有未來叔叔嫂嫂的情誼？

劉妮蓉抬臂格擋，好一抹清亮劍鋒，不愧是劉老幫主寵溺的孫女，這柄秋水長劍是足以讓普通武夫垂涎三尺的利器。

刀劍相撞後，趙潁川獰笑道：「給老子脫手！」

整條手臂酥麻的劉妮蓉後退兩步，身形落地的趙潁川得勢不饒人，不給劉妮蓉喘息的機會，刀勢大開大合，逼得劉妮蓉只能硬抗，無暇使出什麼精湛劍術，可見趙潁川也絕非一味自負莽撞的人物。軍中健兒，劍術刀法，歸根到底，都是乾淨利索到極點的殺人手段，從不花哨華麗。江湖人士則不同，或多或少追求招式的精妙瑰麗，難免有煩瑣嫌疑。境界低的，是匠氣，境界高的，可就是仙氣了。

趙潁川自知與劉妮蓉這等正兒八經幫派裡的精英對敵，就不能給他們玩弄招式的機會！劉妮蓉一退再退，死死咽下一口湧到喉嚨的鮮血，在趙潁川終於換氣間隙，被刀猛敲的長劍順勢脫手。

趙潁川心中一喜，因為這位終究是二哥心動的女子，不好真正痛殺，就準備拿捏好一個分寸，將這名劍術其實不俗的劉小姐給擒拿下。殊不知才鬆懈，那柄脫手長劍竟然詭譎地繞劉妮蓉身體一圈，以一個刁鑽角度抹向了趙潁川的脖子！

趙潁川扭過頭，被削下一縷頭髮，堪堪拿刀擊回，嬉笑道：「好一手離手劍，若非二哥提醒我二嫂的師父肖鏘擅長雙燕迴旋，趙某還真要吃了大虧。」

劉妮蓉不動聲色，舒展雙臂，伸手並不是握住長劍，而是一根手指在劍身上彈指，另一隻手掌拍打劍柄，長劍在空中急速旋轉，如同一個被稚童鞭打而起的陀螺，朝趙潁川飛去。

饒是年紀輕輕便已在戰場上無數次在鬼門關轉悠的趙潁川，也言語一凝，破天荒流露出沉重臉色，不敢貿然抽刀，生怕刀勢被那女子借勢了去。二哥說過魚龍幫老幫主的炮捶拳震陵州，最精妙的壓箱招式便是夫子三拱手。連續三次「拱手」，勁道倍增，與尋常招式一鼓作氣，再而衰、三而竭的武道常理截然相反。這劉妮蓉分明是將夫子三拱手融入了雙燕旋的劍術裡去，有些棘手！

趙潁川打定主意避其鋒芒，抽刀後退。身後是一扇房門，他後背驟然發力，撞碎木門，略顯狼狽地退入屋中。見到門外的劉妮蓉沒有乘勝追擊，他握住長劍後，嘴角終於遮掩不住頹勢地滲出血絲。

趙潁川握刀抖了抖，恢復玩世不恭的瀟灑姿態，嘿嘿笑道：「二嫂耍得一手好劍哩。」

劉妮蓉抹去嘴角血跡，笑了笑道：「我哩你老母。」

瞬間冷場。

趙潁川嘴角抽搐，顯然沒料到這麼一個女子也會說粗話。屋裡頭其實還有兩位，只不過不管是自己人劉妮蓉，還是倒馬關刀客趙潁川，都不認為這兩個傢伙能做什麼，她只是擔心他們被殃及池魚。對擺平這名只是藏拙才暫時落入下風的刀客，劉妮蓉沒有信心，而一旦生死相搏，自己也只能夠僥倖活下來。

她眼神輕移，示意屋中兩人不要輕舉妄動，但下一刻，她就失望了。失望情緒有雙重，一重是那名同樣佩刀的年輕男子站在窗口，屹立不動，一臉漠然，但最讓劉妮蓉焦急的是王大石竟然不顧形勢，大喊一聲就衝向趙潁川。

魚龍幫開宗立派的絕技無疑是她爺爺的炮捶，那是兩禪寺其中一種拳法的分支，並不追求套路繁複，而是致力於瞬間的爆發，這套拳法若有雄渾內力的底子做支撐，殺傷力自然是不容小覷的，可惜到了那入幫派不久且始終沒能登堂入室的王大石手裡，就成了花架子。

趙潁川甚至好整以暇地等拳頭到了臉前，才出腳踹在王大石膝蓋上，微微撇頭就讓拳頭落空，下一刻北涼刀已經擱在王大石的脖子上。

趙潁川一手握刀，一手拎住王大石的脖子，一臉為難地自言自語道：「是割斷脖子呢，還是掐碎脖子呢？」

劉妮蓉出聲道：「不要！」

趙潁川聽到屋外越來越清晰的馬蹄聲，知道二哥一方已經勝券在握，也就有了忙中尋樂子的悠閒心思，笑咪咪道：「二嫂，妳與我說一聲，『小叔叔好生猛哩』，我就放了這廢物。」

王大石雖說身手令人沮喪，倒是有些憨傻的骨氣，被人制住，還是漲紅了臉喊道：「小姐，不要！」

劉妮蓉面無表情道：「我說。」

趙穎川五指發力，往上一提，王大石頓時身體懸空。趙穎川得寸進尺道：「二嫂，可千萬別忘了那個『哩』字。」

劉妮蓉正要認了這份羞辱，剛剛張嘴，就澈底合不攏，她瞪大眸子，彷彿見到了神魔鬼怪。

只見趙穎川死魚一般，兩顆眼珠子充盈病態的血絲，已是垂死的跡象。

趙穎川身後，站著從頭到尾一言不發的佩刀男子，給出致命一擊的他，根本沒有抽刀出鞘，只不過是將手掌刺入了趙穎川的後背，捏斷了整條脊柱。

第四章　魚龍幫涉險過關　徐鳳年小試牛刀

王大石本想著這輩子能在劉小姐眼前死得爺們兒，也算沒白投胎一次，只不過對不住老爹，在自己這裡斷了王家的香火。對他這種小人物來說，劉妮蓉就是不食人間煙火的仙子姑娘，漂亮、溫柔、心地好，武學造詣還高。別說入了她的青眼，在魚龍幫那會兒，王大石便是遠遠看上一眼，就能渾身發燙，勞作一整天都不覺得累；若是僥倖見到小姐嫣然一笑，保準晚上就要失眠了。

這些年與幾位師兄睡在一條大炕上，哪天晚上不是聽他們講小姐的各種事兒。記得前些年一位師兄，不知死活編派出自己撞見過一眼小姐曬在院子裡的兜肚的英勇事蹟，當晚就給其餘師兄聯手打成豬頭，不過據說事後好多師兄都偷偷詢問那兜肚兒是何種顏色啊、啥子樣式啊，明知是假的，都願意胡思亂想一通。

王大石沒資格湊這個熱鬧，也就只會遠遠看著小姐劉妮蓉，知道總有一天心中的仙子也會去相夫教子。前段時間聽師兄說老幫主給小姐尋了一位豪門裡的世家子，王大石就有些黯然，倒是有些羨慕老爹當年能為魚龍幫死戰而亡了。

徐鳳年鬆開沒了脊柱支撐的屍體，彎腰蹲下，在趙潁川衣衫上擦了擦手，瞥見那柄北涼刀。方才手掌做刀刺入這廝後背，中指本可以輕鬆炸碎整條脊柱，只不過小心起見，瞬間變手刀成爪，如果屍體落在有心人眼中，展露出來的境界便不至於太過嚇人。

他這趟出行之所以藏身於魚龍幫，沒有陰謀詭計可言，只不過順路要去北莽留下城，就讓褚祿山略作安排，調包頂替了那名武散官府邸裡的管事，將其羈押在陵州官府大牢，等魚龍幫從北莽返回才會被放出，估計遭受無妄之災去吃牢飯的管事到現在還蒙在鼓裡。

徐鳳年也沒料到，到了倒馬關，魚龍幫會陷入絕境死地，這件事既然不是因他而起，他原本不打算插手，一個北涼三流幫派榮辱起伏，生性確實挺涼薄的世子殿下實在沒興趣去理睬。英雄救美，討劉妮蓉的歡心？徐鳳年還真沒這份閒情逸致。

剛才房中，王大石在發呆，世子殿下則緩慢翻閱一部無名刀譜。

這部刀譜用一字千金來形容也不為過，武帝城城主王仙芝的武學感悟，你說啥子價格？一本刀譜六十四頁，一頁看完，唯有確認咀嚼透了，才小心翼翼撕去一頁毀掉，從北涼王府到倒馬關，才撕去三頁而已。

第四頁正看到酣暢，趙潁川就倒撞了進來，你進來也就進來，還在那裡磨磨嘰嘰，將刀譜放回懷中的世子殿下本來還算可以忍受，直到這傢伙拿王大石的命去脅迫劉妮蓉，看著桌上魚龍幫王大石故意不去碰的大半包細棋子軟糕，加上世子殿下最煩辦正經大事卻跟娘們兒嘮嗑一樣嘮叨碎嘴，終於起了殺機，於是那哥們兒就只能去黃泉路上找別人閒談了。

劉妮蓉震驚之餘，沒有太過糾纏於趙潁川的死相，而是來到視窗，看到客棧外也多出一具屍體，胸口插著一支羽箭，顯然是公孫楊出手威懾，找了一名肖鏘的死敵率先開刀，但這些凌厲手段，在倒馬關甲士面前，與姓徐的悍然出手，都是杯水車薪啊。

徐鳳年坐下以後，拿起一塊糕點放入嘴中細嚼慢嚥，緩緩說道：「那一車貨物怎麼辦？」

劉妮蓉好不容易對他的印象有些改觀，這句話一說出口，又馬上被打回原形。劉妮蓉火急火燎，心思百轉也想不出一個將魚龍幫帶出泥潭的萬全之策，根本顧不上這市儈男子。眼見公孫楊亮了一手連珠箭根根釘入甲士馬前的地面，總算暫時阻下了倒馬關甲士的前行，劉妮蓉暗暗鬆了半口氣。半口而已，時間也不長，就喘一口氣一半的工夫。逃是萬萬逃不走的，周自如親率十餘名精悍騎兵，以這人的縝密算計，後院肯定也安排了連環陷阱。魚龍幫三十幾人的戰力，只需要十幾弓箭手選好位置，就能拖死拖垮魚龍幫眾人，到時候即使剩幾尾漏網之魚，對上周自如的騎兵和其餘兩股勢力，她和肖鏘、公孫楊還不是一樣難逃任人宰割的淒涼下場？

劉妮蓉面對這種幾雙手共同造就的死結，她縱有纖纖妙手，又如何能解？

肖鏘走入房中，見到王大石腳下的死屍，皺了皺眉頭，當看到屍體手中的北涼刀，喟然長嘆，誤以為是劉妮蓉的手筆，心想既然妮蓉這丫頭決意如此，那今晚死便死了。

不過王大石見到高高在上的二幫主蒞臨，一方面感激於徐公子的救命之恩，一方面出於畏懼本能趕忙解釋說道：「是徐公子出手相助，才殺了此人。」

肖鏘當然不信，眸子飄向窗口轉身的劉妮蓉，後者點了點頭，肖鏘略一思量，就勃然大怒道：「姓徐的，你可知這人是北涼甲士，如何敢殺？我魚龍幫絕不會與你為伍！你滾出去自己向官府請罪！」

客棧內外都聽到了肖鏘大義凜然的言語，周自如聽到這個消息後臉色陰沉得恐怖。趙穎川是他的結拜兄弟，在北涼軍中前程似錦，這些年周家花在他的異姓兄弟身上的銀子少說也有四、五千兩，更別提周自如當折衝副都尉的老爹暗中許多為趙穎川鋪路子的人情買賣，就是指望著以後周自如、趙潁川兄弟二人能夠在北涼邊軍中相互幫襯，一起平步青雲。誰想倒折在了自家地盤上，這讓周自如怒不可遏。他抬頭對魚龍幫裡的神箭手憤然道：「老匹夫再敢阻我，定要你禍及全族！」

肖鏘本意是想要將客棧外的怒火轉嫁到姓徐的身上，病急亂投醫，他不知刀客趙潁川的內幕，結果火上澆油，讓周自如鐵了心要讓魚龍幫一起給他兄弟陪葬。在成名已久的陵州劍士看來，只要倒馬關士卒不摻和到這攤爛泥，以魚龍幫的實力，足以應對另外兩撥江湖人士，他顯然小覷了周自如的野心和胃口。

劉妮蓉似乎沒有預料到師父如此言語，一時間滿目驚訝，再看以前總覺得有劍仙風範的師父，竟是陌生起來。她轉頭望向姓徐的，那人吃完了糕點，輕輕拍拍手，沒有起身的意思。

劉妮蓉欲言又止，有些愧疚。肖鏘恨不得立即把這個裝模作樣的草包男子丟到窗外，好讓那些馬蹄踏成肉泥，他固執地認為只要倒馬關甲士沒了火氣，他與魚龍幫就還有死裡逃生的可能。

徐鳳年見這位魚龍幫頭號劍客有點氣急敗壞，平靜說道：「別急著禍水東引，今天這個局，最重要的設局人不是你以為的那幫仇家，而是倒馬關的周自如，這傢伙既想拿你們魚龍幫三十幾顆腦袋，換取剿匪的軍功，也想霸占了你徒弟劉妮蓉的人，控制住你魚龍幫，好在北涼腹地陵州占據一席之地，以後做些見不得光的營生就順便許多。周自如做事目前看來挺滴水不漏，肯定要對魚龍幫斬草除根，劉妮蓉有姿色，有未來魚龍幫幫主的身分，可以在亂局中自保謀求富貴，試問肖鏘副幫主一大把年紀了，還能賣屁股給周自如不成？還是想著給周公子做一名劍舞求恩寵的丫鬟？」

王大石看了看語調平靜的徐公子，再瞧了瞧氣炸到握劍手臂都在顫抖的肖幫主，王大石臉色古怪。

肖鏘對這姓徐的已然恨之入骨，但聽到駭人內幕後，望向劉妮蓉，見到她點頭後，他先是心死如灰，繼而像是抓住一根救命稻草，轉身見屋外無人，轉頭輕聲道：「妮蓉，為師為魚龍幫做事已有二十年，兢兢業業，可曾有半點對不住魚龍幫三個字的事？而且妳我師徒一場，為師傾囊相授妳劍術，可曾有半點教會徒弟餓死師父的私心？師父知道妳是寧為玉碎、不為瓦全的性子，可這件事涉及魚龍幫百年大計，妳便是受了委屈，還是要打落牙齒和血吞啊。只要與那周自如牽上了線，以後魚龍幫不用擔心財源，何愁無法崛起？退一步來說，只要離開倒馬關，妳我師徒再與周自如翻臉也不遲，留得青山在，不怕沒柴燒！師父可以答應妳，到時候為師哪怕豁出性命，也一定替妳從周自如身上找回場子！妳若不信，肖鏘可以對天發誓！」

王大石聽得目瞪口呆，這副幫主以往是何等英雄氣概，種種豪氣干雲的英勇事蹟，能讓他這些魚龍幫的小卒子佩服得五體投地，今天怎麼到了生死關頭，就這副嘴臉了？以往觀賞鬧市雜技，西蜀舊人有那變臉的絕活，似乎都比不上肖副幫主一半功力！

徐鳳年不鹹不淡地說道：「肖幫主說得在理，既顧全了魚龍幫大局，又保證讓師徒二人脫離險境，用心良苦，我想事後劉老幫主肯定感恩得無以復加，乾脆把孫女都嫁給肖大俠算了，老夫少妻，天作之合，徐某在這裡先恭喜二位了。」

這言語何其歹毒，聯結前頭要讓肖鏘賣屁股給周自如以及搔首弄姿耍劍舞，世子殿下的嘴皮功夫，顯然已經到了相當高的境界。連王大石這種平時最是溫順忍耐的無名小卒，再看所謂大俠肖鏘道貌岸然的醜陋嘴臉，都恨不得摑幾個大嘴巴子過去。

徐鳳年沒忘記轉頭，輕描淡寫地瞥了一下劉妮蓉，問道：「這段姻緣，劉小姐意下如何？到時候可莫要忘記給徐某人寄喜帖。」

肖鏘怒極道：「豎子放肆！」

劉妮蓉則是對著徐鳳年和師父肖鏘一起喊道：「閉嘴！」

肖鏘原本已經有出劍殺人的濃郁企圖，只是聽到劉妮蓉哭腔出聲後，才驚醒若是當著她的面殺人，恐怕就真要連累自己把命交待在客棧了。

劉妮蓉沉聲道：「肖鏘，你我師徒情誼到此為止。劉妮蓉今日絕不會向那周自如委曲求全，你現在要走，興許還有一線機會。」

肖鏘臉色陰晴不定，冷哼一聲，毫不猶豫地轉身便走。

這時候劉妮蓉終於抽泣起來。

從孩子到少女，再到女子，二十幾年以來那些有關江湖的憧憬與遐想，在這一瞬間都如同摔了的銅鏡，支離破碎。

徐鳳年站起身，不去看梨花帶雨的劉妮蓉，走到窗口，輕聲道：「再熬一會兒，大概就有轉機了，倒馬關不是周自如一個人的倒馬關，二把手的垂拱校尉韓濤一直與周自如老子不對付，如果我沒有記錯，近期有一名頂頭上司巡視倒馬關，韓濤如果還算有些腦子，就不會錯過這個打壓周自如父子氣焰的大好時機，只不過到時候是否前門拒虎、後門進狼，你們魚龍幫就自求多福好了。

到時候若是有人再覬覦妳美色，我估計妳也沒幾斤硬氣可以支撐了吧？妳那俠義心腸的師父有一點說得沒錯，長遠來看，只要妳肯委屈自己，對魚龍幫而言，不過是今晚少了三十來號打手，以後有北涼邊軍一方勢力撐腰，手裡握有大把銀子，還怕招攬不到肯替妳賣命的狗腿子？妳無非是給軍爺做小，做小就做小唄，指不定還能成為陵州江湖的女皇帝呢。」

劉妮蓉站在徐鳳年身後，淚眼模糊地看著這個佩刀男子的背影，搖頭道：「這不是我想要的江湖。」

徐鳳年譏笑道：「那妳就求著垂拱校尉韓濤能與周自如兩虎相鬥。實不相瞞，那名北莽口音的女子來歷很大，不是任何權貴女子都能腰間掛一條鮮卑龍頭玉扣帶的。韓濤如果與那名新上任的果毅都尉關係平平，未必能占得便宜，到時候妳就會在周自如手上死得更慘。連活都活不下來，還跟我提什麼妳的破爛江湖。」

劉妮蓉苦笑道：「以前一路上你總是幾天都難得說一句話，本以為你是怕了魚龍幫，到今天才知道你的言辭如此尖酸刻薄。」

徐鳳年雙手撐在窗欄上，眯眼道：「說話難聽的真小人，總好過那些做事難看的偽君子。」

劉妮蓉黯然神傷，茫然問道：「如果你說的垂拱校尉沒有出現，你會幫我們嗎？」

徐鳳年冷笑著反問道：「妳說呢？」

劉妮蓉毅然轉身。

看來是抱著必死決心去了。

王大石看了眼徐鳳年，也跟著離去。

能跟小姐並肩作戰，然後死在一起，哪怕屍體離得很遠，這也是王大石最好的江湖。

◆

徐鳳年從桌上拿起那半包細棋子軟糕，走出屋子來到那間關押流寇的屋子。坐下後，看到這個先被當作棋子再被當作棄子的可憐蟲，約莫是中了軟筋酥骨的藥物，挺精壯的大老爺們兒，到現在還是面目潮紅、渾身乏力。幸好現在註定沒人來這邊，否則撞見世子殿下跟這麼個一副任人魚肉模樣的漢子待在一屋，孤男寡女也就罷了，偏偏是倆漢子，恐怕對於接下來場景的想像，應該十分不堪入目。

徐鳳年搬了條椅子坐在窗邊，窗口不高，徐鳳年本就身材挺拔，伸著脖子就可以看到客棧院中的動向。

他嘗了嘗軟糯可口的糕點。

方才從趙穎川手裡救下王大石，恐怕被救的人與劉妮蓉都猜想不到為何，當然也不是說世子殿下簡簡單單為了一包糕點就出手，都說吃飽了撐的才做無聊的事，當時世子殿下可是連吃都沒有吃，只不過王大石是魚龍幫一行人中唯一一個發自肺腑親近世子殿下的人，沒有功利色彩，何況趙穎川的行徑也太過不地道。至於劉妮蓉下場如何，徐鳳年就不會去身先士卒，這件事本就是魚龍幫的氣數，是劉妮蓉身為未來魚龍幫幫主的命。說句難聽的，以世子殿下的身世，為了一個劉妮蓉急著去出頭，那豈不是裴南葦丟個媚眼，徐鳳年就得拉上幾萬鐵騎，去跟靖安王殺得中原硝煙四起了？

斗米恩、升米仇，古人古話最是說透世情人心。

徐鳳年慢慢吃著糕點，沒在意那名寇匪的狐疑眼神，他在想過了河的小卒子王大石，此時是身無餘物，了無牽掛，願意與劉妮蓉一起慷慨赴死，若是今日倖存下來，一朝富貴權勢以後，當他有機會占有心中仙子劉妮蓉的身體，卻不需要付出任何代價，他又會如何抉擇？如果答案是肯定的，那回頭再看，此時的王大石便不是好人了嗎？

徐鳳年看到魚龍幫幾個性子急躁的幫眾試圖阻擋官軍馬蹄，一人被弓箭射透胸口，死得不能再死；一人被馬背上劈下的北涼刀劃裂了整張臉，在地上打滾嚎叫，然後被耍了一個御馬技巧的騎士，用馬蹄踩踏致死。魚龍幫這才知道敵人根本就沒有講道理的打算，頓時被激起了江湖兒郎的血性，要與陸續闖入客棧大院的三股勢力來個魚死網破。

有箭術大家公孫楊在樓上策應，劉妮蓉兩次都死裡逃生，這還歸功於馬戰頗為狠辣的周自如沒有將矛頭指向她。

徐鳳年咽著糕點，發現沒有看到王大石的身影，這才轉頭含混不清地問道：「犯了什麼事？」

這人大腿上血肉模糊，幾乎可見骨頭，顯然在趙穎川手上沒討到好，已經對佩刀的年輕人有了心理陰影，聽到世子殿下問話，趕緊答覆道：「劫殺了一隊北莽來境內做毛皮生意的商旅，然後就被咱們北涼通緝了。」

徐鳳年「嗯」了一聲，說道：「看來那隊商旅與咱們北涼邊軍關係不淺，是不是以搶劫北涼邊境商賈的名義，讓你上榜？」

漢子哭喪著臉點頭，忍著徹骨疼痛咬牙道：「這位公子是明白人！聽說這邊新來了一位果毅都尉，這不下邊那些領兵的、當官的，都想著跟新主子表功嗎？咱就給撞上了，也算點子背，身手不行，怨不得江湖太深。」

徐鳳年輕笑道：「你倒是有覺悟。」

漢子生怕眼前這位帶刀小爺一言不合就拿刀子往自己身上抹，趕忙找了個話題，也好轉移身體上的疼痛，這他娘的迷藥，你奶奶的倒是分量再足一些好讓老子乾脆昏過去啊。漢子因為疼痛而臉色猙獰，眼神略微拘謹小心地問道：「公子可聽說過這位新上任的果毅都尉？」

徐鳳年瞥了一眼院中場景，還是沒有看到王大石，皺了皺眉頭說道：「皇甫枰，以前是中原青山山莊的二莊主，山莊被北涼鐵騎踏平以後，一大窩喪家之犬就成天琢磨著怎麼跟北涼王府拚命，後來陸續死得差不多了，幾乎要絕了門戶，不得不學聰明，不再去跟徐驍和大人物們過不去，逮著任何一個王府裡頭的人就會紅著眼睛砍下去。三年前就有個窮人家出身的丫鬟回家送銀兩給爹娘，路上給他們綁了去，等王府人馬趕到，小姑娘整個下半身已經見不得人。要是我當時在場……」

說到這裡，徐鳳年頓了一頓，自嘲一笑，「似乎也不能怎麼樣了。那位果毅都尉，出賣了最後一撥青山山莊的餘孽，給王府通風報信，使得躲了好些年都沒死的老莊主與一位親兄弟，以及二十來位沾親帶故的，都通通被北涼騎兵給砍瓜切菜了。我還聽說這個心狠手辣的傢伙入府見著了北涼王，不但被賞賜了幾本聽潮亭裡的武學祕笈，還撈到手一個正五品的果毅都尉，時來運轉，應了那句江湖老話，賣什麼都不如賣兄弟來得一本萬利。」

漢子越聽越心驚，忐忑不安問道：「公子消息可真靈通，莫不是與先前那位小將軍，一樣是官府中人？」

徐鳳年笑道：「我現在跟魚龍幫走得比較近。」

漢子腿部鮮血流得更厲害了，雙手死死抓住椅臂，滿頭冷汗，臉上還是擠出比哭還難看的勉強笑容，恭維道：「公子氣宇軒昂，一看就是福氣厚重的人，這趟大難不死，必有大成就。」

徐鳳年終於看到王大石在樓下院中露面了，魚龍幫已經死了六、七個血氣方剛的漢子，其中就有那個黃昏時入住客棧在世子殿下腳下吐了一口唾沫的是地上躺著的最後一具屍體，被一根矛斜刺入胸膛，再被配合嫻熟的另外一名騎士拿刀削去腦袋。若說前面幾位是憑著一腔熱血去拚命，那這個傢伙就算是相當不把自己的命當命了，畢竟明擺著上前就是死，有了好幾具屍體擺在地上做血淋淋的前車之鑒，再跑上去逞匹夫之勇，死得實在不值當。

這不，他被一矛一刀解決掉的時候，身邊除了劉妮蓉其實已經再沒有人，好在在客棧門內兩腿顫抖了半天的王大石不斷拿拳頭砸腿，後來甚至給了自己兩耳光，這才終於讓兩條抖成篩子的腿肯聽使喚，大喊著給自己壯膽，半路上撿起一位師兄的佩劍，就衝入陣中，閉著眼睛一頓亂砍。估計是那些殺入客棧的人物覺得好笑，一時間沒有急著做掉這個構成不了半點威脅的小子。

劉妮蓉環視一周，除了敵人再無其他人，身後魚龍幫幫眾與她對視後，都低頭畏縮著往後退去。

樓上公孫楊射了三十一箭，起先六箭射死了四人，後來察覺到沒有迴旋餘地，就開始擒賊先擒王，但接下來所有羽箭都被貂覆額女子豢養的老人以五爪輕鬆抓住。

公孫楊知道即便這名老者不是金剛境的絕頂高手，也差不遠了。

他撫摸了一下牛角大弓，然後折斷弓弦，這才緩慢下樓，微瘸的他默不作聲地來到劉妮蓉身後。

始終沒有下馬的周自如掉轉馬頭，閒散倨傲地連人帶馬轉悠了一圈，居高臨下望著一身血跡的劉妮蓉，嘴角扯起一個陰沉弧度，帶著莫大的滿足和得意。

徐鳳年自言自語道：「來了。」

椅子上的漢子沒聽清楚言語，自顧自小聲道：「這位公子，小的前些年搶到手一本泛黃的刀譜，不識字，便去青樓包養了一個識字的清伶整整兩月，一個字、一個字拆開才將那部刀譜記下，公子若是想學，可以帶我離開客棧，我慢慢口述給公子。」

徐鳳年背對房門，彷彿心不在焉，沒有聽到漢子提出的誘人條件。

一陣不合時宜的馬蹄轟鳴聲由遠及近，在周自如耳中異常刺耳，一直胸有成竹的周大公子臉色微變，扭頭望去，黑夜中，一串串火把綿延如山。

不下百騎，突襲而至。

為首一名披甲中年將軍，是一張極為陌生的臉孔，但看那身甲冑，起碼是北涼軍中正五品官職的實權將軍，這絕對不是倒馬關折衝副都尉或者垂拱校尉可以衝撞撼動的存在。

更讓周自如感到不安的是這名將軍身邊有一騎，正是倒馬關地位僅次於他爹的垂拱校尉韓濤！

縱馬長驅直入客棧的韓濤睨視周白如，冷笑道：「嘖嘖，周自如，好大的本事，到底在這倒馬關，你爹是折衝副都尉，還是你是折衝副都尉啊？」

最後一個「啊」字，用了很明顯的升調。

官場上官大一級壓死人時，很多人喜歡如此說話。

周自如低頭拱手，眼睛裡閃過一抹狠毒，平淡道：「回稟韓校尉，有匪寇與陵州魚龍幫勾結，小的聽到消息，得到折衝副都尉的允許，便帶兵前來客棧，生怕這夥歹人逃脫。其間若有不妥之處，懇請韓校尉明示，小的甘受責罰。」

一騎緩緩踏入客棧，韓濤主動讓開道路，讓這名將軍有足夠的開闊視野。

沒法子，身邊這位果毅都尉，可是那能夠親自面見大將軍並且還得到賞賜的蓋世猛人，別跟老子提那些果毅都尉忘恩負義的齷齪往事，屁大的事，放個屁就全過去了！如今皇甫果毅無疑是北涼這一段邊境上最炙手可熱的大人物，韓濤若非在「朝中」有人，根本就搭不上這條線。今天也算周自如父子運氣差，撞到刀口上了，擱在以前，韓濤也就捏著鼻子睜一隻眼、閉一隻眼，誰讓這對父子勢大權重。可今天是果毅都尉巡視邊城的日子，韓濤要是讓這個機會從指縫裡溜走，乾脆把自己爪子剁了算了，還摸個屁的小妾美婢們的白花花胸脯。

萬般精心算計，官大一級，位高一階，就全成了笑話。

周自如敢做敢當，更敢服軟認輸。

那名果毅都尉看了一眼彎腰低頭的周自如，和煦笑道：「周自如是吧，本將雖上任不久，但早已聽說你的英名，今日親眼見到，名不虛傳，不錯不錯。」

韓濤愣了一下。

周自如敏銳捕捉到韓濤眼中的一絲迷惑，心中大定。知道老爹在這位北涼邊軍的大紅人那邊，有很大留白可以用黃金白銀、美人古董去慢慢填補。

這讓原本想要抖摟出客棧有人擅殺北涼甲士趙潁川的周自如，心甘情願啞巴吃黃連，斜瞥了一眼劉妮蓉，以後將她弄到了床上，有的是手法讓她生不如死。

果毅都尉在來的路上，已經從韓濤隱晦的三言兩語中略知一二，猜出這名垂拱校尉與魚龍幫後邊的靠山有些交情，他丟給韓濤一個眼神，微微一笑後率先離去。

周自如緊隨其後。

貂覆額女子一臉不悅，但經身旁五爪金黃色的老者在她耳畔低聲勸說，這才憤恨離場。

那些向肖鏘尋仇來的江湖人，頓時作鳥獸散。

雷聲大，雨點也不小，但好歹沒有讓所有人都淋成落湯雞，但這也越發襯托出那些死在劉妮蓉面前的魚龍幫幫眾的無辜可憐。

肖鏘約莫是沒能從後院門逃走，臉色平靜地來到前院，不輕不重地咳嗽一聲，讓幫眾還魂，指揮他們收拾殘局，面對劉妮蓉的冷淡眼神，這位二幫主臉不紅、心不跳。

妳一個尚未掌權的小女子，還是老子的徒弟，還能翻了天不成？

劉妮蓉沉默著走回客棧，王大石仍是一臉茫然，跌坐在地上，手腳發軟。

二樓。

一直在忍痛拚死積蓄氣機的漢子終於退去迷藥藥勁，以左腿做支撐，起身驟然發力，一個前撲，朝這名年輕公子後背砸去一拳。尋常體魄的武夫，被他得逞，定要七竅流血！

他哪裡有什麼刀譜，只不過拖延時間罷了，既然這個初入江湖的雛兒不知世道叵測與人心深淺，將偌大一個後背讓給自己，爺爺我可就不客氣了！

徐鳳年衣衫悄不可見地微微一蕩。

那名以拳法剛猛著稱的武夫肝膽欲裂，發現自己一拳在離這人後背三寸處，絲毫不得進入！簡直就像撞上了一道無形的銅牆鐵壁！

天底下肯定有這等境界神通的高手，可他如何能相信就在這座小小客棧內，被自己給遇上了？

漢子心知大不妙，對敵經驗豐富的他就要收拳後撤，但更恐怖的情緒立即籠罩了他的全身——漢子發現自己已經使出吃奶的勁兒往後掠去，可身體卻是紋絲不動。

他眼睜睜看著那名背對自己的公子哥，伸出一手握住腰間懸刀的刀柄，刀鞘朝他的胸口「輕輕」一撞。

如山寺敲擊晨鐘！

他體內氣海驀然炸開。

七竅流血而亡。

◆

徐鳳年殺人以後毫無感觸，只是想起其中一個江湖。

記得年幼時在武庫聽一名飽經滄桑的守閣奴講述江湖風雲，上了歲數的老人言語風趣，說武林上有一名使刀的英雄某次闖蕩江湖，遇到一人，咦，你綽號叫抄刀鬼？我也是耶。

那人笑著說好巧好巧。

再然後呢？還不是找機會朝對方後背出黑刀子，好教天底下才一個抄刀鬼？

年少的世子殿下起先覺得好笑，看不懂老人嘴上的自嘲與眼中的落寞，也是很久以後才知道老人當年真正綽號便是抄刀鬼，另外一人，曾是他年輕時候相遇的好兄弟。為了兄弟情，老人甚至拒絕了愛慕他的女子，默默離開江湖，走遍大江南北，行俠仗義，以後再重逢，才知嫁給兄弟的女子已經抑鬱病逝，而那名兄弟則在痛飲以後，一刀差點絞碎他的胸膛，那時他才知女子那些年吃了多少苦，兄弟心中又積了多少嫉妒與恨意。

後來，一名江湖兒郎尋到了武庫報那不共戴天的殺父之仇，被擒之後，老人竟然跪在世子殿下腳下，乞求網開一面，真相這才浮出水面。徐鳳年何等闊綽出手，見老人家情真意切，不僅放了那自取其辱的哥們兒，還隨手丟了兩本武庫祕笈，再以後？大概是三年以後，老人一次出門散心，就給那小子用祕笈上的劍術削去了腦袋，這中間興許是老人與那人的默契，一個一心求死，一個矢志報仇，但這樁刺殺讓感覺到被戲弄的世子殿下暴跳如雷，一氣之下帶人抓住那名刺客，臨頭想起聽潮亭裡老人的豁達，最終還是咬牙放過。

這種混帳事，如果只是聽人當一個茶餘飯後的談資段子說起，只會覺得荒誕不經，一旦真發生在自己身上，會是如何感受？徐鳳年見識過太多所謂江湖人士的豪邁與腌臢以及君子與小人，見過許多北涼王府外豪氣萬丈的，在北涼王府內跪地求饒的，見過許多與自己素未謀面就恨不得將自己千刀萬剮的。而很多時候，遇刺的世子殿下才十歲不到，但太多進了王府有機會走到北涼世子跟前的武夫，毫不猶豫便揮下刀劍，最後當然一個個毫無懸念屍體都被丟去餵狗。

別人知道江湖的冷酷殘忍，大概就像劉妮蓉這般，會很晚，晚到可能是這一生的最後關頭，但徐鳳年慶幸於他是人屠徐驍的兒子，知道得早，活得也不算短，就這樣看似光鮮令人羨慕地活到了今天。

江湖裡，很多老實人用將心比心的嘴上道理與人講道理，別人就用拳頭跟你講道理。你用拳頭講道理，別人又用滿嘴仁義道德聒噪你了。

這道理如何講？

徐鳳年只是低頭瞧了眼沒有出鞘便殺人的春雷刀。

◆

那個叫右松的摸刀稚童，他的江湖只是孩子的江湖，天真地以為只要是江湖就會很好，肯定比一串冰糖葫蘆要好吃。而少年的江湖，大多如魚龍幫被人欺負慣了的王大石，心中有一個高不可攀的女子，暗自思慕，身陷險境時不去多想，只覺得能與她死在一起也就足夠。但成年人的江湖，如羊皮裘老頭那般興致所至，在山巔放言「劍來」二字，便能教兩撥千餘劍飛來，畢竟鳳毛麟角。混得慘的，是劍州邊境上的青鏢韓響馬，才入江湖便死得憋屈，絕大多數混得稍好，或者就如東越劍客呂錢塘這般，功成名就，卻江湖兒郎江湖死。

韓濤留下幾名倒馬關武卒與魚龍幫一起清理殘局，畢竟連死帶傷有十來號人，並不是一樁小事，如何收尾收得漂亮，很考驗韓濤帶兵為官的本事。如今不管朝野如何暗流湧動，明面上還是天下安定的盛世光景，靠著戰場軍功獲得鯉魚躍龍門式的晉升，可遇不可求，更多的還是那些小算盤裡的蠅營狗苟。

魚龍幫這趟吃了大虧，只不過死裡逃生，慶幸遠多於悲慟。二幫主肖鏘掏了三十兩銀子給那些兵爺，倒不是說魚龍幫掏不出更多，只不過這些明擺著是垂拱校尉嫡系心腹的武卒，終究只是沒辦法一錘定音的小吏，萬一胃口被撐大了，以後到了韓濤那邊可就不好出手打點了，這裡頭的權衡計較，魚龍幫中估計也就老江湖的肖鏘拿捏得妥帖準確。

劉妮蓉並未拆穿肖鏘在樓上的嘴臉，可見在一場幾乎成為滅頂之災的風波後，她瞬間成熟了許多。

徐鳳年把那名暴斃的江湖流寇擺回椅子上，做完這勾當，見到劉妮蓉面如寒霜地站在門口，徐鳳年平靜地說道：「趙穎川給這人除了下迷藥，還有毒藥，死了。」

劉妮蓉瞥了一眼椅子上屍體七竅淌出的血跡，是常態的猩紅，她便譏諷道：「姓徐的，你覺得我會相信？當我是三歲小孩？」

徐鳳年知道她在記恨自己的見死不救，笑道：「趙穎川是我殺的，妳要如實稟告官府？我若是被抓了砍頭，魚龍幫怎麼回陵州跟堂堂從四品的武散官交代？」

劉妮蓉死死盯著這個怎可以如此厚顏無恥的男子，似乎再多看一眼就要汙了自己眼睛，轉身冷笑道：「你不管出於什麼原因殺了趙穎川，都算是幫了魚龍幫，我還不至於忘恩負義到這個地步，哪怕需要上千兩銀子來擺平這件事，我劉妮蓉也絕不會皺一下眉頭。」

徐鳳年站在椅子邊上，「多謝劉小姐。」

劉妮蓉跨過門檻時略作停頓，緩緩道：「在我看來，你比肖鏘還不如。」

徐鳳年只是笑了笑，沒有反駁。他回到房門被趙穎川撞碎的屋子，見到坐在床沿瑟瑟發抖的王大石，他顯然還沒有從客棧院落的廝殺中緩過神。對一個才踏入江湖的少年來說，今晚血肉橫飛的場景實在有些超出承受能力，尤其是那種在官家甲士面前被一邊倒地屠戮，估計會深刻烙印在少年的心底，一輩子都抹不去。

王大石抬頭看了看徐鳳年，勉強擠出一個笑臉，喊了一聲「徐公子」。

徐鳳年點了點頭，繼續坐在靠窗的椅子上，從懷中掏出不起眼的刀譜繼續鑽研。覆甲疊雷在內那博採眾長的二十餘招刀法，都可在譜上得到印證，刀譜並不拘泥於招式的開創與闡述，字裡行間，透著股天下第二王仙芝獨有的獅子搏兔，君臨天下。

徐鳳年低頭閱讀時，輕輕說道：「那包糕點都被我吃了，回頭還你。」

受寵若驚的王大石連忙擺手道：「不用還、不用還，徐公子見外了。」

徐鳳年眼角餘光瞥見這少年的拘謹，想到院中提劍對敵時的亂砍一通，會心一笑，便問道：「你們魚龍幫劉老幫主內外兼修，炮捶長拳爐火純青，講究以理當頭、以氣為主，剛柔並濟，怎麼到了你這裡腳步如此虛浮，是沒人傳授你入門要領嗎？」

王大石生怕給徐公子誤會輕視了魚龍幫的風氣，慌張道：「教了教了，只不過我悟性太差，不得要領，師兄他們就很有能耐。」

徐鳳年也不揭穿。宗門幫派裡大多山頭林立，真正上得了檯面的武藝本事都要師父口述親傳，否則就要差之毫釐、謬以千里，要不然「一日為師，終身為父」這個說法就沒根腳了。王大石這種誰都可以拿捏的軟柿子，誰樂意去花心思栽培。窮學文、富學武的老皇曆傳了好幾百年了，真想要在武學上出人頭地，靠機緣更靠財力。

投帖拜師需要好大一筆禮金，而且數額與師父身手掛鉤，拜師以後也並非一勞永逸，還得養師父，逢年過節送禮以外，得有眼力見兒主動給師父添置各類行頭。再者，比武切磋，有個傷筋動骨，吃藥養護，又是一筆沒個盡頭的可怕開銷。名門大派為何讓人削尖了腦袋進入，除去有名師以外，很大原因是大幫派裡提供許多廉價甚至免費的醫藥調理。再者，不缺武伴相互砥礪進步，只要自身苗子好，等於沒有後顧之憂。可惜如王大石這般沒了爹娘的孤兒，所有積蓄便是幫派裡每月發放的那點銅錢，還被師兄們變著花樣掏空，如何能讓也要養家糊口的師父、師叔伯們去正眼看一下？

徐鳳年笑道：「不能白吃了你的糕點，我這裡有一套武當最簡陋的拳法口訣，值不了幾個錢，也不存在外傳嫌疑，你要是想學，八百來字的口訣，你今晚能記下多少是多少。」

王大石如遭雷擊，撲通一聲跪下，雙肩顫抖哽咽道：「求公子教我！」

徐鳳年沒有出言安慰，任由王大石跪在地上。開始緩緩口述那套拳法祕訣，略作修改，深入淺出，已經將許多生僻晦澀的道教術語都去掉，只擷取可以拿到手就用的口訣。這種做法若是被道門高人看到，一定都要忍不住破口大罵敗家子或者撿了芝麻丟西瓜。要知道這套拳術心法可是出自武當掌教洪洗象之口，騎牛的是誰？在世人猜測這位陸地神仙到底是兵解還是飛升以後，得知武當山有這麼一套口訣，開始瘋了一般擁入武當山。

原先武當山按照掌教遺願，沒有將這套拳法束之高閣或者故意刪減精華，誰想學便來武當學好了，只不過江湖險惡，人心難料，給清淨無爭的武當山惹出了諸多禍事。例如一些心狠手辣的武夫在大蓮花峰上看了道士們練拳，還不知足，就抓了懂口訣的道士一番拷問，事後拋屍荒野，生怕有所遺漏或者懷疑武當山的氣量，殺了一個懂口訣的道士還不放心，連殺數人才下山，這使得痛心疾首的武當山最後不得不自行封山，除了香客燒香，七十二峰一律謝絕江湖訪客。如此一來，使得這套拳法口訣成了時下武林最燙手誘人的香餑餑，故而王大石這一跪，跪了一晚，還真不算委屈。

不過徐鳳年說得口乾舌燥，心法口訣來來回回說了七、八遍，王大石才記下了十之五六，看來魚龍幫對這少年評價的資質魯鈍，沒有言過其實。到後來王大石的頭越垂越低，生怕徐公子嫌棄他愚蠢，可那公子始終沒有流露出半點不耐煩，語氣中正平和，娓娓道來，這越發讓少年感到愧疚。到後來，在一句口訣上答覆出了紕漏，少年竟然泣不成聲，抬頭紅著眼睛說不學了。

徐鳳年哪裡是那種沒有火氣的泥菩薩，他自己本就是過目不忘的天賦，練刀再慢，可是連老劍神李淳罡都不得不說有他當年練劍一半的悟性，要知道李淳罡在及冠之年便已入一品，這之後，除去陸地神仙境界，其餘三境，都是在短短五、六年中勢如破竹，可見徐鳳年的根骨能差到哪裡去？而世子殿下身邊的人物，能夠走到他身邊，顯然都已是層層篩選，少有笨蛋蠢人，要說對這資質平平的王大石沒有半點鬱悶，肯定是自欺欺人，但真正讓世子殿下生出怒氣的還是少年那句「不學了」。

徐鳳年一個吐納，緩了緩臉色，不再重複口訣，而是輕聲笑道：「這就不學了？那你就等著這輩子都看著劉妮蓉的背影發呆好了。」

少年臉皮單薄，被戳穿心事，一下子紅得像武當山那些猴子的屁股，不管如何，氣氛一下子倒是輕鬆起來。

徐鳳年讓雙腿已經失去知覺的王大石站起來坐回床沿，其間還攙扶了一把，見他小心翼翼只將半邊屁股擱在床上，徐鳳年柔聲笑道：「我以前認識一個人，窮人家出身，沒讀過書，認不得字，小時候不過就是做些砍柴、餵豬的農活，後來接了老爹的家當，做了鐵匠，要說有什麼過人之處，也就力氣比一般人大一些，打鐵打了二十多年，連攢銀子、娶媳婦都顧不上。王大石你覺得這麼個傢伙，能有多大的出息？」

王大石一頭霧水，不知道徐公子想說什麼，在他看來，徐公子不光相貌好，氣質更好，肯定是那種江湖人最羨慕的世家身分，這種人，約莫是說任何話都有禪理玄機的，質樸少年也就不敢接下話頭。

徐鳳年笑道：「就是這麼一個人，成了很厲害的劍客。」

世子殿下記起一些往事、糗事，自顧自忍俊不禁笑道：「很高的高手。」

王大石看到有一雙丹鳳眸子的徐公子，第一次露出真誠笑臉，竟然看得癡傻了，滿心只覺得這般公子才配得上小姐劉妮蓉。

徐鳳年看了眼窗外魚肚白天色，估計再過不了多久就能聽到公雞鳴晨了，便起身說道：「這套口訣說是武當拳法，其實更側重於養氣養神，體內氣機如何流轉並未具體給出，得靠你日復一日、年復一年自行琢磨。」

王大石聽到這個就又忍不住要下跪感恩。

徐鳳年起身打趣道：「莫欺少年窮，少年膝下有黃金。你就別跪了，跪得太多，別說膝下黃金，連銅錢都要給跪跑了。」

王大石站起身，一臉赧顏地撓了撓頭。

徐鳳年獨自走出房間，想去客棧外找些填肚子的早點。前院已經收拾乾淨，只是一些隱蔽角落還殘存昨晚惡戰的血跡。出了院門，徐鳳年伸了個懶腰，花了八文錢買下四個大肉包子，邊走邊啃，滿嘴流油，這等分量的一個肉包，要在江南道那邊六文錢都買不下。

不知不覺到了舊城遺址的臺基那邊，世子殿下嘴角翹起，竟然看到那叫右松的稚童與幾個同齡玩伴在臺上一起打拳，當然是孩子心性的瞎打一氣，嘴上「咿咿呀呀哼哼嘿嘿」嚷著，腳邊上放了各自爹娘縫製的書囊。

徐鳳年走上臺基，蹲在邊緣對付第三個肉包子。摸過春雷刀的右松見到徐鳳年，趕忙停下折騰，小跑過來，小臉蛋天真爛漫地笑著，故意提了提嗓門說道：「大哥哥，昨天回到村裡，我跟他們說摸過你的刀，他們都不信呢，說我吹牛！」

徐鳳年伸手摸了摸孩子的腦袋，好心替他「洗刷冤屈」，說道：「右松沒有吹牛。」四、五個孩子都圍在徐鳳年身邊，對右松打心眼裡羨慕。徐鳳年眼尖，見到小娃兒右松一直拿眼光去瞥遠處站著的一個小女孩，清瘦嬌小，衣衫縫補得比右松還要厲害，雙手絞扭在背後，她想過來湊熱鬧卻又沒膽量，只敢低頭望著已經露出腳指頭的破麻鞋。

正要對肉包下嘴的徐鳳年笑了笑，停下了動作，揉了揉肚子無奈道：「一連吃了五、六個，吃撐了。這兩個丟了可惜，右松，幫大哥哥吃一個？」

右松猶豫了一下，附近一個饞嘴小胖墩可就不客氣了，嚷著要吃，徐鳳年便遞給小胖子一個，右松這才接過另一個，見大哥哥使了個眼色，這孩子會心一笑，雙手捧著包子就跑去找青梅竹馬的女孩，不知說了什麼，好說歹說總算說服了那女孩，最後一人一半吃了起來。

徐鳳年悄悄朝那邊伸了個拇指，右松咧嘴笑了笑。小胖墩幾個嘗過了兩文錢的鮮美肉包，知道再不去私塾，就要被先生打手板了，呼啦一下拎起書囊跑散了。

徐鳳年走到右松和小女孩身邊，才看到後者雙手十指生滿凍瘡，爆裂得鮮血淋漓，這樣一雙小手，若是還要去溪水裡洗衣，去山上地裡勞作，該是如何的刺痛？

徐鳳年默不作聲，只是蹲著聽右松說些村裡村外雞毛蒜皮的事情。這才知道前兩年鄉里出了一名秀才，約莫是鄉野村民眼窩子淺，覺得是頂天大的光耀門楣，右松所在的村子便聯手其餘兩個莊子一起出錢，請了一位絕意仕途的舉人老夫子來開館教書。教書先生清廉嚴厲，口碑很好，也就蟬聯了好幾年，一直在這邊教書，對於右松這些孩子的爹娘村民來說，望榜及第什麼的，遙不可及，想都不敢想，只想著孩子們能識字就很好。

右松很驕傲地跟世子殿下笑著說，老夫子說啦，他寫的字不錯，以後可以讓他代老夫子給村裡人寫春聯呢。

這時候，那小女孩兒也跟著笑，柔柔怯怯的，眼眸兒裡的神采，如同甘洌山泉。

這時，從倒馬關中馳騁出十餘騎，甲冑鮮明，看得右松好生崇敬。

馬隊後頭跟著幾名在倒馬關附近名聲很臭的青皮無賴，賣力跟著奔跑。騎隊每跑出一段距離，就不得不緩速等待這靠腳力拚命追趕的幾人，騎兵們個個面露鄙夷。

小女孩心思細膩，扯了扯右松衣角，指了指村子方向，有些畏懼和擔憂。

右松頓時臉色蒼白，小心翼翼地將書囊交給小女孩，顧不得事後會被老夫子拿板子敲打手心，與世子殿下告辭後，追了上去。

徐鳳年低頭發現小女孩抓住自己的袖子，笑著點頭道：「我馬上去。」

◆

村子有溪水繞行，便如女子秋波有了靈氣。村頭雞鳴才依次響起，便有一名小娘子蹲在溪畔浣衣，因為姿勢的緣故，凸顯得她身段婀娜，木槌一次次輕柔敲打擱在青石上的衣物，不敢如何用力，累了便稍作歇息，伸出一根青蔥手指去捋起垂下遮掩眉目的青絲，沾了濕水，便緊貼在額頭與臉頰，偶爾出神發呆，望著水中自己面目的倒影，漣漪起，便模糊了。

她嘴角微微勾起，窮苦人家買不起銅鏡，這物件對她而言實在華而不實，雖說方圓十里都說她長得好看，可她也從不覺得自己哪裡便真好看了，倒不如稱讚右松長得男孩女相有福氣，更來得讓她開心。

她輕呼出一口氣，回過神，繼續捶打那些泛白稀疏的衣裳。她不敢人多時候來浣洗衣物，尤其是那些貼身的，總覺得羞人，而且村裡一些個遊手好閒的憊懶漢子，不管是青壯年紀還是上了年歲的，都會沒臉沒皮地蹲在溪邊上，指指點點。一些村裡婦人自然也都不樂意，背後罵她是狐狸精，若是有自家漢子覥著臉在溪邊，少不得陰陽怪氣地刺她幾句。

她微微嘆息，看到一只紅繡兜肚兒，約莫是自己那裡委實累贅了些，始終撐著，故而比較穿在外頭的衣衫，針線都顯出讓她臉紅的稀稀疏疏。小娘子趕忙拿木槌敲了幾下，想著趕忙洗乾淨了就去晾在屋裡。她自嘲地笑了笑，不就是兩塊肉嗎，真不知道男子們為何眼光總盯著看，她倒是恨不得生得越小越好。

秀氣小娘子出嫁前是米脂的閨女，北涼有「米脂的婆娘銅陵的漢」這麼個說法，說的是米脂一方水土養育出來的女子格外靈氣，模樣周正不說，肌膚還柔滑。她還是少女時，便是米脂那邊小有名氣的美人胚子了，後來緩緩長開了，嫁到這邊，可憐命不好，才過門沒多久就剋死了男人。

村裡都知道她公婆兩老臨死都憋著股恨，只不過有了孫子右松繼承香火，死前那幾年，雖說沒有個好臉色給她，但總算沒有說出過太惡毒的言語。她一直覺得對不住夫家，從沒有任何怨言，其實再苛刻的村裡人，也都知道這個苦命女子的確沒有任何對不起老趙家的事。一個本該嫁入有錢人家享福的瘦弱女子，愣是做了許多男子都嫌累的農活。

曾經有幾個村外流子躥入她家院子，偷了掛在竹竿上晾曬的兜肚回去，從沒有與人生過氣的小娘子竟然瘋了一般，追到隔壁村子，一副拚命的架勢，村裡頭幾個輩分大的老人終於看不下去，喊上各自家裡長得結實的晚輩子孫，小半個村子扛著鋤頭，才算把那事給了結了，只記得這女子，死死攥著抹胸兜肚兒坐在地上默默流淚，也不罵人，只是不出聲地哭。

這以後，她曬衣物寧肯晚些曬乾，也只在家裡通風的屋子搭起竿子慢慢晾曬。接下來的歲月，右松就成了她的天，好在那打小沒了爹的孩子也爭氣，連學問很大的老夫子都樂意將一些書籍讓孩子帶回家，尋常孩子若是敢碰一下老夫子的私藏書籍，一雙小手還不得被老夫子打成出籠饅頭，村裡老人都說以後她可以母憑子貴，會苦盡甘來的。

小娘子正將一件一件衣物放入竹籃，驀地轉頭，看到站著一位如何都猜想意料不到的男子，站得挺遠，而她此時手中正握著繡花素樸的藍色摺扇形抹胸。她唰地一下便漲紅了俏臉，下意識狠狠瞪了一眼。這人行事怎的如此放浪，昨日還覺得他保不齊是那世族高門裡走出來的遊學公子，莫不是半點不知非禮勿視嗎？虧得自己還以為他很有雅士風度！

接下來惱羞成怒的小娘子看到那佩刀男子一臉尷尬，似乎想要解釋什麼，最終還是沒有此地無銀三百兩，只好側過頭，讓她好將貼身物件藏入竹籃。

小娘子微微愣了愣，這公子似乎臉紅了？這才讓她稍稍神情緩和，到底是個知羞恥的男子，比起那些總喜歡色瞇瞇說下作閒言閒語的潑皮無賴要好一些，只不過他來這村子做什麼？

小娘子慌忙提起竹籃起身放在身後，可能是眼前佩刀公子的撇頭讓她有了與他正視的膽量。她雖是村野婦人，卻也知道富貴人家的種種富貴病，那些出手闊綽的商賈子弟，品性未必就比村裡無賴更好，這位曾蹲在土坯牆頭吃冰糖葫蘆而且與右松玩到一塊的公子，應該不是壞人，可若他以為自己是那種可以任意勾搭調戲的女子，她就敢搧他一個耳光。

徐鳳年緩緩轉頭，平靜道：「等一下不管發生什麼事情，妳看到右松，就帶著他回村子裡。」

馬蹄聲毫無徵兆地響起，踏破了小村莊的寧靜安詳，炊煙依舊嫋嫋，黃狗吠聲卻跟著四起。

倒馬關騎卒驟至，眼神冷漠，在溪畔岸上俯視著身分懸殊的一男一女，沒資格騎馬的幾個青皮流子，對著身披鮮亮伍長甲冑的高大騎士，諂媚邀功道：「軍爺，瞧瞧這位小娘子姿色如何，附近十幾個村裡，就數她最俏了，咱們都喊她許織娘，是個寡婦，她公公婆婆倆老傢伙也躺棺材裡去了，沒啥依靠，這些年應該沒被野漢子得手過，身子乾淨得很，保準能讓大將軍看上眼！」

為首的在倒馬關也算是一名小官的騎士見到這名素衣小娘子後，從頭到腳仔細打量了一番，滿意地點點頭，心想以前怎麼沒聽到柳溪村有這麼一枝野花，若是早點得知，哪裡輪得到別人出手！

只不過既然錯過，再想偷偷下手擄走就難如登天了。昨晚韓校尉連夜喊了連他在內幾名心腹挑燈密議，垂拱校尉說果毅都尉皇甫將軍大駕光臨倒馬關，沒幾個暖被窩的娘們兒太不像話，招待不周，怪罪下來，誰都扛不住。

韓濤嘴上說是不敢拿青樓裡的庸脂俗粉去糊弄皇甫將軍，可他們幾個心知肚明：其實這邊最大窯子裡的兩位當紅頭牌，正被韓校尉瞞著家裡母老虎偷偷包養在一處小宅子裡呢。韓校尉捨不得，又不敢拿次等妓女來孝敬果毅都尉，生怕成了死對頭折衝副都尉的把柄，便計上心來，要他們找兩個身世乾淨的良家小娘子，說是花重金請到倒馬關，可他們哪裡不懂得裡頭的貓膩兒，不過是搶人罷了，事後打賞個十幾、二十兩銀子封口，就算不錯了。

當大官的動動嘴，做小吏的可不就是要跑斷腿，夜裡找的兩個姑娘，一個韓校尉沒瞧上眼，說是這張臉蛋兒丟到青樓裡一年都掙不到幾兩碎銀；另外一個姿色倒是還不錯，還是個未曾破瓜的雛兒，韓校尉又說這個哭得死去活來的黃花閨女不會伺候人，二話不說讓人給帶到私宅裡去，讓他們幾個焦頭爛額辦正事的差點憋出內傷。

天亮時分，這幫東西覺著再拖下去韓校尉就得拿他們婆娘下手了，其中一名袍澤就說乾脆讓鎮上的混子帶路，死馬當活馬醫，試試看周邊村子裡能不能撞大運找到一個能讓果毅都尉吃下嘴的小娘子。嘿，還真他娘的給誤打誤撞上了，眼下這個提籃子亭亭玉立在溪畔的小婦人，粗看並不驚豔，可多瞧幾眼，就咂摸出滋味了，用那些酸秀才窮書生的話說就是肌膚勝雪、吹彈可破啊，那小腰、那胸脯，都是一絕啊。

伍長騎士吞了吞口水，知道這趟不會白走了！

騎士丟給卑賤無賴們事先說好的一袋子銅錢，彎下腰，眼睛盯在小娘子身上，輕聲詢問身邊幾個不入流的貨色：「得有個由頭才好，倒馬關將士向來愛民如子，可不會與百姓為難。」

一個青皮眼珠子滴溜溜轉著，小聲笑道：「軍爺放心，這個簡單，這許織娘經常去鎮上買些碎綢小緞，回家繡成香包，再拿去集市上販賣，軍爺就說倒馬關有將軍夫人、小姐，想要她入府刺繡。這個說法如何？」

伍長眼睛一亮，不得不正眼看了下這個青皮，破天荒拍了拍他的肩膀，嘖嘖道：「不錯、不錯，你小子有點小聰明，叫什麼？這趟差事若是妥了，以後跟著我混，在倒馬關這裡任你吃香喝辣，只管報上本官的名號，看誰敢收你的錢！」

那得了一大筆橫財還得富貴的無賴激動萬分，顫聲道：「軍爺，小的叫張順，軍爺喊我順子就行！」

看到軍爺朝小溪那邊扭了扭脖子，張順潤了潤嗓子，狠狠瞧了一眼那個自己每晚上都奢望著摟在懷裡褻玩的小婦人。讓妳端架子，老子得不到妳的身子，也絕不讓妳有清白日子過，妳不是為了貞節牌坊，連許多樁家境殷實人家主動找上門的婚事都拒絕了嗎，老子知道妳這個小娘們兒傲氣，偏不讓妳身子和名聲清清白白，等到被那個天大的軍爺果毅都尉玩過了妳，妳還有什麼臉皮和心氣繼續裝貞潔烈婦？嘿，到時候老子再好生折騰妳，豈不是與大將軍都成了一起做過那種事兒的兄弟？只是不知道等輪到老子，得是第幾手了，看情形，身邊幾位個個眼神跟豺狼一般的軍爺，肯定是不會放過她的。

一肚子壞水的張順悄悄努了努嘴，伸手抹去口水，大聲嚷道：「許清，倒馬關有位將軍夫人請妳去刺繡，賞銀……」

伍長騎士自作主張輕聲說道：「二十兩。」

張順立馬順竿子往上爬，以施捨語氣拉長嗓子說道：「二十兩！妳一年到頭也掙不了這麼多，還不趕緊跟軍爺一起回倒馬關？耽誤了將軍夫人的事，妳吃罪得起嗎！」

張順賊心暗起，盡量語調平靜道：「那籃子衣物，我替妳拿回家就行。」

馬背上的軍爺伍長皺了皺眉頭，如何不知道這張順的齷齪心思，但他還是沒有出聲。他知道想讓底下人心甘情願地辦事，當一條不光會搖尾巴還能替主子咬人的走狗，光靠官威壓著是不行的，若是不給點額外甜頭，個個油滑吝嗇，你能如何？

徐鳳年這時才知道她叫許清。

只是這個簡簡單單姓名裡的「清」字，在這個世道，是不是過於沉重了點？

小娘子許清咬著嘴唇，她背後小溪才及膝高度，哪怕投水，又淹得死誰？

她搖頭道：「我不去！」

伍長與身邊騎士都面無表情，顯然預料到會是這個回答，沒有急於施壓。一個孤苦伶仃的孀婦，如何在與十餘鐵騎以及與整個倒馬關的抗爭中勝出？

張順怒不可遏道：「許清，妳別給臉不要臉，信不信老子把妳打暈了扛去倒馬關！」

許清抬起手臂，手裡有一根敲衣的實心木槌。

十餘騎卒見到這個小婦人倔強得如此可愛，哈哈大笑。

張順憤恨這個不識抬舉的娘們兒讓自己丟人，捋起袖子就要去溪邊讓她知道拳頭輕重，當然不會真用死力去打她，揩揩油也好的嘛。

「娘，不要去！」

一路跑得灰塵撲面的稚童不知摔了多少跤，終於出現在眾人視野，這個頑皮卻孝順的稚童帶著哭腔，拚命對他娘搖頭。窮苦孩子，多少會早些知道世事的辛酸。

張順獰笑道：「許清，別忘了妳還有個兒了，妳若是忤逆了軍爺們，他們宰相肚裡好撐船，不與妳一個寡婦計較，可張順我就要跟妳兒子好好交情交情了！」

張順說完小跑向孩子，六、七歲的孩子如何鬥得過正值壯年的潑皮無賴，被箍在張順懷裡，孩子張嘴咬了一口張順手臂，帶出血來，被氣急敗壞的張順拿手臂掐住脖子，竟是要有勒死稚童的跡象。

小娘子依然沒有哭出聲，轉過身放下竹籃，擦去眼淚，這才轉頭平淡道：「我去。」

徐鳳年走到有一手好刺繡的小娘子身邊，提起竹籃，交到她手上，攔在她身前，看著那些打著北涼鐵騎旗號的倒馬關武卒，笑了笑，緩緩說道：「各位軍爺，我是嫂子許清的遠房親戚，來往邊關和陵州，也算掙了些銀子，身上有一百多兩，若是軍爺不嫌棄，都可以拿去喝酒。只求高抬貴手則個，別讓我嫂子去那將軍府，畢竟嫂子是驛卒遺孀，這事兒再清清白白，將軍夫人再體恤百姓，可若是傳出去，對嫂子、對北涼邊關的名聲都不好。」

一百兩白銀？張順都忘了禁錮懷裡的小兔崽子，若全是碎銀的話，都能在桌上堆成一小座銀山了，全部折換成銅錢的話，那還不得把眼睛都給刺瞎嘍？沒見過世面的苦人家，對富貴，都不知道何謂富可敵國或者富埒王侯，遠不如腰纏萬貫來得朗朗上口和直觀形象。千文為一貫，一百兩銀子，那就是足足一百貫，其實銀貴銅賤，起碼能換到手一百零幾貫。

張順心想自己這輩子最大的奢望不就是出門行走，能掛個十幾、二十貫在身上晃蕩嗎？吃飯喝酒就摘下銅錢丟到桌上，那叫一個豪爽，回了家，再摟著兩個體嬌腰細臀肥的娘們兒暖炕頭，這人生也就沒多餘念想了。

張順目瞪口呆地望向那橫空出世的年輕男子，看似長得人模狗樣，的確像是不缺錢的公子哥，都他娘的讓他眼紅地佩上刀了，賤民別說腰間懸刀鬧市行走，許多衣衫著色都有條條框框拘束著。

可是奇了怪了，許清這小娘們兒何時有了個出手動輒一百兩銀子的富裕親戚？該不會是那種偷偷摸摸在莊稼地裡翻滾的姘頭吧？張順腦袋瓜轉動，琢磨著煮熟的鴨子可不能從鍋裡飛走，這一百兩銀子從那小白臉兜裡掏出來，板上釘釘跟他沒有屁的關係，許清一旦不去倒馬關，沒有被那果毅都尉壓在身下，那他唾手可得的飛黃騰達就成了一泡屎，還惹了一身腥。附近幾個村子大多沾親帶故，雖說沒誰能把他怎麼樣，可免不了背地裡戳他脊梁骨，關鍵是就沒可能嘗一嘗許織娘的味道。

決不允許自己功虧一簣的張順陰笑道：「親戚？我怎麼聽說你小子是垂涎許清身子的外鄉人，別仗著有點小錢就敢跟咱們倒馬關的軍爺們較勁，小心偷雞不成蝕把米！」

那名魁梧伍長對於張順編派的髒水不感興趣，也不信，只不過這名年輕刀客打開天窗說亮話後，其中一個消息讓人頗為頭疼，這小娘子死鬼丈夫生前竟有驛卒的身分？千萬可別是幽州那邊的陣亡士卒，這幽州三天兩頭跟北莽蠻子廝殺，上頭對這兩州殉國士卒的身後撫恤把關極嚴。也不是說伍長沒辦法搶人，一個發狠也就搶了，只不過萬一惹來上吊投井的鬧劇，少不得花銀子去跟方方面面擦屁股，村子這邊得壓下，縣府官衙那邊也得通氣。

這還是其次，如果讓韓校尉覺得自己辦事不力，以後如何爭得過其餘那些酒桌上稱兄道弟、一個轉身便不遺餘力挖坑陷害的袍澤同僚，如何順順當當升官發財攬銀子？

見在倒馬關可以橫著走的軍爺都猶豫不決起來，張順狗急跳牆了，指著溪畔那對狗男女罵道：「許清，妳男人不過是咱們錦州鬧出天大笑話的驛卒，被驛馬甩下馬背給踩踏致死，說出去都丟倒馬關爺們兒的臉！妳還有臉面去領那份撫恤銀子，我呸！老子要是縣府裡當差的，別說七、八兩，七、八文錢都不給妳！現在公公婆婆進土裡躺著了，就以為沒人攔著妳找野漢子了？我猜是不是妳親手害死倆老傢伙的啊？妳這種娘們兒，比窯子裡那些好歹賣身掙力氣汗水錢的婊子還不如，就該遊街示眾，騎木驢、浸豬籠！」

稚童魔怔了一般去撕咬張順，哭喊道：「我爹是英雄！不許你罵我娘！」

張順煩躁，一把將這兔崽子推摔在地上，罵道：「都不知道你是誰的種！還英雄，你爹是戴了綠帽的狗熊！連匹馬都管不住，能管得住你那娘？」

小娘子咬破了嘴唇，滿嘴鮮血，淚眼矇矓，卻狠下心對右松大聲說道：「不許哭！」滿腹委屈的孩子愣了愣，竟然果真安靜下來。

伍長如釋重負，既然是本州境內的驛卒，而且似乎連戰場陣亡都稱不上，就是周自如這些有心人想要捅破天都沒那本錢。當兵當到他這個位置，誰沒幾個心眼，錦州倒馬關因為地理位置內陷向北涼的緣故，北莽蠻子吃了熊心豹子膽才敢殺入這個大口袋，沒有戰事已經十幾年，既然不需要提著腦袋去跟北莽蠻子搏命，那錦繡前程如何而來？總不能等著天上掉餡餅，可不就是做這些不太光彩的事情去討韓濤這些大人物的歡心嗎？

這名伍長記得前些年上司遇到韓校尉東窗事發，被出身士族的母老虎給聽說了金屋藏嬌，上司二話不說就上去頂缸，將那名小嬌娘八抬大轎明媒正娶回了家，自己連碰都不敢碰一下，只能眼睜睜看著那娘們兒洗乾淨香噴噴地等著韓校尉寵幸，還得他親自去把門望風。

伍長除了佩服還是佩服，這不韓校尉玩膩了那名女子，就給上司去鄰近縣城謀求了一份美差，上司偶爾衣錦還鄉，還能跟韓校尉把酒言歡。這就是為官的學問啊，伍長如何能不服氣？

徐鳳年眼神冰冷，說道：「我是陵州士子，負笈遊學至錦州倒馬關，你們若想搶人，我不還手，大可以從我屍體上跨過，只不過事後我所在家族詰難起來，兩個小小從六品折衝副都尉、垂拱校尉坐鎮的倒馬關，我自信還擺平得了！」

伍長與在百姓眼中精悍無匹的騎兵們，都不約而同皺了皺眉頭，伍長輕輕疑惑語氣地「哦」了一聲，惡狠狠地盯著這個三番五次讓一樁美事變得不美的王八蛋。

負笈遊學？你他娘的明明佩著刀！但伍長眼力不差，依稀看得出這名佩刀男子那份氣度，跟倒馬關頭號公子哥周自如太像了，一般人就算打腫臉充胖子故意一擲千金，也裝不出這份鎮靜從容，這讓他有種投鼠忌器的束手束腳感。

騎兵伍長揉了揉手臂，視線終於不再在許織娘身上逗留，望著這個自稱士族子弟的年輕人，臉色陰沉。

戰馬打著響鼻，間歇響起不耐煩的鐵蹄踩地聲，聲音不大，在這寧靜的村頭溪畔，夾雜著幾聲犬吠雞鳴，卻是異常的驚心動魄。

張順整顆心都懸著，不上不下，難受。才說人家那長相俊逸到讓他抓狂的佩刀青年會不會偷雞不成蝕把米，風水輪流轉，年輕人抖摟出士子身分後，就該他提心吊膽了。倒馬關軍爺如果和氣生財，拿了銀子便退去，他一個只會偷雞摸狗、只敢為惡鄉里的潑皮，怎麼去跟一個士子爭風吃醋，到時候就是身上掉幾層皮的事情了。張順再也不敢去挑釁那公子哥，小心翼翼地抬頭看了眼伍長，大氣都不敢喘。

徐鳳年轉頭，看到小娘子伸出兩根手指拉著他的袖口，使勁搖了搖頭，眼神堅毅。

徐鳳年猶豫了一下，握住她冰冷的小手，將她重新拉回身後，然後鬆開手，只是誰都不曾察覺的不知不覺中，他的左手緩緩地按在左腰側的春雷刀上。

唯有小娘子，約莫是女子的直覺敏銳，彷彿覺得有了種玄妙的氣息變幻。

就像是在村子石板鋪就的空地上曬麥子，句逢要下雨，她便要與村民們一同急急忙忙去收起麥子，老天爺那會兒，便給人一種窒息的沉悶感，若是再打幾個雷，就更嚇人了。

當張順看到馬背上的伍長眼睛裡閃過一抹陰毒，他就知道今天這事情是他賭對了，可憐那狗屁的陵州士子則是澈澈底底賭輸了，輸得血本無歸，說不定連小命都得搭進去！

身後騎兵與帶頭的伍長朝夕相處，放個屁聞一聞就知道伍長今天晚飯吃了啥，看到伍長開始緩慢抽刀，身後今日出行一樣只佩一柄北涼刀的騎兵則浮現猙獰臉色。

十餘柄北涼刀驚人地動作一致，緩緩出鞘。

張順等幾個青皮嚇得連褲襠裡那第三條腿都一起發軟。

要殺人了？

他們不過是既沒被放過血也沒給人放過血的市井無賴、村野流氓，真要近距離親眼看到殺人的場景，估計都得嚇暈過去。

這一刻，徐鳳年眼神涼透。

溪畔傳來一聲古怪的清澈聲響，可是竟沒有人知道那是什麼物品摩擦發出來的聲音。

但小娘子那一刻，卻感受到了一股刺骨寒意，她瞪大那雙好看的眸子，發現士族公子後背的衣衫，好似浪花一般起了一陣細微漣漪，層層疊疊，推進，繼而鋪散，再消失。

春雷已出鞘一寸。

但迅速被壓回刀鞘！

徐鳳年死死按住刀柄，深呼吸一口。

不到己身必死，不得出鞘。佛門有閉口禪，五百年一遇的劍道大才李淳罡在入天象以後，曾關閉劍鞘整整六年，一劍不出，才練出了那劍意渾厚的一劍開天門！

徐鳳年看到那名伍長抽刀後，去拉韁繩，準備衝鋒。

徐鳳年伸出手臂，攔下不要命前衝的小娘子。他看著這隊騎兵，語調刻板生硬地說道：「你回去倒馬關，跟果毅都尉皇甫枰說一聲，有個佩春雷刀的人在這裡，我給他兩炷香時間來這裡。」

才開始奔跑的十餘匹戰馬在伍長勒緊韁繩後，瞬間停下。

伍長不是傻子，一個自稱陵州遊學士子並且還敢直呼果毅都尉名諱的年輕人，真是只在那裡垂死掙扎地裝腔作勢？

前程固然重要，可性命還是更重要一些吧。

這世道不怕一萬，還真就怕那萬一。

萬一這年輕人果真與皇甫枰將軍相識，不說相熟，只是有那麼個點頭之交，就足夠讓他們這些只能在倒馬關耀武揚威的小兵卒們喝上一大壺！萬一這佩刀公子哥真是陵州有些地位人望的士族出身，到時候韓校尉推卸責任，誰來背黑鍋？陵州離幽州是有些距離，可一個士族不計後果傾力而為，扳不倒從六品的韓校尉？他這個親手沾血的伍長，如何是好？不過，最關鍵的是眼前強出頭的年輕人，真的配得上這些個「萬一」嗎？

伍長咬牙切齒地在心中權衡利弊。

徐鳳年瞇起丹鳳眸子道：「兩炷香。已經過了一些時候了，到時候皇甫枰暴怒，可就沒誰能替你消災。」

伍長吐出一口濁氣，停馬收刀，招手吩咐一名騎兵回倒馬關韓校尉那邊稟告這裡的狀況。他當然要帶人盯著這裡，兩炷香後，如果確定這小子是故弄玄虛，他就要親手剁死這個折了自己顏面的傢伙。

是剁，不是砍。

◆

倒馬關。

沒有換上一身舒適綢緞衣衫的果毅都尉早早起來站在城頭，事實上他自出涼州以後，除了睡覺，就沒有一次在外人面前卸甲。

世人都知道他皇甫枰用家族幾十條命來換取現在的榮華富貴。

只知道當年傲立江湖的偌大一個青山山莊，最後活下來的，只有他和那個啞巴兒子兩人，他兄長連子女四人一起以謀逆大罪被割去腦袋。

卻不知道皇甫枰腹有韜略，曾經有著為君王了卻天下事的野心和志向。

只知道他這個豬狗不如的畜生在北涼王面前匍匐在地，才求來了一個正四品將軍和三本祕笈，卻不知道三本祕笈是他背叛家族應得的，但那個果毅都尉，則是一名公子哥言笑晏晏插了一句，就像是隨手丟了一根骨頭，算是施捨給他這條老狗的。

豪門走狗一搖尾，勝過寒門士子讀遍萬卷書。

皇甫枰不覺得這有何不妥，他只想著在幽州去為北涼王府裡那對高深莫測的父子誓死效忠，然後打出屬於自己的一座百世基業！

所以他這趟出行，幾乎走遍了整座幽州，每個郡、每個縣、每條可以做戰略制高點的山脈、每座城池、每座關隘，只差沒有走過每個村莊。

皇甫枰下意識地摸了摸霜白鬢角，已是不惑之年，是可以不惑了！再不從夢中驚醒，而是跟兄弟們那樣渾渾噩噩，青山山莊不僅無法重新屹立，還要子孫斷絕！

倒馬關兩位官銜最大的，折衝副都尉周顯，即周自如的老爹，還有垂拱校尉韓濤都如履薄冰地站在果毅都尉身後。昨夜從客棧回去後，皇甫將軍並未入住韓濤安排的豪宅，而是住在了驛站。據密報，周顯這老烏龜連夜拜訪，這才使得韓校尉心生警覺，以為是將軍覺得他沒有盡到地主之宜。

官場也好，軍旅也罷，最怕後知後覺，韓濤顧不得床榻上女子的凝脂圓潤，獨坐燈前琢磨來琢磨去，無意間回頭看到原本打算雙飛燕的兩個騷娘們兒在那裡拋媚眼，他豁然開朗般一拍大腿，火燒屁股地去讓心腹們去找倆水靈娘們兒，總得把皇甫將軍給伺候舒坦了才行。

韓校尉一晚上就忙碌這個，先前兩個，一個被還回去，一個被私吞了，不知道那幫手下能否趕在皇甫將軍離開倒馬關之前，把這事給弄熨貼嘍。

么蛾子？在倒馬關，只要上梁不正下梁歪的周家父子不出手，就沒有么蛾子！

看到一名眼熟的騎兵在城門口下馬，連滾帶爬上了城頭，韓濤笑顏逐開。他一笑，身旁針鋒相對好些年的周顯也跟著淡笑，只不過皮笑肉不笑，讓韓濤很想抽他倆大嘴巴。

沒有官階的普通騎兵被遠遠攔下，韓濤不敢在果毅都尉面前造次擺譜，踱步過去，看到騎兵那張臉跟憋了屎尿一般難看，才意識到事情有不好的苗頭。

韓濤讓他來到城樓轉角，不等垂拱校尉發話，那騎卒便竹筒倒豆子一股腦說出來，本來就不是太複雜的門道，韓濤浸淫官場多年，一下子就梳理通透。

他臉色變了幾變，抬腳就要踹死這個通風報信來壞消息的小崽子，可才抬腿，就猛然放下，趕緊轉身走向皇甫將軍，這二十幾步距離，走得度日如年。

心事重重的果毅都尉皇甫枰雖說心思不在這倒馬關的勾心鬥角上，但眼角餘光看到韓濤欲言又止的憋屈臉色，微笑著問道：「韓濤，有話直說便是。」

聽到直呼姓名而非客氣卻生疏的官職，韓校尉鬆了口氣，彎腰小跑近了幾步小聲道：

「我關隘騎兵巡遊轄境內一個村莊，遇見一位自稱負笈遊學的陵州士子，說是認識將軍。」

「嗯？」

皇甫枰臉色平靜，只是盯著韓濤。

感到莫大壓力的韓校尉趕忙說道：「那士子好像佩了一柄春雷刀。」

皇甫枰不溫不火「哦」了一聲，沒有誰看到他瞬間攥緊拳頭，手背青筋暴起。

這位北涼軍中時下最受矚目的果毅都尉平淡道：「給本將備馬，你讓那名騎卒帶路，你們就別跟著了。」

韓校尉汗如雨下，嘴皮發青顫抖，冒死輕聲道：「那名士子還說，只給將軍兩炷香時間。」

果毅都尉轉頭笑了笑。

也算在戰場上斬首十餘首級的韓校尉大概是安穩太平日子過慣了，被皇甫將軍這一眼，嚇得踉蹌後退，靠在城牆上，哭喪著臉說道：「將軍無需擔心，從倒馬關到那村子，不需要一炷香。」

兩騎策馬狂奔。

那名騎卒已經嚇散魂魄，只恨屁股下的戰馬不是八只蹄子。

◆

溪畔。

徐鳳年轉身對小娘子柔聲道：「妳帶右松回家，我回頭找你們，放心，已經沒事了。

我與倒馬關一位將軍有些交情，頂多花些銀子，保管妳不用去將軍府。妳若信不過我，就收拾一下，先帶右松離開倒馬關，不過在外鄉記得留心這邊的消息，到時候妳自然就會明白的。」

將信將疑的小娘子才準備挪動步子，就看到兩騎趕來，一名威嚴可怕的大將軍停馬在高坡上，其餘騎兵軍爺們不知為何，只聽到一句「速回韓校尉那邊領命」，就掉轉馬頭，病懨懨地撤退。

徐鳳年和小娘子一起往回走，她抱著孩子回望了一眼，見到徐鳳年笑著擺擺手，這才牽著兒子的手小跑向村子。

溪畔只剩下兩人。

果毅都尉皇甫枰翻滾下馬，如初入北涼王府那般五體投地，一言不發，五指刺入地面，恨不得整個人深陷入大地才顯得足夠卑微。

徐鳳年慢慢走近這名已是幽州第一線實權將領的果毅都尉身前，平靜道：「本來呢，你若是一見到本世子就屁滾尿流當著那些傢伙的面，給我磕頭下跪什麼的，本世子二話不說就把你腦袋割下來。反正誰穿了這身果毅都尉甲冑，都無所謂。」

皇甫枰一言不發，健壯偉岸的身軀只是死死貼地。

「當小官的要孝敬當大官的，連夜搶娘們兒暖被窩，這不算什麼，離陽王朝、北莽王朝哪個地方不幹這種破爛事情。當小官的再讓手下去辦事，興師動眾勞民傷財的，這也不算什麼，當官不就圖個手裡有權嘛，可以體諒。

見到姿色好的女子，雖說是個驛卒遺孀，但搶了去，事後給一些銀兩補償，女子是死是活，官老爺們自然無關痛癢，只怪她的身世不好，她的男人本事不行。這還是不算什麼，天底下比這還烏煙瘴氣的事情，本世子見多了。」

說到這裡，世子殿下徐鳳年笑了笑。

果毅都尉頭腦空白。

他只是模糊記起，那一晚北涼王接見他這個江湖喪家犬，世子殿下坐在正椅上，天底下武夫極致的北涼王竟然笑咪咪地陪坐側席。

徐鳳年望向溪水，冷笑道：「可在北涼，明明有一條鐵律，入北涼軍第一天就要喊個八遍、十遍的，但敢抽出北涼刀要砍老百姓的腦袋，這就要好好算一算，到底算什麼了！」

徐鳳年猛然怒道：「北涼刀，起先是老百姓砸鍋賣鐵才鍛造出來的，刀鋒自然鋒利，可最鋒利在什麼地方，徐驍曾經親口跟我這個不成氣候的兒子說了很多遍、很多遍，多到我他媽的耳朵都要生繭子了！」

皇甫枰嘴唇已是貼著地面，濃重的泥草氣息撲面而來，道：「皇甫枰死罪。」

徐鳳年死死壓抑下心中的情緒，春雷刀刀鞘顫抖不止。

許久，世子殿下自嘲一笑，輕聲道：「我已經是世襲罔替的北涼世子殿下，老子敢搶靖安王趙衡的女人，敢去武帝城城頭坐一坐，敢割廣陵王世子殿下的肉，尚且不敢忘記這句話，這些人的膽子是怎麼來的？徐驍給的？陳芝豹給的？還是哪位了不起的大人物給的？」

徐鳳年斜眼看了一下果毅都尉，等心緒平穩下來後，笑道：「起來吧，今天這事情不能都怪你，你這些日子騎馬披甲巡視幽州，毀譽參半，本世子不管你是只做樣子還是真心想要做事，只要別再讓本世子碰到這種事情就行。反正果毅都尉已經給你了，幽州你愛怎麼翻騰就怎麼翻騰，本世子一直是紈褲脾氣，只看結果。給了你時間，到時候還不能讓本世子滿意，果毅都尉府邸裡，那個其實是你兄長嫡子的小傢伙，可就真是你們皇甫世家的一株獨苗了。」

原本已經半站著直腰的皇甫枰立馬重新跪下去。

世子殿下眯眼笑道：「你們皇甫一家子，都是狠人，不過你最狠，連自己兒子都能任由被殺，怕那個你一心想要栽培成大器的侄子洩露天機，便燒傷了他的喉嚨。」

皇甫枰淚流滿面。

「你回倒馬關，今天這事情不是砍幾顆腦袋就算完事的，到底該怎麼做，你這位果毅都尉，做；本世子，看。當然，你要是連幾頂官帽子都不敢摘，幾條人命都不敢收，就算本世子走眼。」

皇甫枰沉聲道：「皇甫枰知道了，請世子殿下放心！」

世子殿下向村子走去，似乎自言自語說道：「果毅都尉府邸那孩子如今叫皇甫清平，還有個本名皇甫清平的小孩，前段日子做了梧桐苑的書童，不像他那個虎毒食子的老爹，性子淳樸，而且手腳挺勤快，本世子很喜歡。」

皇甫枰重重磕頭，如此一個歷經榮辱、心狠手辣的梟雄，在這一刻發自肺腑地泣不成聲道：「皇甫枰今日起，願為世子殿下赴死！」

◆

村頭有幾棵爬滿枯藤的風水樹，幾條皮毛骯髒的黃狗見著了這位陌生旅人，犬吠不止。

村子本就不大，四、五十戶人家，一下子就讓人知道村子來了客人，只不過剛才十餘名倒馬關精壯騎士來去匆匆，讓許多膽小村民都沒敢出門，後來看到許織娘與右松娘兒倆回來得倉皇，一些手腳勤快早早起床下炊的婆娘都趕忙去喊起賴床的漢子，炕上男人雖說沒大出息，可比起她們好歹見識要更多。

睡眼惺忪的男子踮起腳尖在黃土泥牆後頭瞧了半天，到頭來也說不出個一二三。

當年許織娘被外村青皮欺負，村裡長輩看不下去，還敢壯起膽氣帶著村裡青壯們去解圍，可對上一隊成制的北涼武卒，哪裡還敢充好漢。這時聽聞家裡豢養的土狗叫得起勁，生怕惹來禍事，性子急躁一些的漢子，來不及放下碗就跑出門踹了好幾腳，土狗們嗚咽地躲到角落趴著，十分無辜。

門縫裡看到一個佩刀的年輕公子哥，緩緩走到蜿蜒的青石板小路上，相貌俊俏得不行，幾名小有姿色的村婦若非知道一些輕重，早就出去調戲兩句，如此好看的男人，還真是破天荒第一回瞧見哪。村人沒太多顧忌講究，小媳婦若是生了崽，夏日乘涼，餵奶都敢大大咧咧敞開了胸口，圖個涼快唄，被看幾眼又不會少了塊肉去，見到公子哥的村裡娘們兒，覺著若是被他那雙漂亮的丹鳳眸子看了去，指不定還是自個兒占了便宜哩。

徐鳳年一家一戶經過，門口都掛著出自舉人老夫子手筆的春聯，他一幅一幅欣賞過去，在村尾一戶門口停下，敲了敲門，不等主人應諾，便推門而入，情理之外卻意料之中地看到了那位小娘子。

徐鳳年避嫌地停下腳步，柔聲笑道：「怎麼沒走？」

心神不定的小娘子微微撇過頭，不與這位陵州士子對視，輕聲道：「無親無故的，能走到哪裡去。」

徐鳳年靠著帶有晨露濕氣的冰涼院門，微笑道：「我來是撞撞運氣，想著妳不要走得太急，好與嫂子說一聲。今天這事兒真的已經解決了，我與後面趕來的那名將軍是陵州同鄉，雖稱不上世交，可不看僧面看佛面，他與我父輩低頭不見、抬頭見的，總不好意思做得太過火。我花了些銀子讓他去發給那幫軍爺們喝罈老酒、吃頓狗肉，也就大事化小、小事化了，這樣一來大家的面子都過得去。怎麼說呢，應了那句老話，閻王好見、小鬼難纏，嫂子如果還是信不過，這兩天官府那邊會把剋扣的撫恤銀子都吐出來，補給妳，就知道我沒騙妳了。」

小娘子瞬間紅了眼睛，越發低了頭，幾根纖細好看卻不如富家女子那般凝脂柔滑的手指，死死撚著衣角。

徐鳳年猶豫了一下，說道：「跟右松說一聲，好好跟老夫子讀書，書裡頭有黃金屋，等他到了考取功名的年紀，咱們北涼跟如今這世道也會不太一樣，別的不說，讀書人出頭的機會總會大一些。」

徐鳳年說完便轉身，聽到稚童跑出門喊了一聲「大哥哥」，世子殿下仍是沒有停步。

小娘子許清輕聲嘆息道：「公子，連門都不樂意走進嗎，嫌髒？寡婦門前是非多，這個道理，我懂。」

徐鳳年愕然，轉身苦笑道：「嫂子，妳知道我沒這個意思。」

小娘子瞪了一眼，道：「誰是你嫂子！」

她轉身後小聲卻堅決道：「聽右松說你早上送出去兩個包子，我給你做些飯食，吃完了再走。小戶人家沒什麼好東西，總不能連道理也都沒有。」

徐鳳年微微一笑，走入屋子，擺放一張八仙桌就占去一半位置，可見這房子有多小。屋裡左手邊是睡覺的側屋，小娘子去的右邊應該就是廚房，房子雖小，但也坐北朝南，並不顯得陰沉。

右松給徐鳳年搬來唯一一張椅子，自己坐在小板凳上，抬頭看著這個心目中的大英雄，大眼瞪小眼。

小娘子下廚嫻熟，很快給徐鳳年煮了一盆可以盛五、六碗的白米粥，一雙碗筷，還有下粥的一碟醋白菜。徐鳳年也不客套寒暄，坐在桌前，夾了一筷子可口甘脆的醋白菜，既有筋骨又很柔嫩，很能下粥，細嚼慢嚥，竟是這些天最爽口的一頓飯了。

小娘子和右松並肩坐在一條朱漆早已斑駁脫落大半的長凳上，孩子依偎著娘親，滿臉天真無邪的笑意。小娘子似乎被孩子的情緒感染，嘴角含笑，約莫是覺得這位公子哥有趣，連這白粥醋白菜都能吃得津津有味。

徐鳳年喝粥不快，慢悠悠吃掉三碗，放下碗筷心滿意足道：「好吃。」

小娘子溫婉笑道：「天天吃、頓頓吃，也就不好吃了。」

徐鳳年點頭又搖頭道：「總好過餐餐山珍海味，起碼能養胃，再說了人間至味是寡淡，一般人吃不出這個境界，我也是遊學以後才知道的。」

小娘子斂了斂秀氣眉目，拍了拍右松的腦子，小孩兒懂事，馬上去收拾碗筷搬回灶房，她這才小心翼翼地問道：「公子送出去多少銀子，就當許清欠你的，以後一有閒錢就一點一點還，行不行？」

徐鳳年笑而不語。

小娘子臉皮委實單薄，一下子被他看得紅了臉。

徐鳳年平靜道：「北涼像妳這樣的小戶人家，門道營生多一些的，一年拚死拚活也不過積攢十幾、二十兩銀子，就算妳會刺繡，能繡一些漂亮香囊賣給家境殷實的小姐、姑娘們，可倒馬關就這般大小，妳一年能賣出去幾個？若是花了大價錢從綢緞莊買來細碎緞子，卻沒能把香囊賣出去，壓在手上，就算只有一個，妳也得虧不少錢吧。就算生意好，妳白天得忙莊稼活，這細緻的刺繡活就只能擱在晚上，點了油燈慢慢勾挑撚，困乏了，一個不小心睡去，醒來時才發現油燈給浪費了，妳不心疼？還不得狠狠拿繡花針刺自己兩下？退一萬步說，妳加上那筆撫恤費，一年能還我三十來兩銀子，妳得還幾年？照理說，比倒馬關折衝副都尉還要大的官，一、二百兩銀子塞牙縫都嫌磣人，能入這種官老爺的法眼？所以啊，這個話頭，妳根本就不該提起，反正我也不缺這點錢，就當我行善積德了一回，不挺好。」

小娘子抬起頭，咬著嘴唇眼神清澈說道：「要還！」

徐鳳年笑道：「要還？好啊，五百兩銀子打底。再說了，這官場上也不是妳送銀子別人就願意收的，與那位將軍那裡要來的人情，妳又怎麼折算？值不值一千兩？算妳一千五百兩，妳慢慢還個五十年？」

小娘子平靜道：「以後讓右松接著還。」

徐鳳年哭笑不得，這許織娘的執拗性子，莫不是打娘胎裡就帶來的？

小娘子突然輕聲道：「我其實知道公子也不富裕，萬萬不能讓公子做這個冤大頭，心裡過意不去。」

徐鳳年訝異道：「此話怎講？」

小娘子臉頰紅潤，弱弱說道：「公子方才接過碗筷的時候，許清看到公子手心和十指都是老繭。」

徐鳳年愣了愣，笑容古怪。

小娘子誤以為傷了這位陵州士子的自尊心，她可是也曾聽說大城裡的士子書生們，重臉面重過錢財，仁義道德比黃金白銀要更值錢，對此她不太理解，卻也覺得是極好的事，若是因此讓這位負笈遊學的士子覺得拉不下臉？小娘子一時間只覺得自己的嘴太笨，悄悄拿兩根手指掐了一下自己的大腿，眼眶裡一瞬就又濕潤。以前她日子再苦，委屈再大，也不會如此軟弱的。

徐鳳年欲言又止，沒有解釋這裡頭的誤會，轉身朝躲在灶房門後的右松招了招手，將春雷刀摘下交到稚童手裡，正了正臉色說道：「不管妳怎麼想，我說完一些話就要走了。這筆銀子，妳真想著還，也行，等哪天一口氣攢夠了，再來陵州找我，否則妳就當作我丟不起那個每次收妳幾十兩碎銀的臉。我哪怕再雙手老繭，家境一般，既然是士子，這點臉皮還是要硬撐起來的，士族門第裡出來的人，跟妳一樣，在錢的事情上比較認死理。」

小娘子嘆息一聲，不敢再一味鑽牛角尖，生怕這位好說話的公子一氣之下拂袖而去，他本就是她與右松的大恩人。

右松抱著這柄名聲不顯於北涼的春雷刀，連北涼王府也沒有幾個人曉得它與繡冬刀的名號，恐怕也就梧桐苑那些個丫鬟才曉得，但梧桐苑看似和睦，世子殿下與她們從不講規矩，可她們如何敢不與北涼王府講規矩？任何有關世子殿下的消息，再小、再瑣碎，一旦傳入外人耳朵，就是死罪一樁。

北涼王徐驍對世子殿下和藹得不像話，對下人們，尤其是不懂規矩的僕役，可從沒好心情去聽冤屈，打死餵狗，都算心慈手軟了。果毅都尉皇甫枰之所以知道這柄春雷刀，還是那晚在王府上與徐家父子「閒聊」，才抓住一些當聖旨去聽的蛛絲馬跡。

右松一臉崇拜地問道：「大哥哥，你肯定打得過那些倒馬關甲士，對不對？」

徐鳳年笑了笑，輕聲道：「打是打得過，就算殺幾個人也不難，只不過有些事情，清官難斷家務事，打殺了無益於大局，還不如耐下性子講講道理，如果真的講不通，再打架也不遲。右松你要知道，光讀書考功名是不錯，但很多時候還得靠自己的拳頭去跟人說話。像那張順，教書的老夫子學問大不大，道理懂得多不多？可張順和老夫子頂起角來，你覺得最後是誰趴下？當然，老夫子有舉人身分，見到縣太爺也都不用下跪，張順一個斗大字不認識的潑皮無賴，一般情況也不敢在老夫子面前蹦跳。」

小娘子細細咀嚼其中味道，不言不語。

右松使勁點頭道：「右松讀書是想給娘親爭光，但也想跟大哥哥這樣行走江湖，路見不平，拔刀相助！」

徐鳳年伸手點了點稚童的額頭，柔聲教訓道：「你這小肚子能吃幾碗粥？多大胃口吃幾碗米飯才是對的，先把老夫子傳授你們的四書五經讀好了，再說其他。」

右松突然悶聲道：「大哥哥，我爹是英雄。」

徐鳳年語調古井無波，眼神卻溫柔道：「你爹是不是英雄好漢，我沒見過，不知道。但是右松和你娘，都很好。」

很好。

除此之外，可以舌燦蓮花的世子殿下竟也不知如何評說。

徐鳳年望向門外，院裡牆根晾著一排等人高的白菜牆，他自言自語道：「我有一個家，很大，比你們這個家應該大了許多。有我爹、有管事、有丫鬟、有護衛、有門房、有女婢、有馬夫，有很多很多人，這個家大到許多人我一面都沒見過，每個人或多或少都有私心，在自己的位置上為他們身後的一個個小家去做事。我要是想打理好這個家，不是說誰犯錯了被我撞上，憑著身分去敲打一下就完事了，好比哪怕是一個家裡角落馬廄附近的一些恩怨，我也不是輕鬆拿下誰、換上誰都能讓家務事變得更好，也許換上一張新鮮面孔後會更糟糕。

總有很多在我家外頭虎視眈眈的人，想著把釘子塞進來，明面上幫我家做事，其實是想著掏空我的家底。我像右松你這般大小的時候，也不懂事，躲在自己小小的院子裡，就覺得天塌不下來，可長大以後，才知道我爹這樣積攢下挺大家業的人，總有一天也會力不從心。

他有太多事情需要顧及，家裡太多人都是跟他一起進屋子的，而且家外那些靠著我們家的鄰居們，上上下下裡裡外外都是人情啊。這些人曾經都出過死力給我爹做事，才有今天的大家大業，我爹再心狠，也要睜一隻眼、閉一隻眼。

殺雞儆猴一次有用，次數多了，許多人也就學聰明了，撈錢、挖牆腳的手段更加隱蔽含蓄，我爹也就更頭疼了。一開始我爹讓我離開家門，出去走走，我還覺得受了天大委屈，後來才逐漸知道，多看一看別人如何過日子，是很有用的。

這次我說是負笈遊學，之所以從涼州走到倒馬關這裡，都只是單槍匹馬，只不過是想再看一看咱們北涼老百姓們是怎麼過活的，過得好不好。就像一個初出茅廬的修補匠，家裡窗戶破了，得縫補一下，否則以後風雨來襲，就要吃痛；牆被人挖了洞，得填一下。但僅僅頭痛醫頭、腳痛醫腳，這樣縫縫補補，還是不頂事，得知道病根在哪裡，才好對症下藥。

一個家跟一個人一樣，病入膏肓再求爺爺告奶奶，會來不及。我現在要做的事情，就是不急著自己露面，先找幾個用起來乾淨利索的下人，推到前面去，讓他們既當釣魚的漁夫，又替我當一下裱糊匠，遠比我自己去捋起袖管敲打誰，來得長遠裨益。以前我見過一個姓軒轅的人，他清理家務事，就太過澈底了，幾乎掀了一個底朝天。我家一個姓陳的親戚，可能想著這麼做，也有這個本事，但我不想重蹈覆轍。」

捧刀稚童反正沒聽懂，只聽出了大哥哥的家，似乎很大。

心思單純的小娘子聽得怔怔出神，一臉恍惚。

徐鳳年站起身，小娘子拍了拍右松的肩膀，小孩子趕忙將春雷刀遞還給他。

徐鳳年笑著說了一句小娘子如何咂摸咀嚼都想不通的話：「今天幫你們，其實根子上的原因是今天這件事，怪我爹。以後若是還有這種事發生在北涼，妳和右松可以怪我。」

小娘子與孩子送到院門口，徐鳳年猶豫了一下，輕聲道：「當時在溪邊上，我伸手攔住妳，是無心之舉，妳別怪罪。」

小娘子許清一張俏臉紅得能滴出水來。

當時她只顧著往前衝，世子殿下伸出手臂時，她便將那豐腴的胸脯給撞了上去。

見她都快哭了，自知多此一舉的世子殿下略微汗顏地笑了笑，瀟灑走出村子。

第五章　出關後再生波瀾　徐鳳年金剛初顯

徐鳳年走出村子，回望一眼，想起師父李義山曾有〈劍膽篇〉提及市井百態，大概意思是說羈旅寒舍瞧見了幾點星火，細細思量，才知是那織娘挑燈刺繡。想到這裡，世子殿下笑了笑，少年時代動輒幾百兩銀子買詩篇，買來的盡是一些風花雪月、無病呻吟，如今回頭再看，還是李義山這些類似小娘子許清家裡白粥醋白菜的詩文，來得暖胃貼心。

見四下無人，世子殿下猛然氣機湧起，身形如飛鴻踏雪泥，掠向倒馬關。皇甫枰這人當然懷有真才學，關鍵是夠狠，反正家族破敗，可以六親不認，才有做一顆明面上破局棋子的資格。但真正讓世子殿下動容的，還是皇甫枰那一手調包計，約莫是料定自己兒子性子質樸醇厚，撐不起以後皇甫家族的大梁，或者對兄長心懷愧疚，才決然選擇讓自己的獨子去代替侄子皇甫清豐赴死，這樣狠辣到讓人齒冷心寒的江湖大梟，就算到了官場大染缸，一樣可以如魚得水。

一個正四品將軍頭銜的果毅都尉，說大不大，說小不小。大了，例如手握虎符統率半個幽州兵權的懷化將軍，恐怕就要引起幽州軍方不遺餘力的劇烈反彈；小了，給個五品的郎將，則會被排斥得孤家寡人，說話說得滿嘴起泡都沒人樂意聽。因而北涼王府世子殿下權衡之下丟出一個果毅都尉，之後皇甫枰是千里良駒還是劣馬驢騾，拉出去遛遛就知道了，徐驍聽到以後的臉色明顯十分欣慰。

對於幽州而言，一個蘿蔔一個坑，每個位置都要爭得頭破血流，但對北涼王府那對一直冷眼旁觀的父子來說，誰爬上去、誰跌下去，不簡單是清官坐位置、貪官滾蛋這麼非黑即白。清官若是庸吏，貪官若是能吏，用哪一個對北涼基業更有利？都需要仔細算計。

就像這次倒馬關風波，徐鳳年站在世子殿下的位置上，更欣賞周自如父子的手段，而非拯救了魚龍幫的韓濤，可如此一來，就該留下前者？若是這個折衝副都尉與姓陳的有千絲萬縷的關係，對倒馬關有利，對北涼徐家卻是爛瘡隱患，又該如何處置？事事牽一髮而動全身，人人都有靠山背景、人情來往，整個北涼糾纏成一團亂麻，豈是徐鳳年一刀、兩三刀可以劈乾淨的？

聖人老子有名言：「治大國如烹小鮮」，對當政者來說，其實是光說得漂亮輕巧，屬於站著吆喝不腰疼啊。

徐鳳年臨近倒馬關，緩了緩身形，到了客棧才知道魚龍幫已經往關隘去了，趕忙小跑而去，見到等候多時一臉煩躁的幫眾，徐鳳年歉意地笑了笑，從王大石手中接過駿馬韁繩。

一行人今天波瀾不驚，順利過了關隘，讓魚龍幫不是滋味的是不光昨晚才帶兵殺人的周自如，還有折衝副都尉周顯，一起來親自送行，反倒是本該是魚龍幫最大護身符的韓校尉不見蹤影。

肖鏘繼續與劉妮蓉並肩而行，觀察了一下這名得意弟子的臉色，瞥了眼身後的徐鳳年，輕聲道：「昨夜姓徐的私殺倒馬關武卒，為師看似是讓他出去頂缸，其實是想讓倒馬關試探一下這個陵州將門附庸的深淺，做這樣虧不起的大買賣，若是連對方家底都不知道，總歸不太穩當，妮蓉妳須知為師的良苦用心啊。」

劉妮蓉面無表情說道：「二幫主言重了，這份心思，劉妮蓉自然曉得。」

聽到「二幫主」這個生冷疏離的稱呼，肖鏘眼中浮現一抹不悅，但見她沒有揪著自己臨陣脫逃的小辮子不鬆手，也就強行忍耐下來，若是這點定力都沒有，這二十來年如何坐得穩二幫主之位。

他肖鏘算是與魚龍幫綁在一根線上的螞蚱，以後想要拖家帶口過上手頭寬裕的好日子，少不得要跟劉妮蓉打交道，這會兒受些氣也值得。不管她承認師徒關係與否都沒大礙，肖鏘看人很準，知道劉妮蓉與老幫主一樣是刀子嘴、豆腐心，大事臨頭，硬不起心腸，昨夜那場風波，劉妮蓉不管不顧地攔在前頭，就看得出端倪。再說了這趟事關魚龍幫未來十年興衰的生意，沒有他肖鏘照應，能做得起來？就憑公孫楊這塊幾棍子都打不出個屁的榆木疙瘩？

王大石自覺有幸與徐公子患難與共一場，今天就再不顧忌師兄們的臉色，大大方方在徐鳳年馬下小跑跟著，有些難為情地低聲說道：「徐公子，好不容易記了四、五百字，可背著背著，就又忘了一些。」

看到少年眼中的愧疚懊惱，徐鳳年笑著安慰道：「不打緊，順其自然就好，背書這種事情，你太在意了也不好，反而容易忘記，慢慢來，反正到北莽留下城還有一段時日。不過醜話說前頭，這段口訣再不值錢，也是一套相對齊全完整的武學口訣，記得別被人聽了去，到時候你跳進河裡也洗不清。你要是有說夢話的習慣，我奉勸你睡覺前把嘴巴封上。」

王大石暗自慶幸道：「幸好我睡相死，打雷都吵不醒。只是打呼聲很響，好在不會說夢話。」

◆

離開倒馬關半個時辰後，身後傳來馬蹄轟鳴，這讓風聲鶴唳的魚龍幫面面相覷，匆忙列陣，當看到倒馬關天字號公子哥周自如的身影，連肖鏘這種老江湖都一陣頭皮發麻。不過認清周小閻王只帶了兩名親衛騎卒後，眾人總算是略微寬心，看光景周自如這不像是秋後算帳的架勢。

周自如停馬之後，抬了抬手臂，一股子讓魚龍幫年輕幫眾無比豔羨的世家子風範盡顯無遺，一名健壯騎卒將身後挎在馬背上的兩只箱子解下，放到劉妮蓉與肖鏘身前。

周自如直視劉妮蓉，從容微笑道：「這是周某對昨夜誤會的一點補償，還望劉小姐接納。以後魚龍幫若是再路經倒馬關，周某保證無需任何路引官牒，大開城門，暢通無阻。」

劉妮蓉兩眼發紅，雙手攥緊韁繩，但最終還是生硬擠出一張笑臉，一個字、一個字從牙縫裡迸出來，緩緩道：「劉妮蓉代魚龍幫謝過周公子不計前嫌。」

周自如抽了抽鼻子，嘴角翹起笑了笑，然後慢悠悠拍馬轉身而走。

劉妮蓉看著那些眼中只有懼意而少有恨意的幫眾，眼神黯然，沉聲道：「拿上箱子，繼續趕路。」

都說江湖恩怨江湖了，可世事難料，一旦沾碰上了官府，有幾個江湖門派能不低頭，不低下腦袋，也就只能掉腦袋了，尤其是北涼王當年馬踏江湖後，創立了江湖傳首的血腥規矩，更是如此。如今江湖除了龍虎山、吳家劍塚、東越劍池這些個地位超然的宗門，其餘大大小小的派別，人人戶籍記錄在冊，活得實在都不算滋潤。幾十年前那種「你是當官的，老子懶得鳥你，廢話就剁了你，再遠走高飛」的草莽豪氣，早已煙消雲散，風流總被雨打風吹去，英雄氣概也盡數被鐵騎馬蹄踏平了。連十大豪閥都被北涼鐵騎折騰得七零八落，一個成天窩裡鬥的江湖算什麼。

王大石輕聲問道：「徐公子，北莽蠻子長得啥樣啊？會不會眼如銅鈴、手如蒲扇，個個身高八、九尺，健壯如牛？」

徐鳳年搖頭笑道：「也就那麼回事，不會多一條胳膊、一條腿的。再過半旬，你就可以看到滿大街的北莽蠻子了，會知道那裡的小娘們兒也一樣身嬌體柔，可惜你小子身上沒有閒銀，否則還可以去留下城裡的青樓找個姑娘嘗嘗鮮，也算為咱們離陽王朝在另外一個戰場上騎馬殺敵了。」

王大石漲紅了一張還不經風霜的嫩臉，嚅嚅囁囁。

不湊巧劉妮蓉趕過來要與徐鳳年說些公事，聽到這句話，憤而拍馬轉身離去。

再走下去便沒有官道可言了，只有兩朝商賈來往踩踏出來的道路，不過還算平整寬闊，容得下雙馬並馳。

魚龍幫在中午時分找了個黃土高坡停下歇息。

稍大的隊伍出門行走，停高不停低是常識，否則在馬匪縱橫肆虐的北涼、北莽邊境上，被十幾騎悍匪居高臨下一個衝蕩就會死傷無數，至於小股人馬，沒有大本事，遇上了你就是站在山頂都沒意義，一樣被劫財劫命。

徐鳳年還是離群索居的脾氣，魚龍幫在倒馬關吃了血虧以後，對這個北莽之行的罪魁禍首就更憎惡嫌棄，稍微接觸到內幕的劉妮蓉和肖鏘當然對他更是沒有好感。徐鳳年也樂得沒人打擾，啃著一塊皺巴巴的乾餅，蹲在坡邊上眺望遠方，滿目荒涼，呢喃了一句：「少不去江南，老不走涼莽。」

王大石來到徐鳳年身邊蹲下，好奇地問道：「徐公子，我沒讀過書，這話啥意思？」

徐鳳年笑著解釋道：「這是一本情愛小說《頭場雪》裡講的，是說江南風景好，溫柔鄉是英雄塚，少年郎心性不堅定，早早見識到旖旎風情，很難有雄心壯志去建功立業。涼莽邊境破敗蕭索，上了年紀的老人，很容易感懷世事，滿胸溝壑皆是悲愴，英雄遲暮，就會傷心傷肺。」

王大石「哦」了一聲，撓頭道：「徐公子這麼一說，勉強有些懂了。」

徐鳳年打趣道：「劉小姐肯定鍾情那本《頭場雪》，你有機會就去酒樓聽一聽說書先生們的說書，對女子心性也就能略知一二了。」

王大石差點被一口正下嚥的肉餅給噎到，咳嗽了下，一臉窘態道：「我可喝不來酒。」

徐鳳年笑了笑，拿起水囊喝了一口，潤了潤嗓子，沒有再戲弄這個這輩子都未必有機會去江南的少年。

王大石在這位徐公子面前總是自慚形穢，也不多待，沉默了一會兒就識趣地離開。

徐鳳年收好乾餅和水囊，轉頭見魚龍幫還在休憩閒聊，不見他如何動作，袖中飛出一柄袖珍短劍。

用短劍刺破手指，滴出血珠浸潤在劍身上。

若是尋常短劍，血珠就要滑落，可這柄通體碧綠的兩寸長小劍，竟好似通玄活物，將血液吸入劍身。

鄧太阿有飛劍十二，這一柄是青梅。
徐鳳年滴了三滴，才收回短劍青梅。
養劍。
想要有朝一日御劍殺人，那就要起碼千日不得懈怠。

◆

徐鳳年抓起一把黃土沙礫，抬頭望向北莽。
吳家劍塚不管誰讚譽還是詆毀，始終高高在上，對江湖不理不睬，這是一個很詭譎的地方，百年來只有寥寥不到十名外人可以進出，以先後兩任劍神李淳罡、鄧太阿最出名，其餘前往劍塚砥礪劍道的劍士，都按照吳家規矩留在劍塚內「拜劍」一生一世。
吳家這般睥睨武林，自然有它的底氣，不止是九劍破萬騎帶來的巨大威望，吳家子孫不可能在這份功德簿上躺上兩百年，就算是自負如李淳罡，也一樣不否認吳家在劍勢一途，經過幾百年來無數名驚才絕豔的劍士不斷累積，確實已登峰造極，步步登天。
徐鳳年記得回北涼的路上，羊皮裘老頭說過吳家沉寂多年，遲早會出一個集大成的劍道風流子，至於吳六鼎能否扛起家族重鼎，李老頭並不看好，相反覺得那名背有素王古劍的女子劍侍希望更大。除此之外，吳家的養劍術也極負盛名，一氣上崑崙，離手御劍，不管是殺人的效率，還是頂尖劍士該有的氣質，都很出彩。
當時貪心的世子殿下腹誹鄧太阿沒有要好人做到底的覺悟，竟然只是贈劍而沒有留下飼養飛劍的口訣，回到北涼請教無雙國士李義山，後者從聽潮亭四樓揀選了一本蒙塵多年還是拼湊起來的祕笈，徐鳳年才知道吳家飼養祕劍上手入門不難，概括起來就是四個字——飲血成胎，難的是一日不可鬆懈的韌勁。

鑄劍如煉丹，極為講究出爐的時辰，不過丹藥出爐也就可以享用，每一柄儀軌煩瑣的祕劍鑄成以後，富有靈氣，宛若活物。主人以血餵養，因劍身紋理微妙差異，何時餵、餵在何處，每柄劍都會有不同。十二個地支、十二個時辰，鄧太阿十二柄飛劍依次鍛就而成，世子殿下若是帶了一柄飛劍，不過是每天一次餵劍，並不麻煩，可若是三、四柄飛劍在手，就有些苦頭要吃了。

鄧太阿臨走前曾略帶「幸災樂禍」的語氣，讓青鳥轉告世子殿下，飛劍一日不養，以往百日功夫盡廢，三日不養，飛劍徹底失去靈氣，與廢銅爛鐵無異，再無希望飛劍取頭顱。

至於世子殿下到底帶了幾把飛劍？天曉得。

◆

劉妮蓉大概是真的有要事相商，這才不得不捏著鼻子來到世子殿下身邊，俯視著這個佩刀男子的背影，語調生冷地說道：「以後若是碰上魚龍幫無法解決的難題，會導致你的貨物遭受嚴重損失，你會不會出手？」

徐鳳年任由粗糙沙礫從指縫間滑落，沒有轉頭，想了想以後緩緩道：「會的。」

劉妮蓉冷笑道：「這麼說來，昨夜在客棧，你是有本事保證魚龍幫被當作流寇剿滅後，獨力保住將軍府那一車貨物？」

徐鳳年搖頭道：「我沒這麼說啊。」

劉妮蓉彷彿小女子記仇地賭氣道：「等貨銀兩清以後，我們魚龍幫絕不想再跟將軍府扯上關係。」

徐鳳年轉頭，仰視著這位長有一雙誘人長腿的內秀女子，微笑道：「不管妳心裡頭是否有疙瘩，我都想跟妳說那晚妳其實做得很好，魚龍幫將來有妳這樣的幫主，頂得上有三、四個肖鏘這樣的副幫主。不過我最欣賞妳的不是身先士卒，與倒馬關武卒拚死爭鬥，而是認清了肖鏘的面孔以後，還能繼續虛與委蛇。嗯，就像認清我以後，還樂意走近了與我這心性涼薄的無賴說幾句話。

雖然話不怎麼好聽，但估計妳出陵州以前，肯定不會這麼做，早就打定主意老死不相往來，對不對？這恐怕就是劉老幫主要接手這趟生意的苦衷了。不過我呢，也算在江湖上比妳早走了幾年，看過許多高不可攀的神仙打架，也有很長時間裡每天為了幾文錢抓心撓肝，自作多情想與妳說上一句，妳如果真想讓魚龍幫壯大，做人得跟這銅錢一般，內方外圓。」

徐鳳年果真做了個很自作多情的動作，從錢囊掏出一顆銅錢，丟給劉妮蓉，可惜丟人的是後者紋絲不動，任由銅錢墜地。徐鳳年嘀咕了一聲「敗家娘們兒」，伸了伸腰，從泥地上撿起銅錢，擦乾淨以後重新放回錢囊。

劉妮蓉似乎沒有預料到這姓徐的會重新收回銅錢，見他一副市儈吝嗇的市井模樣偏偏還不掩飾，一時間都不知道該譏諷還是討厭，只不過心底對這個一直對魚龍幫冷眼旁觀的高門走狗，不如先前那般厭惡了，她好歹知道這傢伙還是會說上幾句人話，會有一些人情味。

王大石在遠處望著站著的劉妮蓉、蹲著的徐公子，眼中沒有對愛慕女子好似漸行漸遠的嫉妒與憤恨，少年只是抹了抹臉，偷偷咧嘴憨笑。

劉妮蓉猶豫了一下，問道：「你使刀？」

劉妮蓉不等徐鳳年回覆，很快自顧自說道：「當我沒問。」

看來她也知道自己問了一個挺讓人嘲笑的幼稚問題。

徐鳳年笑了笑，拍了拍手站起身，他不擔心皇甫枰那邊出現紕漏，「春雷」這個詞彙，絕對出不了倒馬關。再者，世子殿下既然敢單身奔赴危機四伏的北莽，而且不出意外要主動往那些龍潭虎穴闖，自然有一些不為人知的伎倆傍身。

說到行走江湖，世子殿下實在沒臉皮說自己是個雛兒了。他與劉妮蓉對視，瞇眼道：「就不許我佩刀裝裝樣子？妳想啊，別人都如妳這般以為我是一名刀客，過招拚命時，見我不肯拔刀，江湖閱歷淺一些的，難免會心生輕視，結果就被我亂拳打死老師傅了，這就叫障眼法，也是江湖險惡的一種。」

劉妮蓉一臉匪夷所思。

◆

接下來行往北莽留下城還算順當，只不過其間當魚龍幫遙遙看到幾位馬匪，還是嚇得一身冷汗，估計是這些邊境上專門逮住商賈敲骨吸髓的蝗蟲掂量了一下，覺得吃不下燙手山芋的魚龍幫，才沒有下文，這讓劉妮蓉如釋重負。

對魚龍幫來說，已經承擔不起丁點兒折損，客棧裡的死傷，已經讓劉妮蓉焦頭爛額。既然是正兒八經投帖拜師的幫裡自家人，可就不是撫恤賠償銀子那般簡單的事，死了誰，對於海晏清平的盛世裡人家來說，都是頂天的大災，少不得那些家人去魚龍幫撕心裂肺。再者，出師不利，對魚龍幫的聲望樹立也極為不利，屍體運回陵州以後，劉妮蓉不用想都知道那些與魚龍幫實力伯仲之間的幫派宗門，肯定都偷著樂。所以若是在北涼以外的北莽王朝遇到波折，就真是叫天天不靈、叫地地不應了，這趟到將軍府托關係求來的差事，就算白求了。

不過好在周自如帶來兩個箱子，裝了整整三千兩銀子，劉妮蓉雖然瞧著噁心，但也知道這筆銀子對架在火堆上的魚龍幫來說，是一筆不可或缺的江湖救急。而對於那些按兵不動只是遠觀的馬匪，肖鏘想得很乾脆，也不乏道理，說別看馬匪悍勇，單槍匹馬不輸給任何一個王朝的精銳鐵騎，但幾個邊境上最大股的馬匪也就不到五、六十號騎士，一般的遊寇撐死了二十來匹馬，每次傾巢出動劫掠，若不能咬死了獲得巨利，就有可能得不償失。一幫因利而聚的邊境流寇也就說散就散，怎麼敢跟還算兵強馬壯的魚龍幫往死裡較勁。再者魚龍幫也就一車貨物，比起許多動輒十幾車子貨物的走鏢，規模小了太多，葷腥不夠，雞肋一塊，大寨子的馬匪瞧不起，小股遊寇吞不下，反而安全。

悶葫蘆公孫楊卻提出了不同看法，說要小心這些亡命之徒勾搭起來合夥搶劫。起先劉妮蓉不以為然，可在半旬後看到第二小股和第三股馬匪遙遙盯梢，終於察覺到有些不對勁。

夜宿停頓，魚龍幫燃起十幾叢篝火，除了保暖，還可以恐嚇荒漠裡的畜生。

好一個星垂平野闊。

王大石幫徐鳳年起了一堆火，坐在一起。笨鳥先飛，貴在一個勤字，少年現在總算靠著死記硬背把六百字拳法口訣給囫圇咽下。前些天徐鳳年還抽空去僻靜地方，給王大石演示了幾遍拳法架勢。

如今武當山掌教已不在，這套拳很快便衍生出老架、新架兩種。前者有一百零八式，滋味醇正，可相對煩瑣晦澀，便是那些最先跟著年輕掌教在太虛宮廣場上練拳的老道士，也未必能夠盡得精髓，於是一個叫李玉斧的武當山新人道士，當真是天資卓絕，竟然摸索著簡練出六十四式，是謂新架，讓幾位輩分最高的師祖們讚不絕口。

可惜徐鳳年演練的是最早的老架子，王大石口訣背得尚且吃力，何況是拉開架子，好在徐鳳年也不嫌棄這個半吊子的笨徒弟，教得無比耐心。

他見王大石總是愧疚懊惱，便笑著跟這少年說了一句「功夫是滴水穿石的活，十年練不出來，就老老實實練一輩子」，少年這才寬心。

徐鳳年在與王大石搭手，你來我往。

騎牛的膽小鬼曾經一手攬雀，雀爪不著力，故而在手心撲騰不得飛。

徐鳳年教完了一段，喝了口水，往火堆裡添了幾根枯枝。

瞥見少年癡癡望向遠處的劉妮蓉。

徐鳳年沒來由想起袖中飛劍，青梅。

情，心上青梅。

年老仍記年少澀。

◆

徐鳳年嘴裡嚼著一根隨意用手指抹去泥土的甘草，約莫是離火堆近了，臉上有些暖洋洋的笑意。

十二柄飛劍，玄甲、青梅、竹馬、朝露、春水、桃花、蛾眉、朱雀、黃桐、蚍蜉、金縷、太阿。

這些名字可都挺文縐縐的，比起梧桐苑那些紅薯、黃瓜之類的丫鬟名可要秀氣無數。

第二次出門遊歷，見到的高人也算不少了。

世子殿下就如廣陵江畔被藩王趙毅說成頑童鬧市持金，吸引了大批江湖頂尖人物，這些風流人物，在世子殿下看來不論身手，只說人情味，還是比不得老黃，也就那摳腳挖鼻的羊皮裘老頭算是接近。要是評價高手風範，武帝城王仙芝如一道驚虹飛入東海，讓整個近海水面抬高二十丈，所謂的力拔山河，不過如此了；大官子曹長卿也挺符合儒士形象；唯獨這位贈劍的桃花劍神，讓世子殿下有些遺憾。傳言中騎驢拎桃花枝的鄧太阿，兼具仙佛氣，可見面以後，相貌平平不說，還喜歡笑，不過是個讓人感覺人畜無害的中年大叔，與想像中的桃花劍神相差甚遠。

世子殿下正遐想聯翩，公孫楊悶不吭聲坐下，拎了兩牛皮囊子的燒酒，少年王大石見徐公子沒動靜，生怕惹惱了這位幫裡地位僅次於老幫主和肖鏘的大客卿，趕忙咳嗽兩聲。

公孫楊瞧了瞧這位根骨平庸的魚龍幫子弟，那張苦相臉龐太陽打西邊出來地笑了笑，也不急著與徐鳳年說話，主動問起王大石一些家常瑣碎，王大石這才知道父親曾經算是公孫客卿的半個記名弟子。事實上當年魚龍幫接收王大石，正是公孫楊強力舉薦，不管什麼段位上的宗門派別，吸納幫眾，都是大事，沒有雞毛蒜皮一說。

如今官府對江湖管轄得嚴厲，所有幫眾戶籍都要記載在冊，於是有了一條不成文但雙方心知肚明的「株連」。曾經有江洋大盜被捕，被官府順藤摸瓜，大盜本事不高，但二十年習武間流竄過的幫派竟然多達十個，結果這事情鬧到青州刺史那裡，可憐七、八個不巧在青州境內的門派都受到慘痛牽連，這讓整個江湖都引以為鑒。再者幫眾既然為了幫派出力打拚，許多賦稅也就要擱置到幫派頭上，那些人數多達七、八百甚至數千的龐然大物，自然有厚實家底和各種生財門路，不會太勞神。可魚龍幫這種夾縫裡討口飯吃的小門小派，這筆開銷就跟勒在脖子上的繩子一樣，說不定哪天就給勒得喘不過氣，一個死翹翹完事了。

只不過王大石能入魚龍幫，過上起碼衣食無憂的安穩日子，公孫楊卻從未提及是他的功勞。早年孩子才入幫派，每月斷然沒資格拿一吊半錢，其實那折合白銀有八、九分的一吊銅錢都是出自公孫客卿自己的錢囊，直到王大石長大以後，可以拿到這份一吊半，公孫楊的補貼才悄悄作罷。肖鏘說公孫楊是悶葫蘆，不冤枉。

徐鳳年見公孫楊帶了兩只酒囊，笑著討要了一只，接過後聞了聞，嘿，果然是咱北涼老少皆宜、窮富都喜的綠蟻，他心情大好，仰頭灌了一口，瞇眼笑問道：「公孫先生，二幫主又去揀僻靜地方練劍了？」

公孫楊嗓子沙啞，不知是青年時闖蕩北莽被風沙吹的，還是喝酒喝傷的，擺手道：「只是靠賣力氣混飯吃的粗鄙武夫，當不起『先生』稱呼。我雖不習劍，也知道天底下所有事情，都是勤能補拙，肖幫主劍術這些年臨老還能漸入佳境，想必與他這份毅力有關。」

徐鳳年提了提牛皮酒囊，笑道：「無事不登三寶殿，公孫前輩有話直說。」

公孫楊猶豫了一下，苦笑道：「幸好公子沒有說無事獻殷勤，算是給足面子了。」

徐鳳年有些訝異，沒料到這位客卿還有些幽默。對於敢拿自己尋開心自嘲的人，世子殿下一直比較容易有好感，倒是對那些個半桶水就端足架子的，一直不待見。

徐鳳年再灌了口酒，默聲靜待下文。王大石見狀尋思著是不是該滾蛋了，屁股才離地半尺，就被公孫楊攔住，「大石，聽聽也無妨。」

公孫楊盤膝而坐，把酒囊放在腿上，開門見山說道：「實不相瞞，這一路行來，公孫楊一直暗中窺探徐公子的身手高低，走路步伐間距，上下馬的動作，騎馬時的呼吸，都曾仔細留心，若是被我瞧出門道倒也不奇怪。可是公子氣機內斂，公孫楊到頭來什麼都察覺不到，起先以為公子只是普通習武人士，在將軍府上學了一些鍛鍊體魄的軍伍技擊，可倒馬關客棧那一晚，小姐與公孫楊說公子一擊就要了那北涼悍卒的命，這委實讓公孫楊嚇了一跳。

小姐的劍術雖說未經生死廝殺的打熬，卻也在劍道上登堂入室，使出離手劍融入劉家獨門炮捶的壓箱絕技夫子三拱手後，仍是自稱勝不過那名叫趙潁川的刺客。不管公子是否占了偷襲刺殺的大便宜，能夠一擊斃命，實在不容易。趙潁川屍體在被抬走前，我曾私下翻過趙潁川的後背，見到他脊柱被捏斷後的形狀，便是公孫楊自認青壯年紀的巔峰時期，傾力而為，也不過如此。並非公孫楊自賣自誇，如今雖說對上一位三品武夫，不用牛角弓的話，都要灰頭土臉，但我走的是最吃歲數飯的外家拳路數，人怕少年拳怕壯，以前也曾勉強摸到王朝評定的二品實力的門檻。」

王大石一臉駭然，二品！這對底層江湖人來說，便已是登了天一般的高手，便是靠一雙手打下魚龍幫基業的劉老幫主，內外兼修，年老力不衰，如今也不過是堪堪臨近三品本事，在陵州已經能夠震懾群雄，陵州拔尖幾個門派的定海神針，也無非是三品實力，而且無一例外都是此生無望二品。但眼前這位腳染濕毒，連走路都微瘸的四十幾歲客卿，居然自稱曾是二品高手？王大石不敢懷疑，只是心中翻江倒海，再看公孫楊，可就不只是敬畏他的客卿身分了。

對武林中人來說，四品是第一道門檻，二品是第二道，要想逾越，更加艱難，一名武夫，一生有多大的運氣才能兩次鯉魚跳龍門？過了四品接近三品，才算是一名高手，這是江湖常識，可憐王大石根本沒奢望這輩子能達到四品。

有些人吃著碗裡的就想著鍋裡的，還他媽想著種在地裡的，可還有少數一些人，吃著碗裡的就很開心了。誰都知道知足常樂的好，可很少有人真願意享受這個好。

少年後知後覺，喉嚨咕噥一聲，僵硬緩慢地轉頭，怔怔望著徐鳳年。客卿公孫楊說得直白，少年再性格憨厚也知道言語裡的淺顯意思，敢情身邊這位好風度好、相貌好、脾氣好說話的徐公子，也是一位深藏不露的高手？還是很厲害的那種？高手不都是如肖鏘副幫主那般不近人情、高不可攀嗎？少年本就不聰明，還沒喝一口酒，只聞著香氣，便覺得暈乎乎的。

徐鳳年望著公孫楊，輕聲說道：「公孫前輩你直說就是，如果是分內事，而且能幫得上忙，我肯定幫。」

公孫楊明顯鬆了口氣，揉了揉鬍鬚凌亂的粗糙臉頰。這位客卿是天生絡腮鬍，懶得打理，穿著如家徒四壁的老農，也就顯得不修邊幅了。

公孫楊嘆氣一聲，說道：「不知為何，這趟到北莽留下城，半旬以來太過安靜了，這讓我很擔心接下來幾天會有意外，萬一到時候有狀況，公孫楊不敢奢求徐公子如何為魚龍幫出力，只求事情到了魚龍幫拚死都解決不了的境地，或者說是公孫楊死了以後，請公子帶小姐和王大石回到北涼。當然，公孫楊只要有一口氣在，公子就不需要出手相助。」

徐鳳年點頭道：「好。」

公孫楊心中壓了半旬的巨石終於落地，笑容真誠，與徐鳳年酒囊相碰，各自灌了一口酒。公孫楊似乎心情極佳，也就打開話匣子，好似要把這些年悶在心裡頭的話都給說乾淨了才痛快，他望向滿天繁星，感慨道：「天外有天哪，倒馬關客棧內，不足五十步，公孫楊自詡箭術還算馬虎，可二十幾箭，竟然都被那約莫是一位北莽郡主身邊的高人以手輕鬆撥去，貨真價實的二品身手，公孫楊自愧不如。

呵，也許徐公子沒留心到，那名貂覆額女子腰間玉扣子，那便是北莽勳貴獨有的『鮮卑頭』，不是皇室宗親，哪怕你是北莽的二品重臣，都無法佩戴，這也是我擔憂的地方。那女子刁蠻至極，最可怕的地方是興之所至便有本事去做。在北涼境內的倒馬關，她興許還有顧忌，可到了北莽，魚龍幫也不是什麼了不得的過江龍，若是被她惦念上，小姐出了事情，公孫楊便要對不住老幫主的託付了。」

早已猜到貂覆額女子身分的世子殿下並沒有說什麼，只是做出一臉恍然的神態，輕輕點頭道：「不怕賊偷就怕賊惦記，而且這個還不是賊，是有官家身分的劫匪，難怪公孫前輩要憂心忡忡。」

三人沉默過後，徐鳳年笑問道：「以公孫前輩的連珠箭術，在北涼軍裡撈個類似倒馬關折衝副都尉的官位並不難，怎的不要這份富貴？」

公孫楊一臉苦澀，搖了搖頭。

徐鳳年將公孫楊的言語串聯起來，再加上他心甘情願在魚龍幫裡蟄伏，以及那一手漂亮並且犀利的連珠箭，和一口經過許多年還是不曾淡去的濃重西蜀口音，徐鳳年有些理解他的苦衷了。

曾有詩云：「西蜀公孫擅連珠」，世子殿下自言自語道：「北涼鐵騎兵臨城下，舊西蜀皇帝自縊，皇叔戰死城前，誓死不降；天子守國門，君王死社稷。西琅大學士兼兵部尚書王岩、禮部尚書陳糧秣、六部官員、將軍副將、太守知縣、大儒文人、遊俠義士、鬚眉女子等，人人赴死。死在皇帝與劍皇之前的西蜀官員，僅是可以在史冊上找到名字的，有足足兩千多人。春秋九國，偏居一隅的西蜀最小，可自盡殉國之人，卻是八國中最多，好一個亡國不亡骨氣。」

公孫楊低頭去喝酒，老淚縱橫，喃喃道：「君王尚且敢死於社稷，我等西蜀百姓，為何不敢紛紛赴死？只是公孫楊那時年少，被族人帶去北莽，想死卻死不得。」

公孫楊驟然抬頭，眼神中有些凌厲。

徐鳳年苦笑道：「公孫前輩怕我這個將軍府上的小人物，會拿前輩腦袋換錢買酒喝？」

公孫楊自知失態，搖了搖頭，有些歉意。

徐鳳年喝了口酒，道：「這一囊子的綠蟻酒，才好喝。出賣朋友拿人頭顱換來的酒，再貴，能算什麼好酒？」

公孫楊哈哈大笑，指了指徐鳳年，豪邁道：「徐公子若只是江湖人，公孫楊便要與你稱兄道弟了。」

喝完了酒，因事而聚，卻盡歡而散。

徐鳳年藉著篝火搓手取暖，抬頭看了眼天色，站起身，不曾驚擾誰，往僻靜處緩緩走去，下了高坡，好似散步散心。

只是出了魚龍幫眼力範圍後，被公孫楊誤以為接近二品實力的世子殿下身形急掠，一步數丈，行雲流水。

一氣行出十里路。

貼地而聽，這是北涼遊哨的諦聽術。徐鳳年嘴角冷笑，開始弓腰如野貓夜行，逐漸放慢了腳步，距離一座高聳小土坡百步距離，藉著星光，見到坡頂坐著一名打哈欠的漢子。

徐鳳年猛然提速，瞬間便至，眼皮下垂的望風漢子打完幾個哈欠，才看見眼前的不速之客，正要說話，就被手刀擊在脖子上，敲暈卻不倒下，仍然保持著坐在坡頂的慵懶姿態。

徐鳳年優哉游哉躺在他身邊，拔起一根甘草，叼在嘴上，耳朵裡聽到了肖鏘的聲音。

真是同一個江湖，同一樣米卻是養百樣江湖人啊。

一個不大的魚龍幫，麻雀雖小，五臟俱全。

◆

聖人道德文章萬千，都在苦口婆心勸說世人向善，可磨破了嘴皮子，加上筆下千言萬語，寫得手臂酸疼，竹簡更是用去無數，竟也抵不住那些誅心土話俚語來得有用。什麼人不為己、天誅地滅，什麼人為財死、鳥為食亡，聽聽，多朗朗上口，而且還不廢話，難怪人人都信奉。

這一處三面環坡的凹地裡，坐著相貌裝束各有特色的五、六個大老爺們兒，一叢篝火都不曾點燃，深更半夜荒郊野嶺的，又沒有娘們兒，所圖謀的可想而知，總不會是覺著兩朝邊境不安寧，這些傢伙要做那鋤奸安民的善事。

這裡頭大多是快馬為惡的馬匪首領，說起成為邊境大患的馬匪，比較那些在王朝版圖上犄角旮旯、落草為寇的土匪，自然要悍勇許多，而且來去如風，巢穴隱蔽，官府追捕起來難如登天，馬上戰力與狡猾程度，都不是江湖上那些尋常寇匪可以比擬的。

眼下四位馬匪領頭，並不都是老百姓心目中那種虎背猿腰的粗糙漢子，其中一名三十來歲的男子，白皙俊秀，文質彬彬，一身玉面書生的雅致青衫，拇指、食指摩娑一枚羊脂美玉雕琢而成的子岡玉佩，笑而不語，比一般士子還要世家子。

他身邊坐著個富態胖子，不過皮膚黝黑，顯得滑稽，屁股邊上一左一右放著一柄宣化板斧和金雀開山斧，也不搭話，臉上笑容只是讓人覺得憨態可掬。

其餘兩位的尊容才算對得起馬匪這個行當，不說壯碩身材，僅是粗如女子大腿的手臂，稍稍一彎臂就炸出鼓囊囊的肌肉。其中一名面有劃破半張臉疤痕的中年馬匪，拿拳頭敲了下橫在腿上的金鞘環首刀，大大咧咧說道：「肖幫主，今天這事兒雖說是宋貂兒給介紹的，可大家兄弟歸兄弟，如何瓜分貨物，得先講清楚，否則事情成了以後，一個分贓不均，兄弟們還沒焐熱銀子就大打出手，不值當。」

坐在這名匪首對面的正是魚龍幫二幫主肖鏘，聽到這人的露骨言語，而且還被噴了一臉唾沫星子，清晰可聞這傢伙滿嘴的葷腥味，但肖鏘只是微微皺了皺眉頭，跟玉面書生的馬匪眼神祕密交會以後，笑著點頭道：「魏大當家的說得坦蕩，確實理該如此。一車貨物出自陵州前任兵器監軍府上，他們在留下城有關係，可以抬高價格賣個三萬五千兩銀子，可咱們去銷贓，估計撐死了也就兩萬兩銀子出頭，加上俐馬關折衝副都尉的兒子送來三千兩，咱們就算作兩萬五千兩。在座五人，每人分得五千兩，如何？但事先說好，肖某等不到貨物賣出的那一天，要先取銀子回北涼，但各位大當家的英雄都帶了兄弟出來辦事，肖某就沒那臉皮與各位平起平坐，所以只拿四千兩現銀，怎樣？」

四名馬匪通氣了一番，都笑著應承下來，對肖鏘的笑臉也實誠了幾分，畢竟肯少拿銀子的傢伙，不多見。再說了，沒有肖鏘做內應，再由肖鏘的朋友宋貂兒牽線搭橋，他們幾個都搭湊不起這個人數多達一百的大檯子。

誰不做夢都想著自己能獨有一百騎闖蕩邊境？

可惜一百騎的隊伍，先不說馬匹難尋，荒漠野馬是多，運氣好還能偶然撞上成百上千的馬群，可就算給馬匪們套到一些，也養不出可以嫻熟作戰的戰馬。馬匪馬匪，先得有好馬才能做匪，馴馬不成，聽到嘶吼就四腿發軟或者容易焦躁失控的劣馬，誰他娘的敢去跟人拚殺，找死不是？故而對馬匪來說，誰要是懂些養馬馴馬的門道，都恨不得當祖宗供起來。

若說去馬市買馬，不管是北涼還是北莽，都得去跟官府報備，對馬匪而言，這豈不是活膩歪了，嫌官府當差的軍爺們還不夠闊綽？而馬匹私販，風險也極大，一樣是要掉腦袋的事情，否則誰歸攏不起破百人數的馬隊？再者別忘了一百馬匪難免拖家帶口，意味著起碼得有小兩百張的嘴巴要天天吃肉喝酒，隔三岔五還他媽的得分批去窯子找細皮嫩肉的娘們兒瀉火才不會心生怨氣。當這個家的，沒點過硬本事真心養不起。

所以馬匪圈裡都笑稱能當上頭的，甭管是浩浩蕩蕩幾百號馬匪的鳳頭還是可憐巴巴幾十號人物的雞頭，都可以憑本事去北涼、北莽撈個武將。

形似白面書生的宋貂兒言語不多，他這次帶了三十四騎過來，是四人中最多的，在邊境上百股大小馬匪隊伍裡實力只是中下水準。但宋貂兒的名號卻十分響亮，他是北莽一個小士族私生子出身，寒窗苦讀十幾載，好不容易考取了功名，才剛有出人頭地的跡象，就被家族裡肥頭大耳的哥哥給冒名頂替了去。

他一怒之下宰了那對父子，拐了兩名他本該敬稱姨娘的女子和一些金銀細軟，出來做馬匪，不承想還真被他在這塊靠武力生存的貧瘠土壤上給紮下根來。其為人心思縝密，用計尤為歹毒，幾股惹到他的馬匪，都給他連人馬帶老巢一鍋端了。

本來以宋貂兒的手腕財力，不說七、八十號兄弟，折騰個五十來號的隊伍，輕而易舉，其餘馬匪頭目恨不得寨子裡婆娘剛生個帶把的崽子就能上馬劫掠。宋貂兒卻背道而馳，始終將手下人數控制在三十六這個數目上，身邊三位都是窮凶極惡的馬匪，但即便三人合力想要過河拆橋，也註定要傷筋動骨，這恐怕也是魚龍幫肖鏘願意鋌而走險的關鍵所在。

兩人相識相交在陵州城，宋貂兒雖然做了匪寇，但身上或多或少還有一股子書生意氣，南下遊覽北涼風光，湊巧認識了劍術不俗的肖鏘，頗有忘年交的意味。綽號宋貂兒的這位文士馬匪，與肖鏘的兒子肖凌也十分親近，肖凌不好拳腳功夫，偏偏喜歡飽讀詩書，在魚龍幫一直不太合群，反倒是跟宋貂兒相談甚歡。

肖鏘出陵州時的本意是要宋貂兒能沿途照應，哪裡知道倒馬關風波改變了一切，宋貂兒何等心思玲瓏，一下子就戳中肖鏘軟肋，旁敲側擊，說是以肖凌的才華，更適合做魚龍幫的領頭。

起先肖鏘還在天人交戰，不肯立即答應這樁與義字相悖的血腥買賣，出關以後每天看著劉妮蓉那張不再熟悉的冰冷臉龐，肖鏘就心裡窩火，當前幾天終於看到假扮尋常馬匪盯梢的宋貂兒，做了個密約的隱蔽暗號，魚龍幫副幫主這才下定決心，劉妮蓉也好，一車貨物也好，哪裡比得上他兒子肖凌的錦繡前程？

何況魚龍幫交到心眼活絡、門路寬廣的肖凌手上，勢必會強勢崛起，也算對得起打下江山卻守不住江山的迂腐老幫主了。

江湖，終歸是要交給年輕人去打拚的，老傢伙們都別占著茅坑不拉屎。劉妮蓉心腸太軟，還是個女子，能成什麼氣候！以後嫁人，難道整個魚龍幫都要淪為嫁妝？別說他肖鏘，其餘金盆洗手的老傢伙都會寒了心啊。

肖鏘腦海裡走馬觀花，百感交集，心腸越發冷硬起來，笑道：「魚龍幫三十幾人，除去劉妮蓉和客卿公孫楊，武力並不出眾，公孫楊擅長連珠箭術，對付幾位頭領的騎隊殺傷極大，到時候我肯定會趁亂先殺了公孫楊。」

宋貂兒按住玉佩，柔聲細氣，娓娓道來：「我們不急著殺過去，這兩天兄弟們先分批騷擾，讓魚龍幫的人馬疲於應付。回頭我再請肖幫主帶去幾兩迷藥，看能否放在飯食裡，不過這樁事是錦上添花之舉，成了是最好，不成也無妨。咱們一百騎對付三十幾人，就像一場圍獵，本來如果是大鏢局走鏢的話，貨車數量眾多，還能略懂一些停車結陣的旁門兵法，可惜魚龍幫才一輛馬車，就算有當世兵法大家，都變不出花樣來，巧婦難為無米之炊，只能算他們命不好。」

其餘三名頭領面面相覷，都有些寒氣。

宋貂兒突然笑道：「對了，魚龍幫有現成的十幾匹熟馬，我不要，讓三位大當家的拿去隨意分配，但那個劉妮蓉，歸我，這沒的商量。」

耍雙斧的黑胖墩伸出大拇指，朝宋貂兒嘿嘿笑道：「宋兄弟不愧是讀過書的，愛美人不愛江山，佩服佩服！」

其餘兩名五大三粗的漢子都笑容玩味，對於這種美事，傻子才不答應，在邊境上，有好馬比有爹娘都重要一百倍！

見到肖鏘望來，宋貂兒笑了笑，兩人心有靈犀。肖鏘鬆了口氣，知道以宋貂兒的手段和心計，劉妮蓉哪怕不死，得了寵幸，這輩子都別想回到陵州給他們父子添亂。

宋貂兒自詡駕馭人心王霸兼用，事實上也是如此。當年其中一名跟著宋貂兒來到邊境的姨娘爭風吃醋，讓心腹打死了一名後來被宋貂兒搶到手的小娘子，他便端著一只夜光杯，親手扳開她的櫻桃小嘴，當著身邊所有女子的面，給姨娘餵下了一杯混有砒霜的葡萄酒，至於姨娘身邊兩名原本在邊境亂世還算活得愜意的年輕丫鬟，都送給了手下肆意玩弄，才一天時間就給那幫不懂憐香惜玉的粗野漢子弄壞了，生不如死，一個徹底瘋了，一個咬舌自盡。

其餘三隻也都不是什麼好鳥，話說回來，心地好的，如何能在這兵荒馬亂的兩朝縫隙裡生根發芽？做不得斬草除根的手法，沒有壯士斷腕的魄力，早就成了別人的墊腳石。像那黑塔一般的胖墩，綽號李黑塔，耍起雙斧來也就二板斧的能耐，耍完了三招，對方若不敗，天生神力的李黑塔便翻來覆去地耍那三板斧，倒是少有人能扛得住這種以力壓人的蹂躪。

別看李黑塔六親不認，坑害起兄弟比誰都勤快。可當年也曾對一個人真心好過，那就是他的媳婦，可憐那女子被死對頭擄了去，以此要脅李黑塔，李黑塔沒答應，女子就給禍害死了，連屍體都沒放過，派手下就跟豬肉掛在馬背上一般，到了李黑塔老窩外丟棄在地上。後來李黑塔報了仇，傳說將對頭全家上下十幾人以烤全羊的手法架在火堆上活活燒死，仇家是最後一個死的，眼睜睜看著妻兒慘死，他被活活氣死的。

故而在這裡混江湖，是真正的刀口舔血，其中的艱辛心酸，絕非外人能夠想像，每個人都是從頭到腳壞到骨子裡的壞人，但每個人又都是某些人心目中頂天立地的英雄好漢。

魚龍幫三十多人，攤上肖鏘這麼個忘恩負義又狼子野心的副幫主，也算倒了八輩子的血楣，可在肖凌以及整個肖家眼中，肖鏘無疑是個稱職的好父親。如果更換門庭的魚龍幫有機會稱雄陵州江湖，恐怕剩下的幫眾們即使知曉了這段內幕，若非有密切牽連的人物，大多也會故作不知，只會繼續對肖鏘、肖凌父子感恩戴德，敬畏有加。

一位使長柄長鋒朴刀的魁梧馬匪頭目瞧著氣氛融洽，順帶著對氣味不怎麼相投的肖鏘也看著順眼起來，笑著打趣道：「肖幫主，你有所不知，咱們這邊可是很難找到能值幾匹熟馬的女子，再怎麼水靈，除非是北莽的官家女子，否則撐死了價值半匹熟馬。宋貂兒這回寧肯不要馬也要霸占那姓劉的閨女，咋的，肖幫主，這小娘們兒生得沉魚落雁不成？」

另外一名赤手空拳的馬賊頭目怪笑道：「呦，老銅錢你還知道『沉魚落雁』這個說法，學問大了去啊。」

使朴刀的漢子姓錢，因為嗜財如命，所以有了個「銅錢」的綽號。他咧嘴吐了一口濃痰笑罵道：「老子還知道你婆娘奶子有多大，嘿，昨晚剛往上邊抹了好些口水。」

被挖苦的馬賊也不惱，撇嘴笑道：「老銅錢，你那閨女醜歸醜，不過屁股賊大，保準能生男娃，老子就好屁股翹這一口！老銅錢，啥時候讓咱認你做老丈人啊？」

老銅錢拿腳踩了一下朴刀，這個曾經用碎銀把一個大活人撐死的悍匪痛罵道：「去你娘的，敢禍害我閨女，我拿銀子餵飽你！」

肖鏘打心眼裡憎惡這些馬賊的言行無忌，只不過礙於宋貂兒的顏面，才不好發作，但臉上也沒了客氣笑容，平淡道：「宋兄弟的眼光當然很好。」

讀過許多籮筐詩書甚至差點成為北莽官員的宋貂兒有一顆玲瓏心，遠比這些糙漢來得八面玲瓏，打圓場道：「好了，閒話屁話休提，容宋貂兒多嘴一句，這趟大買賣做成以後，也算是交情了一場，咱們幾家的恩怨，大夥兒肚子裡都有一本明明白白的帳本，宋貂兒希望看在這次每人到手幾千兩白花花銀子的面子上，都各自退讓一步，劃去幾筆牽扯不清的糊塗賬。還有，以後再有燙嘴的生意，別他媽只想著吃獨食，多聯絡聯絡，有錢大家一起賺，在家數銀子，總比你陰我、我黑你來得痛快，是不是？」

李黑塔率先點頭，老銅錢和臉上有刀疤的，也跟著點頭。

肖鏘沒來由一陣傷感，劉妮蓉畢竟是他看著長大的，甚至很長一段時間裡，他還有過要撮合她與肖凌在一起的念頭。只可惜不是每一對兩小無猜的孩子長大以後，都會珍惜當年青梅竹馬的不易。

肖鏘不怪劉妮蓉看不上肖凌，事實上肖凌一樣瞧不起這個出身優越的兒時玩伴，說她是心比天高、命比紙薄的小姐身子、丫鬟命。肖鏘微微搖頭，將這股傷感情緒揮去，只是感嘆自己畢竟老了，一個劉妮蓉的生死禍福，比起自家的興盛，實在不值一提。

想到這裡，肖鏘眼神如一頭夜梟子。幾位原本對這名老劍客心存輕視的馬匪都心中一凜，這幾位看似大大咧咧，但誰不在暗中打量肖鏘與宋貂兒，就怕被宋貂兒給黑吃黑了，要讓馬賊同心同德，就跟要北涼鐵騎不沾血一樣難以置信。

肖鏘似乎記起什麼，陰沉笑道：「這次還有個將軍府裡出來的年輕人，姓徐，佩刀，長得俊逸非凡，很有世家子風度，各位大當家的想要沒有後患，此子必須死得澈底！」

宋貂兒拿手指點了點凶神惡煞的刀疤臉，笑咪咪道：「沒事，只要長得好看，汪老哥向來男女不忌。我可知道汪老哥這次帶來的人馬裡，就有個清秀後生，拳腳本領稀爛，據說伺候男人倒是乖巧，每晚都要被汪老哥使喚得嗷嗷叫。」

刀疤臉來了興致與性趣，並不否認他的男女通吃，只是看著肖鏘笑問道：「哦？這小子長得真能湊合？肖幫主可別拿老汪我尋開心啦，否則吊起了火卻沒地方瀉火，總不能跟老銅錢那樣拿塊豬肉條子摳個洞吧？」

一夥人哄然大笑，連肖鏘都笑得不行。

一個溫醇嗓音響起，「汪老哥，你瞧我長得咋樣？」

幾乎瞬間同時，肖鏘提劍起身，李黑塔手握雙斧瞠目怒視，老銅錢腳尖一挑朴刀，橫刀而立。

姓汪的刀疤臉無意間被指名道姓，原本驚懼異常，只不過認清來人的面孔後，眼神變得炙熱。唯獨宋貂兒沒有動靜，一手拿捏著精雕細琢的玉佩，另外一手在唇邊吹了一聲口哨，這才抬頭看著肖鏘背影，說道：「肖老哥，該不會是你跟魚龍幫給我們下套子吧？沒道理啊，這對你有什麼好處？而且魚龍幫才三十幾人，就算今晚只有我們四人，你們也不敢保證能讓我們都交待在這裡，只要逃出去任何一個……」

說到這裡，李黑塔放下一柄宣化板斧，手貼著胸口，陰森瘆人地笑著打斷宋貂兒的言語，說道：「逃出去一個，還想著報仇不成，肯定要趁火打劫，攏起其他三個死鬼的人馬了。宋貂兒，你他媽的別在這裡揣著明白裝糊塗，這就是你跟這姓肖的老烏龜還有魚龍幫陷害我們！不過宋貂兒啊宋貂兒，你真以為就你帶了人馬來這裡？」

宋貂兒只是擺擺手，溫和笑道：「雖然這次說好了只是五人談事，約好讓各自人馬離開五里路，但肯定會私下讓手下慢慢靠攏過來，這是人之常情，宋某也不是三歲稚童，對此理解得很。李黑塔，先別忙著拿出火筒子發信號，小心壞了大事，先讓肖老哥給我們說道說道。」

一時間，一個外人說了一句話，竟有了讓五人展開窩裡鬥的滑稽形勢。

肖鏘死死盯著不遠處那個按理說如何都不會出現在這裡的佩刀青年，轉頭苦笑道：「宋老弟，肖某怎會陷害你，這小子便是那姓徐的，不知道他怎麼跟到了這裡，如果帶了魚龍幫過來，恐怕先前謀劃都要作廢了。真是如此，肖某連那四千兩銀子都不要了！就當作賠償給四位大當家的。」

來者自然是世子殿下。

徐鳳年鼓掌笑道：「肖幫主行事果決，不愧是做大事的人。讓姓徐的大開眼界，光是見識了這等梟雄手腕，一車子貨物白送給各位，也值了，只不過怕你們幾位沒命花。」

刀疤臉倡狂大笑，「你這小子說話口氣比宋貂兒還大，老子喜歡得很哪！」

肖鏘皺眉道：「你沒有告知劉妮蓉和公孫楊？」

徐鳳年瞇眼道：「他們知不知道重要嗎？要知道舉頭三尺有神明。」

三位馬賊頭子面面相覷，這小子是失心瘋了？胡言亂語個啥？

宋貂兒彷彿被逗樂了，終於捨得站起身，拌好玉佩懸在腰間，繫緊了紅繩，打好一個活結，這才抬頭望向徐鳳年，「這位徐公子，既然敢單身赴會，想來肖幫主還是低估了你的實力。舉頭三尺有神明？他們可能不信，不過我信，但信歸信，怕還是不怕的，現在宋某最好奇的是你有沒有低估我們幾位的能耐，要是錯了，你的下場，可能會比較糟糕。」

宋貂兒說完，手指向刀疤臉，一切不言而喻。

徐鳳年也不與這幫早已把腦袋拴在褲腰帶上與人賭命的傢伙廢話，伸出兩指，只留一條縫隙，笑著問道：「要是我離一品金剛境界，只差一線，你們逃不逃？」

徐鳳年停頓了一下，繼續問道：「你們逃得掉嗎？」

這應該是一個驚喜不斷的夜晚。

肖鏘和四名出生入死的馬賊都被這話給弄得想笑，連宋貂兒都覺得這哥們兒十成十是腦子有毛病。

天底下的任何一位一品高手，除了情理之中的屈指可數，而且大多或隱居山林，神出鬼沒，或高坐門派幕後，深居簡出，極少數則被朝廷各種頂尖勢力捧為座上賓，也是當菩薩敬奉。而天下何其大，江湖何其廣？要找到一位一品高手，無異於大海撈針。饒是宋貂兒這幾位都是見慣了大風大浪的，也就只有肖鏘年輕時有幸遠遠見過一位金剛境高手的風采。

宋貂兒略好，曾在北莽京城見過一位久負盛名的二品頂點高人，的的確確是離金剛境才差一層窗戶紙，可那位老前輩，當時已經花甲之年，歸功於老當益壯才有這份玄妙神通。眼前這名佩刀年輕人，多大，才及冠幾年？

徐鳳年說話間，已經被五人包圍。

有了相當境界以後的武夫，即便前一刻還是陌路人，一旦配合起來也頗為天衣無縫。

刀疤臉率先出馬，臉龐猙獰，雙拳直探徐鳳年胸口。

朴刀匪首一刀橫掃千軍裂空而至。

肖鏘為了表明清白，也抽出長劍，隨時拿出看家本領的離手劍迴旋燕，只要被他瞅準間隙，就要把這個姓徐的削去四肢。

刀疤臉出拳迅猛，卻留有餘勁，分明是想要先讓那朴刀逼迫這傢伙躲避，才跟上雙拳給予重創，只不過見這小子愣是對那截腰掃來的大刀無動於衷，他便再不客氣，雙拳氣機炸開，使出了九成氣力。

剩下一成當然是他留了個心眼，生怕老銅錢一個「不小心」沒掌控好朴刀力道，把這小子和自己一起給攔腰斬斷了。

雙拳力道變化也帶了拳勢變動，只不過刀疤臉悍匪見那小子始終紋絲不動，心中便有些無奈，自個兒白搭了一手好拳，瞎子點燈白費蠟了，這小子肯定死到臨頭還是沒瞧出其中的高妙！

刀疤臉雙拳即將觸及這小子胸口，心中一喜，可馬上就察覺到氣機不對，照理來說，老銅錢朴刀散發出來的冷感即使沒有更濃，也不該淡去，這是收了刀去的意思？刀疤臉轉瞬間便打定主意不管老銅錢如何算計，這小子的命都要被他雙拳砸爛大半條去。

修為最高的肖鏘、宋貂兒兩人瞳孔急劇收縮了一下，這是一種嗅到危機的敏銳直覺。

徐鳳年看似輕描淡寫一個側身，雙手黏住刀疤臉雙臂，往右側順勢一拉，刀疤臉整個人就雙腳離地，好似踉蹌一般往前飛了出去。

徐鳳年跟著身形側移，腳步以小寸步頻繁變更，令人眼花繚亂，然後刀疤臉就毫無還手之力地整個人離地越來越高，當心頭駭然的刀疤臉拳勢收回五六，堪堪能夠在驟然間作出應對；徐鳳年左腿屈膝，以迅雷不及掩耳之勢向上一敲，只聽砰一聲，刀疤臉的整個胸膛都碎裂了。

徐鳳年一鬆手，刀疤臉就被那一記霸道至極的膝撞給撞得往上飄浮。徐鳳年仍不甘休，右手繞著這傢伙的腦袋囫圇一轉，讓好歹有一百七、八十斤重的刀疤臉在空中旋轉了三、四圈，徐鳳年身形微微後撤，高抬腿，將才出了一次雙手拳的可憐傢伙轟然砸入地面。

興許是速度太快，衝勁太大，根本沒有給他凝神聚氣的機會，又或者是膝撞讓刀疤臉的精氣神都連同胸腔一同散了架子，反正眾人只見到以步戰悍勇著稱的刀疤臉身體觸地後，四肢反常地向上揚起，當手腳軟綿綿墜地後，整個人已經完全沒了聲息。

剛才臨陣脫逃的老銅錢手心已經全是汗水，咬牙解釋道：「不是老子膽小收刀，而是這小子太邪門了，一刀掃去，刀口子離了他身體還有好幾寸遠，就再砍不進去了！」

「邪門？」

徐鳳年笑了笑，一腳踩在刀疤臉後腦勺上，加重力道。大概是腦殼比泥地還是要結實的緣故，整顆頭顱一點一點陷入地面，看得肖鏘都一陣心驚肉跳，所幸握劍之手，並無一絲顫抖，成名多年的武夫，都知道何謂未戰先敗。

宋貂兒眉頭緊蹙，沉聲道：「一起上！」

旋了旋雙斧的李黑塔獰笑道：「好！」

才說完「好」字，就見這位離世子殿下最遠的漢子身形倒掠，別看他體態臃腫，看這逃竄的手法，輕如鵝毛，似乎輕功不俗。

宋貂兒卻不驚奇憤怒，眼中反而閃過一抹陰險狠辣。

李黑塔退得快，徐鳳年追得更快。

當世子殿下從老銅錢身側不到五步距離一閃而過時，這殺慣了人的馬賊愣是不敢動彈，任由他擦肩而過。

李黑塔這時才知道小聰明要害死自己，見逃避不得，他狠下心猛然停頓，雙腳落地後，仍是滑行了一段，在地面上劃出兩條痕跡，然後藉機蓄力，等到那殺人不眨眼的年輕魔頭趕到身前，雙斧交叉揮出，勢大力沉，勁道遠勝過刀疤臉雙拳。

他靠著簡單到枯燥的三板斧走天下，自然曾有可取之處，那佩刀卻偏生不用刀的年輕男子委實是托大，雙斧在空中瞬間轉折了七、八道軌跡，氣勢洶湧地劈下，他竟是不退不躲，以雙臂向上霸王扛鼎一般的恐怖姿勢迎接斧刃！

被輕視到了極點的李黑塔怒喝道：「去死！」

既沒有手臂連肉帶骨被砍斷的熟悉聲音，也沒有那傳說中金剛不破的金石碰撞聲。

李黑塔有苦自知。

宣化板斧和金雀開山斧就像砍入一大團棉花，這團棉花瞧不見，卻真實存在。他總算明白為何老銅錢要說古怪邪門了，這小子氣機當真已經充沛富裕到流溢到身外的驚人境界了？

所謂氣機，可比世人眼裡最值錢的真金白銀還要來得珍貴，多少習武之人一輩子在那裡哼哼哈嘿，都沒琢磨出氣機到底是何物，一些運氣好、家底厚的傢伙有師父領進門的，手頭有一、兩本祕笈，也就是隱約察覺到體內有一股熱氣流走骨骸竅穴，可是如何聚攏，化為己用，就又是一道難以逾越的險峻關隘，而僥倖懂得攏起，又如何去聚散自如，更是要了人的命。

讀書讀深意，練武養氣機，自古以來就是大卜文武兩途的攔路虎。眼前這位自己要拚上老命去廝殺的，竟然讓人髮指得能夠讓氣機有規律地外泄，可不就是傳說中的金剛境嗎？

李黑塔如何能不自慚形穢、嫉妒發狂，就像一個窮人每天勤儉持家，冷不丁冒出個富人可以在金山銀山上吃喝拉撒，人比人，氣死人啊！

李黑塔顧不得什麼三板斧路數，鐵了心要將手上一雙巨斧死死往下按，一張黑臉都漲出病態的暗紅色，估計連小時候吃奶積攢下來的力氣都用到這個緊要關頭了。

短短三寸距離，李黑塔雙斧硬是往下劈了好似極為漫長的一段時間，已經稱不上是劈，而是向下往死裡推移。

李黑塔後腳跟已然翹起，發出一聲喪心病狂的震天嘶吼，雙斧終於碰到這個年輕王八蛋的衣袖！

衣袖被割破，巨斧冷鋒觸及肌膚，李黑塔走火入魔一般，齜牙瞪眼，全身氣機如沸水翻騰，全部湧向手臂。

徐鳳年略微皺眉，雙臂一震，彈開雙斧，一腳踹在這門戶大開的李黑塔胸口，雙手虎口已經裂開出血的壯漢向後倒去。

徐鳳年輕輕鬆鬆握住李黑塔手腕，一扭便折斷，接過宣化板斧與金雀開山斧，離手一轉，變成他手提雙斧，面朝李黑塔。

頭腦空白的李黑塔倒地以後，以肘部撐地，轉身就跑。

徐鳳年二話不說揮出一柄斧頭，插在這黝黑大漢的背心，李黑塔帶著一股斧頭挾來的巨大穿透力向前撲去，再一斧，直接砍在他腦袋上。

屍體撲在地面上。

死得不能再死了。

徐鳳年低頭看了眼手臂，自嘲道：「到底還不是真正的金剛境。」

老銅錢臉色蒼白，見這名連殺兩人如閒庭信步的魔頭朝自己走來，他原本正要從懷中抽出傳信的火藥筒子，被抓了個現形後他燙手一般趕忙縮回，乾脆連朴刀都丟了，跪地磕頭求饒道：「大俠饒命啊，我上有老下有小，在邊境上養家糊口不容易啊！小的被豬油蒙了心才會算計到魚龍幫頭上，徐公子你大人不計小人過，今天這事都是宋貂兒那死白臉和肖鏘那孫子謀劃的。冤有頭債有主，公子要殺要剮，先找他們兩個啊！小的我給你磕頭了……」

老銅錢語無倫次，磕頭不止。

「行啊，那我就先找那兩人的麻煩。」

徐鳳年嘴上說著這話，查探著這名馬賊的氣機流轉異常，低著頭可以掩飾眼中陰鷙，可是雙拳肌肉紋理卻隱蔽不了殺機。

世子殿下嘴角冷笑，不給這名馬匪頭目出手暴起傷人的機會，一腳踢出，將一顆腦袋從肩膀上給踹了出去，帶著鮮血骨碌了老遠，最終在肖鏘腳下停止。

肖鏘瞪大眼睛，眼眶布滿血絲，不去看腳下的頭顱，只是瞪著眼前這個年紀輕輕的將軍府子弟。

五人死了三個，宋貂兒還算鎮靜，但也沒了先前萬事胸有成竹的瀟灑氣度，苦澀道：「徐公子，既然已是步入金剛境界的神仙人物，何必與我等螻蟻計較，只要徐公子願意放宋貂兒一馬，我願意親自殺死肖鏘，還有地上三人的家當，宋貂兒帶人去清點完畢以後，統統交給公子。以後，宋貂兒子子孫孫，都會為徐公子立一座生祠牌位，香火不斷！」

肖鏘手中長劍顫鳴，怒罵道：「宋貂兒，你豬狗不如！」

宋貂兒根本不理睬肖鏘的謾罵，只是小心翼翼地彎著腰，面朝那名來歷不明的青年魔頭，見這位佩刀卻根本連刀都不曾出鞘半寸的公子哥面無表情，繼續說道：「宋貂兒殺了肖鏘以後，公子若還不滿意，宋貂兒可以自斷一臂，以示請罪誠意。」

徐鳳年笑了笑，說了一個「好」字。

然後就看到了一場兄弟相殘的好戲。

一炷香工夫以後，離手劍爐火純青的肖鏘倒在血泊中，奄奄一息。

一直給人印象側重計謀而出手次數極少的宋貂兒竟是個接近二品的高手，腰繫軟劍。看來能讀書讀出名堂的文弱書生，真要用心習武，也還是能讓純粹的武夫刮目相看的。不過宋貂兒也不好過，遍體鱗傷，文士青衫破碎得厲害，盤膝而坐，狼狽不堪。

徐鳳年走近了呼氣遠多過吸氣的肖副幫主，蹲下後輕笑道：「跟相識多年的兄弟拚命，還死在兄弟手上，感覺如何？我知道你有個很出息的兒子，也知道你這次對魚龍幫背信棄義，是為了幫襯肖凌。你放心，我給這小子一個機會，會以你的口氣和筆跡給他寄密信一封，他若是沒有心動，不想去坐那魚龍幫的頭把交椅，你這次也就當作跟王大石的爹那樣，為魚龍幫效死了，肖凌下半輩子再苦也苦不到哪裡去。如果他蠢蠢欲動……」

答案顯而易見。

肖鏘如何不知道兒子的心性，他說不出話來，只是口中鮮血泉湧，顯然已經氣極，可惜沒了怒髮衝冠的氣概。

徐鳳年伸手指了指頭頂，然後平淡道：「我知道你想說我不講道理，可是我為什麼要與你這種人講道理？」

肖鏘死不瞑目。

至於這名本該可以享用來之不易的榮華富貴的老劍客除了憤怒，是否還有一步錯、步步錯的悔恨，無人知曉。

見到徐鳳年起身轉頭，宋貂兒抹去嘴角血跡，一臉豁達坦然，笑道：「懇請公子讓我多嘮叨幾句，宋某知道自己必死，不過與其被你輕易殺死，還不如好好展露一下畢生所學，就當在徐公子面前班門弄斧一番也算盡興。宋某之所以連傳信給三十六騎的心思都沒有，是怕這些跟著我做掉腦袋買賣的兄弟們白白送死。嘿，其中一個二當家的，喜歡我那位又是姨娘又是媳婦的女子有些年月了，不過礙於兄弟情分，也只是發乎情、止於禮，宋某人自信哪怕我今天死在這裡，他也會替我收屍，與那女子不會有任何牽扯曖昧。在咱們邊境上，這種厚道人，可不比金剛境界的徐公子更多，兄弟中年紀最小的，十六歲，才教了他四十來個字，有些可惜……」

宋貂兒嘮嘮叨叨了一炷香時間，雖說意猶未盡，但見到徐鳳年氣機一變，還是乖乖閉上眼睛，果真是等死。

等了好像一輩子，宋貂兒睜開眼，下意識遠望，看到那名佩刀公子站在原地。

下一刻，鬼門關轉悠了一趟的宋貂兒整個人都僵硬，遍體生寒，心中恐懼程度，哪怕是見到那傢伙殺死三名同行，以平淡語氣讓肖鏘死得不痛快到了極點，以及自己閉眼等死，都要來得濃重！

一柄碧綠通透的短劍懸在自己眉心位置前方！

兩寸劍微微顫動。

正因為離得太近了，使得宋貂兒竟然沒有第一時間注意到。

飛劍！

宋貂兒喜極而泣，走火入魔一般哈哈大笑。

飛劍，真是飛劍！

他是一名劍道一途上孜孜不倦修行的劍客啊。

有生之年，能見到仙人飛劍術，雖死而無大憾！

雖死無憾？當馬賊的，誰他媽的是個聖人？

那名分明是佩刀的年輕公子一抬手臂，兩寸飛劍一閃而逝。

徐鳳年緩了緩吐納的速度，平靜道：「宋貂兒，你若有銀子、有熟馬、有靠山，能不能駕馭一個擁有三百騎數目的小山頭？」

宋貂兒愕然，一時間沒有回過神。

徐鳳年壓下喉嚨的一股溫熱，皺眉道：「你回頭療傷完畢，就去幽州找一個叫皇甫枰的果毅都尉，就說是姓徐的要你去找他，你跟他要人要錢要馬，他自然會全部答應。如果我回來以後得知你辦事含糊，別說給我建一座生祠，就是一百座，你連同三十六個兄弟，一樣都得死。」

徐鳳年轉過身，沒有抹去緩緩從鼻子裡流出的鮮血，心裡罵娘不止，充一次絕世高手真不容易，為了擺出御劍飛行的排場，體內氣機已經跌宕起伏得如同廣陵大潮，再支撐下去，就要露餡。不過好在在宋貂兒眼中，這位姓徐的公子，哪怕走得很慢，也是極為仙人出塵，瀟灑飄逸。

第六章　廟堂江湖方外地　俱是難得真性情

佛道兩教面紅耳赤爭執千年，就像形成了一座大泥潭，歷代兩教高人都不能免俗，或者激辯於廟堂，或者著書相互詆毀，一個個都要在這泥濘裡去摸爬滾打上幾番，少有那種後世公認能夠出淤泥而不染的。近百年以來佛門裡出了一名西遊取經的白衣僧人，才減輕了本朝三教排位以儒為先，以道次之，再以佛墊底的尷尬。可惜頓悟一說現世後，對白衣僧人和兩禪寺都是一個巨大衝擊。

這位高大僧人曾經笑言佛道兩教之爭，就像村裡兩戶老農搶水灌田，水源相同，但水量畢竟就那般多，誰多偷多搶多騙一些水放入自家農田，誰家的莊稼就收成更好。爭水嘛，自然要磕碰，先動口，說服不了對方，再動拳腳，實在不行，誰與亭長關係籠絡得好，就去讓手拿兵器的官家來殺人。

這自然是白衣僧人在自嘲之餘也暗諷了道教龍虎山親近朝廷，得寵於君王。自皇宮朝野往下至江湖市井，在歷史上發生過多達六次的滅佛運動，白衣僧人以往兩次在道教祖庭金頂上獨戰十數位得道大真人，都是以類似殺敵一千、自損八百的手段勝出。

說來奇怪，以往佛道十年一度的爭辯，即使有一方大勝，事後也要遭受非議無數，唯獨這從不把話說盡的白衣僧人，贏得踉踉蹌蹌，連倨傲至極的龍虎山老神仙們也都只是苦笑，並無太多芥蒂。

這些年倒是經常有一些龍虎山以外的真人引述攝取佛教義理，著作種種典籍抨擊對抗佛教，扛著書箱就去兩禪寺找白衣僧人理論，結果無一例外下山以後都不言不語，外人如何詢問，都閉口不談。

◆

兩禪寺後山茅屋外，一大一小兩個光頭和尚在曬太陽。這裡離禁地碑林太近，少有訪客，也就沒啥寺裡那些濃重到掩鼻都遮不住的香火味兒。茅屋後有菜圃、雞舍，前有兩棵桃樹，歲數都不大，一棵絳桃是中年僧人女兒誕生時栽下的；後來他不知道從哪裡拐騙了個小笨蛋吳南北，又補種了一棵垂枝碧桃。

後山背陰，桃樹長得慢，枝幹扶疏，這會兒枝椏碧綠，小花骨朵兒遠稱不上豐腴。每年兩個孩子生日，笨南北的師娘就會拎著菜刀，拉著同年同月同日生的倆孩子去桃樹下，依著身高刻下痕跡。早先李東西身為女孩子，發育得早，個子躥得快，每次生日都歡快得像隻黃雀，嘰嘰喳喳說個不停，還不斷去摸笨南北的小光頭，取笑他是個矮冬瓜。可惜風水輪流轉，當她步入少女，當他成為少年，李東西就不樂意了。如今吳南北已經比她個子高，這讓李子姑娘有些惆悵哪，以後萬一笨南北長得爹那麼高，豈不是得踮起腳尖才摸得著他腦袋了？

小和尚今日無需釋經講法，而且明天要頂替師父前往龍虎山蓮花金頂，小和尚終歸是在兩禪寺都能以理服人的小年齡大講僧，瞧不出有何怯場，只是鬱悶問道：「師父，明天我就要去龍虎山與他們吵架了，怎麼還有道士上山來跟你叨叨叨。」

白衣僧人躺在一張籐椅上，撫摸著光頭，瞥見媳婦走出茅屋要洗衣服，他語氣堅定地說道：「山上山下都知道你師娘廚藝好，來蹭飯的。」

小和尚真是笨啊，實誠說道：「啊？那師父你昨天為啥背著師娘說那盤咬春的青韭鹽放多了，找我要水喝，我覺得鹹淡適中啊。不過這些道士也太得寸進尺了，雖說來者是客，可師父、師娘都做了一桌子飯菜，他們飯也吃了，還要跟師父你吵架，吵不過了就撒潑耍橫。好吧，師父你嫌耳邊聒噪，領著他們去屋後頭請他們拿拳頭說完道理後，罵了師父，還打了師父，到頭來師娘還要賠著笑臉說咱們的不是。唉，這世道。」

白衣僧人肩頭被女子惡狠狠擰了一把，金剛不敗個啥子哦，這位光頭大叔直皺眉頭，滿臉可憐。等端著盆子的媳婦冷哼著走遠了，他輕輕一拍笨徒弟的腦袋，瞪了眼，倒也沒有出聲訓斥小和尚沒有眼力見兒。

笨南北撓了撓頭，確實如東西常年所說，挺滑不溜秋，像個木魚。小和尚唉聲嘆氣道：「師父，我到底行不行啊？到時候吵架輸了，萬一老方丈連銅錢都不發給咱們，到時候師娘肯定怨我。」

最是慵懶的中年僧人不負責道：「老方丈說你行，你說行不行？」

小和尚有些猶豫：「這個，還是不太行吧？老方丈見誰不是說行行行，半年前天竺來的那個外地大和尚說要建寺說法，老方丈二話不說就答應了，把眼饞了好些年那塊地的慧媚方丈他們給氣得哦。還有，一個月前法琳師叔說要還俗，不當和尚了，要去山下當喝酒吃肉的屠戶，這麼大的一個事，老方丈也只是笑呵呵說行的行的。還有，前兩天才八歲大的永法師弟跑去老方丈禪室，說不給糖吃就撒尿在那裡，老方丈不一樣答應了。」

白衣僧人雲淡風輕「哦」了一聲，反問道：「東西說你行，那你行不行？」

笨南北頓時眼睛一亮，咧嘴憨憨笑道：「我看行。」

白衣僧人沒好氣道：「那你叨叨什麼，你去看看東西幫你整理行囊如何了，我的閨女都沒這麼對我過，見你就心煩，去去去。」

小和尚嘀咕道：「師父你又不下山遠行。」

見到師父瞪眼，笨南北趕忙從小板凳上抬起屁股，撒開腳丫子跑向那座簡陋茅屋。小跑時，那一襲被師娘清洗得十分素潔的講僧袈裟，兩只寬大袖口緩緩飄搖，不惹塵埃。

白衣僧人閉上眼睛，懶洋洋道：「師父一趟走了幾萬里，把一輩子的路都走完了。」

◆

茅屋有房三間，笨南北的房間就在李東西隔壁，小屋裡除了一床一桌一凳一青燈，再加上桌上幾部佛經，竟然也就沒什麼多餘物件了，這與師父、師娘屋裡子鍋碗瓢盆亂七八糟，以及李東西閨房裡零零散散的心愛玩意兒，形成鮮明對比。

李東西坐在笨南北棉被疊放整齊的狹窄木板床上，在翻來覆去折騰一個簡易的麻織行囊，其實也就幾件換洗衣物，可她塞了一些從娘親那裡討要來的銅錢和碎銀子，一半是給笨南北買佛經的，還有一些則是托他去山下買些物美價廉的胭脂水粉、才子佳人小說、小巧雕花妝盒之類的。

她正愁這些銀錢夠不夠花呢，皺著小眉頭，那神態，與她爹如出一轍。吳南北瞧見了不出聲，只是偷著樂。

「喏，笨南北，這串紫檀念珠，是徐鳳年送我的，你拿去。他說行走江湖，得講究派頭，要不很多傢伙都會狗眼看人低。說好了，是借你啊，不是送你的。」

「師父看見了會不高興的，妳平時連摸都不給他摸一下。師父為此已經給世子殿下在帳本上記了好幾百刀了。」

「死南北，那你到底要不要？」

「要！」

「出門在外，要省著點花錢，知道不？包裹裡這些銀子，嗯，你要是買書錢不夠了，那就少買些胭脂水粉好了。反正你嘴笨，也不知道討價還價，肯定要被宰，反正山腳那邊的胭脂也湊合。」

「哦。」

「笨南北，別跟我『哦哦哦』，這些銀錢一人一半，說好了的。不許把銀錢全都給我買胭脂水粉，記住了沒！」

「哦。」

「哦你個大頭鬼！還有，我讓爹幫你摘炒了一些茶葉，到了龍虎山，見到人就多送禮、多給笑臉，咱們家走出去的和尚，都得跟我爹一樣，氣度大。不過萬一你被人打了，就別嘴硬，趕緊跑回家，我跟爹說一聲，讓他幫你出氣！」

「得嘞，我知曉輕重的。」

「還有一件事，你別忘了啊，如果遇見了徐鳳年，千萬記得跟他說來咱們家玩。」

「一定的。」
「到時候徐鳳年上山，你是幫我爹還是幫徐鳳年？」
「幫妳唄。」
「你再說一遍！」
「幫徐鳳年。」
「這還差不多。」

◆

白衣僧人躺在籐椅上，聽著屋裡的小打小鬧，沒來由記起了許多年前一個冬季，在京城小巷裡吃過的一種麵茶，是很能養人的作物糜子細細磨成的。

麵茶滾燙，輕輕搖晃，便在一只小瓷碗裡蕩漾。吃法也有一些窮講究，嘴得貼著碗邊上吸溜著喝，轉悠著小碗，如此一來，入嘴熱而不燙舌，碗裡頭的麵茶也不會早早變涼，五臟六腑無一處不暖和。

大街小巷屋簷下掛滿了冰凌錐子，可喝這樣一碗麵茶，身子暖和了，心也就跟著暖和。當然，最讓他在嚴寒裡感到暖意的是身邊坐著一個女子。

這女子興許不那麼好看，心眼不太大，有些刁蠻，可大千世界裡，茫茫人海中，偌大一座京城，萬人空巷，數十萬人，他沒有看到皇帝陛下，沒有看到王侯公卿，獨獨看到了她。

他既然已經比很多世人都要敬佛、禮佛，便心中無愧，對得起那剃去的三千煩惱絲了。他只覺得當不起那些崇敬的眼神，將他視作神明，於是與她一起喝麵茶的時候，還有她掏錢結帳的時候，他有些臉紅。

柴米油鹽，粗茶淡飯，很好啊。

媳婦說那座京城有太多不要臉皮的女子，不許他再去，不去便不去。

白衣僧人笑了笑，睜開眼望著當空日頭，自言自語道：「都老啦。」

曬衣服的女子耳尖，怒道：「又有哪家的小狐狸精不害臊來勾搭你了？」

身材異常高大的僧人趕忙起身，跑去幫忙晾曬衣服，笑咪咪道：「媳婦，我來我來。」

◆

折騰完了行囊的李東西站在門口，看著相親相愛的爹娘，想著娘親睡覺打呼嚕震天響，還沒個睡相，三天兩頭被踹下床的爹都能一點不介意，小姑娘頓時有些憂傷，徐鳳年會喜歡自己這樣的姑娘嗎？

小姑娘紅了眼睛，嘴角掛著滿滿的少女情愁，「笨南北，我知道你下山，碰不到徐鳳年的。」

小和尚慌了神，「那我下了龍虎山，先不回家，去北涼找世子殿下，好不好？」

李東西破涕為笑，白眼道：「算啦，我是女俠，不在乎這個！」

小和尚傻乎乎跟著笑起來。

白衣僧人搖頭嘆氣，怎的收了這麼個不爭氣的笨徒弟。

女子會心笑道：「南北不像你才好。」

當晚，小和尚笨南北一如既往地睡得安穩，反倒是跟他沒啥關係的李東西翻來覆去，睡不著，很晚才勉強睡去。

清晨時分，一名輩分奇高的百歲老僧親自來到後山茅屋，迎接一禪講僧去大雄寶殿那邊。以鬚髮如雪的老方丈為首，寺裡一些閉關的老傢伙也都專程破關而出，廣場上起碼聚集有三、四百個身披袈裟的大光頭，更別提許多躲在遠處湊熱鬧的小沙彌、小光頭，十年難得一遇的盛況空前啊。

如果李東西看到這副場景，還不得翻白眼翻累啊。小時候她還喜歡在聽和尚誦經時數一數有多少光頭，可年年數月月數日日數，總不是一件有趣的事。幸好李子姑娘睡得晚，賴著還沒起床，白衣僧人和小和尚吳南北都沒敢叫醒她，叫這位以做女俠為理想的姑娘起床，她可氣大得很，便是小和尚的師娘都不敢輕易去觸霉頭，更別提一家四口就數他們最沒有江湖地位的師徒了。再者，吳南北也怕到時候自己捨不得，讓東西瞧見了要笑話或者生氣。

人海自動分開。

眼神清澈的小和尚和慵懶的白衣僧人，並肩而行。

以老好人著稱的老方丈笑呵呵走下臺階，見著了小和尚，打心眼裡喜歡。

老方丈正要說話，看到原本剛剛併攏的人海再度分開，抬頭看去，就瞅見一個在兩禪寺就是最大的小姑娘跑了過來，竟然邊跑邊哭了？

笨南北的師娘站在廣場邊緣停下腳步，一臉無奈。

姑娘跑到爹和青梅竹馬長大的笨蛋小和尚跟前，一路哭來，已經哭腫了眼睛，約莫是跑得急跌倒過，身上沾了許多塵土。她死死抓住小和尚的袈裟一角，傷心欲絕道：「笨南北，我做噩夢了！」

饒是在場大光頭們都是名動天下的得道高僧，此時此景，都是善意地哄然大笑。

白衣僧人與老方丈對視一眼，不約而同地微微嘆息。

李東西死死攥住小和尚的袈裟，生怕一鬆手，就再也抓不住這片袈裟，再也見不到這個天經地義以為會永遠在一起的笨南北。

她傷心欲絕，哽咽道：「我夢見你死了，成了佛陀，你說要往西而去，再也不理我了！我喊你吳南北，我說不喊你笨南北了，我還說讓你喊我李子和東西了，可你就是不理我，還是走了！南北，我夢到你站在北涼城下，我站在城頭上，只能看著你，你前面是密密麻麻的可怕騎兵，不知道有幾十萬，可你說『天地之大，容小僧只在這北涼城前方寸地，為李子豎起一道慈碑』，然後那些壞人就一齊射箭了，他們也不衝鋒，只是一撥一撥箭雨潑在你頭上！你先是流血，整件袈裟都紅透了，後來你在原地坐下，低頭念經，血都變成金色的了！然後你就變成了佛陀，爹說過這就是菩薩低眉、金剛怒目，你成了佛陀，你再也不肯見我了！笨南北，我不要胭脂水粉了，你別死，好不好？」

姑娘說得斷斷續續，梨花帶雨。

與老僧們說經講法，有天女散花、頑石點頭風采的小和尚，估計是心疼東西的傷心，也跟著哭了起來。

整座廣場僧人盡悚然！

被震撼得無以復加。

老方丈眼皮斂了斂，輕輕望向白衣僧人，後者笑了笑，道：「無妨，我這徒弟不去龍虎山便是，我去，師父，行不行？」

老方丈微微一笑，本應該情理之中，這次卻是天大意料之外地點頭道：「行。」

小和尚笨南北正了正袈裟衣襟，雙手合十，面朝背後高處便是大雄寶殿匾額的老方丈，低頭輕聲道：「小僧如果真的可以成佛，今日起卻也不想成佛了。」

◆

北莽與北涼貿易，其中以馬買茶比例極高。起先茶大多是粗茶，用作調劑飲食，但久而久之，也就逐漸有幾條古茶馬道建成，輸送龍井、碧螺春、大紅袍這類好茶。雨前、明前這段時候尤為繁忙，茶道上商賈販客絡繹不絕。

留下城作為一座北莽南部較大的邊城，近水樓臺，加上城內有幾眼水質上佳的好泉，其中雀舌泉更是名列天下七十二名泉之一，使得城裡茶館林立、茶亭錯落。

城裡東北角銀錠橋附近有一處臨水小茶肆，不掛牌匾，門口掛了只竹編鳥籠，停著一隻綠衣紅嘴的鸚鵡，都說鸚鵡學舌，可這隻憨貨見著客人就殷勤地喊「公公、公公」，這不是討罵討打嘛，實在讓人惱火。加上茶肆簡陋，賣的又不是上等好茶，只是舊西蜀那邊傳過來的蓋碗茶，吃法俗氣，茶葉也一般，也就顯得門庭冷落。

老闆是個有些書卷氣的老男人，兩鬢霜白得澈底，面容卻是中年男子，以他生冷疏遠的性子，哪裡拉攏得起熟客。店裡唯一的夥計是個年輕男子，相貌還算周正，成天挎了柄木劍，偶爾逮著了不明就裡進這間小茶肆的面生客人，鼓足力氣熱絡伺候，可用力過頭，反而讓那些客人厭煩，付過了茶錢也不打算再來，小小茶肆生意便越發冷清，好在租金不貴，本錢也不多，茶肆勉強支撐得下去。

暮色中，老人臨窗坐下，給一架蟒皮二胡調弦，先前有上門客人識貨，見這架烏木二胡音質好，想出八十兩銀子買下，不管青年夥計如何慫恿唆使，說有了八十兩銀子就可以開一家更大的茶樓，可惜老人就是不賣，讓年輕人氣得差點把那隻鸚鵡宰了吃肉。

這會兒他給自己搗鼓了一碗加蛋的蔥花麵，在隔壁桌子上埋頭吞咽，含混說道：「老黃頭，再這麼下去，我們茶肆可就要做賠本買賣了。我知道你不缺錢，但以前我兄弟說過，出來混江湖，自己大手大腳是一回事，但既然是與人做買賣，絕不能虧了去。老黃頭，你別假裝聽不到，跟你說正經事，你再這麼裝聾子，我可真跟你急了。」

氣質冷清的老頭子斜瞥了眼挎劍青年，譏諷道：「溫小子，你不就是想著掙錢了，好將茶肆換成茶樓，到時候有由頭跟我開口僱兩位秀氣小娘子來幫工嗎？想女人想瘋了？我這兒還有幾吊錢，大牌青樓去不了，找些姿色尚可的野妓還是綽綽有餘。可惜私妓不比官妓，給不了你破處的紅包。」

姓溫的年輕人拿大碗狠狠一拍桌子，怒道：「老黃頭，扯什麼犢子呢，我是這種人嗎？」

老頭子笑容玩味道：「小子出息了啊，敢在我面前拍桌子了。信不信回頭把你丟到北莽皇宮裡頭，讓那老婆娘換換口味？」

起了一身雞皮疙瘩的寒磣劍客諂媚笑道：「老黃頭，你我相依為命，以和為貴、以和為貴。餓不餓？小的這就去給您老做碗拿手蔥花麵？」

老傢伙不吃這一套，揮手道：「去把那學舌憨貨拎進屋子。」

年輕人加緊吃完麵條，一根都不剩，還舔了舔碗底，仍是滿臉的意猶未盡。走去門口摘下鳥籠，一路上想教這隻鸚鵡一些新花樣，他說「大爺」，牠便回覆「公公」，他說「姑娘」，牠還是說「公公」，氣得他破口大罵「你大爺的」，牠還是「公公」。

被詛咒了三聲「公公」的年輕人伸手進籠子教訓這隻不開竅的扁毛畜生，綠衣鸚鵡一陣撲騰，掉了幾根羽毛。

老頭子無奈道：「這憨貨已經算是鸚鵡裡的花甲之年，本來就沒幾根毛可以掉，你小子跟一頭畜生什麼嘔氣。」

年輕人把鳥籠丟在桌上，換了幾個坐姿都覺得不舒服，乾脆再拎了一條長凳，按照老黃頭的古怪說法，頭腳擱在凳上，身子懸空，雙手交叉疊在後腦勺下，望著天花板發呆。以往這裡是個烤鵝鋪子，天花板有一層髒乎乎的油膩，年輕人嘆氣道：「老黃頭，我當下很憂鬱啊。要不你再說說江湖故事，我就愛聽你講這個。」

老傢伙對誰都是愛理不理的臭脾氣，沒好氣道：「無話可說。」

年輕人是自來熟的無賴性子，山不就我我就山，眼神驀地溫暖起來，自顧自說道：「知道老黃頭你是個老江湖，肯定有很多有趣的事情藏在肚子裡，你喜歡爛在肚子裡，不願說就不說，反正俺溫華也是有故事的男人。以前跟兄弟一起闖蕩江湖，兩個爺們兒，年輕小夥子屁股上可以烙餅啊，所以大晚上總是不太容易睡著的。睡不著咋辦，聊來聊去總是要聊到女人身上去。

我那兄弟相貌好，我嫉妒得很。平日裡經過村子討水喝，要是我去敲門，那些個可惱婆娘個個跟被我瞧一眼就丟了貞潔的烈婦般，別說給水喝，才開門就關門。嘿，換了徐小子一去，就如狼似虎了，拉拉扯扯，別說給水，連身子都想一起給了。唉，這事兒也不怨徐小子，人長得好看，都是爹媽使勁，當兒子有啥辦法，怨不來也羨慕不來。

我每次見到俊俏的小娘子，就都要跟他說，當時以為徐小子約莫是沒吃過豬肉但見過豬跑的，口氣賊大，說這個不行、那個不好，把我慫氣的，就跟他說遲早有一天練劍練出大名堂了，就找個模樣好的女俠做媳婦，氣死他。老黃頭，結果你猜怎麼著，他說這世間的女子，再水靈，也得吃喝拉撒，你覺著江湖裡那些個高高在上的仙子姐姐，也得放屁不是？」

年輕人說得忘乎所以，一拍大腿，一屁股跌在地上，拍了拍灰塵，重新在兩條長凳上躺好，繼續說道：「他說見著女人可不能緊張，否則活該一輩子光棍。上次往北涼這邊趕，見著了她，手心滿是汗，後來靈機一動，想到徐小子的說法，還真就不緊張了，可一想到她放屁的情景，就笑得有些傻了，估計沒能給那位神仙姐姐留下好印象。唉，這約莫就是徐小子所說的熊掌和鮮魚不能待在一個碗裡頭了。後來在湖邊遇見了徐小子，一起拉屎的工夫，他給我支了一招，更狠，說是如果還緊張，別怕，就想像一下仙子女俠們如廁拉屎的模樣，他娘的，當時老子差點一屁股坐在自己屎堆裡！」

一直沒動靜的老頭子抬起頭，點頭道：「有點意思。」

青年笑了笑，自言自語道：「我不管徐小子是誰，當時一起遊歷江湖大夥兒是真的窮得叮噹響，他也就帶了個缺門牙的老僕，跟老黃頭你一個姓，不過那個老黃瘦得跟竹竿似的，風一吹就搖晃，還有一匹劣馬，他也就這兩樣家當了。

但我這人死要面子，愛慕虛榮，就喜歡在別人面前充大爺、裝公子，見著了外人，逢人就說這馬是我的，這老僕也是我家的，徐小子也從不揭穿，還配合著給我幫襯幫襯，騙那些踏春秋遊的小娘們兒。他都心甘情願扮作我的伴讀，好幾次若非我自己不爭氣露了餡，都差點要得手了，哪裡輪得到你現在取笑我還是雛兒！

所以呢，我就想那些富貴子弟結交酒肉朋友，看似出手闊綽，可畢竟比較他們的家底，那也是九牛一毛。徐小子不一樣，他身上有多少家當，就樂意跟我分一半，見我餓極了，指不定也就都給我了，所以我溫華這輩子就認這一個患難時的兄弟。我溫華以後僥倖踩了狗屎，做成了大俠，再有對胃口的朋友，那也是富貴以後認識的朋友，稱不上兄弟。就算嘴上跟他們稱兄道弟，但比起徐小子，還是要差了十條街。」

不知為何到了北莽留下城的木劍溫華回了回神，好奇問道：「老黃頭，我就奇了怪了，尋常高人，你出場時不飛簷走壁，不氣動山河，不大殺四方，都他娘的不好意思說自己是高人。你當女子懷孕，挺著個大肚子就人人知道你懷崽子啦？可是老黃頭你咋回事，看你傳授我的劍術，挺像回事的，不說你身上銅錢少得可憐，怎的連半點排場都不講究？犯了事了？會不會哪天突然就有一隊官軍衝進來，把咱們給剿滅了吧？」

老頭子沒有作聲。

溫華有些惋惜道：「看來老黃頭你也有不可言說的傷心事哪，我懂了，不揭你傷疤。」

老頭子輕聲笑罵道：「你的見識都沒那學舌憨貨來得多，能懂什麼。」

溫華起身怒道：「老黃頭，你可以侮辱我的相貌，但你不能侮辱我的學識！」

老頭子一揮袖道：「滾你的蛋！」

溫華馬上變臉，嬉笑道：「老黃頭，給說說些江湖故事，你講的比那些說書先生更有意思。你隨便說說，我給敲背揉肩。」

老頭子板著臉道：「想聽也行，做碗麵先。」

溫華嘴角抽搐著去灶房做了碗蔥花麵，故意少加了些蔥花，畢恭畢敬端到老頭子桌前。

後者拿筷子一攪和，蔥花越發找不出幾粒，溫華只得憨傻地笑著，老頭子也不斤斤計較，緩緩說道：「江湖上有個名氣很大，而且每次出劍殺人都要沐浴燒香的卓絕劍客。」

等了半天，見這老頭兒光顧著吃麵條了，以老黃頭的精明吝嗇，還不得吃完麵條就不說故事了啊，溫華趕緊催問道：「然後呢？」

老頭倒是沒有賣關子，低頭吃麵，說道：「然後他有一次被宰了。」

溫華翻了個白眼，只好在肚子裡罵娘。

老頭子繼續平淡無奇說道：「江湖上有個師門高崇、年輕貌美的女俠，每次行走江湖都引來無數年輕俊彥吹捧。然後？然後江湖得知她與師妹有一腿，原來是不愛男人愛女子。」

這一次老頭子有些良心，自問自答了一番。

溫華壞笑道：「也就是沒碰到我這種風度翩翩、年輕有為的英俊劍客，才會誤入歧途。」

老頭子挑了一筷子麵條，一個吸溜入嘴，咽下後緩緩說道：「江湖上有個德高望重的老前輩，七十歲大壽那年，雙喜臨門，孫子娶了媳婦，老前輩自己也娶了一房美妾，小奶奶的歲數比孫媳婦的年齡還要小，然後？沒然後了。」

溫華訕訕道：「還有這種老不知羞的武林前輩？這可如何是好，咱們年輕人初入江湖，如何跟這幫老王八搶女人？」

老頭子吃完最後一口麵條。他是個飲食起居極有規律的老傢伙，筷子擱在碗邊上，就算拿尺子去量，筷子也一定是離碗一寸，不差絲毫。他重新拿過二胡，說道：「所以朝代也好，江湖也罷，我都不喜歡看到一些老傢伙死皮賴臉地跟年輕人較勁，一個人蹲在茅房裡不拉屎也就罷了，連屁都不放一個，像話嗎？你說這些人既然都待在茅坑裡了，怎麼不索性去吃屎。我呢，就是一個老農，在這天底下這裡種上一棵好苗子，跑到那裡挖出一塊菜圃，收成要好，靠什麼？除了靠老天爺，還得靠施肥，所以就用得上那些茅坑裡的人和屎了。」

難怪老頭喜歡徐小子那套道理，簡直有異曲同工之妙啊，只不過溫華有些臉色古怪，心想你一個才吃完麵條的人，自己也是個老傢伙，又是茅坑又是屎屁的，這也挺不像話。

老黃頭笑了笑，望向窗外，語氣平淡道：「幫親不幫理，這話說起來輕鬆解氣，可真當不平事、窩囊事落在自己頭上，才知道天地間最大的還是一個『理』字，而非『情』與『義』二字。可恪理守禮一事，容易讓人變成孤家寡人，不如情義來得輕鬆。」

溫華聽得一陣頭大，白眼道：「老黃頭，別跟我講這些。」

老頭子笑道：「有些人求我說我都不說，你小子還挑肥揀瘦，問題是盡揀瘦的，不如以前那些莊稼苗子，你小子眼光不行，這輩子也就練劍馬虎。」

溫華就不愛聽這個，換了個話題問道：「老黃頭，你有沒有見到比我更有練劍悟性的天才？」

老頭子冷笑道：「你說呢？」

笑了又笑的溫華端起空碗筷，就準備拿回去，老頭子突然問道：「還記得我說過讓你練劍大成以後要辦一件事，殺一個人嗎？」

溫華愣了一下，說道：「當然，到時候你就算讓我拿劍去殺皇帝老兒，也絕沒二話。」

老頭揮手趕人道：「殺一個皇帝未必比得上我要你殺的人更有意思。」

溫華沒那麼多彎彎腸子，也不庸人自擾，別看他空閒時候與老黃頭嬉皮笑臉，真正練劍時，瘋魔得一塌糊塗，那股子狠勁，不知道是打娘胎裡帶來的，還是上輩子留下的，連黃老頭這個眼高於頂的傢伙都暗自欣賞。

木劍溫華走出幾步，冷不丁轉身，一臉尷尬問道：「老黃頭，這隻鸚鵡天天嚷著『公公』，你該不會是以前春秋八國裡的太監吧？見過皇帝陛下、皇后娘娘嗎？」

老黃頭深呼吸一口，面帶微笑。

溫華轉身就跑。

老人臨窗靠著椅背，桌前放著鳥籠，籠中鸚鵡上了年紀，雖是綠衣紅嘴的珍品黛眉種，以往只有皇宮大內才供養逗弄得起，但這一隻不知何時就會死去，故而也不值錢了。

自嘲只是這天下一個這裡一鋤頭、那裡一錘頭老農的老人眯起眼，昏昏欲睡，喃喃道：「千山以外有千山，這就是江山。六宮粉黛獨見你，這就是美人。江山美人古難全，情理更難全……比起一些女子，世間多少男兒是閹人。」

鸚鵡又在那裡碎碎念叨：「公公，公公……」

◆

原本在年輕的慕容姐弟心目中，北涼王只是一個空洞的稱呼，在遙不可及的邊境北涼，身後是茫茫多的鐵騎，三十萬？他們無法想像這是怎樣的一個數字。

如此一個被私下稱作「二皇帝」的大藩王，應該是跺一跺腳就能讓王朝晃三晃的恐怖梟雄，只不過原本與他們毫無關係，直到當慕容梧竹和慕容桐皇到了王府，入住梧桐苑，藉著世子殿下的東風，數次與人屠在一張桌子上進餐，雖然從未膽敢正視，但似乎覺得這位徐大將軍也不是如何喜怒無常的老人，相反在世子殿下面前好說話得很。連他們都看得出來北涼王府，說話最管用的不是這位藩王，而是他的嫡長子徐鳳年。

不說慕容梧竹想不明白，連慕容桐皇都一頭霧水，只好戰戰兢兢在梧桐苑裡住下。既然是寄人籬下，就該有事事小心謹慎的覺悟，姐弟二人很少出院散心，所幸院子裡什麼都不缺，琴棋書畫、詩書古藏，都是價值連城。

不過院子裡那些個稱呼古怪的丫鬟，都沒給他們什麼好臉色。大丫鬟紅薯還好，比較和藹可親，黃瓜、綠蟻這幾個二等丫鬟都橫眉豎眼，讓慕容梧竹膽戰心驚。所謂宰相門房三品官，王侯管事賽郡守，她如何能不怕。不過慕容桐皇要相對硬氣一些，與丫鬟借琴、借書什麼的，都理直氣壯。

讓慕容梧竹如釋重負的是一名青州女子的到來，也住在梧桐苑裡。據說這個名叫陸丞燕的青州女子出身世族高門，家裡老祖宗是王朝上柱國，父親陸東疆也已是一郡郡守，她帶來了一名重瞳兒的年輕僕役進府，後來與世子殿下見面後，那個長有詭異重瞳兒的年輕人就去了邊境，這些小道消息在梧桐苑流傳得很快，但也僅限於在這個院子流傳。

若說慕容姐弟多少有些爭不起、躲得起的味道，那麼這個一流豪閥裡出來的女子就與那些丫鬟有些針鋒相對了。性子剛烈的丫鬟黃瓜就總陰陽怪氣地說些鳩占鵲巢的怪話，世子殿下在時，女子們還算維持表面上的一團和氣，等世子殿下一出門，天就變了，一屋子女人，個個擅使殺人不見血的冷刀子，似乎比幾百柄飛劍來來往往還要厲害。

慕容梧竹很佩服那個陸丞燕，幾次怯生生地遠遠旁觀，聽著她說話柔聲細氣，卻能讓人憋死。聽說她以後可能會是世子殿下的首位側妃，慕容梧竹心想也就只有這般聰慧伶俐且無所畏懼的女子才配得上北涼側妃的稱號。

北涼王獨自一人走進了梧桐苑，丫鬟們除了紅薯上前施福行禮外，其餘女子都遠遠站著，該做什麼就做什麼，這也是老規矩了。紅薯也未一路陪伴，對她們而言，想在梧桐苑活得舒服，最緊要的不是做什麼，而是不去做什麼。

徐驍便直接去了世子殿下的房間，也不坐下，就走走停停，貌似是在幫著收攏一些小物件。屋子實在寬敞，光線也好，以至於擺滿了琳琅滿目的奇珍玩物都不顯逼仄。黃昏裡，臨窗的書案上鋪滿了暮色餘暉，泛著溫暖的淡黃色。

徐驍伸出布滿老繭的手，在書案邊緣緩緩滑過，停下後，許久沒有動靜，似乎想起什麼，輕輕笑了笑，縮回手，雙手插袖，面朝視窗，視線由窗外投向牆外。

徐驍轉身望著亭亭玉立於門口的陸家丫頭，招手笑道：「丞燕來了啊，進來坐著說話，陪伯伯說說話。」

陸丞燕進了屋子，等徐驍坐下後，才揀了條繡凳略顯拘謹地坐著。

徐驍笑咪咪道：「伯伯是忙碌命，這段時日招待不周，回去可別跟陸柱國編派伯伯的不是啊。」

陸丞燕搖頭笑道：「不會的。」

徐驍哈哈大笑，頓了一頓，陷入回憶，感慨道：「記得我第一次進京面聖，便是陸老尚書禮賢下士，帶著我這個年輕武夫一同去金鑾殿，算是一起走的那段路。那會兒我還覺得納悶呢，一位堂堂正二品的吏部尚書，怎麼就樂意跟一個才剛獲勳的從六品小武官並肩而行，不嫌掉價嗎？現在徐伯伯算是懂了，早聽說上柱國懂一些讖緯青囊，看來就是在等現在這一天啊，我當時要是知道，肯定要壯著膽子腹誹一聲『老狐狸』。」

才知道兩家有這麼一段香火情的陸丞燕抿嘴一笑，眼神純澈，沒有流露出太多敬畏和好奇。

徐驍語氣淡了些，說道：「徐伯伯在北涼這邊也聽說了一些，妳這妮子才一腳到北涼，溫太乙、洪靈樞這倆老傢伙就在京城那裡鼓噪了。記得丞燕妳小時候可沒少去他們兩家串門走戶吧，倆老頭真是一點不念舊情，老的欺負不過就欺負小的，活了一大把年紀，越活越回去。這些年青州要不是陸柱國撐著大局，別說碧眼兒使壞，早就談不上什麼青黨了。不過話說回來，自家人不說客氣話，老尚書如果再咬牙撐著，雖說青黨還能續個幾年命，可你們陸家就要被溫、洪給壓得死死的，老尚書若非對一手造就的青黨澈底死心，就絕不會讓妳來北涼，如此一來，青黨已經斷了僅剩的一口氣。」

陸丞燕小聲說道：「老祖宗說過，他這個歲數，該享受的都享受了，是時候為子孫謀福了。」

徐驍終於有了笑意，點頭道：「我就喜歡老尚書做實誠人說實誠話。說心裡話，伯伯對青黨一直沒太大惡感，要名要利、要權要官，直來直往，什麼事、什麼人都往秤上丟，秤出多少斤兩就買賣多少錢，絕不含糊，和這樣的人物打交道，其實還來得不費心思。溫、洪倆老不死的，在京城跟張巨鹿、顧劍棠好的沒學到皮毛，壞的倒是學得十足。本來青黨就沒拿得出手的輔政人才和經緯策略，不抱團的青黨哪裡經得起別人幾下子鬧騰。散心就要散架，可惜了。」

陸丞燕自然不敢搭話。

徐驍自嘲道：「跟妳說這些做什麼，伯伯本來是想跟妳拉拉家常的，唉，這人一老，就老糊塗。」

陸丞燕眨了眨眼睛，輕柔說道：「徐伯伯，你給我說說世子殿下小時候的事兒吧？」

徐驍做了個揮手的隱晦動作，卻不是拒絕陸家丫頭的提議，而是退去隱匿的死士，這才對陸丞燕微笑說道：「這一說可就指不定什麼時候能停歇嘍。」

陸丞燕笑容燦爛道：「等到徐伯伯說累了為止！」

徐驍招了招手，顯然心情極好，笑道：「來來來，坐近了說，伯伯就喜歡嘮叨這個。鳳年在的時候他不讓說，伯伯往日裡也找不到肯真心實意聽這些的，湊巧抓到妳這妮子，正好正好。」

時光流逝，陸丞燕這才知道徐伯伯其實是一個很健談的老人，說起世子殿下兒時的趣事糗事，灰白相間的稀疏眉宇間，滿是溺愛和自豪，這時候的徐伯伯與自己家裡的慈祥老祖宗並無兩樣，說起眼中出息的子孫，都捨不得用重了語氣。

其間大丫鬟紅薯端了食盒進來，裝滿了精緻糕點與解渴的瓜果，老人談到興頭上，毫無架子可言，幾次親手給陸丞燕剝了甜柑。

世子殿下的住處夜間照明並非蘭膏明燭，屋子裡房梁上有許多玄妙機關，不知紅薯如何動作，便露出許多鑲嵌其中的夜明珠，屋內亮堂與白晝無異，關鍵是光芒柔和，長久身在其中，也不會讓人感到刺眼疲憊。

陸丞燕沒在北涼王府見識到世人想像中鐘鳴鼎食那種尋常的豪奢，卻在無數細節裡見識到了北涼的底蘊和氣魄。直到紅薯遞過來一個繡工華美的絨墊子，陸丞燕見到這名一等丫鬟眼中的暖意，以及豐腴美人那微翹的嘴角，知道自己這一刻才算勉強融入了梧桐苑。

天色漸濃，徐驍終於站起身，不要陸丞燕相送，徑直走出了屋子，到院子時，喊了聲紅薯。

兩人一同走向院門口，徐驍平淡道：「本意是讓妳跟鳳年一起去的，好有個體己人照應，不過一來他不答應，二來這院子缺了妳不行。」

紅薯柔柔道：「青鳥。」

徐驍語氣裡有一絲無奈，笑道：「這死心眼丫頭，跪了一宿，等我點頭，拿著剎那槍就出去闖了，我到現在都不敢跟鳳年說這一茬，生怕被罵個狗血噴頭。」

紅薯笑了笑，梧桐苑裡的丫鬟，數她與身前這位北涼王最說得上話，除了這對父子，再沒有人知道她是王妃留下的死士。

徐驍輕輕嘆息道：「脂虎走了以後，妳倒是像鳳年的姐姐了。」

紅薯正要說話，徐驍擺擺手道：「妳與陸家丫頭是一路人，以後多關照她。北涼的水土，跟青州完全不同，再聰明的女子，一時半會兒也適應不過來。總不能把好好一棵青州牡丹移栽在北涼土地裡，咱們就這麼撒手不管了。不過妳記住，過些日子，妳傳個消息給她，就說那重瞳兒死了，看看她的反應，若是這一關過了，妳再與褚祿山一起著手準備她嫁入徐家的事情。若是沒過關，就當她沒有做側王妃的命。」

紅薯點了點頭。徐驍走到院門口，笑問道：「妳說今日本王與她一席談話，她接下來的時日是恃寵而驕，還是寵辱不驚？妳是女子，更懂女子心思。」

紅薯猶豫了一下，搖頭道：「奴婢不敢妄言。」

徐驍也不為難這名梧桐苑大丫鬟，獨自走出院子。

梧桐苑裡的陸丞燕，明明應該滿心歡喜，實則手腳冰涼，連她自己都不懂為何如此。

◆

徐驍來到聽潮湖散心，見到湖心亭中坐著靖安王妃裴南葦，還有按照他吩咐與這名王朝正王妃形影不離的舒羞。兩女相隔十餘步距離，舒羞的職責只是觀察裴王妃的言行舉止，對於真正高超的易容來說，形似是術，神似是法，術法合一才算大功告成，裴南葦的嬉笑嗔怒癡，一皺眉一抿嘴一愣一驚，舒羞都要記在腦海。

起先裴南葦很反感這名北涼扈從的盯梢觀摩，只不過舒羞恨不得裴王妃真情流露越多越好，她才不計較裴南葦是否記恨惱怒。到了北涼王府，妳一個靖安王妃算啥子的王妃？後來裴南葦乾脆就徹底無視舒羞，不知為何到了這座朝廷和江湖都忌憚的陰森王府，她反而真正安下心來。

她住在一間臨湖雅園，世子殿下心思細膩，專門讓人弄來幾畝蘆葦，開窗便可賞景，雖比不得襄樊城外的蘆葦蕩一望無垠，但也讓故作鎮靜冷淡的裴南葦眉梢間透露出幾分喜慶。

蘆葦蕩再大，終歸不是她的，北涼王府這幾畝蘆葦，再小，那世子殿下明言都是她的。

徐驍緩緩走入湖心亭，舒羞已經默默下跪，裴南葦趕緊起身施禮，輕聲道：「民女參見徐大將軍。」

「無需多禮。」

徐驍打趣道：「妳跟那娘娘腔的趙衡，本王看來得顛倒個，妳做靖安王，他來做靖安王妃。」

裴南葦一臉苦澀。

徐驍沒有坐下，說道：「裴南葦，以後妳進出府沒有限制。」

裴南葦下意識又起身行禮，恭敬道：「謝大將軍恩典。」

徐驍笑了笑，走出亭子，嘀咕道：「妳這兒媳婦，規矩忒多了。」

裴南葦一臉愕然，隨即俏臉漲紅。

舒羞眼神豔羨得緊。

◆

徐驍慢悠悠踱步回到自己房間，除了膝下二子二女，這裡絕對不會有任何外人踏入，就算是陳芝豹這幾位義子，有事稟報，也只是在院中門外出聲，再一同前往附近的一座議事閣書房商談軍機要事。

院中只有一株枇杷樹。

夜幕中，徐驍站在樹下，怔怔出神，回到並不寬敞奢華的屋內。

屋子簡單樸素，外屋有兩只衣架，徐驍彎腰從桌底拉出一只箱子，打開以後並非什麼奇珍異寶，而是滿滿一箱子的布鞋。

徐驍拿出一雙縫到一半的厚底布鞋和針線盒，點燃蠟燭後，嫻熟地咬了咬針頭，手指纏上絲線，開始縫鞋。

不遠處，兩架衣架，架著一套將軍甲，一件北涼王蟒袍。

窗外，庭有枇杷樹，吾妻死之年所手植也，今已亭亭如蓋矣。

第七章　武學寶典惹爭搶　雁回關內風波蕩

初上武當練刀時，世子殿下就悔恨早幹嘛去了，想著就應該讓王府豢養的那些死士捉對廝殺，這樣才能見識到真正的殺人手段，而非一些看似刀光劍影的花哨動作。讓馬賊匪首宋貂兒與肖鏘兄弟相殘，除了想讓後者死不瞑目外，徐鳳年也有見識見識離手劍燕迴旋的妙處的目的。

當初在襄樊官道上吳家劍冠的御劍術讓世子殿下大開眼界，說不眼饞絕對是自欺欺人，方才宋貂兒以臨近二品實力的陰毒軟劍，逼出了肖鏘所有本事，後來世子殿下拿飛劍嚇唬宋貂兒，算是臨時起意，有些手癢，所幸打腫臉充胖子成功，沒有太過丟人。

對於宋貂兒這個書生出身的馬賊，徐鳳年的印象並不差，有心計、有隱忍，難得的是知進退，但最讓徐鳳年欣賞的還是自知臨死時的那一番話，興許是人之將死，其言也善，可正是如此，徐鳳年才真正對宋貂兒刮目相看。宋貂兒說他二弟是邊境上難得的厚道人，宋貂兒自己何嘗不是？

徐鳳年走遠以後，吐出一口血，趕忙搗在手心，袖中飛出一柄蚍蜉短劍，仔細飼養一通，這才悄悄收回。飲血成劍胎，由靈氣孕育出靈根，一柄飛劍才算初步告捷，劍胚要好，養劍要妙，御劍要強，三者兼備，才可飛劍殺人。

徐鳳年目前御劍離手，嚇唬人可以，殺人絕對不行。

徐鳳年來得匆忙，走得悠閒，想起當年曾跟嚴杰溪的女兒嚴東吳在雪夜奔襲，殺了那批練刀椿子後，還贈送了她那張猙獰大面，若說是他故意在冷美人面前耍威風，還真冤枉了世子殿下。要不是他以這種方式說與徐驍，以徐驍對北涼的嚴密掌控，嚴杰溪別說去京城當那骨鯁清流，靠著嫁入皇家的女兒嚴東吳成為皇親國戚，就是北涼都走不出去。

當年一起長大的四個狐朋狗友，除去李翰林浪子回頭，在北涼軍靠實打實的拚命廝殺撈取軍功，其餘兩位竟然都已去了京城，不得不與家族裹挾在一起站在北涼的對立面，不得不說是一個天大嘲諷。

徐鳳年走回魚龍幫駐地，發現劉妮蓉遙遙站立，臉如寒霜。

當時徐鳳年出去跟蹤肖鏘，就發現這娘們兒尾隨在後頭，只不過她跟丟了，不得不原路折回。劉妮蓉等了半天，終於看到這個給出太多謎團的將軍府子弟迎面走來，譏笑道：「原來徐公子的輕功如此一流。想必家學淵源，更有名師指點。」

徐鳳年笑道：「一般一般。」

劉妮蓉沒有搗鼓糨糊的意思，開門見山問道：「沒見到肖幫主？」

徐鳳年也乾脆說道：「如果我說我偶然撞見肖幫主練劍，一時手癢，互相切磋了下，然後不小心把肖幫主給宰了；或者說肖幫主為了能讓他兒子肖凌坐上魚龍幫幫主寶座，與四股馬匪勾結，想要私吞貨物，再將劉小姐雙手奉送給一名馬賊頭目，妳願意相信哪一個？」

劉妮蓉冷笑道：「我只想知道你怎麼活著回來的！」

徐鳳年緩緩道：「四股馬匪，其中一位綽號李黑塔，用一對宣化板斧和金雀開山斧，一個綽號老銅錢，用朴刀，還有一個刀疤臉，最後一位馬賊綽號不明，反正肖鏘與其中一位是舊相識，出倒馬關以後就搭上了線。四股勢力合力拉起了一百來騎的馬匪，到留下城前每日用散騎疲敵戰術騷擾魚龍幫，最後一日裡應外合，若是肖鏘沒辦法下迷藥，他就負責襲殺公孫楊，事後分贓四千兩現銀。不過如今他們都死了。我勸妳別在這件事上刨根問底，對魚龍幫沒好處，到時候與肖凌就說他父親是與馬匪死戰，戰死的。」

劉妮蓉死死盯住徐鳳年，道：「你覺得這等大事，我會信任一個才知道姓什麼的人嗎？」

徐鳳年反問道：「肖鏘祖宗十八代妳可能都知道，你就信得過他？」

劉妮蓉一時之間無言以對，氣氛僵硬，公孫楊從陰影中微瘸著走出，打了一個圓場，笑道：「小姐，我信徐公子。」

劉妮蓉冷哼一聲，錯開身，徐鳳年走上山坡，劉妮蓉望著這個可惡的背影，終於胸脯急劇顫動，展露她內心的惶恐不安，轉頭輕聲問道：「公孫叔叔，真是如此嗎？」

公孫楊苦笑道：「真相怎樣並不重要，結果如何才是關鍵。既然徐公子已經安然返回，我們不妨當作肖鏘已經為魚龍幫戰死在馬匪手上，對肖鏘、對小姐，還有對魚龍幫都說得過去。小姐懷疑徐公子身分，這在情理之中，只不過不管他是那位兵器監軍將軍府上的什麼角色，掂量一下當下的魚龍幫，並不值得一座將軍府親自出馬去處心積慮地算計陷害，這便足夠。既然魚龍幫與將軍府還算是合作關係，徐公子行事有些反常，又有什麼關係，人在江湖，誰沒有點自己的祕密。」

劉妮蓉「嗯」了一聲。

公孫楊猶豫了一下，說道：「小姐切莫對徐公子太過關注。」

劉妮蓉抬頭坦然笑道：「公孫叔叔多慮了，妮蓉豈會這般不識大體地兒女情長，何況我對這個傢伙，只有反感。」

公孫楊笑了笑，目光清澈的劉妮蓉問道：「肖鏘真的死了？是馬匪窩裡鬥，然後被姓徐的撿了漏？」

公孫楊嘆氣道：「想不通，猜不透。」

劉妮蓉笑道：「那就不想了。」

公孫楊苦中作樂道：「這個法子省事。」

◆

徐鳳年回到篝火旁，火還旺著，應該是少年王大石見他不在就來添了枯枝，火堆旁還有許多枝椏茅草。夜宿坡頂不是什麼美事，日夜溫差大，魚龍幫不比常年走鏢的，早已是滿肚子苦水，只不過先前被零星出現的遊哨馬匪給震懾到，輪流值宿，能打個瞌睡就心滿意足。

徐鳳年默默入定。

人身有三百六十一竅穴，猶如一座座驛站，那麼十二經脈與奇經八脈就是主幹驛路，氣機運轉，大體循序漸進，有法可依。習劍練刀，一般人都提得起來，為何同樣一劍一刀，在不同人手中就有天壤之別？尋常武夫駕馭兵器，所謂章法，不過是師父那裡傳授下來的套路把式，偶有機遇，有了幾本心法祕笈，開竅也不過十之三四。氣機孕育有限，說到調用更是捉襟見肘。道教大黃庭修行，修的正是教體內三百六十一洞天福地盡開，與天地求磅礴氣機，聚氣卻不泄。

當初王重樓以無上手法灌輸大黃庭，畢竟是逆天行事，失去四分大黃庭，之後徐鳳年就算開竅謹慎，守拙精妙，也是不得不再失一分，真正化為己用的不過是一半大黃庭，卻已經讓徐鳳年逼近金剛境界，大黃庭之裨益巨大，可見一斑。如今徐鳳年仍有六大竅封閉，不管如何按照獨門口訣去吐納，去營陰陽、濡筋骨，都衝不破那一層窗紙。這已經是當初羊皮裘老頭幾百手兩袖青蛇錘鍊的前提下，得到的最大碩果。

王仙芝的刀譜，對招數闡述寥寥無幾，更多是列舉了許多堪稱晦澀甚至是無理的氣機流轉軌跡，絕大部分有悖常理，但在徐鳳年私下印證後，對李老劍神在船頭以繡冬刀拍擊核桃解釋劍意和劍招，豁然開朗。越是高明劍招，就越是需要近乎煩瑣的氣機運行來支撐，熟能生巧，常人只看到高手出招輕描淡寫，卻有摧城撼山的威能，卻不知道其中修行的艱難困苦。李淳罡曾自稱壯年巔峰一劍，氣機瞬間體內繞行三百里，故有劍仙一擊，心遊萬仞、精鶩八極一說，這是何等恐怖的「忘乎所以」？

徐鳳年睜開眼，吐出一口濁氣，自嘲道：「看來術數不行的話，除非真正百年一遇的天賦異稟，否則都成不了武道巨擘。」世子殿下抬頭望著璀璨低垂的星空，一本正經道：「殺二品高手六人，金剛兩人，指玄一人，做得到嗎？」

徐鳳年低頭看了眼樸拙的春雷刀，嘿嘿道：「這總比把天下十大美人都搶回家當花瓶擺設來得輕鬆。」世子殿下向後倒去，躺在地上，朝星空做了一個鬼臉，閉上眼睛喃喃說道：「天上可好？」

『寡人最見不得美人白頭，英雄遲暮。徐驍一日不死，寡人一日不願舉兵南下，絕不讓徐驍一世英名晚節不保！』

我呸。

當清晨時分徐鳳年睜眼看到魚肚白的天際，不知為何想到北莽女帝與徐驍的這場隔空對話，稱不上罵戰，有些啞然失笑。

北莽王庭總會隔三岔五流露出一些風言風語，而那位年過半百的女皇帝也從不掩飾對徐驍的特殊情愫。有傳聞說年輕時候女帝曾私訪離陽王朝，與徐驍有過一面之緣，更有說發生過一場驚天地、泣鬼神的露水姻緣。

前者兩朝官員都將信將疑，後者自然少有人相信，更多流傳於市井鄉野，本朝廟堂那些廷臣不管如何看不慣徐驍，也都對此嗤之以鼻。徐鳳年當然更不相信，他緩緩站起身，伸了個懶腰，晃了晃腦袋，轉身看到王大石小跑過來，一路偷偷按照拳架在胸口抱圓，環環相生，可惜只是有個粗陋雛形，離登堂入室還有十萬八千里。

見到徐鳳年以後，王大石小聲說道：「公孫客卿說肖幫主昨夜探查到幾騎馬匪，不顧阻攔便仗劍銜擊去了，也不知何時回來，小姐說再等半日，等不到的話，我們就只好先行趕往留下城。」

徐鳳年笑問道：「昨晚你把枯枝都留給我了，你不冷？」

王大石的實在憨厚頓時一覽無餘，赧顏道：「在咱們那邊幫派裡投帖拜師的話，規矩多了，況且師父也未必會傳給你真本事，往往說要看幾年心性再定，看著看著也就忘了，到時候厚著臉皮問起，師父又說你幾年不成事，不是可造之才，就晾在一邊了。說到底，還是徒弟沒給夠銀子。」

徐鳳年忍俊不禁道：「你小子其實不笨啊。」

少年撓撓頭，紅了紅臉，鼓起勇氣說道：「徐公子你與那些只想著摟錢進兜的師父不一樣。」

對溜鬚拍馬一向來者不拒的徐鳳年爽朗笑道：「好眼光。」

魚龍幫幫眾按照各自小山頭三五紮堆，看向這邊的眼神五花八門，有鄙棄王大石這個孬種太狗腿諂媚的，有羨慕小師弟搭上將軍府這條船的，有奇怪姓徐的將門子孫為何樂意跟王大石相談甚歡的。

一般來說年輕氣盛的對這位徐公子都沒好臉色，上了歲數的，在也不知道是染紅還是油鍋的江湖上經歷過一些的，看似矜持，其實心底還是希望徐公子能主動客套寒暄幾句，給個臺階下，他們也就會擠出笑臉套近乎。可惜姓徐的年輕人性子太傲，竟然都快到了留下城還是不搭理誰，這讓許多希冀著與將軍府結下善緣的投機幫眾們惱羞成怒。

徐鳳年瞥了一眼魚龍幫幫眾道：「等以後回到陵州，你就沒好日子過了。」

少年牽強地笑了笑，笑臉微澀，但沒了以前的茫然惶恐。這個在倒馬關最後關頭是唯一一個與劉妮蓉並肩作戰的少年，不知道是安慰徐公子還是安慰自己，抿了抿嘴角，輕聲道：「沒事。」

◆

年輕人就像一張新弓，不被生活拉弦到一個誇張幅度後，是不會知道自己有多少潛力的。徐鳳年站在高坡上，遙望北方，在倒馬關和留下城之間有一座雁回關，這一葉孤城歸屬模糊，爹不疼、娘不愛的，兩個王朝都默契地未曾派遣官吏進駐，反倒成了難得繁華的大集市。關城居民早已練就招風耳和千里眼，兩朝兵事興則散，兵事停則聚，樂得逍遙。

雁回關再往北就是毫無懸念的北莽地盤，壁壘森嚴，五裡一燧，十裡一墩，百里一城，逐年修葺完善，構成一個特色鮮明的完整軍事防御體系。

與世子殿下一同北望的公孫楊提了提酒囊，綠蟻酒所剩不多，他訕訕放回腰間繫著，對身邊的劉妮蓉介紹著雁回關的複雜情況，說道：「小姐，咱們離雁回關還有兩天腳力的路程，這地方三教九流魚龍混雜，許多在我朝南方犯事的歹人都遷徙此地，北莽那邊也差不多，還有一些流寓邊關應戍的兵卒將吏也因各種原因脫離了軍籍，或是密探暗樁，或者乾脆帶著兄弟就澈底做起一些砍頭的買賣，更多是充軍苦役逃出來的亡命之徒，再加上逃避稅賦和畏罪潛逃的，以及寧做喪家犬也不做離陽太平人的春秋八國遺民。

敢在雁回關常住的，基本上就沒有一個手腳乾淨的人。雁回關屁大的孩子，用心狠手辣形容都不為過，比起外頭的青壯漢子，可都要老到多了。雖說咱們飲水食物都需要補給，但我覺得大隊伍還是不要入城，到時候由我帶幾個機靈的傢伙去採辦。沒辦法，咱們魚龍幫根本經不起風浪了。」

劉妮蓉點頭道：「到時候我跟公孫叔叔一起進城便是，怎麼穩當怎麼做事。」

公孫楊老懷欣慰道：「公孫楊藏不住話，小姐妳聽了別生氣。小姐雖說是女子，卻也有女子天生的好，不會硬要強出頭，說實話起先老幫主要把魚龍幫交給小姐，公孫楊還是擔憂，不能服眾只是一個原因，主要還是怕小姐妳心氣太高，覺得魚龍幫有今天的基業是天經地義的。一門心思銳意進取，總會碰壁，指不定就要頭破血流，接管以後難免會少了乃是江湖立足之本的穩重。這一趟走下來，的確是公孫楊小覷小姐的能耐和心智了。」

劉妮蓉紅著臉道：「公孫叔叔，我其實就是膽小啊，沒你說的這麼圓轉。」

公孫楊哈哈笑道：「小姐，膽小好，初生牛犢不怕虎可要不得，有堅硬背景的還好些，吃了苦頭、受了委屈也就是回去向爹娘搬救兵，不怕沒辦法東山再起。咱們魚龍幫呀，尷尬，不上不下，離家大業大差遠了，一旦傷筋動骨，誰給妳一百天時間休養生息，早給虎視眈眈的敵對幫派給落井下石嘍。所以說膽小是好事，是魚龍幫的福氣，要是真如徐公子所說，被肖鏘奪了權交到志大才疏的肖凌手裡，公孫楊敢斷言走岔路的魚龍幫頂多也就興盛個八、九年，到時候飛來橫禍，說完蛋就完蛋。揠苗助長，能有啥好收成，要不得。」

劉妮蓉沒料到素來沉默寡言的大客卿竟是如此諧趣，一下子被逗笑，覺得渾身輕鬆了許多，無形中眼眸清亮了幾分。

公孫楊瞧著暗暗點頭，心中有些對寄予厚望後輩的憐惜。

這次出行北莽，不光是一車貨物三萬兩銀子這般簡單，等於是將魚龍幫未來幾年的布局起手這副重擔全壓在她肩上。倒馬關被官兵當作匪寇肆意剿殺，出關以後又被猶如附骨之疽的馬賊盯梢，原先的頂梁柱肖鏘已經生死不明，這負擔對尚未二十歲的劉妮蓉來說著實有點沉重了。

公孫楊撇頭望了一眼那名自己頗有好感的徐公子，這人對於風聲鶴唳的劉妮蓉來說何嘗不是一種額外的負擔？公孫楊心中嘆息，告訴自己往好的方向設想，這份閱歷對劉妮蓉來說註定會是一筆不可估量的人生財富。

劉妮蓉雙手環膝，咬著嘴唇癡癡眺望遠方，不知吸引了多少魚龍幫年輕小夥的驚豔視線，而她無動於衷。

中午以後，填飽肚子以後就動身北行，只有徐鳳年、劉妮蓉、公孫楊三人心知肚明，單身殺敵的肖鏘肯定不會出現。

下坡時，徐鳳年注意到劉妮蓉投注而來的複雜眼神，就懶得回應了，以前禮節性微笑一個，好心都被當成驢肝肺，何苦要熱臉貼冷屁股。無所事事的徐鳳年想到這裡，落在後頭的他下意識瞄了幾眼劉妮蓉的屁股。

她多年習武養成的英氣遮住了女子本該有的風情媚意，但細細打量的話，其實劉妮蓉的身段挺有嚼頭，一雙長腿尤為緊繃彈性，只不過徐鳳年也就趁人不注意過過眼癮，在這前不著村、後不著店的千里黃沙大漠，只要是個娘們兒就是無價寶，別說劉妮蓉這般出彩的內秀女子了。

日頭毒辣，熱浪撲面。

魚龍幫幫眾皆是大汗淋漓，劉妮蓉騎在馬上，兩頰時不時有汗水滴落。

唯獨徐鳳年吐納綿長，一身近似天賜的珍貴大黃庭，使得遍體清涼。

王大石跟在徐公子身邊，減了許多炙熱，少年並未察覺自己沾了光，光顧著默念那套拳法口訣。徐公子說過笨鳥先飛，勤能補拙，腦子不靈光，就靠最蠢的水磨功夫來行走武道。

只是別看徐鳳年閒適騎馬，內裡卻沒有絲毫懈怠，別人習武都是削尖了腦袋想要走速成境界的捷徑，世子殿下反其道而行，專門挑了刀譜裡最煩瑣的經脈流走圖來調息。別人求簡我求繁，除非氣機阻滯導致胸悶得實在難受，才悠悠吐出一口積鬱濁氣。

說來莫名其妙，此時徐鳳年所演練的一頁刀譜所載精髓，竟是在細緻講述李淳罡的劍氣滾龍壁，刀譜上以「開蜀式」命名。

好一個劍氣滾龍壁，徐鳳年體內氣機瘋狂流轉，就跟千百道劍氣扭絞心肺一般疼痛，虧得世子殿下臉色如常。

徐鳳年氣機不停，卻瞇起眼望向遠方。

◆

一道矯健身影從一座高坡橫空出世，躍下後雙足踩地激起一陣塵土，緊接著借勢迅猛前衝，略作停頓，微微轉折，橫撞向依稀可算在道路前行的魚龍幫隊伍，看得一行人目瞪口呆。更令人震驚的是，短短幾息後便有數十道身影跟著從高坡跳下。

先前十幾位落地飄逸，後頭一些輕功不濟的，墜地後摔了個狗吃屎，打滾以後顧不得風度就繼續埋頭前衝。看架勢，這三、四十號人物都是在追逐先前那位即將衝入魚龍幫陣形的仁兄。

倉促下，劉妮蓉和公孫楊不敢輕舉妄動，只瞧見來者是名鷹鉤鼻灰衫老者，幾次腳尖點地，瞬間便臨近魚龍幫馬隊。他高高躍起，從懷中掏出一本泛黃書籍丟向一名坐於馬上的魚龍幫幫眾，哈哈笑道：「孫子們，爺爺不陪你們玩了，這本《青蚨劍典》誰有本事就拿去！」

青啥劍啥？

無緣無故被砸過來一本祕笈的魚龍幫成員下意識握住書，丈二和尚摸不著頭腦，一臉茫然，可老者當空掠過後，這名幫眾轉頭看到視野中滿是雙眼發紅、氣勢洶洶的江湖高手，紛紛兔起鶻落朝他直直殺過來。為首幾個性子急的手中兵器交相輝映，交織出一片耀眼光華。

這哥們兒猛地一哆嗦，終於知道手上是塊燙手山芋了，二話不說丟給身邊的幫眾。娘咧，飛來橫禍啊！被殃及池魚的傢伙還要機靈一些，喊了聲「王麻子你接著」，又甩手丟了出去。第三個接手的傢伙有樣學樣，連看都不看一眼祕笈，使勁往後丟擲出去。

無地自容的劉妮蓉不忍再看，真的很丟人。

少年王大石看到那本祕笈朝自己飛來，愣了愣，正猶豫要不要去接過，忽然頭頂一暗，緊接著就看到那本祕笈入了徐公子的手，然後丟回給眾人。

一本祕笈高高拋起。

三十幾個瘋狗一般的人物手段都不俗，八仙過海各顯神通，跳向空中的跟同在空中的交鋒，在地面上來不及去騰空的也沒閒著，就近就廝殺纏鬥起來。

一陣劈里啪啦的打鬥聲，很是賞心悅目，讓魚龍幫幫眾看得心神搖曳，感嘆一下子就見識到這麼多高手，這趟北莽行值了。

幾個瞬間的工夫，就有三、四人躺在地上沒了動靜，還真都是下死手。經過初期的渾水摸魚後，一名及冠俊逸劍客成功握住夢寐以求的武學祕笈，頓時便有六名同樣使劍的盟友回縮，與這名面如冠玉的青年俊彥形成一個詭異劍陣，防禦外敵。

徐鳳年瞇起眼，竟然是生僻罕見的將棋頭劍陣，攻可變成極易割裂對手的錐形陣，守可化作中腹結實的天元陣，十有八九是北莽地位超然的棋劍樂府劍士了。

徐鳳年本想提醒這幫高手那本祕笈約莫是假的，不過猶豫了下還是作罷，正要示意劉妮蓉繼續前行別摻和這潭渾水。

那名白衣玉佩、卓爾不群的年輕劍士細一看封面後，果真將祕笈砸在地上，氣急敗壞地道：「假的！是什麼《公羊傳》！」

狡猾如老狐狸的鷹鉤鼻老者早已遁走，老傢伙輕功本就高於眾人一籌，這一耽擱，天大地大由他遠走高飛了。

劉妮蓉瞧完煞是好看的熱鬧，回過神才想著要遠離是非之地，但形勢已經決定魚龍幫走不了了，那些翻山越嶺千辛萬苦追奪祕笈的江湖好漢一個個瞪大眼睛，明擺著想遷怒於魚龍幫。那名領頭的棋劍樂府俊彥神情冷峻，總算沒有率先對魚龍幫發難，高門大宗的，起碼氣度還是有的。

劉妮蓉正在小心翼翼醞釀措辭，不承想姓徐的已然搶先開口說道：「各位英雄好漢，冤有頭，債有主，我們也是遭受了無妄之災，就不需要刀劍相向了吧？」

劉妮蓉懸著心七上八下，生怕這幫人矛頭一齊針對魚龍幫。

棋劍樂府劍士燦爛一笑，倒提長劍，雙手抱拳略作一揖，算是做足了江湖禮儀，豁達道：「確實如此，就此別過。」

一名伸長脖子去看棋劍樂府腳下書籍的傢伙眼尖，認清了封面，憤憤道：「還真是一本《公羊傳》，這老賊太陰險了！兄弟，咱們繼續追！」

魚龍幫趕忙主動首尾斷開，讓出一條大道。

除去把命丟在這裡的幾具屍體外，剩下三十來號魚貫而過，棋劍樂府也不例外，只不過那名手持一柄劍身油綠長劍的公子哥停了停，對馬背上的劉妮蓉笑問道：「在下棋劍樂府王維學，敢問小姐芳名？」

前頭幾名不對路的江湖莽夫聽見以後，身形不停，嘴上嘀咕道：「出來搶祕笈也不忘勾搭路邊野草，真不是個東西！」

「棋劍樂府啥時候出了這麼個斯文敗類！」

「一顆屎壞了一鍋粥，世風日下哪。」

自稱王維學的劍士充耳不聞，只是抬頭笑望向劉妮蓉，其餘六位同門師兄弟與其他人一起前奔而去。

徐鳳年笑了，「那本祕笈是真的。」

劉妮蓉礙於禮節，淡然道：「陵州劉妮蓉。」

這名劍士眼角餘光瞥見眾人遠去，收斂起臉上輕浮笑意，不急不緩走向那本祕笈，彎腰撿起，放入懷中，臨行前對一臉震驚的劉妮蓉微笑道：「姑娘好美的腿。有機會定要摸上一摸，才不負此生。」

◆

曹長卿與帝王手談，大宦彎腰捧棋盒，皇后見其進賢冠絲帶斜墜，伸出纖手幫忙繫緊，君王憐惜身側棋詔八斗風流，見此僅是會心一笑，絲毫不怒。

這樁美談以訛傳訛，被後來的文壇士林傳成曹官子醉酒捏棋子，直呼大宦官名諱，高呼給爺脫靴，讓讀書人無限遐想，但這是只有在西楚皇朝才可能出現的士子風流。

如今的朝堂，以及大多數人的草莽江湖，遠沒有這般詩情畫意。大文人以鐵板琵琶高歌大江東去，無疑是壯烈豪邁的，可那些日日夜夜在江面上討生活的小百姓，少不得在收成不好時對這條大江吐上幾口口水。魚龍幫眼前那幾具搶祕笈不成反喪命的屍體，不應了那句手起刀落人抬走的老話？

徐鳳年悄悄下馬，前往幾具屍體旁邊，蹲下後翻翻檢檢，似乎想要發死人財。

劉妮蓉原本對手下幫眾的行徑就有些臉紅，看到姓徐的如此不顧忌江湖道義，更是撇過頭。至於棋劍樂府劍士的言語調戲，除了臉面上必須要做給幫眾們看的羞怒，其實心底早已麻木。

仗勢殺人的周自如也好，這位靠機敏心術搶得祕笈的北莽劍士也罷，不都是看著風流倜儻，其實內裡腌臢的一路貨色嗎？她對姓徐的，記仇歸記仇，反而更接受這傢伙的直截了當，最不濟做了惡人也從不打幌子。

棋劍樂府裡出來的登徒子也不傻，過完了嘴癮，就動身掠走，只是才奔出七、八丈距離，就被一人攔路截下，竟是那兜了一圈主動重返險境的鷹鉤鼻灰衣老者。

老頭天生長得一副凶相，嘴唇黑紫，桀桀笑道：「王維學，這趟貓抓老鼠的遊戲，就你小子心眼用得最多，到頭來聰明反被聰明誤，爺爺宰了你後，拿到《青蚨》再栽贓給這幫北涼蠻子。」

王維學見到鷹鉤鼻老者後，沒有任何驚懼神情，從懷裡掏出還沒焐熱的祕笈，嬉笑道：「宋老神仙說笑了，哪裡是什麼貓抓老鼠，分明是自不量力的貓抓老虎。我離開棋劍樂府前，師尊們曾吩咐在下只是與宋老借閱一番，事後定當雙手奉還，不是搶。不過宋老若是不捨得借，我物歸原主便是，不勞煩宋老動手，只不過江湖上都說宋老睚眥必報，恩怨分明，我王維學年紀輕輕，不敢確定是否惹惱了宋老？」

灰衣老者瞇眼陰沉道：「既然你這乖孫兒識相，爺爺我也懶得濫殺一通，你放心，將《青蚨》還給爺爺，自然不會跟你這後輩斤斤計較。說起來我與你師叔祖仁字劍王鶴飛算是同輩，爺爺沒猜錯的話，這部吳家劍塚流出的《青蚨》，是你那個姓名有趣的師父想要。小子你放心，等爺爺參透了劍典，自然會去你們棋劍樂府，以物換物。莫要拖延時間了，拿來！」

王維學見這位凶名在外的魔頭眼神暴戾，毫不猶豫就丟出了這本來歷非凡的上乘祕笈。灰衣老者接過以後，看也不看就塞入袖中，再次伸手，猙獰笑道：「乖孫兒，別考驗爺爺的耐心，再不老實一些，就要你的命了！就算那幫人在眼前，爺爺鐵了心要殺你再走，一樣是易事。」

王維學笑得天真無邪，趕緊從懷中抽出一張從《青蚨劍典》中撕下的書頁，揉成一團丟給這位魔道巨擘，嘴上稱讚道：「宋老料事如神，雕蟲小技果真瞞不住老神仙的法眼，王維學佩服。」

灰衣老者搓開書頁，確認無誤後，臉色陰晴不定，好像在盤算要不要捏死這只棋劍樂府的後生。王維學站在原地，一臉無辜道：「宋老難道是想要我師伯祖提前出關敘舊？」

重獲祕笈的灰衣老者伸手摸了摸鷹鉤鼻，眼中陰霾散去，開懷笑道：「你這孫兒的性子倒是與棋劍樂府那些朽木不太相似，可惜誤投師門，早些時候被爺爺看到，說不定就要收入門下，好好栽培栽培。」

失去祕笈的王維學瞧著更開心，笑道：「可惜了宋老的錯愛，看來是小子沒這份天大福氣。」

老者轉身掠走，身形如鷹隼，幾個起落便不見蹤跡。

◆

徐鳳年摸索了半天，除去幾百兩銀票和幾只瓷瓶，沒有找到一本祕笈，看來這些江湖客也知道搶祕笈是命懸一線的勾當，沒敢把真正值錢的好東西捎上。

那名敢不把棋劍樂府當回事的灰衣老者顯然不是一個弱把式，僅看輕功，穩坐二品境，搶這種人的東西，沒些過硬本事是不敢湊熱鬧的。再者，爭搶祕笈最要命的地方在於提防四面暗箭。

春秋仍在時，當年武林中推選了一位聲望武力皆有的盟主，帶著四、五百人的大隊伍去對付一個指玄境老魔頭，殺死魔頭不過折損百來條性命，事後無主的寶物露面，死得人才叫多，盟主更是被同道中人剁成了肉泥，慘劇過後還是慘劇，盟主的莊子也在一夜之間化作灰燼，爹娘妻兒僕役近百人全部死盡，這以後人人想做的武林盟主再也沒誰樂意去當。

註定要無功而返的樂府劍士王維學眾目睽睽下給了自己一耳光，然後走向魚龍幫，厚顏無恥道：「劉小姐，相逢便是緣分，我要去留下城，借匹馬讓我隨行？若是沒閒餘馬匹，我們共騎一馬也行。」

劉妮蓉怒形於色。

徐鳳年起身後笑道：「我的馬借你。」

王維學笑咪咪道：「你也配？」

徐鳳年一笑置之，不理睬這位出身名門的劍士，對劉妮蓉說道：「我去追那名老前輩，看能不能認個師父。」

魚龍幫面面相覷，這姓徐的臉皮和膽識都是一點不輸給那叫王維學的王八蛋啊。

徐鳳年說完就慢悠悠地向著灰衣老者遁走的方位走去，坐於馬車上的公孫楊望著這人的背影，發出一聲嘆息。再看到那名棋劍樂府的俊彥猶豫過後還是騎上馬，然後黏在劉妮蓉身側，公孫楊反倒是面容平靜。

徐鳳年過了一座遮掩視野的山坡，才要鼓蕩氣機疾速奔走，就看到那灰衣老者兩根手指間夾著一隻小飛蟻，小東西眨眼間出現，眨眼後消逝，分明是一隻晶瑩剔透的南蠻蠱物。看到徐鳳年的身影，鷹鉤鼻老者捏爆小蠱，譏諷道：「小子在爺爺面前玩雙蟻蠱，貽笑大方！」

徐鳳年眼前懸空浮現另外一隻飛蟻，墜地掙扎了一番便死去，當初追蹤肖鏘也是靠著這種從舒羞那裡要來的蠱物，此時看著灰衣老者，徐鳳年抱拳笑道：「我曾經聽說過吳家劍塚的青蚨養劍胎祕術，十分玄妙，就想著與老前輩借閱一次，只要盞茶工夫，看完便歸還，若有失敬之處，還望老前輩海涵。」

灰衣老者捏死蟻蠱後，雙指還在繼續搓捏，聽到徐鳳年的言語後，「咦」了一聲，驚訝道：「你小子還有過目不忘的手段？你輕功如何，要是過得去，爺爺倒是不介意收你做奴，以後一同潛入江湖禁地，找到合適的祕笈典籍就讓你記在腦中，省去老夫好大麻煩。」

徐鳳年苦笑道：「老前輩要收王維學做徒弟，怎麼到了晚輩這裡就是奴僕了。」

老者說話直接，一隻指甲大小的幽綠蠍子穿破肌膚，從手背上鑽出，揚起一對小鉗，嘶嘶作響，他冷笑道：「那小子的老爹一手執掌北莽寶瓶州軍政大權，你小子也就懂點微末蠱術，離巫術正統差了太多，你說你算個什麼東西！」

徐鳳年低頭看到千百隻蠍子蜂擁而至，無奈說道：「可是老前輩的蠍蠱也只是旁門左道啊，遠沒有六大王蠱裡的玉琵琶那般氣勢。」

潮水蠍群，將徐鳳年困在中間。

被揭穿老底的灰衣老者也不惱火，止住蠍群上前的跡象又「咦」了一聲，這次是真有些驚訝了，「你小子還知道玉琵琶這等大造化仙物？一般玩蠱有些道行的晚輩可都不知道有六大王蠱一說。老夫小瞧你了，本以為你只是尋常走鏢的富家子弟，不承想還是有點見識，說說看，家世如何，若是分量足夠，讓爺爺我都忌憚，這本《青蚨劍典》借你一看又何妨。」

徐鳳年笑道：「還是不說了，怕說了以後老前輩不相信。」

灰衣老者破天荒有了好耐心，手指逗弄著手背上的蠱物綠蠍，說道：「說說看，爺爺與世人不一樣，越是難以置信的事情，越是相信。」

徐鳳年說道：「有個姓楚的白髮老魁，被兩條接連雙刀的鏈子鎖骨，他教過我練刀。」

灰衣老者皺了皺眉頭，「這老匹夫失蹤多年了，姓楚的在江湖上闖蕩的時候，你這娃娃還在尿褲子吧，別蒙爺爺！」

徐鳳年一臉如釋重負，笑道：「他重出江湖了。」

老傢伙臉色陰晴不定，許久過後，默默收回綠蠍，蠍潮也散去，他從懷中抽出祕笈，丟擲出手以後罵罵咧咧道：「算你小子運氣好，爺爺我與楚老匹夫有些關係，當年欠了他一份恩情，以後見到他就說兩不相欠了。」

徐鳳年一邊抹去額頭冷汗一邊伸手去接祕笈。

灰衣老者驟然便至，大笑一聲，一拳捶在這江湖閱歷稚嫩的小子胸口，「小子你這次是笨死的！」

下一刻，灰衣老者猛然停下身形，眼珠子轉動，第三次「咦」了一聲。

只看那佩刀後生倒飛出去，衣袖鼓起，自己那一拳就如古井投石，在衣衫上顯示出明顯的漣漪陣陣，最終消散無影。

年輕公子哥模樣的後生也不廢話，開始低頭翻閱《青蚨劍典》。

不敢確定這小傢伙是油盡燈枯在裝模作樣，還是靠著古怪法子的確安然無恙，對自己修為極有信心的灰衣老者一時間走也不是，追擊也不敢，氣氛就十分詭譎。

徐鳳年闔上祕笈，回丟給灰衣老者，笑道：「好一套劍塚青蚨飛劍術，果然玄奇。」

生怕自己「笨死」的江湖老狐狸愣是沒敢伸手，等祕笈落地後，才發現眼前這小子完全沒有動手的企圖，灰衣老者臉皮再厚，也有些尷尬。

他小心翼翼地彎腰撿起《青蚨劍典》，卻始終抬頭盯著，笑道：「小子好雄厚的內力，爺爺我終年捉鷹這回被鷹啄了眼。現在你只是挨了一拳，卻也看過了這本無上劍典，說到底還是你更占便宜，要不咱們就此停手，如何？」

徐鳳年平靜道：「要麼是老前輩出拳留有餘力，沒有下死手，看來跟白髮老魁的確有些交情。要麼是老前輩根本就沒有二品境，只是仗著輕功與蠱術才讓人忌憚。」

灰衣老者乾笑道：「爺爺也就是沒有稱手的好刀。否則別說是二品，一品高手也殺得。」

徐鳳年笑道：「謝過前輩借閱，就此別過。」

老傢伙點頭道：「好啊。」

徐鳳年說道：「老前輩是不是可以重新收起綠蟻了？總是在手背進進出出的，老前輩出了好多血。」

灰衣老者笑著抹了抹手背血跡，將蟲蠍再次收回體內。

徐鳳年說道：「前輩先走，晚輩就不送了。」

老頭一臉和藹笑道：「你先走，老夫沒日沒夜跑了好些天，有些累，歇會兒。」

「前輩先走，這是禮數。」

「不礙事、不礙事，你先走。」

「前輩，蟲蠍又爬出來了。」

「咦？又頑皮了。小子，別上心啊，可不是老夫有啥念頭。」

「前輩不走，我就不走。」

「你這小子忒矯情了，既然大家都是行走江湖，都是大好的江湖兒郎，就別講究輩分禮節了。」

一老一小就在那裡不厭其煩地客套寒暄著。

最後灰衣老者乾脆一屁股坐在地上，瞪著這個仍是未拔刀的年輕人，終於有了破口罵娘的趨勢。

徐鳳年笑著彎腰，說道：「晚輩這次真走了。」

抬頭死死盯著這個修長背影，灰衣老者強忍著沒有偷襲，緩緩起身拍了拍屁股，喃喃道：「一個棋劍樂府王維學也就罷了，這小子更不是省油的燈，這江湖沒法子混了。」

◆

徐鳳年追上魚龍幫以後，棋劍樂府那位不說話時很有賣相的俊哥兒大大咧咧騎在馬上，毫無鳩占鵲巢的覺悟。徐鳳年也不跟這個被鷹鉤鼻老者抖摟出身分的世家子計較，與王大石一同走在黃沙路上。

沒多時，那些早前盲目追逐祕笈的江湖漢子見王維學沒跟上，幾個思量以後就悔青腸子，掉頭狂奔，牽一髮而動全身，連同棋劍樂府六名劍士都銜尾追上，面面相覷以後都瞧出對方的憂慮。

屍體依舊在，見到地上果然還有一本披著《公羊傳》書皮的典籍，一人撿起來一翻，一邊跳腳罵娘一邊撕成粉碎，其餘人見到這場追逐逃不掉無疾而終的結局，頓時作鳥獸散。棋劍樂府六人更是納悶，難不成王維學猜錯了？那這名備受宗門器重的師弟為何不跟上？

一頭霧水的六名劍士沿著道路疾奔，跟上魚龍幫後，見到騎馬黏糊在北涼小娘子身邊的王維學，哭笑不得。這位寶瓶州王閥的大公子還真是習氣難改，在樂府裡頭，也是這般玩世不恭，喜好勾三搭四師姐師妹，連一位女子師叔都沒放過，若非結結實實吃了幾劍都不會甘休。這趟追殺手握《青蚨劍典》的魔頭，本宗志在必得，他們這一行七人只不過是其中一股最薄弱的勢力。六人師伯，即王維學的師父吳妙哉，與那位人劍雙絕的黃師叔連同幾位宗門裡的高手才是主力，只不過魔頭行蹤不定，反而先是被他們給撞到，邊境此時已是撒下無數張大網，就看誰能先撈到這尾大魚了。

王維學拉了拉韁繩停下，他在同門師兄弟面前除去那股紈褲勁頭，並無膏粱子弟的派頭，翻身下馬後，王維學道：「祕笈是真的，不過那魔頭委實油滑，竟也折了回來，我只能乖乖交出去，本來偷撕了一頁做以後的魚餌，也被他看破。」

六名樂府劍士根本不懷疑是王維學私吞了去，倒不是他們心胸開闊如此境界，而是他們都清楚王維學的顯赫身分。此子進入棋劍樂府絕非貪慕絕世武學，只不過王維學年幼便已是棋壇的名人，苦於罕逢敵手，是閒來無事來樂府找人下棋的，對於練劍向來三天打魚、兩天曬網，連師尊都惋惜他的劍道天賦。

遙遙空中爆竹響起，以爆竹煙火傳信在江湖上並不稀奇，可如棋劍樂府這般能用爆竹炸出韻味無窮將軍令，在北莽肯定獨此一家，別無分號。

無需師兄弟提醒，王維學牽馬來到劉妮蓉身前，笑道：「與劉小姐借一些乾糧飲水，行否？你們到了北莽遇上麻煩，就說是我棋劍樂府的客人，若還是有人刻意刁難，無妨，再報出我王維學的名號，十有八九就沒事了，至於說是我姐、我妹，還是我媳婦，都無所謂，反正我都認的。」

劉妮蓉不搭腔，只是面無表情地讓幫眾去取出水囊和食物。王維學和兩名劍客都含笑接過，而且還不忘作一劍揖，禮數絲毫不差，並未因為所在宗門的超然高崇而輕視魚龍幫，更沒有欲取欲奪。這光景不僅劉妮蓉吃了一驚，魚龍幫幫眾更是滿臉堆笑，覺得面子大漲。

他們雖在北涼陵州，卻也聽說過這棋劍樂府的名頭，是北莽境內可以排在前五的大派，更難得的是此派尊法守禮，許多王公貴胄子女都樂意去棋劍樂府裡耳濡目染，魚龍幫與之比較起來，都不夠人家一個噴嚏打的。

王維學再牽馬來到少年王大石身邊的徐鳳年眼前，鬆開韁繩，再從腰間摘下那枚價值連城的玉佩，笑道：「本公子從來不小氣，借你的馬騎乘了一段路，這塊蛇遊璧就當是賞你了。可別輕易典當和佩戴，鋪子出不起價格，而且容易讓人見財起意，匹夫懷璧，知道什麼意思嗎？」

徐鳳年輕輕接過入手涼透手心的玉佩，笑了笑，沒有作聲。

王維學與他擦肩而過時，輕聲道：「刀不錯哦。」

等到棋劍樂府一行人遠走，劉妮蓉重重揮了一記馬鞭，魚龍幫這才驚醒，一些有資格騎馬的幫眾都在悔恨當時沒有讓出馬去。蛇遊壁，聽名字就知道這枚玉佩的珍貴了，除去北莽皇室可佩龍鳳玉飾，蛇蟒就成了達官顯貴的首選。

他們也不是傻子，方才那風流劍士與劉小姐說起師門與家世，是棋劍樂府在前，王維學這個名字在後！這塊蛇遊璧說不定就能值個幾十上百金！魚龍幫拚死拚活走上千里路才掙多少銀子？偏偏那姓徐的還一臉裝腔作勢的鎮定，誰不想上去抽兩個大嘴巴。

徐鳳年低頭看著玉佩，是六蛇走璧，按照律法規格，是三品以上官員才有的配飾，這王維學果真是北莽一等權臣之子，與那名貂覆額女子的鮮卑頭玉扣帶，在伯仲之間。徐鳳年啞然失笑，這傢伙有自己當年的風采啊。不過真要鑽牛角尖比對家世的話，誰配誰不配？

看到姓徐的終於偷著樂了，時不時偷窺這傢伙的魚龍幫成員冷笑不止，你小子趁著劉小姐騎馬前望，才露出小人得志的狐狸尾巴，真是無恥！

缺心眼的王大石倒沒這般想，只是好奇問道：「徐公子，那王維學很有來頭嗎？怎麼出手就是一塊蛇遊璧，好像家裡有金山銀山似的。」

徐鳳年收起玉佩，微笑道：「也差不多了。」

少年咂舌。

徐鳳年突然問道：「你騎過馬？」

在馬下小跑著的少年搖頭嘿嘿道：「哪能呢。小時候去看燈市，被馬踩過，以後見著馬就怕，就算給我騎也不敢的。」

北涼官家子孫與膏粱子弟，誰不曾鮮衣怒馬鬧市行？不這麼做都不好意思說自己是有錢人啊。徐鳳年皺了皺眉頭，少年心思單純，卻在困苦中培養出一種清晰感知周邊氛圍的敏銳，王大石擔憂問道：「徐公子，咋了？」

徐鳳年搖頭道：「想起一件事，可行與否，還得以後做了再看。」

已經由敬畏轉為敬重徐公子的少年咧嘴笑道：「那一定是大事。」

徐鳳年嘴角勾起，望向遠方，自言自語道：「可惜誰都不知道該謝你。」

烈日下少年跑得大汗淋漓，大口喘氣道：「徐公子，我可聽說那棋劍樂府在北莽蠻子裡十分有地位，門下弟子的棋、劍、樂，都很擅長，就算是平常家世的人進去一遭，走出來以後個個都像大家族裡出來的公子哥。」

徐鳳年打趣道：「你羨慕？」

少年趕忙擺手道：「再厲害也是北莽蠻子的門派，求我進都不去。」

徐鳳年嘖嘖道：「好大的口氣。」

上氣不接下氣的少年苦澀道：「徐公子，我不能再說話了，再說就跑不動了。」

徐鳳年點了點頭，開始憑藉記憶搜羅有關王維學與棋劍樂府的事項。北莽州數遠不如一統春秋的離陽王朝，只有寥寥八州，傳承數百年的慣用州名，在北莽女帝手上無一倖免地被篡改了一遍，分別是姑塞、龍腰、東錦、西河、金蟬、玉蟾、寶瓶、橘子。

王維學的老子應該就是寶瓶州的持節令，是澈底掌控一州的北莽實權重臣。北莽素來不分持節令的權，不像如今離陽王朝在一道內分設節度使和經略使相互制衡，故而在北莽當上持節令，若還是沒些話語權，只會被嘲笑。但這種情況極少出現，能夠擔當一州霸主的人物，無一不是具備雄才大略的官梟。北莽女帝從不否認對這八位權臣的信任，直言不諱遠勝過宮城內那些養不熟的親生骨肉。當下北莽八個持節令中只有一名是出身王庭皇室，還是排在末尾的橘子州。

寶瓶州是北莽境內唯一土地肥沃不輸江南的軍糧來源地，轄境雖不大，但寶瓶州持節令的權柄卻分外沉重。少年王大石說王維學家中坐擁金山，還真是被他給一語中的了，所以價值百金的蛇遊璧，對寶瓶州持節令的公子而言，九牛一毛。

北莽的江湖與州數稀少雷同，遠不如離陽王朝這般百家爭鳴，人脈資源都被三十來個高門大宗給壟斷十之八九，其餘幫派不過是苟延殘喘，伸長脖子討要一些殘羹冷炙罷了。

棋劍樂府能在這些龐然大物裡坐五爭三，殊為不易。樂府能人輩出，每一任大府主都是驚才絕豔的絕世通才，幾乎無所不精，往往都會出任北莽官制裡真實存在的帝師，地位相較持節令還要尊崇三分。

棋劍樂府尤為有意思的地方在於不管能養活多少張嘴，一定是按照天底下全部詞牌名的數量來收納弟子門徒，如今天下公認的詞牌名有六百一十二個，便意味著這時的棋劍樂府最多共計有六百一十二人，除非有文壇大家新創了詞牌名，並且有名篇傳世，樂府才會新添一個名額。但樂府中已經棄用、禁用詞牌名六十四，而且還有相當數量的詞牌名絕不輕易動用，只要沒有合適人物出現去摘取頭銜，也任由空懸。

滿打滿算，如今棋劍樂府應該不會超過五百人，也難怪如過江之鯽的北莽顯貴子女瘋魔了一般想要進入這座宗門。而上次頭回登上武評位列第七的洪敬岩便出身棋劍樂府，其詞牌名是「更漏子」。此詞牌名原本在樂府並不出奇，只在居中的第四等位置，但相信洪敬岩橫空出世以後，更漏子會成為樂府將來最炙手可熱的詞牌名，下一任如非是不輸洪敬岩的大才，肯定沒辦法摘入囊中。

徐鳳年屈指算來，「一等詞牌名五個，傳承數百年始終不作變更，二字詞牌名以寒姑奪魁，三字以太平令和劍氣近兩者並列，四字詞牌中以卜運子慢第一，加上一個銅人捧露盤。歷代太平令都是大府主，劍氣近是劍府府主，棋府與樂府兩位府主在詞牌名上並無要求。不過上代與當代兩位太平令沒能做成帝師，緣於北莽女帝登基以後曾經當面斥責太平令一句，自古而來，祭祀以天地君親師排位，寡人無父母可跪拜，你若自視能與天地齊肩，再來做這個帝師。這話不愧是當皇帝的人說出口的，聽著就霸氣。

不過太平令沒當成帝師，現任寒姑成了太子妃，也算打一個耳光、給顆棗子。北莽自己排位的頂尖高手，離陽王朝武評第四的斷矛王茂所在四大江湖支柱，要遠多於棋劍樂府，但要說離北莽王庭最近的一個門派，還是棋劍樂府。」

北莽藉著南邊武當山年輕掌教劍斬氣運，以及李淳罡一劍破甲兩千六的東風，新鮮出爐了一份囊括兩朝高手的武評，但是這兩人都因為一位兵解、一位重傷，沒有登榜，有過河拆橋的嫌疑。

離陽王朝一直對本朝武評頗有微詞，但這次對北莽蠻子給出的排榜，竟然大多數都心服口服。榜首當仁不讓是武帝城王仙芝，榜眼是北莽當之無愧的軍中第一人拓跋菩薩，探花是桃花劍神鄧太阿，接下來依次是棋劍樂府蟄伏二十年終於一鳴驚人的洪敬岩，三入皇宮如過廊的曹長卿，新晉成為天下刀客領袖的大將軍顧劍棠，唯一一位敢正大光明進入北莽帝城的魔道巨擘洛陽，橘子州持節令慕容寶鼎，當年惜敗於槍仙王繡卻知恥後勇的鄧茂，綽號人貓的韓貂寺排在十一。

一朝各五位，稱得上是南北平分天下。但顯而易見，北莽的排名要相對更低，這也是離陽王朝認可這份點評的關鍵。這種不偏頗嚴重的排榜，水分才少。

額外值得一提的是，這份榜單末尾還專門點出了兩位三教中的聖人，分別是北莽身兼國師的道德宗宗主——麒麟真人，還有就是兩禪寺的住持方丈，其中偏偏不用劍的洪敬岩一人便撐起了棋劍樂府的大梁。

「不知道王維學的詞牌名是什麼。記得好像詞牌名裡有個『鳳凰臺上憶吹簫』，豈不是與人見面就得報上這麼長長一串？而且，這個名號，實在是雅俗共賞，不知道哪個倒楣蛋有魄力走出棋劍樂府。」

徐鳳年抬頭笑過以後，看了眼驕陽，黯然呢喃道：「李老頭，榜上沒有你呢。你惱不惱這樣健忘的江湖？見到了認死理的姜泥，看你怎麼拐騙她跟你學劍。還有騎牛的，你這個王八蛋就不知道多待一會兒，武道天下第一啊，在武當山上你不總說不管啥第一，總要撈一個當當嗎？你他娘的唯一一次不膽小，就騙走了我姐，我都沒跟你算帳，好歹讓我這個妹夫行走江湖，也好跟人吹噓不是？」

少年王大石伸手擦汗時，無意間看到徐公子的側臉，再吃力地踮起腳尖，鬼鬼祟祟偷瞄了一眼那名女子的背影，心裡跟著惆悵起來。

他的惆悵原因很簡單，自己個子都還沒她高啊。

世子殿下興許說不上是兵法行家，卻也絕不是門外漢，望著眼前淪為兩朝戰爭棋盤上棄子的雁回關，感到不可思議。此關非但沒有城垣頹敗、雉堞崩剝的荒涼，反而比起早前在王府一張老舊地圖上的標識來得雄壯三分。

在遠方便粗略算計一番，顯然經過重築的方形關城，城圍擴六里至九里，城牆由夯土為磚石，城頂外建有垛口外包青磚的擋馬牆無數，甚至連點將臺都已豎起，看著竟有一種微縮襄樊釣魚臺的錯覺。

本不打算入城的徐鳳年在遠望雁回關城牆後馬上毛遂自薦，跟著劉妮蓉、公孫楊和三名魚龍幫青壯一同入城。既然沒有城衛，更不需要任何路引，徐鳳年走入城內，下意識瞇起眼，第一眼不是去看那些銳氣與匪氣十足的人來人往，而是盯著一反常態不在城外而是在城內建造的甕城。

按照兵書舊制，甕城都會建在城外，再者雁回關裡的內甕城在城體上挖有約莫是用作藏兵的孔洞，徐鳳年早先聽到李義山與徐驍談及戰略層面的軍國大事，偶然提到甕城改良，便有設置藏兵洞一說。但內甕城多半用於大城擺出死守的態勢，小小一個夾在兩朝中間的雁回關，哪怕要做出兵糧寸斷的死守，又經得起幾千鐵騎的蹂躪？

在荒瘠大漠無依無靠，孤立無援，雁回關就是一塊無論添加多少作料都美味不起來的雞肋，竟然砸下金銀如此地耗費心血，背後主謀，到底意圖何為？徐鳳年驀地升起一股要將這顆釘子狠狠拔掉的衝動。

少年時代便流亡北莽的公孫楊露出一種濃濃緬懷的情緒。

幾名灰頭土面追逐玩耍的孩童朝他們一行人有意無意接近。公孫楊上前兩步，好似主動迎接上兩名孩子的同時碰撞，那兩個瞧著六、七歲大，真實年齡只會更大上三、四歲的孩子沒有跌倒，游魚一般從公孫楊身側分別滑過，見到劉妮蓉的訝異，公孫楊輕笑道：「不過是丟了幾兩碎銀，這在邊境叫做進山拜椿子，是常有的事情。若是不給，這些孩子後頭有盤根交錯的地頭蛇，就等於打了他們的臉面，少不得被一大群人當面訛詐。不過也不能給太多，出門在外，少有捎帶太多黃白物的傻子，一旦被當作可宰的肥羊，更麻煩。」

順著公孫楊隱蔽的眼神方向，劉妮蓉果真看到街道拐角處一名滿身痞氣的中年壯漢，從一個孩子手中接過從這邊順手牽走的錢袋，掂量了一番，與劉妮蓉對視，手臂刺青猙獰的壯漢臉色也毫無變換，反而不耐煩地打了個滾蛋的手勢。

劉妮蓉哭笑不得，與公孫楊低聲說道：「在雁回關，當賊的都這麼豪氣？」

腳步瘸拐的公孫楊笑道：「在這裡，當官的、當兵的，都是過街老鼠，當賊、當匪的，才是大爺。」

公孫楊猶豫了一下，說道：「小姐，此地不宜久留，可老頭子上次在倒馬關以為必死，不想讓陪了自己大半輩子的牛角弓被人拉開，就自己繃斷了弓弦，弓弦特製，材料只有在這邊境才找得到，店面不易被尋見。」

劉妮蓉點頭道：「不礙事，公孫叔叔自去尋找弦絲即可，我們約好一個時辰在城門口相見，行嗎？」

公孫楊考慮了一下，叮囑道：「小姐記得不要進那些生意冷淡的店鋪，這些鋪子多半大有靠山才能在雁回關紮根，掙的都是大銀子，常人不好打交道。還有，在雁回關這種地方買東西，自然要比在別的地方破費銀子許多，這個錢心疼不得，妳越是討價還價，那些精明到骨子裡的商賈越是往貴了賣，他們在那兒把價格喊破天都不覺著腰疼的。再就是在這座雁回關，雖說遇到大事力求能忍則忍，但切不可行路低頭，露了怯，在靠拳頭吃飯的邊境，很容易招來欺軟怕硬的蒼蠅，這些角色，鼻子比狗好，眼睛比鷹毒。」

劉妮蓉都記在心中，公孫楊走之前附加了一句，「如果一個時辰後沒有見到我，你們就別等。」

劉妮蓉剛要說話，公孫楊擺擺手，一言不發徑直離開。

不說還好，幾名初生牛犢不怕虎的魚龍幫青壯聽到一大通告誡後，馬上縮頭縮腦，讓劉妮蓉看到後氣不打一處來，唯有徐鳳年臉色平靜地站在她身旁，既有當初引來貂覆額女子興致的招蒼蠅潛質，也有震懾一些蛇鼠的能耐。畢竟敢進雁回關的公子哥，總不可能是那種弱不禁風的士子，吃飽了撐的、活得膩歪了才會來邊境負笈遊學。

先前便有一位以邊塞詩名動天下的大文豪僅帶書童遊覽邊境，結果沒到半個月就被人拿他的一根斷指去跟所在家族索要巨額贖金，好在家底子厚，交出了銀子，邊境綁匪還算重諾，再者文豪與邊境軍隊有關係，才算活著回去，至於那名書童，據說被等贖金等到不耐煩的綁匪給五馬分屍了。

真正的邊境，民風那是極其地樸素。

這不劉妮蓉、徐鳳年幾人走著走著，前頭就迎面走來一位穿著清涼並且裸露白花花雙腿的女子，衣衫單薄，胸前雙峰搖搖欲墜。

女子身材嬌小，身高比劉妮蓉還要矮上半個腦袋，可這麼個走路讓人擔心前撲倒地的女人，面對一個彪形大漢斜撞向她的胸脯，她一記迅猛撩陰腿就乾淨俐落地造就了一個閹人，抬腿收腳，一氣呵成，看都不看一眼那體重是她三倍卻滿地打滾的漢子。

估計是嫌棄他吵鬧，女子轉過身又朝胸毛茂密的漢子的胸膛就是一腳，一隻繡花鞋直接踩進了這可憐蟲的胸腔，面不改色的女子提起腳後，鮮血滴落無數。

有轟然喝彩的，有言語調侃的，唯獨沒有路見命案而仗義執言的。

那女子見到徐鳳年後，嫵媚一笑，兩人擦肩而過，她一巴掌拍在徐鳳年屁股上，響聲不小。

徐鳳年身後魚龍幫三位目瞪口呆。

劉妮蓉轉頭看了眼那媚態橫生，不忘朝徐鳳年嫣然回眸的女子，再看了看眼觀鼻、鼻觀心筆直向前的姓徐的。

似乎察覺到劉妮蓉的憤懣，徐鳳年無奈道：「怎麼，還要我喊非禮不成？到時候整條街就妳一位女俠出馬相助，很好玩啊。」

劉妮蓉撇過頭，嘴角悄悄翹起。

魚龍幫那三位哥們兒就整不明白了，怎麼好事都給姓徐的大包大攬了。倒馬關那會兒貂覆額的腴美人差點要強搶這個小白臉，沒入城時平白無故得了一枚蛇遊璧，這才入城多長時間，就給一個胸前雙峰能悶死漢子的娘們兒調戲了，人比人氣死人啊。

三人猛翻白眼，眼神如刀子般丟向姓徐的，一來二去，反而不再被雁回關的惡名給嚇到，讓生怕三人露怯的劉妮蓉如釋重負，按照公孫楊所說去揀選了幾家生意火爆的鋪子，補充了乾糧與飲水。

井水貴如油都不足以形容這裡的水價，簡直是一兩水一兩銀，若非公孫楊提醒在先，面對那個拿勺子蹲在井旁一副愛買不買架勢的商家，劉妮蓉真想轉身就走。聽到那人滿嘴葷話說給摸一下手就送一勺水後，她差點沒抽劍捅過去，只好遠離幾步，乾脆讓姓徐的與這些流氓打交道。

劉妮蓉撫了撫急劇起伏的胸脯，下意識往下一瞧，以前不覺得，可比起方才那個不害臊的女子，自己這裡似乎真的不大啊。

正恍惚間，肩膀被人一拍，彷彿已被撞破羞人心事的劉妮蓉臉頰緋紅，臉色卻故作猙獰，顯得十分彆扭。看到姓徐的拎著盛放有一小汪井水的葫蘆瓢站在眼前，劉妮蓉皺了皺眉頭，姓徐的笑道：「放心，這是我請妳喝的，騙那賣井水的妳是我妹，回頭答應介紹給他，這一大勺水本來賣給生人三兩銀子，現在只要半吊錢，反正是借妳的人情，喝起來不需要有什麼負擔吧？」

劉妮蓉猶豫了一下，擠出一個笑臉道：「算了，還是裝入水囊吧。」

徐鳳年望著這個嘴唇已經乾澀到滲血的年輕女子，好氣又好笑，道：「說好了是送妳喝的，我拿妳人情占便宜，那是因為我無賴，妳怎的也學起我來了？喝不喝？不喝我就自己喝了！」

劉妮蓉接過葫蘆瓢，抬在空中，唇不沾瓢，一縷沁涼井水緩緩倒入嘴中，泛起一股從頭到腳的舒爽涼意，停歇慢飲幾次，還剩下一半。姓徐的見她為難，二話不說接過去就仰頭灌入腹中，一拍肚皮，心滿意足地轉身去還掉葫蘆瓢，還不忘與那賊眉鼠眼的守井賣水人竊竊私語幾句。

劉妮蓉明知道兩人註定沒嘀咕什麼好話，竟是生氣不起來，暗暗罵自己：『劉妮蓉妳的骨氣呢，就值半瓢水嗎！』

三名魚龍幫青壯扛了二十來只水囊，還有一大袋子乾糧以及醬牛肉之類的熟食。

徐鳳年除了腰間懸春雷，兩手空空，難免又要被白眼憤恨。他走在劉妮蓉身邊，笑道：「不當家不知油鹽貴了吧，光是買水就花了八十多兩銀子，有何感想？」

劉妮蓉拿手指潤了潤乾裂的唇角，默不作聲。

臨近城門時，離與公孫楊約定的一個時辰還略有盈餘，徐鳳年突然止步道：「我可能要在雁回關逗留一、兩天，但肯定不會耽誤在留下城的生意，就不送劉小姐出城了。」

劉妮蓉側身看著徐鳳年，平靜問道：「如果出了任何意外，我找誰去說理？如何回去見我爺爺？還有那四具此時仍在運往陵州途中的棺材，到時候我有資格去靈堂上香嗎？」

徐鳳年眉頭微微皺起，正在醞釀措辭，劉妮蓉長呼出一口氣，輕聲道：「我出完氣了，徐公子大人有大量，別跟小女子一般見識。你自己小心便是。」

徐鳳年欲言又止，最終只是揮揮手，轉身走回城中，來到一座甕城周邊的茶攤子坐下。水是簡簡單單的井水，茶葉也是廉價茶葉的茶渣子，雁回關裡的熟面孔，掏腰包買水並不誇張，尤其是紮下根的居民，汲取井水自然不要什麼錢，不過一碗茶卻也要賣半吊錢。歸根結底，還是不管好茶、壞茶，能夠從江南或者西蜀走茶馬古道千里迢迢販運到雁回關，哪怕是擱在離陽王朝南方入不了席的茶渣子，也委實不算便宜。

徐鳳年身上本來有三百來兩銀子，後來趁火打劫搜刮到二百多兩銀票，幾碗茶還是喝得起的。

靜等滾燙茶水變溫熱，徐鳳年喝了一口，望向不合兩朝軍制的甕城，他的眉宇間陰沉沉。

一路行來，徐鳳年其間還在牆根蹲了半天，發現內牆磚砌的排水槽都透著一絲不苟的嚴謹，當初建造如此，如今保養亦是。

緩緩收回視線，徐鳳年準備晚些時候再繞城走上兩圈，再說了，到了這座霜重鼓沉聲不起的雁回關，再往北去，就是真正到了北莽。酒肆老闆是個中年漢子，看徐鳳年的模樣，不像缺錢的，就厚著臉皮說自家紅燒牛肉是如何地道，徐鳳年笑著答應下來。

夕陽西下，頭頂有南雁北飛。一盤熱騰騰的燒肉端上桌子，徐鳳年夾了一筷子，不出意外，是就地取材的野牛肉，當然比不得黃牛肉鮮美，不過又賣茶、又掌勺的老闆有些機智，拿一種冬雪反茂綽號「春不老」的蔬菜醃制，放入牛肉，比什麼香料都來得熨貼。

這一大盤牛肉賣相不俗，滋味也讓人舌下生津，徐鳳年乾脆讓老闆把茶換成酒，再讓他去隔壁賣餅攤子買了兩大塊，這一頓吃得舒坦。

徐鳳年抬起頭，看到一名風塵僕僕的老儒生，身材矮小，背負著一只與體型嚴重不符的竹編大書箱，身形還算矯健，聞到酒香餅香牛肉香，食指大動，一屁股重重坐下，摘下書箱隨意放在腳下，揉了揉肩膀，朝店老闆招手道：「麻煩給我來一份與這位公子一模一樣的伙食。」

店老闆看人下碟的本事早已練得爐火純青，一臉不樂意，只是沒有挪動腳步，還算給老儒生留了顏面，沒有直接開口詢問您老帶夠銀子沒。

上了年紀的老儒生不以為意，拿出一只棉布錢囊，手指蘸了蘸口水，掏出碎銀和銅錢分作兩堆，一堆推向店老闆。後者看人偶有失誤，看錢卻一直火眼金睛得很，往桌面一抹，將碎銀和銅錢摟進袖中，笑顏逐開，趕緊拎出酒水，扯開嗓子讓隔壁攤子弄兩張大餅過來，說是錢先欠著，然後忙活紅燒牛肉去了，沒多時就給老儒生端來如出一轍的春不老牛肉。

滿頭白髮的老儒生拍了拍袖管，揚起灰塵無數。一手拿著大餅，一手提筷夾菜，酒碗放在身前，低頭就可以喝到。就著酒肉吃著餅，已經很忙了，老儒生還是不肯消停，說這牛肉補氣血，裨益氣盤，說這春不老可明目除煩，解毒清熱。嘮嘮叨叨個不停，偏生這迂腐老儒生吃得極慢，附近幾桌茶客本就眼饞老傢伙的大快朵頤，受不了這份聒噪，紛紛丟錢走人，讓巴不得顧客流走起來的老闆瞧著很是開心。

徐鳳年再如何細嚼慢嚥，也吃完停下筷子，跟茶肆老闆問道：「城內有沒有做弓的店，最好是老字號的鋪子。」

雁回關就這麼大的地兒，賣茶老闆在這裡住了五、六年，閉著眼睛都能走下來，正給自己打賞了半碗酒的他笑呵呵答覆道：「有啊，怎麼沒有，離這就隔著兩條街。老頭兒姓張，弓長張，他那兒隨便拎出一張弓胚子都能讓人紅眼，代代相傳，傳了十幾代的手藝了，聽說以前是東越還是西蜀那邊的皇室大造匠哩。老張來咱們雁回關算早的，他兒媳婦是本地人，小孫子就是在這裡生下來的，還是我婆娘去接生的。公子能挽弓？不過醜話說前頭，老張脾氣古怪，鋪子前頭懸著一張兩石弓，拉不滿就不讓進門，公子膂力一般的話，就別去自取其辱了。」

徐鳳年「哦」了一聲，「兩石弓，拉不開。」

徐鳳年遺憾問道：「有沒有不需要挽弓就能進去買弓胎的鋪子？太好的弓也買不起。」見那老頭仍然念叨不休，徐鳳年忍不住笑道：「老先生，你彎腰看一看書袋掉了沒。」老儒生沒搭理這句調侃，依舊沉浸在自己的世界裡。

徐鳳年付了完全相同數額的銀錢，起身離開。方才見儒生將一囊銀錢對半分，徐鳳年吃飯時就在算計老闆會喊什麼價，算來算去，一壺糙烈的燕尾酒，一盤春不老紅燒肉，連那碗茶渣子在茶馬古道走上一遭後的溢價都算在內，再加上雁回關針對生面孔的宰客力度，他發現老頭兒不但是個喜歡掉書袋的話癆，竟然還是個打得一副好算盤的老書生。

◆

店老闆咬著一塊碎銀，看到銀子上的牙印，臉上笑出花來。以往賣茶，利薄如紙，大多數都是賣給知根知底的街坊鄰居，下不了狠手，今天兩盤肉、兩壺酒掙了好些銀子，晚上還能回去與家裡黃臉婆邀功一番。

都說福無雙至，今天老天爺開眼了，才走了一位口音駁雜的佩刀公子，老儒生還沒走，就又來了一大窩貴氣男女，七、八人，其中一名佩劍女子的姿容讓店老闆差點把眼珠子都瞪出來。

店老闆算是南唐遺民，舉家逃亡到這座後娘養的雁回關，父輩早已含恨過世，他也早忘了什麼家祭無忘告乃翁，上香時多半心不在焉說上幾句保佑生意興旺的瑣碎，懶得再提什麼春秋什麼南唐。而他也已經多年沒有想起那南方濕潤氣候下的蓮塘，雨後天晴，有一株青蓮亭亭玉立。

眼前女子，實在長得讓人感到自慚形穢，甚至生不起歹念，在雁回關看魚龍混雜、人來人往，如此絕色，還真是頭一回遇到。

心情大好的茶肆老闆熱絡地吆喝起來，聽到一名氣質儒雅的中年黃衣劍士只要了八碗茶他也不介意，秀色可餐，能湊近了看幾眼那名約莫二十四、五歲的女子，這點茶資不要也罷。

在塞外遊歷，底子再好的美人，也要教黃沙烈日給清減去一半手韻，有能如眼前這位水潤，僅是瞧著就令人倍感清涼。

那寶瓶州持節令獨子王維學赫然在列，在座七位都是與他師父一個輩分的棋劍樂府高人，棋府、劍府、樂府三府皆有，師父吳妙哉正是那位開口買茶的黃衣劍客。

王維學在宗門裡交友廣泛，與在座幾位早就都混了個熟臉，尤其是那位宛若青蓮的黃師叔。後者當初被糾纏得厭煩，三劍就讓王維學躺在病床上半年，這樁風波鬧得很大，持節令公子是棋府親傳弟子，出身寒門的黃姓女子則是劍府下任府主的熱門人選，原本劍府的意思是象徵性禁足她半年，大家都有臺階下，不承想持節令王勇親筆修書一封向女子致歉，王維學活蹦亂跳下床以後也未記仇，與劍府黃師叔的關係反而稍微融洽幾分。

以大手大腳著稱的王維學不與師父說話，而是望向一個皮膚黝黑的健壯女子，笑咪咪說道：「一斛珠師叔，我師父小氣摳門，要不咱們單獨叫一份紅燒牛肉，饞死他們？」

那個女子本就相貌粗鄙，在一頭青絲以紫檀木簪綰起的青裙繡鞋女子身邊，越發顯得醜陋，還有這一斛珠的詞牌名怎麼聽著都像是反諷，好在這黑膚女子心胸素來不讓鬚眉，大手一揮道：「只要你請客，師叔沒廢話。」

吳妙哉爽朗笑道：「不患寡唯患不均，你這胳膊肘外拐的徒兒，吃不窮你！除了你黃師叔，請我們每人一盤紅燒牛肉。老闆，牛肉可夠？」

茶肆老闆不給這幫肥羊反悔的機會，一溜煙跑去後邊剁牛肉，一邊跑一邊喊道：「管夠！」

王維學瞥了一眼坐在角落的老儒生，收回視線，輕聲道：「我雁門關花錢買了個消息，那些從倒馬關過來的北涼人，都是陵州的魚龍幫的幫眾。魚龍幫是小幫派，頂多兩、三百號人，幫主姓劉，這趟領路的劉妮蓉是幫主的孫女。這幫人沒有什麼大疑點，與宋老蠱頭肯定不認識，只不過魚龍幫隊伍裡有個佩刀的年輕人，有些古怪。

按照師兄們所說，他們回來以後在地上瞧見了一本貨真價實的《公羊傳》，而當時我所見到的是宋老蠱頭帶著《公羊傳》書封的《青蚨劍典》逃遁而去，佩刀男子追了過去，說是要認個師父，之後發生了什麼，不得而知。我故意丟了塊蛇遊璧給這傢伙，希望人多嘴雜，能夠橫生枝節，讓這小子主動現形。」

黃衣吳妙哉相貌清逸，是一位美髯公，男人到四十，只要有氣質撐起來，可就真是一枝花了，熟透了的婦人眼光比小女孩要高要挑剔，獨獨就好這一口。

吳妙哉兩根手指撚了撚髯鬚，瞇眼笑道：「過江的蝦米，自顧猶不暇，我們不用分心。這本出自吳家劍塚的《青蚨劍典》是珍貴非凡，但更讓我們棋劍樂府好奇的是除了這部上乘御劍典籍，還有三、四本祕笈幾乎同時流入邊境，若是幕後人有心而為，就有嚼頭了。西湖師弟，你怎麼看？」

瘦如猴子卻一身華貴錦衣的男子相貌與吳妙哉一個天、一個地，這人手持一柄鐵如意，但眼神清澈冷冽，身上養出一種只可意會的不怒自威，緩緩笑道：「東仙師兄，你這可就是問道於盲了啊。就我這一根筋的腦子，也就是找到那姓宋的拿鐵如意打殺了。」

其餘師兄弟皆是會心一笑，西湖師弟性子直爽不假，但下棋如做人，每次落子都直敲人心，絕對不能小覷。棋劍樂府三座府邸，也正因為有西湖和一斛珠這般粗獷心細兼有的同門，才可以表裡如一地其樂融融。而且棋劍樂府最讓世人豔羨的是門內有不下二十對神仙眷侶，或者隱居府內常年對弈練劍，或者攜手行走江湖，相濡以沫卻能不相忘於江湖，只羨鴛鴦不羨仙，不過如此。

對於棋劍樂府而言，一本《青蚨劍典》算不得什麼燃眉的大事，也不是搜羅不到就要捶胸頓足，否則也不會僅僅派出吳妙哉這一輩精銳走出府邸，更多是存心讓王維學這幫晚輩來邊境歷練，讀萬卷書、行萬里路，再加棋劍樂府獨有的落子百萬，便是宗旨。

吳妙哉單獨一人，興許制不住那魔道中人的宋老蠱頭，可聯手兩位師兄弟便足以將其困死，因此更高一個輩分的府中長輩出馬的話，例如吳妙哉的師父葉山鹿，詞牌名漁父，劍術如棋風一般殺伐果決，只要被一眼看見，僥倖得手《青蚨劍典》的宋姓魔頭就萬萬逃不出手掌心。

王維學一直偷偷打量著喝茶的劍府黃師叔。他出身王朝第一等豪閥，什麼樣的美人兒沒有見識過，這位名義上的長輩女子漂亮毋庸置疑，但真正讓他動心動容的是她的坎坷境遇。

女師叔出身龍腰州一個不起眼的寒門小族，年幼時被她那位遊歷四方的師父相中根骨，帶回棋劍樂府初始，轟動三府，無一不去稱讚她天資卓絕，幾乎不遜色於歷代府主。

二等詞牌名位列第一的謫仙空懸百年，劍府府主原本有意摘來賜給那粉雕玉琢的小娃娃，又擔憂揠苗助長，便想著等少女初長成以後再由她自己拿下謫仙的詞牌名。

這孩子不負眾望，三年習劍便與劍通玄，不承想十歲時生了場大病，幾乎暴斃，這以後經脈枯萎，竅穴緊閉，之後整整五年一言不發，與啞巴無異，終日練劍卻毫無寸功，讓旁人瞧著心酸。十六歲時被評點詞牌名，僅是拿到了第六等的山漸青，雪上加霜的是她的師父隨後逝世。

若只是如此，這個名叫黃寶妝的女子，也就要靈光乍現後籍籍無名一輩子，但十八歲時獨自走入宗門後面的青山，再出青山時，已是開竅兩百一十二，再練劍，境界一日千里，三府震動，都將其視作有望爭奪下任劍氣近的天縱奇才。

連已是棋劍樂府第一人的更漏子洪敬岩都時常與她下棋。

王維學癡癡道：「好一個山漸青。」

吳妙哉在桌下踢了一腳這色迷心竅的徒弟，後者立即恢復常態，嬉皮笑臉。

繼洪敬岩之後再次讓棋劍樂府不惜傾力栽培的黃寶妝喝完茶，起身朝在座師兄、師姐輕一揖，默默離去。諸位習以為常，回禮以後便繼續閒聊，只有王維學想跟上去，被師父吳妙哉一把拉回座位。

第八章　弱嬌娘人魔難辨　登徒子福禍不斷

世子殿下站在城頭俯瞰全城，這時候的雁回關寧靜安謐，就像一位暮年老婦打著瞌睡，但世子殿下確定這名老婦與慈祥沒有半點關係，一旦垂死掙扎起來，會是異常的猙獰。

城頭上就只有徐鳳年一人，他緩緩走到東城牆點將臺下，見有一座石碑，蹲下後仔細看去，竟是北莽書法大家余良的傑作〈佛龕記〉。碑記行文晦澀，夾雜太多佛教術語，一般人根本認不全，不過余良行文旁徵博引、推敲過度，字卻是一等一的好。

當今天下書法四大家，北莽就這位擔任兵鎧參事的余良上榜，連離陽王朝文壇都由衷讚譽「余龍爪字裡有骨鯁金石氣」。北莽女帝對這位「字臣」也相當青睞，曾對一名近臣戲言：「余良學而有術，以字求寵，以文感恩，如小鳥依人，竭誠親近於朕。寡人自當憐愛余良。」

徐鳳年盤膝而坐，將〈佛龕記〉一字一字讀去，讀完以後，啞然失笑道：「余大家啊余大家，給一名半百老婦人說成小鳥依人的滋味，不好受吧？」

然後徐鳳年轉頭笑問道：「這位姑娘，喜歡聽我讀〈佛龕記〉？」

世子殿下身後正是無意間來到城頭的山漸青——黃寶妝。

她腰間懸一柄古劍綠腰，是劍府珍藏四百年的三大名劍之一，傳言劍紋若九條青蛇，放於水中，遊走如活物。

在棋劍樂府面如寒霜的黃寶妝露出一抹羞澀。

徐鳳年難免感到驚訝，在雁回關要找一名臉皮淺薄的女子實在比登天還難，況且她還有九十文的姿色，他瞥了眼那柄絲絲纏繞的劍鞘，問道：「姑娘是棋劍樂府的人？」

她猶豫了一下，點點頭。

徐鳳年起身後作揖道：「在下徐殿匣，宮殿的殿，劍匣的匣。」

黃寶妝以棋劍樂府獨有的劍禮回禮。

眨眼間，徐鳳年身形暴起，掠至這名女子身邊，一隻手貼住她的心口錮住氣機，一手捏住她的下巴，逼迫其張嘴，瞇眼往嘴中看去，「果然如我所料，師父曾教我一些失傳的相術，我只記住了天人相、龍妃相在內最神奇的六種，這位姑娘竟然身兼兩種，早該承受不住而暴斃死去，一定有那浩瀚青史上唯一一顆被見證以及記載的驪珠，在姑娘體內借氣生長。好一個驪龍頷下吐龍珠！」

有一顆紅珠懸於黃寶妝口中，她張嘴後便再難以遮掩這顆千年驪珠的流光溢彩。

黃寶妝眼淚如珠子滑落臉頰，眼神逐漸渙散，但仍是竭力沙啞道：「你快逃！」

◆

女子如龍，悠悠口吐驪珠。

國士李元嬰曾給世子殿下講述過人生百相，後者只挑了六種去記，真正見識過的只有一種——共工相，有兩人皆是如此，弟弟徐龍象，再就是青州陸家帶來的家僕，重瞳兒陸斗。

黃蠻兒和這位曾經在山熊利爪下救下陸丞燕的重瞳兒，都是天生膂力驚人，即便沒有後天習武鍛鍊體魄，也能憑藉著先天恩賜，扛千斤鼎，生撕虎豹，有如神助。

但眼前這位棋劍樂府裡走出的女子，竟然既是道門真人垂涎三尺的天人相，又是密宗歡喜雙修中夢寐以求的龍妃相，打個比方，這類人就像一棵活人參在街上逛蕩，豈能不讓人心生歹念。

況且兼具雙相，她除非有黃蠻兒那般的身體，否則根本承受不住，能活蹦亂跳到今天，只能依靠那顆傳言八百年前大秦皇后銜嘴入棺的驪珠綿延氣機。這樣的神珠只聽說前朝被盜墓，但未有發現它的消息流傳世間。

當徐鳳年看到女子吐珠後眼神渙散，下意識就要將驪珠逼迫回她口中，但已然來不及。她死寂無神的雙眸猛然一變，毫無徵兆地變作一赤眸、一紫眸，熠熠生輝。

徐鳳年驚悚，應變已經算是迅捷，攔不下龍吐珠，當下左手向下按住春雷刀柄，右手緊貼女子心口發力一推，試圖打散她體內炸雷的洶湧氣機，這一瞬間哪裡顧得上手心那一團鴿肉是軟是硬，至於男女授受不親就更是個笑話，再有絲毫分神，可能自己小命就得莫名其妙交待在這裡。

紋絲不動的徐鳳年額頭滲出汗水，王重樓灌入體內的大黃庭吸納八分，竟然在純粹與這名女子硬碰氣海的前提下，仍是完全落於下風！

女子雙色眼眸滴溜溜轉動，好似在黃泉路上倒行回陽間的厲鬼，在緩緩適應與陰間截然不同的世界。

不光是有揩油嫌疑的右手被黏住，徐鳳年搭在春雷上的左手一樣動彈不得，就像一座雕塑杵在女子身前，保持著看似親暱溫馨其實凶險萬分的架勢。

她雙眸終於有了焦距，直直盯著近在咫尺的徐鳳年面孔，驪珠歡快地繞著女子飛旋，在暮色中帶出一抹一抹的流螢光華。

不知道還能否算是棋劍樂府黃寶妝的女子伸出一根纖細手指，輕輕點在徐鳳年眉心。

徐鳳年體內氣機幾乎寸寸砰然炸裂，發出一串黃豆在鍋中爆開的聲響，可想而知世子殿下的氣機是何等充沛，而受到的疼痛又是何等巨大，千刀萬剮的酷刑肯定要比一刀腰斬來得恐怖。

這段時日鑽研王仙芝的刀譜，尤其是那一頁講解劍氣滾龍壁的氣機運轉路線，讓逆水行舟的徐鳳年已經很能承受其中足以讓常人暈厥的刺骨戰慄，越是如此，此刻受罪越重。

好像是因為有些訝異徐鳳年沒有被彈指殺死，女子僵硬緩慢地歪一下腦袋，然後低頭望去，看到春雷以肉眼可見的速度出鞘一寸，再歸鞘大半，如此不停往復，可謂艱辛地終於出鞘至兩寸半，她的耐心也消耗殆盡，閃電出手，拍在徐鳳年手背上。

春雷剎那間澈底回鞘，不僅如此，春雷刀衝撞刀鞘的餘勁，讓這柄短刀在徐鳳年左腰蕩出一個上翹弧度，緊接著她左手在徐鳳年胸口「輕柔」一推。

徐鳳年雙腳離地，連人帶刀倒撞向〈佛龕記〉石碑，厚達三寸的結實石碑不是折斷，而是被徐鳳年體內的混亂氣機殃及，整座等人高的大碑瞬間砸成無數塊碎石。

徐鳳年立定後不驚不懼、不悲不喜，略微壓抑下痛感，勉強調順氣機運行，左手按住春雷，抬頭見她不急於追擊，抬起右手抹去嘴角猩紅鮮血。

不知道棋劍樂府如何養出這麼個怪胎的女子，她扭了扭脖子，望著徐鳳年，嘴角扯了扯，應該是在譏笑他的不堪一擊。然後伸出一根手指點了點城牆以外，很善解人意地提醒徐鳳年嘗試一下逃跑。

於是徐鳳年沒有讓她失望地掠向城頭，腳尖在箭垛牆體上一點，但卻是在空中轉折，春雷毫無凝滯地出鞘三寸，身體狠狠撞向這名高深莫測的女子。

逃？以她的凌厲手段，身體落地時肯定便是喪命時。

距離五步時，春雷即將徹底拔出的關鍵一瞬，她輕描淡寫地向前踏出一步，一隻五指纖細如青蔥的玉手往外一推，讓徐鳳年身體一滯，恰好在節點上延緩了春雷出鞘的時機。

她另一隻手伸出凌空往回縮，徐鳳年如同龍汲水給吸納過去，女子驟然加速快步前行，橫出手臂，轟然揮在徐鳳年胸膛上，徐鳳年身體如同一張被拉弦滿月的弓胎，再度向後倒飛出去。

女子繼續前行，看似閒庭信步、漫不經心，實則快得讓人眼花，她「慢騰騰」走到身體浮空的徐鳳年身側，一個肘擊擊在他的腰間。

徐鳳年的身軀在邊牆上砸出一個坑，他單膝跪地，吐出一大口瘀血，青磚地面上一攤紅色，觸目驚心。

她面無表情地勾了勾手指。

徐鳳年默然以春雷鞘尖點地，借力撐起身體，直起腰，渾然忘我，沒了疼痛，沒了雜念，腦海中只有那一頁劍氣滾龍壁的精髓所在，氣海沸騰。

氣吞雲夢澤，波撼崑崙山。

徐鳳年再不去握春雷，他雙手在胸前起手勢，雙腳在地面上擊出兩團塵土。

在這種要人生死存亡的緊張時刻，她肚子發出咕嚕一聲，隨即聽聞一聲輕輕嘆息，幾乎彌漫整座城頭的浩然殺機蕩然無存，她低頭摩娑著肚子，喃喃道：「餓了呢。」

徐鳳年氣機一鬆，她的那張臉龐眨眼間就貼到了他的眼前。

雙手握住徐鳳年雙臂，喜怒無常的她沙啞道：「餓了，我就格外喜歡殺人。把你手臂撕掉好不好？」

徐鳳年決絕的臉色浮現出一抹冷血，故作一鬆的氣機悉數提起，張嘴一吸，將那顆驪珠咬在牙縫中，只要她撕斷他的雙臂，他就可以拼上全部大黃庭將這顆驪珠炸碎。

她問道：「你真以為我會讓你心想事成？」

初見面時，是徐鳳年說話，她做啞巴，現在風水輪流轉，顛倒過來，徐鳳年成了啞巴。

她笑了笑，鬆開徐鳳年的雙臂，不見她任何氣機運轉，驪珠便脫離徐鳳年的駕馭，重返她身邊活潑打轉。

她躍上城頭，彎腰看著徐鳳年，說道：「算你運氣好，我曾經與她許諾，吐出驪珠後見到的第一個人，不殺。」

徐鳳年不笨，知道這名棋劍樂府的女子是雙重人格，他顯然更喜歡跟那個靦腆婉約的她打交道，眼下這個她，應該至少是指玄境界，吐出驪珠，就等於釋放了一尊天大魔頭，難怪當初她讓自己快逃走。

徐鳳年倒不是說貪戀這顆傳說可以讓女子青春常駐的驪珠，但他至少想見識一下天人相與龍妃相的玄奇，不過打死都沒預料到一顆珠子會惹出這麼大麻煩。

跨境殺人，是很解氣，但事實證明徐鳳年目前還做不到。

她玩味道：「答應不殺，不意味著可以活得痛快，不過你這人還有些小本事，受得住一彈指。你其實應該一開始就拔刀殺人的，否則也不會如此狼狽。為何猶豫了？憐香惜玉？真蠢。你練刀，已經到了蓄意的地步，這跟李淳罡到達指玄境以後閉鞘封劍是一個路數吧。對了，你方才有李淳罡在西蜀皇宮劍氣滾龍壁的雛形，你跟這老頭是什麼關係？說來聽聽，要是我開心，教你幾手不輸兩袖青蛇的好東西。」

徐鳳年多此一舉地握住春雷。

女子負手站在城頭，赤眸紫眸很是瘆人，居高臨下微笑道：「呦，看來這老傢伙在你心目中還真有地位，都捨得拚上性命維護？他有什麼了不起的，不過就是十六歲入金剛、十九歲入指玄，這個跟我差不多嘛。況且他二十四歲才達天象，說起來比我還晚，什麼『天不生我李淳罡，劍道萬古長如夜』，好笑好笑。我看也就是你們離陽王朝沒有真正的高手，哦，王仙芝算一個。」

始終沒有說話的徐鳳年終於張嘴，早已湧到喉嚨的鮮血吐出。不是他想做啞巴，實在是已經說不出話來，只好朝她做了幾個字的口形。

她伸出一根手指，驪珠繞指而旋，她笑咪咪道：「哦，你是說『去你娘的』。」

她說完以後，徐鳳年兩袖獵獵作響，重新閉嘴後，唇角溢出鮮血卻是更濃。

她撇了撇嘴，冷笑道：「也就是你不知道我是誰，否則哪來這麼多狗屁骨氣。」

她跳下城頭，伸了個懶腰，握住驪珠，輕柔摩擦臉頰，戀戀不捨嘆氣道：「回了。」

驪珠重新入嘴，雙眸光華逐漸淡去，歸於暗淡。

懸掛綠腰劍的女子一臉茫然地站在那裡，好不容易才看到一屁股跌坐在地上的徐鳳年，立馬眼眶濕潤地小跑到世子殿下身前，緊閉嘴唇，拿手指在空中比畫。

仍是不敢有絲毫懈怠的徐鳳年看懂了，她是在說：『別殺我。對不起，我如果張嘴或者死了，她就會出來殺很多人。』

徐鳳年暗自慶幸沒有在她回魂的時候痛下殺手，她那一番故意激怒自己的言語果然是有預謀的，恐怕更是存心主動給自己殺死另外一個她的機會，這個手段駭人的女魔頭，心機也不淺啊。

眼前這個相對來說普通的棋劍樂府女劍士，無非是與自己一樣臨近金剛境，論起貼身搏殺，徐鳳年有九成把握將其斬殺，要不然方才也不可能一瞬間就制住口銜驪珠並未瘋魔的她。她分明是個沒有江湖閱歷與廝殺經驗的雛鳥，頂尖宗門的嫡系親傳大多如此，按部就班地在武道上飛躍晉升，看似一騎絕塵，一旦遇上在江湖摸爬滾打過來的同境武夫，只有一個死字。而且以她這種百年難遇的情況，棋劍樂府沒有拿鐵鍊把她當作凶獸鎖起來已經足夠寬宏大量了。

徐鳳年一邊吐血一邊苦笑，要有多悲涼就有多悲涼，讓那個從小就在棋劍樂府長大而涉世未深的黃寶妝無限愧疚，以至於完全忘了這場災禍是這名佩刀男子自討苦吃。

兩個鮮明的極端，一個她，上一次現世，惹下了駭人聽聞的滔天大禍；一個她，只會埋頭練劍，只會在棋劍樂府板著冷臉用這麼個最笨的法子，去應對所有人，師父說什麼便是什麼，師父逝世以後，便是瞎子一般茫然失措，只敢躲起來偷偷哭。

這個她，此時此刻，忘了矜持和羞澀，顫抖著伸手去幫這名陌生男子擦去鮮血，但如何都擦不乾淨，徐鳳年輕輕抬手擋去她的幫倒忙，一臉無奈道：「沒事，吐著吐著習慣就好，死不掉的。」

徐鳳年好奇道：「她是誰？」

黃寶妝抽泣著沉默下來。

徐鳳年也不追問。

在離陽王朝，魔道式微得厲害，尤其是當年六大魔頭上金頂，被齊玄幀一人殺盡，徐驍馬踏江湖後，一些個幫派名字稍微有魔教嫌疑的都忙不迭更名，夾起尾巴做人。但北莽皇朝大大不同，北莽王庭除了扶持少數幾大宗門去壟斷江湖，對於所謂的魔道派別，一直不予理睬，以至於那些個公然食人心肝的、採陰補陽的大邪派，一樣能夠風生水起。

北莽王庭一直遵循江湖事江湖人自己拿雙手去解決的宗旨，這次北莽點評武榜，除了天下十人，還列出了十位魔道巨擘，隨便拎出一個，在離陽王朝被江湖傳首十次都不夠。其中高居榜首的洛陽，只憑雙手便轉戰東錦、寶瓶、橘子、龍腰四大州，最後更是堂而皇之殺到帝城，見人便殺。這還不夠，直到趕至皇城門口的軍神拓跋菩薩親自出手，才擋下這位一身紫袍魔頭的腳步。

北莽女帝就在城頭觀戰，始終耐著性子沒有調動拱衛皇城的六千錦甲，而是說了一句：「用六千甲士殺一個洛陽，寡人的巍巍北莽豈不是少了一萬二千好兒郎？」

這樣的江湖，這樣的北莽，是應該親眼去看一看。

『鳳年，你有沒有想過，北涼三十萬鐵騎，要擔心被背後捅刀子，到底能否擋得住北莽一個皇朝的正面南下？』

那一晚徹夜密談，臨近尾聲，徐驍問了這麼一個問題。

徐鳳年後移了一下，靠著牆壁，總算止住鮮血湧出的勢頭，抬臂拿袖子隨意擦了擦嘴，苦笑道：「當時一時衝動，對姑娘有所不敬，見諒則個。」

黃寶妝搖了搖頭，指了指徐鳳年的臉，繼續比畫手勢，『你的面具破了。』

先前在雁回關牆根下蹲著換上一張舒羞精心製造的易容面具，與那個她一戰後，已經破碎七八分。徐鳳年仔細地一點一點撕去，在她幫著指指點點下，逐漸露出本來的面容，略顯蒼白。

徐鳳年伸出一隻手，她以為他要自己攙扶，也伸出手，卻一下子被他拉入懷中。

手足無措的黃寶妝嬌軀僵硬。

徐鳳年輕聲笑道：「知道妳想說什麼，妳不喜歡我。我也沒說喜歡妳啊，不過就是吐了這麼多血，好歹把老本掙回來，虧本買賣，我不做的。」

精疲力盡的世子殿下閉上眼睛。

記得徐驍說過，年輕時候第一次遇到媳婦，就被打了個半死不活。

◆

黃寶妝年幼便被師父帶入北莽百姓心中的仙府，纖細肩膀早早被壓下太多重擔，以後除了練劍下棋就再無事可做，單薄如一張世間質地最佳的白宣。棋劍樂府將她看得太重，由不得任何人私自去在這張宣紙上寫下一撇一捺。

從稚童長成少女，幾乎便是只與師父和兩位府主寥寥幾人接觸，她曾無數次站在高聳樓閣上踮著腳尖，遙遙俯視那些與她無關的歡聲笑語，充滿好奇和憧憬。

黃寶妝十歲以後開始知道另一個自己，十六歲在青山中橫空出世，這個她強大到棋劍樂府不得不讓一位大師祖時刻盯著自己，她就像腳踩西瓜皮能滑到哪裡是哪裡。二十歲以後，師父已經不在世，除了銅人師祖，就只有洪師兄會時不時來找她下棋，兩個臭棋簍子，棋府府主看過棋局後，就再不願意在一旁觀戰。

黃寶妝知道自己除了那個她的存在和練劍兩樣外，幾乎一無是處，下棋糟糕，識字不多。她一直很羨慕宗門裡師兄、師姐們的腹有詩書氣、出口成華章，入雁門關前東仙師兄吳妙哉就與西湖師兄打賭誰能一字不差讀順〈佛龕記〉，因此當她登上城頭看到這個背影，聽著他讀得朗朗上口，便在心底很敬佩他的博學。

師父、兩位府主、銅人師祖、洪師兄加上她共計六人，不過如果世子殿下知道自己僅是在比一隻手略多的人數裡還排倒數第三的真相，一定會覺得這種博學的稱讚也太沒誠意了。

徐鳳年見四下無人，從懷中掏出一遝纖薄如蟬翼的面皮，小心翼翼剝下其中一張，往自己臉上貼去，五官每一個細節，都用手指緩慢推移過去。

黃寶妝毫不掩飾自己的震驚。別看就是拿面具往臉上一拍，其實這是個不輸繡花的細緻活，徐鳳年的精氣神折損嚴重，生怕露出破綻，正要跟她說上一聲看哪裡不妥，她已經心有靈犀地伸出青蔥，緩慢輕柔地替他抹平一些細微瑕疵。

面皮共有六張，舒羞挑燈夜戰了兩旬時間。世子殿下也不知道具體情況，反正那段時間雙胸如春筍倒扣的舒大娘，一得閒就來撫摸他的面孔，每次一摸就是幾炷香的漫長工夫，天曉得她有沒有心存揩油的念頭。

幾次世子殿下胸口或者手臂都清晰感受到她兩粒櫻桃尖兒都挺立起來，心猿意馬得一場糊塗，不愧是上了歲數的熟透女子，春天一到就跟花貓一樣耐不住寂寞。

徐鳳年趁黃寶妝幫忙的空隙，見她雙眼滿是有趣和驚奇，就笑著解釋道：「這是一位出身南疆巫門的易容大家打造的，她說這易容術有五層境界，落子、通氣、生根、入神、投胎。落子只是最粗劣的易容，也就蒙蔽眼力不佳的常人，通氣才算登堂入室；若能生根，就不易看破；入神的話，不光是相貌，整個人戴上面具後連神態都會改變；至於投胎，她也自稱只是聽說。要知道有面由心生這個說法，換上這種面皮，就等於改了局部根骨，可能連命運都會發生不可預測的變化。她幫我製造了六張，其中通氣和入神各一張，生根四張，妳手頭這張是落子，剛才破損的是一張生根。這個說法，你們棋劍樂府應該比較能理解深意。」

徐鳳年站起身，黃寶妝趕忙跟著站起，往後退了幾步。

徐鳳年知道此地不宜久留，離開前輕聲道：「妳我二人就當今天的事情沒有發生過，對誰都不要說起。」

不料黃寶妝搖了搖頭，徐鳳年訝異問道：「妳要如實稟報給棋劍樂府？」

她點了點頭。

徐鳳年眉頭緊皺，天人交戰。若眼前女子只是棋劍樂府的嫡傳弟子，先不說辣手摧花正確與否，將其擊殺是最穩妥的做法。但她口銜驪珠身世神祕，殺了她就等於放出一尊無可匹敵到不是天字號也是地字號的大魔頭，與白殺無異。可綁架她的話，實在不是一個明智的做法，她註定是棋劍樂府一顆至關重要的棋子，分量恐怕只在洪敬岩之下，帶走她就等於在棋劍樂府屁股上捅了一刀還在那裡喊「來追我啊、來追我啊」，棋劍樂府實力雄厚，高高在上，不追你追誰？打殺也不是，綁架封嘴也不是，就這麼放了？

徐鳳年撫額沉思，這娘們兒瞧著挺和氣的，當時被貼住心口要脅，第一時間還是讓自己逃命，怎麼到頭來還是個鑽牛角尖就不出來的角色，半點圓通都不懂。

徐鳳年重重嘆息一聲，得了，看來是板上釘釘要擦不乾淨屁股了。反正當時為了不給魚龍幫惹麻煩，自己畫蛇添足地向鷹鉤鼻老者要了本《公羊傳》，去打消棋劍樂府以外江湖客疑慮的同時，也意味著只要王維學心細，就等於攬禍上身。蝨子多了不怕咬，到了留下城與魚龍幫分別後，反正也要大鬧起來，你們棋劍樂府愛怎麼來、就怎麼來，老子兵來將擋、水來土掩。

黃寶妝猶豫了一下，用一根青蔥手指比畫道：『我只說見過你，讓我吐出驪珠，但不說你姓名，不說你佩刀，不說你有面具。』

徐鳳年愣了一下，滿臉燦爛笑意，上前兩步，攤開雙臂似乎想要來一個離別擁抱。

黃寶妝紅著臉往後退了不多不少也是兩步，胭脂粉堆裡長大的徐鳳年會就此罷手？他繼續厚著臉皮向前踏出兩步，臉上還多了一抹看似真誠到發自肺腑的可憐無辜，那位棋劍樂府的山漸青羞澀更濃，臉頰如桃花，退了一步。

兩步到一步，咱們花叢老手的世子殿下會不知曉其中玄妙？當那些年無數黃金白銀、珠寶綾羅都是白送的？他一把抱住這個不是喜歡自己，只是不擅長拒絕的女子，在她紫檀木簪綰起的青絲旁使勁嗅了嗅，促狹笑道：「以後我有機會就去棋劍樂府找妳，妳要是覺得被我抱了很吃虧，到時候回抱我一下。」

終於捨得鬆開黃寶妝，不知道是口銜驪珠的關係，還是她龍妃相天賦使然，她的身體夏日沁涼如泉，冬天溫暖如玉。

徐鳳年從她身側縱步踏出，故意不去看她泫然欲泣的委屈表情，單手在城牆上一撐，躍下城頭，離開雁回關向荒漠疾行。

◆

黃寶妝呆呆站在城頭，怔怔出神。

暮色漸濃，她曾聽遊遍天下的師父說過，雁回關有南雁北歸，口銜蘆葉而過。運氣好的話，還能看到海市蜃樓的奇景，她這次出行是好不容易才鼓起勇氣跟府主求來的。

過了許久，黃寶妝身體猛然僵硬，緩緩轉身，看到青磚長廊盡頭站著兩人，隨即放鬆，露出一個笑臉。黃寶妝視野中，兩名男子並肩而立，一位身材魁梧到匪夷所思的境界，幾乎有黃寶妝兩人高，這巨人的肌膚呈現出罕見的金黃銅色。

如天庭仙人的巨漢神情木訥，身邊站著一位鋒芒竟是更勝一籌的男子，三十歲出頭的模樣，手裡提著一串好似冰糖葫蘆的頭顱，有幾顆血液已乾，面容顯得乾涸，有些尚且有血珠滴落，仍是栩栩如生。

宋老蠱頭的腦袋就在其中，臨終前肯定是驚懼到了極點，頭顱五官扭曲。如果世子殿下還在城頭，一定會誤以為這是年輕時候的武帝城王仙芝，並非形似，而是太過神似。

而立之年的男子將一大串冰糖葫蘆交給身邊銅人，走向黃寶妝，笑了笑。也就黃寶妝會覺得他是在笑，任何一個略曉人情世故的常人，看到這名男子的笑容，都只會感到遍體生寒的不適，緣於他的雙眸根本無瞳，只剩下詭異的銀白。

他掏出那本《青蚨劍典》，「盯」著黃寶妝打量了片刻，緩緩說道：「我跟銅人師祖去了趟北涼邊城，給那個殺我北莽皇室中人的陳芝豹還一份禮，回來的路上順手拿到幾本祕笈，這本《青蚨》本就該是送妳，我就不交給府主了。」

這名男子交出《青蚨劍典》以後，不再說話，整個人拔地而起，如一根羽箭刺入天空，整座城頭都在一踏之下震動搖晃起來。黃寶妝看到這位師兄踩在了一隻排在人字形最前頭的大雁背上，向北而去。她拿著《青蚨》，眼中有著單純的崇敬。

這位師兄洪敬岩，他曾在下棋時指了指自己雙眼，說整個天下，只看到兩個人，一個是王仙芝，一個是拓跋菩薩。

黃寶妝的銅人師祖左肩向下斜了斜，她笑著躍起，站到他肩上。

月色籠罩的大漠裡，黃銅巨人手提六、七顆頭顱，帶著女子朝北狂奔。

在北莽只有棋劍樂府少數幾個神仙府邸才會出現連綿青山山漸青的景象，黃寶妝打心眼裡喜歡這個第六等中游的詞牌名，對於這個沒有家人的家，她不想撒謊，偷偷隱瞞下什麼，已經是她的極限。

◆

寂靜深夜，老儒生背著沉重竹編書箱來到城頭，看著破碎不堪的石碑，搖頭惋惜，呢喃著：「現在的後生們啊。」

滿臉風霜的老人孤獨地站在點將臺下，離鄉背井二十多年，不管是近鄉情怯還是什麼念頭作祟，都該回家了。

◆

徐鳳年終於還是趕在進入留下城前追上了魚龍幫。這一夜兩晝走得並不愜意，被那女子重創氣海後，三百多竅穴翻江倒海不說，事後發現竟然被她植入了許多凌厲如劍氣的外來氣機，抽絲剝繭異常艱辛困苦。

為了不耽誤養劍，剔除那些噁心人的駁雜氣機，徐鳳年差點沒瘋掉，這就像在偌大一座雁回關裡尋找幾隻螞蟻飛蟬，殊為不易。但仍是耽誤了一天養劍，讓徐鳳年罵了一路，但不幸中萬幸的是這種細膩到極點的勞心活，就跟當初武當山上以《綠水亭甲子習劍錄》的手法雕刻棋子，有異曲同工之妙，對於深入挖掘大黃庭的奧妙有種不可言傳的裨益。大黃庭就像一柄劍胚，羊皮裘李老頭的兩袖青蛇是以萬鈞重力錘鍊，後者則是名劍收官時的水淬，兩者缺一不可。

徐鳳年與魚龍幫重逢後，停下牙齒上下輕敲與雙耳左右鳴天鼓的大黃庭基礎祕術。

少年王大石十分欣喜，劉妮蓉和想必已經買到弓弦的公孫楊都對徐鳳年點了點頭。

留下城繁花似錦，毫不遜色於北涼腹地的陵州大城，讓自倒馬關出關以後滿目荒涼的魚龍幫眾人再也生不出怒氣敵意，只覺得終於活了過來。

徐鳳年身上有偽造的前任兵器監軍書信，字跡一模一樣，只不過內容做了變更。印章更是貨真價實，甚至印泥都取自這名武散官書案上的珍品，一般人無法想像那名粗野將軍會去鍾情八寶齋的魁紅印泥，這也越發坐實了密信的「千真萬確」。按照信上內容介紹，徐鳳年搖身一變，成了將軍府上一名尊貴清客的子侄晚輩，還是姓徐。

徐鳳年自然知曉接頭的地址，進城以後找人問了路，徐鳳年帶著魚龍幫來到一座竟是江南官商做派的府第。門房拿著密信通稟以後，走出一名身著富貴綢衣的清臒老者，腳步急促，見到徐鳳年以後，先是相互作揖，老人讓門房安頓魚龍幫一行人馬，然後熱絡地拉著徐鳳年的手臂，一同跨過門檻，大笑道：「老頭兒與齊老兄弟可是多年的交情了，嫂子的霜降茄子燒得那可叫一絕，至今想起來，都要流口水，這留下城可沒這等美味。」

徐鳳年一臉尷尬道：「嬸子的茄子，實在是太辣鹹了，虧得朱伯伯吃得慣。」

清瘦老人瞇眼笑了笑，微微點頭，加重力道握住徐鳳年的手臂，哈哈道：「辣鹹才能下飯。齊老兄和老嫂子的身體都還好？」

徐鳳年一臉陰霾嘆息道：「嬸嬸身體還算好，就是叔叔年輕時候落下肺部老毛病總去不了病根，一到陰雨天氣就咳個不停，聽著就讓人擔心。」

老人沉默了會兒，聲音低沉起來，說道：「老頭這兒有幾品雪蓮，回頭你給齊老哥捎帶回去，燉著冰糖喝，能養胃肺。」

徐鳳年作勢要感激作揖，老頭趕忙攙扶，佯怒道：「你這孩子，都是自家人，怎的如此見外！」

留下城雖然不像兩朝帝城那般寸土寸金，卻也需要白銀六、七萬兩才能買下一棟像樣的宅子。魏姓老人的宅子是豪奢的五進大宅，沒有十五萬兩根本拿不下來，若是在太安城有這麼一棟豪宅，能讓許多為官多年的正三品大員都羨慕得不行。

繞過照壁假山，沿著中軸向裡遞進走去，兩側有帳房和家塾，大廳富麗堂皇，再往裡一進就是宴飲聽曲的花廳，多半會有一座栽滿荷花的小水池，這大概是江南官商大宅的共性，庭院深深，淡雅幽靜。

徐鳳年見這大廳裡與江南風情不太相符的扶手座椅，微笑道：「魏老叔真是念舊，否則不會用上這些南唐美人靠。」

老人與徐鳳年和劉妮蓉、公孫楊三人說著「坐坐坐」，等三位客人落座才將屁股擱在美人靠裡，他由衷笑道：「這輩子是沒辦法落葉歸根嘍，但總得讓自己還記得是哪裡人不是？」

在留下城有十幾家鋪子的大商賈老者才坐下，與劉妮蓉、公孫楊在面子上的客套寒暄，相比「自家子侄」的徐鳳年，明顯就要冷淡許多，他很快起身道：「老頭兒親自去清點貨物，總要給監軍大人賣出個好價錢，否則丟不起這人。不用送，你們都當是在自己家。」

兩名年輕俏麗的丫鬟留在大廳伺候人，自然而然更親近一些與老爺更像親戚的徐公子，茶水才涼去一、兩分，就嬌滴滴殷勤詢問徐公子要不要換茶。

帳房裡，魏老頭透過窗戶望向大廳，似乎記起什麼，背著三名帳房管事，從袖中抽出那封密信，沾了口水，然後拿發黃的指甲蓋在印章上劃了劃，蘸了唾液的手指肚一抹，嗅了嗅後，鬆了口氣，將密信放回袖中，點頭喃喃道：「是這個味道，這趟生意沒差了。」

能在留下城打下一番基業的魏老頭瞇眼打了會兒盹，然後會心一笑道：「既然真是齊老哥的遠房侄子，這一路千里走得辛勞，我這做叔的，是不是該去金鳳閣請位頭牌回府？只是不知道這侄子喜歡什麼口味，若是清淡一些的倒省了破費和麻煩，大廳裡秋水和春弄兩個丫鬟就挺好。老叔一大把年紀，已經有心無力吃不動了，肥水不流外人田嘛。」

進城以前劉妮蓉就跟幫眾們提過醒，寄人籬下千萬要小心謹慎，住下後別磕碰了什麼，其實這是她多慮了。一路北行，魚龍幫早已沒有初出陵州的躊躇滿志。這趟北莽行，見識過將門子弟的倨傲陰險，也親身感受過官兵的毒辣手段，也見識過那幫搶奪祕笈的江湖人飛來飛去的場景，早已被打磨得毫無脾氣可言。尤其是三名跟著劉小姐一同進入雁回關的青壯，唾沫四濺說起那女子的白花花大腿、沉甸甸雙峰，又是如何一腳將壯漢踩出個大窟窿，更讓魚龍幫幫眾們膽寒。

一輩子都在打算盤的魏老頭心思縝密，先讓管家去探了探口風，在那名侄子點頭和魚龍幫劉姑娘默認後，晚宴過後，讓人分批帶著魚龍幫成員去留下城青樓喝花酒。青樓不是城中最上檔次的，不是說魏老頭出不起這個銀子，而是怕惹事。青樓本就是最不講理的地方，他的家產是不少，但在北莽，銀子能使鬼推磨的前提是你得先讓銀子在權貴子弟手上過過手，而與這些傢伙做生意還好，在青樓勾欄裡爭風吃醋的話，翻臉不認人比翻書還快。魏老頭不想為了一個與兵器監軍府的交情而惹一身葷腥，他畢竟是在留下城做買賣，而不是陵州。

魏府有意無意將劉妮蓉和徐鳳年單獨安排在花廳後頭的隔壁房間，與那些魚龍幫隔了一進。徐鳳年沐浴更衣都是兩個清秀丫鬟侍弄的，對此世子殿下沒有任何汗顏，倒是沒怎麼做過這種事情的兩個丫頭臊得不行。

換了一身清爽裝束的徐鳳年出房間後敲響隔壁房門，劉妮蓉開門後沉默不語，坐在靠窗位置，望著水池，清風拂面，與先前大漠旅行相比，實在是置身仙境一般。

徐鳳年拿起一梨咬了口，問道：「還在為魚龍幫去逛青樓而生悶氣？」

劉妮蓉狠狠瞪了一眼這個說逛青樓就跟吃飯一樣稀鬆平常的王八蛋！

徐鳳年笑道：「我幸好不是魚龍幫裡的人，要不然非被妳這個未來幫主活活氣死。好不容易提心吊膽活著到了留下城，都憋得兩眼冒火了，我的劉大小姐，妳是娘們兒當然沒啥想法，但大老爺們兒容易嗎？」

劉妮蓉怒道：「那你怎麼不去做那種下流勾當？」

徐鳳年頓時悲從中來，滿臉淒涼。看得劉妮蓉一頭霧水，一陣對視以後，她好像發現了一個石破天驚的祕密，破天荒露出同情的眼神，小聲問道：「你不行？」

徐鳳年咬了口多汁的梨，又好氣又好笑道：「我行不行關妳什麼事情。」

劉妮蓉臉色古怪萬分，好像認定了那個事實，很體貼地轉移話題問道：「到了留下城，應該不會出岔子了吧？」

徐鳳年點頭道：「一般來說，以魏豐的能耐，這趟買賣就算成了。你們回陵州也能得到他的暗中照應。」

劉妮蓉憤懣道：「既然他有這個本事，為什麼不早點幫忙？」

徐鳳年平靜反問道：「他是妳爹，還是妳是他兒媳婦啊，憑什麼要花銀子、花人情跑來幫忙？別跟我說這筆生意跟魏豐有關係，對這種不缺錢的老狐狸來說，魚龍幫自己沒本事送到留下城，以後就甭想再跟他套近乎。

他好歹也是留下城有頭有臉的豪紳，妳真以為陵州一個不在其職的兵器監軍就是天王老子的大人物啦，只不過礙於情面罷了。做成了大家皆大歡喜，都有銀子拿，做不成，魏豐不過是少賺了一份可有可無的香火錢。做生意，說到底除了貨物，還得把人的本事拿到秤上一起計算斤兩。妳的魚龍幫想要日子過得滋潤，歸根結底，還要妳自己爭氣，成了陵州首屈一指的大幫派，魏豐興許就要反過來巴結妳這位姑奶奶了。」

劉妮蓉黯然。

相視久久無言，一直神遊萬里的她冷不丁順著這傢伙的視線往下一瞧，可不就是自己的雙腿？

劉妮蓉惱羞成怒道：「臭流氓，你看哪裡！」

那傢伙竟然理直氣壯一拍桌子，嚇了她一大跳，厚顏無恥道：「犯法啊？」

◆

等府上丫鬟端來一壺茶水，姍姍離去，公孫楊輕輕閂上門，倒了一杯茶。

白瓷杯淡綠茶，瑩瑩可愛，他端起茶杯卻又放下。

腳患濕毒的他忍著刺痛脫下鞋襪，已過不惑之年，卻無而立。

公孫楊望向窗外，嘆息一聲，忍著刺痛摘下靴襪，陷入追思。

少年時代，徐字王旗麾下鐵蹄所過之處，寸草不生，以雷霆之勢奔襲西蜀皇城，他父親陣前戰死的噩耗傳來，祖父作絕命詩慷慨殉國。據說如今王朝作忠臣傳，西蜀僅次於西楚，絕命詩之多，更是八國最盛。

西蜀舊帝雖說才略平平，治國無能，但正是這麼一個昏君、一個小國，少年的他被忠僕帶走時，經過西蜀京城官員紮堆的那條青雲街，盡是官員赴死後家人響起的哀號，逃亡者大多如他一樣是尚未及冠的少年少女，極少有脫去官服混入流民的青壯男子，誰能想像那些留在家中飲盡鴆酒、懸梁自盡、刀劍抹脖的男子可能前一天還在朝廷上大罵皇帝昏聵？可能上一個月才受了廷杖之辱？

西蜀公孫氏，擅使連珠箭。

公孫楊伸手撫摸桌上已經補上弦的牛角弓，淚流滿面，嘴唇顫動。

敲門聲響起，公孫楊迅速擦去淚水，穩了穩心神，說了聲「稍等」，穿好鞋襪，瘸拐著走去開門，見到是徐公子，後者自嘲道：「被劉小姐拿劍追著砍，只好逃到公孫前輩這裡避災。」

公孫楊輕聲笑道：「恰好這裡有壺好茶，獨樂樂不如眾樂樂。」

徐鳳年掩門後走到桌前坐下，不客氣地給自己倒了一杯，也就是仰頭一口的事情。

公孫楊挪了挪牛角弓，雙指捏住質地薄膩的瓷杯，慢慢喝了口涼透的茶水。

徐鳳年伸手倒茶時，動作一停，問道：「有件事情不知當講不當講。」

公孫楊心一沉，臉色如常說道：「徐公子但說無妨。」

徐鳳年倒完茶水，一根手指摩娑著纖細杯沿，平淡道：「我與雁回關當地百姓打聽過，城裡就只有一家老字號的弓鋪子，姓張的老頭性情冷僻，拉不開門口兩石弓就不做你的生意，弓長張，我看十有八九是假姓。這鋪子很好打聽，也好找，以公孫前輩的膂力，應該不會被攔在門外，然後我無意中從劉小姐那裡得知，公孫前輩是過足了一個時辰才到城門。以前輩對魚龍幫的感情，應該不會故意將劉小姐與三名魚龍幫幫眾晾在雁回關這種險地，那我就猜測，是不是前輩身上銀子帶得不多，花了大半個時辰在那裡討價還價？但再一想，似乎不太可能，以前輩的江湖閱歷，而且還是連珠箭的高手，自然知道弦絲的行情。於是我就問自己，是不是公孫前輩與那張老頭是舊識，敘舊才耽誤了時間，但我很好奇的是多好的關係，才需要讓魚龍幫的未來幫主在城門等上小半個時辰？公孫前輩，可否告知一二？」

公孫楊猶豫了一下，徐鳳年微笑道：「前輩不用急，慢慢想，我就是喝茶閒聊來了，等得起。」

公孫楊放下茶杯，緩緩問道：「是兵器監軍大人和徐公子一起給魚龍幫下了一個套？」

徐鳳年冷笑道：「公孫楊，你是你，魚龍幫是魚龍幫。到了這種時候，你還想混淆視聽？魚龍幫的根底很乾淨，這一點毋庸置疑。劉妮蓉，甚至是肖鏘都被你蒙在鼓裡，這趟買賣是你一手大力促成的，我現在想知道的是你送了什麼情報給那個老張頭，是北涼的軍事防禦圖，還是北涼軍的人脈分布？我想是兩者兼有，才會讓你在弓鋪子待了那麼久。北莽給你畫了怎樣的一張大餅？是日後光復西蜀，還是要北涼鐵騎全部覆滅？或者給你西蜀公孫氏東山再起的背景支撐？」

公孫楊臉色複雜，道：「既然說到這一步，徐公子仍敢單身赴會，想必與我想的不差，徐公子深藏不露，起碼有二品實力。公孫楊只想知道肩上這顆頭顱加上雁回關一座弓鋪子，能讓徐公子掙多少黃金，能撈多大的官帽子？」

徐鳳年瞥了一眼公孫楊搭在桌邊上的雙手，笑道：「我連肖鏘都殺得掉，殺你一個掉回三品的公孫楊並不難。而且你我相距才多遠？你就算提起牛角弓和箭囊，成功拉開可供連珠的距離，但你真以為逃得出魏府，魏豐會讓北莽留下城知道來了一個北涼將門子弟？到時候不說我與魏豐如何，魚龍幫第一個全部慘死。忠孝義三字，孝不說，忠義兩字，似乎對你公孫楊來說，後者可有可無。」

脾氣溫和的公孫楊面容猙獰起來，十指如鉤抓在桌沿，渾身顫抖卻仍是沒有出聲。

桌面輕顫，順帶著兩杯茶水起漣漪，茶香越發撲鼻。

徐鳳年伸出雙指按住薄胎甜白的剔透茶杯，低頭望著杯中茶面，不帶感情地說道：「你有沒有想過，一個公孫楊，或者說幾百個像你這樣蟄伏在北涼的遺民，不惜性命，活得像條狗，對，你們絞盡腦汁源源不斷地給北莽送情報，恨不得日夜不休挖斷北涼的根基。但如果真的有一天，北涼三十萬鐵騎在北莽傾盡舉國之力的潮水攻勢下，全部戰死覆滅，整個北涼都硝煙彌漫，你們就人心大快。

但是到時候北門被打開，舊西蜀、舊南唐、舊東越、舊西楚，又有多少人會死？二十年前你是一條喪家犬，這些年當喪家犬也當得大義凜然，為了國仇家恨不惜與北莽蠻子眉來眼去。如果北涼鐵騎真有敗亡的那一天，天下漢人衣冠皆換莽服，真是有意思極了。公孫楊，對於你們這群銘記春秋大義的亡國遺民，在下佩服至極！」

不等公孫楊反駁什麼，似乎覺得無趣了的徐鳳年屈指一彈，盛滿茶水的瓷杯滴溜溜旋轉起來，茶水不灑半點。望著茶杯，徐鳳年自嘲道：「說這些大話空話，挺無聊的。」

公孫楊鎮靜道：「徐公子只要能夠保證不把魚龍幫拖進火坑，公孫楊願意束手就擒。」

徐鳳年啞然失笑道：「你還想與我講條件？公孫前輩啊公孫前輩，你就別試探我了，我若是對魚龍幫有企圖，至少有一百種法子讓它萬劫不復，你那個丟了的『義』字，我幫你撿起來便是。那個『忠』字，我也一併送你，如何？」

公孫楊初始在房中的渾濁眼神，逐漸清明。他身體後傾，重重靠著椅背，好似一個眼光短淺的老農，一副不知道該擱在哪裡的要命擔子背了太多年，終於可以歇一口氣了。

公孫楊笑道：「才知道無親無故，也有好處的。就是有些對不住劉老幫主，妮蓉是個好姑娘，希望徐公子好好對待，返回陵州，就靠徐公子費心了。至於如何跟她解釋，想必以徐公子的心智，不會太難辦。」

徐鳳年搖頭道：「不需要我解釋什麼。」

他才說完，陰差陽錯要來公孫楊這邊談事的劉妮蓉聽完這場對話，終於按捺不住，猛地推開房門，堅韌如她也是梨花帶雨，死死咬著嘴唇，搖頭道：「公孫叔叔，不要死！」

她頹然無力，哭腔問道：「我們一起回陵州，好不好？」

公孫楊揉了揉眼睛，不去看劉妮蓉，輕聲道：「可惜了，手邊沒酒。徐公子，喝杯茶不礙事吧？」

手才伸出去，卻又停下，已是將死之人的他自言自語道：「還是到下面喝個痛快好了。麻煩徐公子把劉妮蓉帶出去。」

徐鳳年鐵石心腸地冷漠道：「公孫楊，我看著你死。」

劉妮蓉撕心裂肺道：「姓徐的，你還是人嗎！」

公孫楊反而更加平靜，笑道：「也好，這樣才算死得一乾二淨。妮蓉，與老幫主說一聲，公孫楊這些年愧對魚龍幫，死得並不冤枉。」

劉妮蓉反常地安靜下來，不去看公孫楊，雙目赤紅死死盯住徐鳳年。

「世間再沒有西蜀公孫連珠箭了。」

公孫楊閉上眼睛，直起腰，正了正衣襟，雙拳砸在自己太陽穴上。

癱軟在椅子上。

劉妮蓉搗住嘴，鮮血從指縫間滲出。

徐鳳年轉頭說道：「別急著與我撇清關係，也別想著不要貨物就離開留下城，真要是這樣，公孫楊就白死了。至於妳恨我什麼的，大可以回到北涼以後再謀劃。出倒馬關，我能做掉肖鏘，在留下城，我能逼死公孫楊，妳劉妮蓉現在就別湊熱鬧了。」

劉妮蓉鬆開手掌，滿嘴血汙，冰冷道：「告訴我你的真名。」

徐鳳年想了想，指著春雷刀說道：「如果我能活著回到北涼，妳就知道我是誰。」

劉妮蓉斬釘截鐵道：「肖鏘根本沒有背叛魚龍幫，是你殺的！」

徐鳳年看著她半晌，沒有說話，但還是點了點頭。

「好！我到了陵州會燒香敬佛，求菩薩保佑你活著回到北涼！」

劉妮蓉決然轉身。

徐鳳年無動於衷地坐在椅子上，盯著對飲二人都沒來得及喝的兩杯茶。

本想自顧自調笑一句「多美的一雙腿，說沒就沒了」，可見到老人的屍體嘴角流淌出血絲，就沒有說出口，只是探身拿袖子幫著輕輕擦去。

◆

出了死人這檔子大事，這棟宅子的主人魏豐初聽時勃然大怒，將前來祕密報信的丫鬟秋水嚇得噤若寒蟬。不過多年養體養氣，魏豐早已不似尋常商賈，更像是一名士子猾吏，瞬間壓下震驚與怒火，讓秋水領路。

這名府上二等丫鬟生怕耽擱了老爺的大事，步子急促，一開始魏豐沒有作聲，跟著小跑穿過一進庭院。

走在兩側狹長陰暗謂之避弄的甬道時，魏豐咳嗽了一聲。黃花豆蔻時經過精心調教被高價賣入魏府的婢女連忙緩了緩步伐，嬌柔回頭一瞥，果然見老爺一臉沉思，她乖巧地小碎步悠悠前行。

久經商場宦海無數風浪的魏豐趁這段時間好好權衡了一番，根據秋水略顯支離破碎的說法，徐公子去了趟背負牛角弓老人的屋子，沒多久便出了這樁命案，似乎與魚龍幫那個叫劉妮蓉的女子還起了衝突。

魏豐揉了揉太陽穴，離屍體所在的屋子近了，示意秋水留在過廊，他才加緊步子，一臉憂心忡忡地走入屋子。魏豐第一時間並未出聲訓斥那名遠道而來的「侄子」，而是門上門，見到年輕人殺人以後雲淡風輕，他從心底將其高看了幾分。

紈褲子弟在自家院子裡棒殺了誰，這種無法無天的鎮定上不得檯面，在別人家裡惹下禍事，要麼是城府可怕，要麼是有所憑仗，不管如何，魏豐都覺得是件好事，心想齊老兄弟膝下無子，倒是有個值得雕琢的遠房侄子，難怪這次生意會由這麼個年輕小夥子牽頭，三萬兩的買賣，真的不小了。

魏豐頓時靜下心，搬了張椅子坐下，沒有流露出半點焦躁，問道：「需要魏老叔做什麼？」

徐鳳年本來已經想好一套可以自圓其說的措辭，即便稱不上滴水不漏，也足以暫時應付魏豐這般的老狐狸，當然前提是劉妮蓉別失心瘋一般胡亂攪局。可他怎麼都沒想到魏豐什麼都不多問，這讓徐鳳年始料不及。之所以敢第一時間告知魏豐，在於他假借陵州將種子弟的敏感身分，篤定魏豐不敢去官衙往自己身上潑髒水，只要魏豐以為能夠魏府事魏府了，那就有的談。

看到這位侄子的臉色眼神，魏豐伸手拿過一只江南道那邊運來的瓷杯，倒了杯涼茶，微笑道：「徐侄兒，與你說實話吧。別說是魚龍幫這種小幫派的一名客卿，便是幫主的孫女劉妮蓉，只要是在魏老叔家裡，你愛怎麼來就怎麼來。咋的，陵州官府還敢來留下城抓我，還是說魚龍幫敢去兵器監軍將軍府鬧事？魏老叔就算借魚龍幫十個熊心豹子膽，他們敢嗎？徐侄兒，老叔與齊老兄弟是過命的交情，並非嘴皮子上的客氣話。婊子無情、戲子無義，商賈看錢、士子重名，老話說得不錯，可也沒說老叔這幫做買賣的傢伙就完全不看重情分了。」

見那侄兒起身又要作揖致敬，魏豐瞪了一眼，笑罵道：「侄兒，你這習氣是跟陵州士族學來的吧，以後若想在陵州、北莽來回闖出功業，這份書生迂腐頭一個要不得，你再作揖試試看？看老叔不把你小子攆出府去！到了北莽這邊，入鄉隨俗，你還是大碗喝酒、大塊吃肉更討喜。本來老叔想讓下人帶你好好在留下城風花雪月一番，哼，甭想了，這兩天就待在老叔身邊，在一旁看著如何做成生意，好好磨去你的稜角。齊老兄弟一身江湖義氣，魏老叔舞刀弄槍，比齊老哥差遠了，但是別的本事沒有，還懂些能換真金白銀的人情世故。」

徐鳳年舉起杯，苦笑道：「魏叔，侄兒以茶代酒，走一個？」

魏豐欣慰道：「這還湊合。」

喝了茶，徐鳳年起身給魏豐倒了一杯，落座後緩緩說道：「魏叔，今天這事小侄還是要跟您老敞開了說，否則不得勁兒。將軍的大公子一直對魚龍幫和劉妮蓉有覬覦之心，有意納她做妾，原本這次生意，以魚龍幫在陵州都無法名列前茅的實力，根本爭不到手，不過大公子既然有了私心，也就不可以常理來定。

隨行北莽的肖鏘副幫主有個兒子叫肖凌，與劉妮蓉青梅竹馬，有消息說肖鏘返回陵州金盆洗手時，會順勢提出讓肖凌與劉妮蓉定下姻親，大公子豈會讓肖家父子遂了心願？所以出倒馬關後，小侄略有武藝，按照大公子的囑咐，僥倖襲殺了肖鏘，然後嫁禍給幾股馬賊，不承想被客卿公孫楊瞧出了蛛絲馬跡，揚言要告知劉妮蓉和魚龍幫，這才不得已撕破臉皮，粗糙設了個局，只與劉妮蓉說這公孫楊是春秋遺民，暗中與北莽勾結，如此一來，才勉強鎮住了心眼簡單的劉妮蓉。

魏叔，這其中是否有紕漏，您老幫著謀劃謀劃？若是壞了大公子的布局，侄兒就算帶了銀子回去，以後也不要奢望能在將軍府出人頭地了。想必魏叔也知道，二公子雖說是庶出，卻才思敏捷，在陵州士林已是小有建樹，故而母子二人頗為得寵。二公子三番兩次故意拉攏，已經讓大公子心生不滿，這一次北莽之行既是侄兒的機遇，也是危機。成了，一切好說；不成，恐怕連立足之地都沒有。」

魏豐眼中露出一絲長輩對晚輩的激賞，笑著點了點頭，捋了捋鬍鬚，分明坐在死人邊上，仍是慢悠悠道：「侄兒在小事上能夠步步為營，大事上眼光也不短淺，不錯不錯，是可造之才。」

徐鳳年放低了聲音赧顏道：「侄兒出門前，曾厚著臉皮想要與家叔討要一封家信，讓他跟魏叔叔說上幾句好話，只不過飯桌上嬸子才起了個頭，就被叔叔罵了個狗血淋頭，說是男兒成家立業，萬事要自己雙手雙腳，求人情施捨算個屁的本事。好在嬸子一拍碗說明天自己下廚去，家叔才沒繼續罵我。」

魏豐哈哈大笑，手指懸空點了點徐鳳年，老狐狸第一次笑得如此舒坦透澈，然後唏噓感慨道：「的確是齊老哥和老嫂子的脾氣。魏老叔年輕落魄時，可是足足蹭了三年飯食哪，老嫂子雖然偶有怨言，那也是怒其不爭、哀其不幸，希冀著我能有出息，不是小氣那一碗碗來之不易的米飯，也不是壞心眼，瞧不起我什麼的。

滴水之恩、湧泉相報，魏老叔沒這份境界，但三年活命的大恩，魏老叔再沒心沒肺，也不敢忘卻。這些年魏老叔也算有了一份大家業，可齊老哥和老嫂子一封信都不曾寄來，生怕有事相求便減了當年的情分，老哥、老嫂子心善，何嘗不是心狠哪。都已經是半截入土的一大把年紀了，指不定什麼時候一覺睡去就醒不來，還在意這些做什麼？如今你這侄兒到了魏叔家裡，好好好！沒有家書勝過千言萬語。」

徐鳳年輕聲道：「魏叔，找塊風水中上的地，厚葬了這名魚龍幫客卿，可有麻煩？」

魏豐大袖一揮道：「不值一提的小事。不過魏叔打開天窗說亮話，相比與兵器監軍可有可無的交情，魏叔要更看重與齊老哥的情分，所以劉妮蓉那邊，一時關係僵硬不打緊，但切不可始終冷落，以後若是她入了將軍府做妾，一朝得寵，須知女子枕頭吹陰風，能耐比什麼都大，侄兒你一個不小心，就成了搬石頭砸自己的腳，這種事情前車之鑒多不勝數，不得不防。要魏老叔來說，侄兒你相貌才智都是上上人，乾脆一不做、二不休，使些手段，攏住劉妮蓉的芳心，她若在將軍府如魚得水，你就算有了另外一座靠山，富貴險中求，只要不汙了她的身子，相信以侄兒的謹慎，火中取栗不是難事。古往今來，成大事者，身邊、身後少不得幾個紅顏知己！」

徐鳳年一臉訝異，魏豐笑咪咪道：「如果離開留下城前，侄兒能與今日還是恨死你的劉妮蓉眉來眼去，魏叔叔許諾給你小子八千兩銀子，就當作你在將軍府內外經營人脈的開銷。」

徐鳳年厚著臉皮討價還價道：「魏叔，侄兒是見錢眼開的無賴脾性，要不湊個整數，一萬兩？」

魏豐不怒反喜，開懷笑道：「好一個獅子大開口，魏叔喜歡，答應了！」

徐鳳年笑臉燦爛，魏豐起身笑容玩味道：「府上秋水、春弄兩個丫鬟都很乾淨清白，北莽這邊有養馬一說，此馬非彼馬，大多是從離陽王朝江南精心挑選、重金購來的年幼女子，教以琴棋書畫詩茶酒，幾年以後十個美人胚子中真正成才的，不過三四。這對婢女也算是其中佼佼者，若是放在府外，得有五十金的行情價格。侄兒喜歡就送你了，留在魏府用處不大，你帶回陵州也好，與那些附庸風雅的書生士子籠絡交好，有了這對伶俐璧人的話，事半功倍。」

倍感意外的徐鳳年連忙笑道：「謝過魏叔割愛。」

魏豐走到房門口，輕聲道：「老叔會找機會讓丫鬟秋水去劉妮蓉身前遞一些話，說魏府已經按照侄兒的意思厚葬了這名客卿，由旁人傳話入耳，比你親自解釋要來得更有誠意。放心，秋水有一顆玲瓏心肝，那劉妮蓉閱歷淺薄，看不出破綻。」

徐鳳年讚嘆道：「魏叔算無遺策，侄兒受教了。」

「虧得強脾氣的齊老哥能有你這麼個嘴甜的好侄子，幸甚啊。」

魏豐搖頭笑道，似乎記起什麼，漫不經心問道：「侄兒對詩畫懂得多不多，字寫得如何？魏叔這些年隨波逐流砸了大錢，買了百來樣，多半是從流竄到北莽境內的春秋遺民手上低價劫來的。魏府上少有學問大的人物，魏叔怕走眼被行家笑話，不好意思示人。你小子如果懂些門道，就給老叔掌掌眼，萬一真要撿了漏，老叔心情一好，少不得送你幾幅。」

徐鳳年搓了搓手，毛遂自薦道：「家叔這輩子吃了不識字的大虧，故而常年讓侄兒用心讀書博取功名，字寫得不差，再者給大公子做幫閒多年，免不了沾光見到一些珍貴書畫的鑒賞證偽，勉強有些眼力。魏叔不嫌棄的話，讓侄兒瞧上一瞧，嘿，只怕到時候魏叔又要肉疼嘍。」

魏豐一臉無奈嘆息道：「早知道就不提這一壺。」

送魏豐出屋子，見到走廊盡頭身姿婀娜的丫鬟秋水，徐鳳年嘴角翹了翹，後者心思巧妙，約莫猜到自己已是這位公子的囊中之物，她俏臉一紅，與老爺離開時，嫣然回眸，纖細腰肢幅度稍大地扭出了別樣風情。

徐鳳年回房坐下，臉上再沒有半點笑意。一番詳談甚歡，若是劉妮蓉這種姑娘在場，估計只會覺得長輩慈祥、晚輩乖巧，而其間硝煙彌漫的勾心鬥角，是萬萬察覺不到的。

當時說及家信，徐鳳年說出口便知道有了算不上漏洞的小紕漏，因為根據將軍府有關齊姓清客的資料顯示，此人識字不多，絕無寫信的可能。但世子殿下未嘗沒有試探魏老狐狸的念頭，若是三言兩語輕輕揭過，證明魏豐已經確信無疑自己的身分，已經信賴到了不在這種小馬腳上吹毛求疵的地步。可若是按捺不住，就意味著魏豐心中仍有疑慮，果不其然，世子殿下才下了小套，老狐狸便在臨行前以字畫掌眼回過來不動聲色地下了個大套，好在世子殿下絕不會在這條小陰溝裡翻船。而且魏豐的眼力不差，認準了這個侄子奇貨可居，才大大方方又是給銀子又是送丫鬟的，無非是想著以後徐鳳年能在陵州平步青雲，他的生意自然而然會得到豐厚回報。老狐狸若只是惦念當年兄弟情誼，肯定不至於出手豪邁到這個地步。

劉妮蓉這般初出茅廬的女子，如何能在這種不是豺狼橫行便是狐狸紮堆的江湖裡不受欺負？

徐鳳年安靜等著魏豐心腹來收屍，站在窗口，自言自語道：「江湖險惡，人情練達。公孫前輩，你若是活著，是不是覺得眼不見為淨？你放心，如果本世子活著回到北涼，魚龍幫會得到一些暗中的支援，如果死在北莽，你與那個小心眼的劉姑娘，也算報了大仇。我若不是世子殿下，以公孫前輩性情，大可以有一場忘年交。知道前輩絕不會出賣誰，加上當初那一囊子綠蟻酒，我也就不做那個刑訊逼供的惡人了，可若說知道了前輩與北莽的關係，還睜一隻眼、閉一隻眼，也太過為難本世子了，相信前輩泉下有知，也會少罵幾句。」

親眼看著兩名魏府嫡系扈從搬走如茶水一樣漸涼的屍體，徐鳳年返回屋中，看到劉妮蓉房門緊閉，心想真是難為這個耿直姑娘沒有當場拚命了。

很奇怪，她的的確確是個內秀的出彩女子，但在世子殿下記憶中，最鮮明的印象不是倒馬關客棧裡的獨力殺敵，也不是大漠黃沙裡她一馬當先的領路，而是她坐在山坡環膝而坐的發呆，以及她在雁回關井旁喝水前乾裂滲血的嘴唇。

◆

清明將至，怎麼可以少了讓行人斷腸的苦雨？

上墳道路泥濘，才好讓後人多走一步，便多想一分先人。

夜幕中，老天爺很不吝嗇地灑下淅淅瀝瀝的雨水。徐鳳年推開窗戶，涼意陣陣，聽著雨點拍荷花，只不過臉色冷漠，不確定世子殿下是否聽出了淒苦冷清。

在北涼王府，應該有個身材相似的傀儡，貼上了舒羞精心製作的面具，小心翼翼扮演著世子殿下。

徐鳳年趴在窗欄上，沒有一絲迷茫，眼神異常堅毅。

倒馬關村頭，第一次想要拔刀，最終卻沒有拔出。

在雁回關城頭，想拔出春雷卻沒能拔出。

徐鳳年看似在賞景，其實已閉上眼睛，雙手掐訣，一遍一遍洗滌體內氣機。

真陽須從根底生，陰符上遊降黃庭。川流不息精神固，此是真人大煉形。

徐鳳年就這樣站定足足一個時辰，緩緩吐出一口照著劍氣滾龍壁演練形成的如劍氣機，砰然而發，攪爛了水池中一朵荷花，瞬間化作齏粉。

只不過茫茫夜色雨幕中，誰會注意到這個駭人細節？

徐鳳年如釋重負道：「原來這便是大黃庭所謂的口吐繡乾坤，起火得長安。」

◆

僅剩七穴未開的世子殿下，在辛勤摘去千絲萬縷被黃寶妝植入體內的駁雜氣機後，新開地倉穴，配合這段時間體內孕育的劍氣滾龍壁，竟然一呵成劍氣，毀去了一朵荷花。

荷池水淺，異於常理，白日沐浴更衣後便向兩名丫鬟問起，才知道這種蓮花是珍品旱芙蓉，不僅無法在漲落懸殊的流水中生長，而且厭濕喜乾，藕根浸水太重就會腐敗枯死。池塘蓄水極有講究，若栽培得當，開花要比尋常蓮花早上幾月，花期也長。一株荷花價值不菲，故而有十金蓮的暱稱，以及悍婦蓮的諧稱。一般富裕門第也就只能缸植一、兩株就算了不起，百來株的池塘，既沒有那個銀子砸得起，也沒精力打理得過來，足見魏府家底之厚。

口呵劍氣斬青蓮以後，徐鳳年只覺得通體舒泰，氣機運轉再無半點凝滯，大黃庭妙處無窮，最淺顯直白的就是耳聰目明異常。徐鳳年方才看似依著口訣閉目凝神，卻在用心去聽一朵含苞待放蓮花的緩慢綻放，在這個過程中劍氣滾龍壁，沿著脈絡洶湧流淌，與池中那朵花苞的羞澀舒展截然相反，可惜世子殿下才支撐了一個時辰，就撐不住體內磅礴氣機的迸發。想必六竅開啟以後，可以熬上一整宿去等到一朵蓮花的完整綻放，徐鳳年伸了個懶腰自嘲道：「好男兒當持久啊。」

徐鳳年坐回桌前，掂量了如今的家底，那些柄飛劍，練成了才算價值連城，但短時間內註定都是一堆廢銅爛鐵，中看不中用。雖說飲血成胎的過程很辛苦，但如今沒有羊皮裘老頭兩袖青蛇的打熬，靠這種蠢笨法子養劍也算另一種磨礪。世間吃幾分苦、得幾分利益的好事很難找了。一旦養劍大成，入指玄也就不會像現在這樣遙不可及了。

身上五張舒羞打造的面皮，是很取巧的旁門左道，相當實用。至於貼身而穿的一件蠶絲錦繡甲，水火不侵、刀槍不入什麼的，都是廢話，真對上了一品高手，也就撐不過去，不過應對尋常刀劈劍砍的偷襲還算有些裨益。

刀譜撕去了六頁，用處最大的，無疑是最新一頁詳細解析的劍氣滾龍壁，不但無意間幫忙衝破一竅，而且這段時日氣機勤懇不懈地走繁不走簡，才知道初期晦澀凝滯十分難受，可習慣成自然以後，果然應了先苦後甜的老話，古語誠不欺人。

當初從千百祕笈中擷取的刺鯨、疊雷、覆甲在內的十二招式精華，每日都要在腦海中反復以神意印證，靜等有朝一日能夠厚積薄發。

當初選擇潛入魚龍幫趕赴北莽，選擇留下城作為踏腳點，一來是幽州以北戰火較少，江湖空間更大，再者留下城城牧陶潛稚是一個必死之人。此人不光熟諳兵法韜略，武力更是超群，尤其對北涼軍政鑽研深刻。本來已經做到北莽南部姑塞州的衝攝將軍，因為那名運氣糟糕到極點的皇室宗親閱兵時，被陳芝豹以一股奇兵長驅直入一擊斃命，受到牽連，貶職到留下城做了城牧。其實明貶暗升，官職看似降了一品，卻在邊境留下城手掌軍政大權，算是因禍得福脫離了軍隊樊籠，只要略有功績就會被龍腰州持節令甚至是北莽女帝青眼看中，遠比在等級森嚴的北莽軍中辛苦爬升來得機會要大。

根據北涼搜尋到的資料，陶潛稚行軍布陣有獨到見解，尤擅詭道，性子暴戾。最為北莽朝野稱道的是此人每日都要殺一位北涼甲士才睡得著覺，他從姑塞州來到留下城，不帶一名家眷，不帶一分銀子，不帶一樣珍寶，只帶了六輛囚車，禁錮了四十多名戰場上被擄獲的北涼士卒，一月過後便被殺得一乾二淨。

不過陶城牧與北莽邊軍許多將軍同僚關係很鐵，總會有新俘虜運送到留下城供他每日親手割首。可以說，陶潛稚是北莽朝廷中被各方勢力都看好的青壯派官員，既有治軍手腕，也有民間聲望，遲早會鯉魚跳龍門，成為北莽王庭未來一塊不可或缺的基石。

按北莽律，城牧可有鐵甲親衛六十人，陶潛稚本身應該有二品實力。徐鳳年掂量一下雙方斤兩，陰森森一笑。

兩朝邊境上的相互刺殺，十分頻繁，不過大多是死士而為，得手可能性並不高。北莽曾經下了血本打造出一支刺客隊伍，從王朝內部頂尖宗門分別索要兩到三名高手，再搭配軍伍出身的精銳健卒百餘人，共計一百三十人左右，分作三批潛入北涼，避實就虛，暗殺物件皆是北涼軍政中的中層。

不承想被北涼一個守株待兔，陳芝豹、袁左宗和褚祿山三名義子胸有成竹地兵分三路，以三千鐵騎夾雜北涼王府豢養的近百隻鷹犬，將其悉數擊斃，引得北莽朝野震動，女帝更是進行了一場大規模的鐵血清洗，腦袋掉不少顆，但事實上只揪出幾名蟄伏於北莽朝廷多年的北涼棋子。

滑稽的是，到頭來查到北莽右相的頭上，才知道其中一名相府栽培的間諜是雙面人。這個雙面間諜北莽、北涼的生意都來者不拒，仗著右相府的天大金字招牌，大肆倒賣軍機祕事，使得原本權傾廟堂的右相引咎辭官，至今仍是以白丁之身隱居山林。

涼、莽兩地的恩怨糾纏，委實不是三言兩語就可以說清楚的，好似一塊砧板，今天塗抹了你的鮮血，明天便加上我的一層，層層鋪疊，早就凝固成一塊令人作嘔的血碑。

輕輕柔柔的敲門聲響起，徐鳳年知道是秋水、春弄其中一位到了，說道：「進來。」是相對體態更小巧玲瓏一些的春弄，肌膚白皙，長了一張微微圓潤的不明顯瓜子臉。這樣的小女子，床榻上稍微用力一些彷彿就要擔心給揉壞了身子，不愧是值五十兩金子的小可人。可惜徐鳳年一日不得全部大黃庭，就要做一天吃素的和尚，梧桐苑那麼多八十文以上的鶯鶯燕燕，世子殿下不說修為其他，光說定力之好，簡直就是可歌可泣的超凡入聖！

小丫鬟端著食盒走入屋子，纖細小腿悄悄從裙擺下露出，動作俏皮地勾上門，見到徐公子看來，她紅臉笑了笑，將食盒放在桌上，站在一旁低頭怯生生說道：「秋水姐姐說今晚讓我來暖被，不知公子何時歇息。」她沒臉皮說出「侍寢」兩字，望著腳尖，耳根紅透。

其實春寒時分，大家族裡婢女暖床溫被，是很常見的本分事。到了酷暑時，侍寢婢女搖扇不管如何手酸，按照規矩一夜都不許打瞌睡。她與秋水都是悉心調教出來的碧玉，伺候主子熟稔得很，只不過她們在魏府畢竟少有機會露面，見到這位被老爺相當器重的英俊公子，情愛遠遠說不上，女子天性的羞赧膽怯，才是真的。

徐鳳年打開食盒，捏起一塊入口即化的棗糕，抬頭看著這名丫鬟，面容身段只有七十來文，卻生了一對好眉目，雙眉嫵媚，小小年紀便風韻暗藏，殊不知春弄出道時便被養馬大家點評眉媚獨值三十金，世子殿下久在花叢看那姹紫嫣紅，眼力自然不差。

徐鳳年伸手拈起一塊糕點遞給這妮子，笑道：「不急，先坐下來聊聊天。」

小姑娘軟糯「哦」了一聲，微微側身坐在徐鳳年對面，接過糕點仍是低頭，小嘴兒微微張合，吃得細緻緩慢。

徐鳳年說了一句大煞風景的話，「你們留下城這邊應該也要清明祭祖掃墓吧，哪兒有賣黃紙的？過兩天便是清明，我想在街角燒紙遙拜南邊。」

俏麗丫鬟抬頭正要說話，察覺嘴裡還含著糕點，生怕含混不清出聲對眼前的徐公子不敬，趕忙下嚥，伸出手指想抹去嘴角幾粒糕渣。妮子的眉目天然含春，柔聲笑道：「公子只管吩咐，春弄明兒便給公子準備妥當。」

徐鳳年笑著點點頭，伸手替她擦去其實並沒有抹掉的糕末，瞇眼打趣道：「在這兒呢。」

小婢女媚了一眼，低下頭去，不敢見人。

秋水敲門而入，見著這一幕，順帶著也臉紅起來。她捧了十幾幅名人字畫過來，老爺說要請徐公子掌眼，辨別真偽，字畫大多是銅軸或者紫檀烏木軸，都不輕巧。

徐鳳年起身幫忙搬到桌上，秋水見春弄還在發呆，偷偷點了一下她的額頭，輕聲斥責道：「燈暗了也不知道幫公子添油？」

春弄委屈地撇了撇嘴角，見秋水姐姐微微瞪眼，趕緊嬉笑著去給一座白玉觀音托淨瓶樣式的精緻油燈添了添油。

徐鳳年對這些小打小鬧不以為意，雙手擦了擦袖口，在秋水將食盒移開以後，在桌上緩緩攤開一幅字畫，笑了笑。是前朝陳淳的〈酷暑花卉圖〉，很不湊巧，真跡就在北涼王府上。

他不急於給出真相，重新捲起放在桌角，打開第二卷軸，是呂紀的〈桂菊山禽圖〉，色彩鮮明，落筆纖毫畢現，三百年來空白處後世藏家的印章蓋得密密麻麻，足以證明這幅字畫的珍稀。

徐鳳年字畫鑒賞一事，跟國士李義山耳濡目染多年，功力不淺，就算沒有那些枚琳琅滿目的印章，也知道是真品無疑。他再度闔起，打開第三幅，是舊南唐後主的〈梅下橫琴圖〉，不過是假的，有趣的在於不談真偽，僅論筆力，顯然是後者更高一籌。

徐鳳年全部看完以後，輕聲道：「秋水、春弄，取紙筆來。」

秋水雙指提袖，一手研磨，春弄不敢偷懶，幫著在熟宣上蓋上一方鎮紙。

徐鳳年落筆緩慢，自有一股優哉游哉的淡然從容。

秋水與春弄對視一眼，都從對方眼中看出了驚豔，她們顯然沒有料想到徐公子寫得一手漂亮好字，隱約到了藏拙的層次，她們自認再下十年苦功夫都寫不出來。

十一幅字畫，徐鳳年故意辨識不出三幅真假，假裝不敢妄言，認錯兩幅生僻的，其餘六幅都準確無誤，後八幅，都給出了為何是真品、贗品的詳細理由，以及相對的估價，其中估價與真實情況又各有錯對。既然魏豐老狐狸有心試探，世子殿下的接招就不能太實誠了，至於筆下所寫百餘字的小楷，當然會有所遮掩，這種馬腳如何都不會露出。

等墨汁微乾後，秋水對手上小楷愛不釋手，小心翼翼揣入懷中，彎腰捧起沉重字畫，就要回去老爺那邊交差。

徐鳳年對春弄笑道：「去給秋水搭把手，今天就不用暖被了。」

春弄心中一半輕鬆、一半失落，睜大眼睛，一臉不解。

徐鳳年溫柔拍了她臉頰一下，說道：「清明過後再說。」

秋水和春弄兩人雙雙捧著字畫走出屋子，走廊中還有一名來時為秋水撐傘的同齡婢女。她見到春弄吃了一驚，原先的妒意也悄悄淡去幾分，眼眸裡的笑意立即真誠許多。從老爺書房到這裡其實不需要撐傘擋雨，只不過懷中字畫不知價格幾許，鄭重其事，才有了一把多餘的油紙傘。

三名丫鬟一起往回走，自然少不了幾句女子之間的戲弄調笑。秋水、春弄出自同一名養馬大家之手，情同親姐妹，與那名來路不同的婢女有些微妙隔閡，不過聰慧女子相處起來，都天生帶有一張濃妝豔抹的厚重面具。

徐鳳年關上門，在床上盤膝而坐。第二次與李淳罡、小泥人一同出門遊歷，只要有床可睡，大多是這麼個自討苦吃的姿勢，而且不卸軟甲，屋子必定與李老劍神相鄰或者相望，可想而知世子殿下怕死到了何種境界。

第九章　戰留城世子襲殺　歸離陽魚龍收官

留下城城牧府，身材雄壯的陶潛稚雖身著一襲文官袍，但難以掩飾屍骨堆裡爬起的武將氣焰。書房簡陋，許多上任留下城城牧刻意留下的古董珍玩都在第一天便盡數典當，得來的金銀全部分發給留下城武卒，文官筆吏則一顆銅錢都沒有分到手。其間有位官員仗著職責便利偷偷苛扣了二百兩銀子，被舉發後，便有城牧府三十精銳健卒闖入，鮮血淋漓的腦袋被懸掛在校場旗杆上。官員小有背景，族人告狀告到龍腰州持節副令那邊，結果石沉大海，留下城再無人敢欺陶將軍新官上任不熟的地盤。

陶潛稚不曾將家眷帶來，但這位曾是正四品衝攝武將的城牧大人並不是死板男人，每隔一些時日就會花錢去請城內青樓紅人前來府中溫存，該花多少銀子絕不少去一分。起先一些青樓都不敢要，都被強塞到手中，過了段提心吊膽的時日，也不見城牧大人有秋後算帳的跡象，這才如釋重負。加上這衝攝將軍的神勇事蹟不斷傳入留下城，對陶潛稚的認知也逐漸口碑好評如潮，許多青樓都主動奉送頭等花魁去城牧府，本是一夜幾十金的身價，只開口要價幾十銀，陶潛稚也不過分計較細枝末節，越發顯得大將氣度，讓原本生怕賊來如梳、官過如剃的留下城百姓心安許多。

小雨連綿，陶潛稚坐於空落落的寒酸書房，挑燈夜讀一部兵書。

一名從姑塞州帶來的心腹校尉站在門口恭敬道：「玉蟾州鴻雁郡主冒雨造訪。」

陶潛稚皺了皺眉頭，淡然說道：「她若是獨自入府便不見。」

一名貂覆額豐腴女子出現在校尉身邊，身後跟著雙手插袖的錦衣老者。她跨過門檻，雙手搭在皇帝陛下欽賜的玉腰帶上，嬌滴滴道：「呦，陶將軍好大的官架子，還是說怕惹來流言蜚語？」

英武非凡的城牧大人皺了皺眉頭，放下書籍，對這位腰扣鮮卑頭的皇室宗親竟是絲毫不忌憚，冷笑道：「郡主豔名遠播，喜好豢養面首，小小留下城城牧可不敢入郡主法眼。」

錦衣老者重重冷哼一聲。

陶潛稚嘴角翹起，眼中滿是不屑。手中拎著一把緞面傘的貂覆額鴻雁郡主浪蕩大笑，花枝招展，擺手示意郡王府的老扈從不要介意。她盯著蠻橫無理的中年城牧，媚眼如絲說道：「陶將軍，本來呢，本郡主是不想進這座宅子的，每日都要殺人，陰氣太重，本郡主不如陶將軍這樣陽氣旺盛，就怕被冤鬼纏身，又快到了清明時節……」

陶潛稚冷淡道：「若是郡主沒有正經要事，恕不相送。」

這位在玉蟾州頭等富貴的腴美人幾次被衝撞，仍是不見怒容，笑道：「好吧，不與陶將軍兜圈子了，是有人讓本郡主代傳一句話給陶將軍，八個字，『清明日，勿出門。』」

感覺到被戲弄的陶潛稚怒氣橫生，書房內殺機重重。

錦衣老者雙袖翻湧如浪潮。

郡主輕輕拍了一下臉頰，歉意道：「呀呀，本郡主這張笨嘴，瞎說什麼哩，說錯啦，的的確確是八個字，『清明時分，不宜出門』。陶將軍可別不信，說這八個字的人，本郡主不敢有任何違逆。」

陶潛稚背過身，語氣沒有半點起伏，冷淡道：「不送！」

鴻雁郡主甩了甩那沾滿雨水的綢緞花傘，笑咪咪道：「本郡主牢記陶城牧今日的待客之道。」

在院中屋簷下，武力絕對要高於陶潛稚的錦衣老者接過傘撐開，傾斜向這位女主子後，憤憤道：「郡主，為何不讓老奴出手教訓這名不識好歹的小小五品城牧？」

沒有急著步入雨幕的貂覆額女子伸出手掌接著雨水，沒有回答這個問題，只是眼神迷離道：「老天爺哭什麼哭？」

兩天後清晨，雨勢漸大，道路滿是泥漿，城牧陶潛稚帶三十親騎前往城外，要給一名祖籍留下城的戰死袍澤上墳。

清明大雨。

燒紙不易死人易。

◆

北莽邊境這邊與漢人衣冠的離陽王朝習俗相近，尤其是在八國遺民大量遷移湧入後，其實已是相差無幾。重陽登高插茱萸，中秋賞桂吃月餅，年夜守歲放鞭炮，還有今日的清明掃墓，家中男子不管老幼，攜帶酒食果品紙錢上墳，燒紙錢，為舊墳覆新土，讓做晚輩的稚童少年們在城中折上嫩黃新枝插在墳頭，燒過黃紙，然後叩頭行禮，祭拜先祖，求一些陰福，便可返回。清明什麼時辰上墳沒有定數，早晚皆可，只不過留下城今天頭頂大雨潑得厲害，墳頭大多在城郊，離得不近，許多百姓心疼衣衫，都希冀著能晚一些等雨小去了再去掃墓。

陶城牧三十一騎的出城顯得十分刺眼，留下城內青石板街道由中間往兩側低斜，平時不易察覺，到了大雨時節，看到雨水滑入水槽，才能看出名堂。三十名披甲鐵騎馬蹄陣陣，重重敲在街道兩旁的人心上，聯結這名銜攝將軍在邊境沙場上殺敵破百，以及日日在城牧府中殺人喝酒盡興的血腥事蹟，升斗小民們就越發覺得這名軍旅出身的城牧可以放心依靠。

魏豐是商賈，商人掙錢再多，終歸不如士族地位尊崇，魏豐雖然是留下城屈指可數的富人，但所擁府邸仍是離城牧府第所在街道隔了兩條街，好在魏府在主城道上，鬧中取靜，恰好可以看到三十一鐵騎馳騁出城。

為首的便是不合官制身披甲胄的陶潛稚，坐騎是一匹罕見汗血寶馬，通體淡金色。汗血寶馬本就已經格外珍貴，這一匹姑塞州持節令割愛賞賜下來的駿馬又是其中翹楚，雄健異常，讓城中富人垂涎三尺，讓百姓望而生畏。

城牧陶潛稚一馬當先，目不斜視，自然沒有留心到魏府大門高牆青瓦下，蹲著一個佩刀年輕人，一名身嬌體柔眼兒媚的丫鬟替他撐傘。那公子哥在牆根屈膝蹲著，臉朝南面好不容易燒掉幾捧黃紙，約莫是心意已經盡到，還剩下一捧黃色紙錢放回了懷中。

秀色可憐的丫鬟小聲提醒說道：「徐公子，給先人用的紙錢不好放進活人懷裡的，奴婢幫你收著吧？」

徐鳳年站起身，見她左肩濕透，拿手指將紅木傘骨往丫鬟那邊推了推，雙手交疊放在腹部，望著雨中疾馳而去的鐵騎，笑而不語，只是搖頭。

眼角瞧見小傘又悄悄往自己頭頂這邊傾斜，他好氣又好笑地接過小傘，不偏不倚撐在兩人頭頂，丫鬟春弄抬起小腦袋，眨巴眨巴那雙天生春意盎然的眸子。

徐鳳年摸了摸她的腦袋，微笑道：「先送妳進府，等下我要出去走走，妳就別跟著了，這趟離開留下城也就不知牛年馬月才能回來。如果逛到城隍廟，雨不像現在這麼大，我就幫妳和秋水帶一屜周記小籠包。」

身段初長開的小丫鬟善解人意地說道：「就這些路，奴婢跑幾步就到啦，公子你徑直去逛街便是。」

徐鳳年瞇起那雙好看至極的丹鳳眸子，故作委屈，調笑道：「本想與某位小娘子多說幾句話的，奈何人家不解風情。」

那一刻，小姑娘好似如遭雷擊，整顆心肝都顫了，癡癡然說不出話來，只是翹起那再年長幾歲便會驀地削尖下去的小下巴，望著眼前笑容醉人的公子。一些情竇初開，總是莫名其妙，也許多半會被雨打風吹去，但此時此景，讓小姑娘措手不及。

徐鳳年笑著將她送入魏府，進門後小姑娘沒有立即走入深深庭院，而是站在原地看著他的修長背影，看得仔細，便看到他撐傘走入簷外雨簾時，身形頓了一頓，似乎透過傘沿看了眼如一大方滲墨硯臺的天空。

徐鳳年撐傘緩慢走在街道上，鞋襪袍腳早已在燒紙時浸濕。北涼世子殿下踩著北莽城內的石板，去殺包括城牧在內的三十一鐵騎，真相說出去好像有點冷，跟這讓人忍不住縮脖子罵娘的鬼天氣差不多。

魚龍幫付出巨大代價送到城內的貨物其實交給魏豐以後，就沒有他們什麼事情，但還是留到今天，說好下午才出城。

這幾天無非是魏豐盡了些地主之誼，讓幾名管事帶著這些沒見過大世面的土鱉幫眾，好好體會了一回溫柔鄉的滋味，光是這筆開銷就達三千多兩銀子，在魚龍幫看來實在是出手闊綽得驚世駭俗，連他們自己在吃喝嫖賭之餘都感到有點難為情，只有吃了黃連有苦說不出的劉妮蓉保持沉默，沒有對任何人說起客卿公孫楊的死訊。

少年王大石是唯一始終留在魏府的笨蛋，除了練拳便是背口訣。前天徐公子教了他一招劍勢，可惜他如何都學不會，形似都稱不上，神似就更別提了，好在徐公子貌似是個不怕徒弟笨反而怕聰明的奇怪師父，王大石也沒啥負擔，反正徐公子好心好意教了，就老老實實學唄。只知道那一招名叫「三斤」，光聽名字，王大石就挺鍾情，覺著透著一股子親近，不像魚龍幫裡那些師父的唬人噱頭，動輒就是萬劍歸宗、屠龍殺虎刀、無敵旋風腿什麼的，嚇唬誰呢，反正連王大石都不信這些招式能有多大能耐。

徐鳳年停下腳步，轉身看著意料之外的來人，平靜道：「去給公孫楊上墳？」

面容淒苦、神情憔悴的劉妮蓉點點頭，然後一字一字沉聲說道：「再就是不讓你去上墳。」

徐鳳年搖頭道：「我就在城裡轉轉，不去公孫楊的墳頭說什麼，也確實無話可說。劉小姐多慮了。」

劉妮蓉大踏步前行，將徐鳳年遠遠甩在後頭。這對造化弄人的新仇人前後出城，劉妮蓉往西南方走去，徐鳳年則是行向東南。

大雨滂沱，天色昏暗如夜，官道上泥濘難行。

徐鳳年靴子裹滿了黃泥漿，不急不緩走了三炷香的工夫，沒有碰上一位掃墓的。

徐鳳年吐出一口霧氣，啪一聲收傘，任由黃豆大小的雨點砸在身上，開始狂奔，卻不是沿著官道直掠，而是繞了一個極大的圓圈，每一次腳尖踩地，地面都轟出一個泥窟窿，濺起水花無數，若有常人旁觀，只能看到青影一閃而逝，留下一大串間隔六丈綻放如朵朵蓮花的水坑，就像用石子朝湖中打了一個大水漂。

◆

城牧陶潛稚來到孤零零的一座墳頭，裡面躺著一位談不上有何官爵的姑塞邊軍袍澤，陣亡時不過才是一名伍長。這老傢伙十六歲進入邊軍步戰營，從軍三十來年，花了兩年工夫靠著僥倖殺死一名北涼鐵騎升為伍長，然後再用整整二十多年都在伍長這個位置上虛度光陰。在戰場上來來回回，始終沒殺過幾個人，但說來奇怪，槍林箭雨裡跟閻王爺打交道這些年，愣是沒死。

老伍長這輩子麾下只帶過十幾個兔崽子，而活下來的如今只剩下四個。陶潛稚是其中一個，由步卒轉騎卒，平步青雲做到了衝攝將軍，一名當上了正五品的步戰統領，一名成了姑塞邊軍裡屈指可數的優秀遊哨，最後一人比陶潛稚的官位還要顯赫，隱約要一躍成為北莽王庭的棟梁。

老伍長貪生怕死，教給這些新兵蛋子的不是如何英勇殺敵，而是怎麼貪生怕死、怎麼去打仗，比如如何不露痕跡地裝死，比如偷取屍體上的細軟，如何搶斬首級撈軍功。但就是這麼一個馬上可以領取一筆俸祿回家養老的老兵痞，在一次毫無徵兆的接觸戰中，死了，替手下擋了一記凶狠的北涼刀，整個後背都劃開，他這個北莽邊軍的普通步卒，所穿軟甲在鋒銳無匹的北涼刀下根本不頂用。

陶潛稚跟幾個同齡人袍澤那時候還年輕，抱著奄奄一息的老伍長，不明白為什麼嗜酒如命的老傢伙要說死在陣上好，都不用棺材。老伍長死前嘮嘮叨叨，也談不上骨氣，只是疼得眼淚鼻涕一大把，最後說了一句，真他娘的疼。

三十名從姑塞帶來的嫡系親兵整齊翻身下馬，站在遠處，其中兩人各自取下背囊，一人拿出好幾瓶將軍專門重金買來的好酒，除了酒就再沒其他，另外一人拿出油紙裹住的一大摞紙錢，與火摺子一同遞給將軍後，撐開傘，遮風擋雨。

陶潛稚蹲在墳頭，一拳砸裂一只酒瓶，六、七瓶從離陽王朝江南道那邊傳入北莽的昂貴燒酒肆意流淌，與雨水一起滲入墳前泥地。

陶潛稚一甩軍中專用的火摺子，點燃了黃紙，自言自語道：「老頭，你沒啥大本事，不過我們哥幾個的活命功夫都是你手把手教會的，那會兒要不是你說自己攢軍功沒用，將那兩顆首級轉送給了董卓，這傢伙打死也沒有今天的風光；不是最後你替我擋了一刀，我也沒法子幫你弄好酒來。

董胖子這小子是茅坑裡的石頭，臭烘烘的強脾氣，與我們喝酒時說漏了嘴，說他不做到持節令，沒臉來見你這個跟他一樣死要面子的老頭兒。我沒他想那麼多，既然到了留下城，清明節都不給捎帶幾瓶你生前垂涎已久的好酒，說不過去。你這老傢伙小心眼，以前偷你酒喝，就跟搶了你媳婦一樣，哦，忘記了，你打了一輩子光棍。要是能活到今天，老頭，你只要說看上了誰，我和董胖子這幾個天王老子都不怕的，幫你搶來就是了。」

陶潛稚握著在手上熊熊燃燒的黃紙，完全不理睬那種炙熱痛感，輕聲道：「來給你上墳前殺了個北涼甲士，我親手用北涼刀砍斷了他的四肢，知道你膽小，怕你睡不安穩，就不帶到墳頭吵你了。老頭，跟你說其實這北涼鐵騎也就我們那年輕時候覺得天下無敵，主要都是被你嚇唬的，每次還沒上戰場，光聽到馬蹄聲，就瞅見你發抖，兩條腿打擺子，連帶著我跟董胖子幾個也跟著害怕得要死。如今殺多了北涼人，其實也就那麼回事，來留下城的時候帶了四囚籠的北涼士卒，也有許多跪地求饒像條狗的，有為了活命跟袍澤拔刀相向還不如狗的。」

一捧黃紙燒盡，陶潛稚拍了拍手，拍散灰燼，緩緩起身道：「不耽誤你喝酒。」

三十一騎默然上馬，那名遊哨出身的心腹校尉策馬奔來，靠近陶潛稚後，沉聲道：「將軍，方圓三里以內，並無異樣。」

陶潛稚點了點頭，笑道：「還以為那幾個去姑塞騙功勳的皇室醬缸裡的蛀蟲會藉著我被貶的機會，跑來叫囂著要痛打落水狗，看來是我高估他們的膽識了。」

校尉陰森冷笑道：「將熊熊一窩，這些穿銀甲、佩銀刀的繡花枕頭，能帶出什麼勇夫悍卒，來一百騎都是塞咱們的牙縫。」

陶潛稚抬頭看了眼灰濛濛的天幕，雨勢仍是沒有清減弱去的跡象，他收回視線平靜道：「回城。」

◆

雷聲雨聲馬蹄聲。

一騎銜尾一騎，奔出了墳頭這邊長達兩、三里路的泥路小徑，馬上就要折入官道。

陶潛稚瞳孔一縮，眼中閃過一抹陰鷙酷厲，揚起手，身後三十騎瞬間停下。

官道平時可供四騎齊驅，大雨澆灌沖刷以後坑坑窪窪，三騎並肩已是極限，騎兵想要發揮最大的衝鋒效果，配合馬戰制式莽刀的揮動空間，兩騎最佳。

水珠四濺的官道上，一名佩刀青年撐傘而立。

精於遊哨技擊的校尉騎士不可能在短時間內查探方圓三里內一草一木，加上大雨消弭了足跡，只敢保證確認有無十人數目左右的隊伍，對於這條攔路的漏網之魚，已是北莽六品校尉的騎士呵斥道：「來者何人？」

佩刀男子沒有說話，只是緩緩收起傘，將傘尖插入身側泥地。

陶潛稚不愧是殺伐果決的武將出身，見到年輕人的這個動作，嘴角扯了扯，平淡道：「兩伍隊展開衝鋒，殺無赦。」

兩騎率先並肩衝出，騎士胯下馬匹健壯，是邊境戰馬中熟諳戰事的良駒，奔跑過程中展現出一種極具動態的視覺美感，被雨水沖刷而過鬃毛隨著肌肉規律地顫動，一時間馬蹄聲竟蓋過了雨聲。

兩柄出鞘的莽刀清亮如雪，刀身比北涼刀要寬而厚，長度相似，鋒芒稍遜，彎度更大。

經驗老到的悍卒出刀必然要結合坐騎的奔跑速度，路況帶來馬背的顛簸起伏，兩名騎兵手臂粗壯，本是姑塞邊軍的勇壯騎矛手，一刀劈出，氣勢凌人。兩人若非精銳，也沒資格被陶潛稚作為親衛鐵甲帶到留下城。

兩匹高頭戰馬、兩柄莽刀一同襲來，被夾在中間的年輕男子雙腳不動，身體卻如陀螺一轉，劃出一個弧度，後傾向一刀落空的一匹戰馬，右腳往後一踏，後背貼向向前疾行的戰馬側面，然後發出一聲砰然巨響，連人帶馬將近兩千斤重物就給側撞飛出，四只馬蹄一齊懸空，在六、七丈外重重墜落，馬背上的騎士當場暈厥。

背靠一馬後，藉著一股油然而生的反彈勁頭，年輕刀客身體前撲，閃電般踏出幾步，雙拳砸在第二匹戰馬肌肉結實的後臀上，鮮血瞬間濺射，戰馬哀號，在空中轉了半圈才落在官道以外的泥濘中，那名騎兵也確實悍勇，彈離馬背，在泥地裡滑行出一大段距離，抹了一把臉，臉色猙獰。

其餘分作兩列前衝的八騎，換成領頭的兩位騎兵面對這名刀客的冷血手段，絲毫不懼，按照戰場一場場廝殺打熬出來的經驗，再度與身邊袍澤配合劈刀。

年輕人不退反進，身形如一尾遊魚，踩著滑步在雨幕中穿梭而來，低頭躲過刀劈，不理睬右手邊一衝而過的騎兵，左手黏住另外一騎的手臂，雙腳順勢被戰馬前衝的勢頭帶著離地，滴溜兒就翻身上馬，坐到了騎兵身後，雙手按住騎兵的腦袋，交錯一扭，將其斃命。然後曲臂遊蛇，黏靠在這名屍體胸口，往後一擰，一百四、五十斤的屍體就朝後激射拋去，恰好砸上身後追尾騎兵的馬頭，與主人征戰多年的駿馬頭顱盡碎，前蹄彎曲，向下撞入泥地，騎兵幾個翻滾，就地站起。

這一列第四名騎士馬術嫻熟，不但躲過斃命倒地的戰馬，還彎腰伸手拉起前一名袍澤，後者毫無凝滯地躍身上馬，兩人共乘一騎繼續悍不畏死地追擊。

足可見北莽武卒之驍勇善戰。

刀客乘馬卻沒有要與留下城騎卒馬戰的意圖，坐騎猛地痛苦嘶鳴，四條馬腿好似被萬鈞重擔給壓折。馬背上的刀客鷂子騰空，在空中轉身斜刺向一騎兩人，兩名騎卒只看到一道陰影在頭頂掃過。

兩顆腦袋被一腿掃斷，拔開身體一般，濆落在遠處黃泥漿中。

始終不曾拔刀的俊逸刀客站在仍在疾馳的馬背上，腳尖一點，身體如一根離弦箭矢掠向另外一名騎兵，幾個起落，皆是一腿踹在胸口狠狠繃死了身披甲冑的騎卒，一個個人馬分離，五臟六腑碎裂得一塌糊塗。

十騎中除了第二名騎卒沒有陣亡，其餘都已死絕。

感到驚悚的校尉低聲問道：「將軍，是否派人前往城中報信。」

陶潛稚點了點頭，俯身拍了拍馬頭，平靜道：「你們二十騎都分散回城，不需要擔心我。」

校尉紅了眼睛，嗓子沙啞喊了一聲「將軍」。

陶潛稚笑道：「哪有這麼容易死，我也捨不得死在這裡。」

陶潛稚說完以後，肅容冷聲道：「聽令，回城！」

二十騎經過短暫的猶豫後，軍令如山，紛紛含恨拍馬離去。

年輕刀客並未阻攔，從馬背上跳到官道上，顯然今日清明，他只盯住了陶潛稚一人。

陶潛稚高坐於淡金毛色的汗血寶馬上，一手握住韁繩，一手握莽刀，神態自若，洪聲問道：「可是慕容章台這條幼犬派你前來行刺陶某？」

站在道路上的刺客一言不發，只是向留下城城牧走去。

陶潛稚譏諷道：「難不成是鴻雁郡主的新面首？這小娘們兒怎麼眼光一下子拔高了這麼多，有點意思。」

身披一具精良玄甲的陶潛稚翻身下馬，拍了拍坐騎的馬脖，通靈的汗血寶馬戀戀不捨地小跑遠去，在十幾丈距離外嘶鳴徘徊，急躁不安地踩著馬蹄。

身材魁梧的陶潛稚似乎知道這名刺客不會洩露什麼，不再廢話，抽出莽刀那一刻，殺意彌漫四周。

雙方對衝而奔，官道上頓時殺機四伏，竟是遠勝過青年刺客與十騎交鋒時的氣勢。

陶潛稚刀法純樸，簡單明快，都是戎馬生涯中歷練出來的殺人招式，絕無拖泥帶水。

必然要留下其中一具屍體的兩人轟然相撞，莽刀劈在那柄短刀鞘上，莽刀分明沒有一刀斃敵的奢望，蓄力十之七八，故而刀鋒下滑，迅捷無匹，刺向年輕刀客的腹部。後者並未拔刀，只握刀鞘格擋，他不去看即將觸及肚子的刀尖，右手手腕一旋，在鞘短刀竟然離手，在身前旋轉出一個看不到絲毫縫隙的渾圓，鋪天蓋地的雨點拍打到這個圓形後，便被激射反彈。

陶潛稚眯眼，刀尖不作退縮，驟然發力，試圖要戳破這個撐死厚度不過刀鞘的圓。莽刀刀尖與古樸刀鞘摩擦，發出刺破耳膜的金石交錯聲。

陶潛稚層層疊疊，氣機如泉湧，剎那間數次疊加臂力，刀尖綻放出一股璀璨白芒。

青年刺客身體後撤，不見他如何觸碰，刀鞘便被牽引後移，右手斜抹出一個微妙幅度，離手刀鞘毒蛇一般繞刀尖急旋，然後攀緣向上，就要剮去陶潛稚的持刀手腕。

陶潛稚略微縮手，冷哼一聲，「哪來的野路子刀法，雕蟲小技！」

這位在姑塞素來以馬戰著稱的騎將雙袖鼓蕩，莽刀成功磕開那仍是旋轉不停的詭異刀鞘，眼見眼前此人手無兵器，莽刀光芒再漲，就要破裂這沉默刺客的胸膛。不過當陶潛稚看到刺客右臂做了個扯引再回拉的動作，心生警惕，使出千斤墜，雙足深陷泥濘，低頭堪堪躲過割頭的一鞘。

躲過一劫的陶潛稚拔出腳尖，濺起一大塊泥濘撲向這名怪異手法層出不窮的年輕刀客，雙手齊齊握住刀柄，健壯身體前傾，挾帶剛猛勢頭，連人帶刀撞去。

刀鞘沒有抹掉陶潛稚的脖頸，卻不是墜入地面，而是在空中作燕子迴旋，到了刺客左手邊，屈指一彈，才觸及一眨眼工夫便再度離手，撩起刺向陶潛稚。

有些憋屈的陶潛稚莽刀一陣攪扭，身體隨之滾動，在官道一側站定，死死盯著這個輕輕彈指便精準駕馭刀鞘殺人的刺客，獰笑道：「竟然是江湖莽夫雜耍的離手刀！老子看你能一氣呵成到幾時！」

刀鞘如靈燕繞梁，只見刀客每次彈指便盤旋不止。

雙方都沒有給對手停歇的機會，莽刀白芒如流螢，陶潛稚滾刀而走。

刀鞘燕迴旋，不斷與莽刀衝撞。相比而言，殺機勃勃的陶潛稚已經怒不可遏，刀勢滾動，十分駭人。而那名正是北涼世子殿下的刺客則要悠閒許多，在官道上以倒馬關外從肖鏘那邊偷師而來的離手劍以及魚龍幫夫子三拱手，融會貫通，閒庭信步，顯得進退有據，已經有了幾分崢嶸豪氣的宗師風度。

曾有羊皮裘老頭一傘仙人跪。

春雷刀鞘已經數次在陶潛稚甲冑上無功而返，徐鳳年眼神突然凌厲，胸中劍意一時間如江海倒瀉，他讓人匪夷所思地以離手刀鞘使出了一記初具雛形的劍氣滾龍壁。

閉鞘春雷終於回到徐鳳年右手中。

陶潛稚單膝跪地，北莽刀插入地面，濃郁鮮血由手腕沿著刀身滑落。

一身玄甲破碎不堪，渾身血肉模糊，有幾處甚至深可見骨。

陶潛稚抬頭咬牙笑道：「小子，還不給老子拔刀嗎？」

徐鳳年想了想，嘴角扯起一個殘忍笑意，然後不知疲倦地將劍氣滾龍壁翻來覆去耍了十遍。

三遍以後，陶潛稚玄甲全破。

六遍以後，只剩下握刀右臂還算齊整。

十遍劍氣滾龍壁以後，陶潛稚已經被攪爛，雙膝跪地，雙手按在刀柄上，死而不倒。

徐鳳年慢慢走上前，毫不留情地拿春雷刀鞘將他拍飛。汗血馬狂奔而來，徐鳳年獰笑著側過身，輕輕躍起，雙臂環住馬脖，屈下雙膝，身體後仰，順勢將這匹戰馬整個身體都翻過來，汗血馬轟然塌陷在官道上，整個馬背都被砸斷，當場倒斃。

從頭到尾，徐鳳年都不曾跟這位本該前途似錦的北莽城牧廢話半句。

徐鳳年站起身，任由雨水沖去後背淤泥，重新懸好春雷刀，抽出那柄雨傘，面朝北涼方向，從懷中抽出在魏府牆根刻意餘下的一捧黃紙，輕輕灑向空中。

◆

撐傘走在裹足沉重的泥濘中，徐鳳年伸手慢慢撕下一張生根面皮，揣入懷中。南疆巫女舒羞精心打造的六張面具中，通氣、生根、入神三種層次，那張通氣可以隨意塗抹和摘取，若是生根就要耗費相當精力，一張入神，舒羞說只能使用一次就會作廢，至於改變根骨的投胎一皮，戴上以後哪怕毀容都恢復不了原來面貌三分，而一張生根約莫可以反復使用三到四次。徐鳳年不要任何死士跟隨，留了一個傀儡在北涼王府做障眼法，進入北莽以後免不了要做個勤儉持家的守財奴。

殺二品六人，殺金剛境三人，殺指玄一人。

這是徐鳳年給自己北莽之行定下的其中一項目標，而選定龍腰州留下城作為北莽踏腳點，大半原因便是衝著城牧陶潛稚而來。這名明貶暗升的前衝攝將軍，被北莽王庭安插在硝煙不濃的留下城，豈是簡單讓陶潛稚遠離與年輕一代數位皇室宗親是非恩怨。

北莽女帝雄踞王庭寶座，對一統春秋的離陽王朝虎視眈眈，真真切切是擺出了坐北朝南、氣吞萬里如虎的姿態，誰敢說陶潛稚不是她矛頭直指北涼幽州的一枚關鍵暗棋？雖說此人只是一名接近二品的武夫，但陶潛稚不管是邊境民心凝聚還是以後對北涼的威脅，都遠超過尋常。他與徐驍密談便提及這名新城牧，說殺一個陶潛稚，抵得上軍陣斬殺北莽三千騎！

此時喜好每日虐殺北涼甲士的陶潛稚根基未穩，徐鳳年如何能不動手？挑了今日，陶潛稚算是死在了一個好時節。徐鳳年雖然摘下面具，腰間樸拙春雷佩刀也不算顯眼，但那二十騎鐵甲親衛逃回留下城，即便群龍無首，以陶潛稚治軍的成果，註定會布下天羅地網。

徐鳳年前兩日在城中閒逛，早已研究透澈留下城的布局，不走城門，挑了一段人煙罕至的城牆，如攻城蟻附般攀緣而上。

大雨依舊滂沱，他攀至城頭，一躍而過，在城內牆根飄然落定，行走於冷清的小巷窄弄。

留下城除了陶潛稚還是有高人的，小股騎隊分頭游弋，戒嚴得十分巧妙，外鬆內緊，並未給城中百姓造成半點恐慌。徐鳳年對這種程度的巡查搜捕，是當之無愧的行家裡手，自然輕鬆避過，甚至還依約去周記鋪子買了一屜熱騰騰的小籠包。

從離開魏府到返回，不過一個半時辰，離午飯尚有半個時辰。丫鬟春弄一直在他屋裡候著，徐鳳年推門時，百無聊賴的小姑娘趴在窗欄上發呆，並未察覺，直到聞到了香味，才猛然轉頭，見到滿身濕透的徐公子，手上托著一屜吃食，沒來由就紅了眼睛，好一雙無聲勝有聲的媚眼兒。

徐鳳年不得不打斷她的情愫醞釀，調侃道：「別自作多情，順手買來的。拿去，跟秋水分了吃，至於換衣服，就我自己來好了，省得掃了妳胃口。咦？哭啦？別，外人見著了還以為我禽獸不如，想拿一屜小籠包子就拐跑妳私奔回北涼。」

小丫鬟抽了抽精緻鼻子，見徐公子神色堅決，猶豫了一下，就敗給了肚裡饞蟲，小心捧過小籠包，到了門檻那邊，回眸一笑千嬌百媚生。

徐鳳年揮了揮手，等她小跑遠了，才閂上房門，摘下春雷擱在桌上，取出包裹嚴實的刀譜和一逕面皮，沒有脫下冬暖夏涼的蠶絲甲，換了一身潔淨舒適的文士青衫，重新放好貼身物件，當真稱得上是孑然一身。

春弄應該是潦草吃過了小籠包，便被更識大體的秋水一路拎著耳朵押送回來，一起幫徐公子侍弄頭髮。

春弄一直丟眼色給秋水姐，後者悄悄嘆息一聲，問道：「徐公子，今日便要離開留下城返回陵州嗎？」

徐鳳年點頭開門見山地說道：「魏叔本意是想讓妳們兩個跟我回陵州，但是有一句話怎麼說來著，大丈夫沒有建功立業，何以成家？」

轉頭見兩個丫鬟面面相覷，煞是可愛，徐鳳年哈哈笑道：「還真信啊？我就是家底薄，養不起妳們的。想多跑幾趟北莽，掙了銀子以後再把妳們風風光光迎去陵州。」

替徐鳳年梳理頭髮的春弄怯生生道：「春弄跟秋水姐姐會女紅、會琴棋，不用徐公子養活也沒關係啊。」

秋水心思細膩成熟許多，對春弄悄悄搖了搖頭，後者眼眶濕潤，決堤一般，像一汪被春風吹皺了的池水，情意綿綿戚戚，卻也乖巧地咬住嘴唇，不哭出聲。

徐鳳年當然不會真的將這對丫鬟帶回北涼，即便是以兵器監軍府邸上的幫閒子弟身分，也不適合，更別提宛如一座雷池的真實身分，輕易涉足，動輒粉身碎骨。兩株柔弱的十金蓮，在這種安靜環境生長才好，移植到了水流洶湧的江河，只會早早夭折。

◆

在留下城最後一頓午餐，最亮眼的一道佳餚竟是椒薑炒螺螄。

清明螺，肥似鵝，白玉盤中一堆青。

可惜魚龍幫幫眾都是一群粗鄙漢子，葷菜只認豬牛羊，不清楚這些最佳時令的螺螄從江南泥塘小溪摸出，活著運至北莽留下城是何等艱辛。好在宴席每桌都有一隻鎮場子的烤全羊，讓魚龍幫幫眾吃得滿嘴油膩。

今日劉妮蓉發話不許喝酒，有些讓人美中不足，不過劉小姐在肖副幫主和公孫客卿離開以後越發行事從容，逐漸有了獨挑大梁的趨勢，魚龍幫一夥人心服口服。

春弄兩頰淚痕不見，但興致低落，倒是秋水依然婉約周到，彎腰站在徐鳳年身邊，拿竹籤剔出螺螄肉，一粒一粒放在盤中。

老狐狸魏豐出手豪氣早已贏得魚龍幫的親近感，也就是心知肚明魏老爺子財大氣粗，是北莽站穩腳跟的豪橫巨賈，自然眼高於頂，否則不少人都想認個乾爹，大樹底下好乘涼哪。

他們原本對姓徐的摸不清底細，橫豎左右瞧不順眼，如今明擺著與魏老爺子沾親帶故，許多人澈底沒了與姓徐的叫板的膽氣和興趣，開始琢磨返回北涼途中要多熱絡，彌補一下北行的疏遠。

魏豐笑咪咪道：「侄兒，炒螺螄就老酒，閻王來了不肯走。這道炒清明，名菜算不上，但在北莽還真難以享受這份滋味，你多嘗嘗。」

應該是真把他當作親生侄子看待，也不繼續客套，魏豐轉頭對劉妮蓉笑道：「劉小姐，魏老頭兒還是那句話，真要現銀，馬上就可以給魚龍幫送到馬車上。魏府也有些會耍幾套把式的壯丁，可以幫忙護送，不敢誇海口，但二十騎的人手還是擠得出來。」

劉妮蓉搖頭笑道：「帶幾萬兩銀子行走邊境，實在太過冒失，這些天魚龍幫全靠老爺子悉心招待，破費太多，也委實沒臉面再讓魏老爺子勞心。劉妮蓉信得過老爺子，也信得過在北涼、北莽兩境通行的兩字票莊。」

魏豐捋鬚，笑而不語。

劉妮蓉舉杯，「劉妮蓉不敢多飲，可對老爺子，敬重萬分，就替魚龍幫敬老爺子三杯，老爺子您隨意即可。」

她連飲三杯，滴酒不漏。魏豐小酌了一口便放杯，卻沒有誰以為是老傢伙在端架子擺譜。這段時日除了靠著魏府在留下城風流快活，也聽說了許多有關魏老爺子的奇人軼事，比茶樓裡說書先生的演義還要精彩。

風雨停歇，街上多了許多出門掃墓的百姓。

來時一輛馬車有貨物，還坐著腳邊有牛角弓的西蜀公孫連珠箭，走時卻只有一個摘下春雷刀擱在角落的徐鳳年，上車前給魏豐執晚輩禮作揖，這次後者沒有佯怒生氣，坦然受之。望著魚龍幫漸行漸遠，魏豐收回視線，瞥了一眼春弄、秋水兩名沒能送出手的丫鬟，皺起灰敗的眉頭，嘴唇微動，含糊不清，不知老爺子說了什麼。

途經城門，不懸春雷的徐鳳年主動下車，魚龍幫路引齊備，比往時暗增了許多人手的城門守衛翻開進城記錄，一人一人仔細對比過去，驗證無誤，才放行。

離城百步，牽馬而行的徐鳳年下意識地望向城頭，看到了與錦衣扈從並肩而立的貂覆額女子，她做了一個刀抹脖子的狠辣手勢！

徐鳳年笑了笑，都趕著在清明這一天爭相赴死嗎？

留下城？留下？

徐鳳年這一刻竟有了拔刀的衝動。

一位腰扣鮮卑頭的郡主，她的頭顱，似乎不比陶潛稚的腦袋輕了去啊。

◆

老天爺終於不再陰沉著一張黑臉，緩緩放晴，風雨如晦了多日的天空透過雲層，灑下第一縷陽光。豐腴女子頭佩貂覆額，腰扣鮮卑頭玉帶，一手拎著緞面花傘，一甩一甩，望著城下與魚龍幫一同出城遠行的修長男子，做了那個血腥動作後，似乎被自己逗樂，捧腹大笑。

身旁的錦衣老者有些吃不準主子的心思，小聲問道：「郡主，怎的與這個北涼平民較勁了？需要老奴出手？」

前兩天親赴城牧府給陶潛稚送那八字讖語一般口信的鴻雁郡主微微搖頭，收斂了笑意，玩味道：「老龍王，我鬧著玩呢，不知道為什麼見到這個傢伙就忍不住想欺負一下，嚇唬一下。不過說來奇怪，明知道不可能，但還是覺著這傢伙跟陶潛稚的死有關聯，我們女子的直覺，實在是連自己都琢磨不透。」

錦衣老者笑道：「哪裡當得起被郡主稱呼『龍王』。」

在北莽皇朝中已是富貴至極的女子笑了笑，不置可否，輕輕旋轉著紫檀柄緞傘。她自小便喜歡下雨天氣，在雨中旋轉傘面，激射雨花。

年過五旬的北莽女帝對枝繁葉茂的王庭宗親素來冷淡，唯獨對這名小郡主出格寵溺。當鴻雁郡主還是年幼孩童時就經常隨父親進宮面聖，皇帝陛下親手將其捧著放在膝上，看著她玩耍，曾是皇宮裡頭少有的含飴弄孫的溫馨畫面。可惜長成少女以後，遠離皇城，與皇帝陛下的溫情關係也就難免漸漸疏遠，尤其是鴻雁郡主的父親犯下失言重罪後，她已經有些年沒有見到那位殺過皇后皇帝、皇子皇孫的鐵血女帝。

她嘆息一聲，搖頭驅散了一些灰暗情緒，眼神凌厲起來，說道：「陶潛稚實在是不可救藥，死不足惜，這麼一個想在王庭中樞重地要一席之地的大老爺們兒，與我一個郡主賭什麼氣，非要清明出城，這下好了吧，給人宰了。按照陶潛稚親衛的描述，自稱此生不負丹青的畫師赫連解元也繪製了一幅畫像，數百輕騎只配莽刀，城內城外無頭蒼蠅一樣搜尋，還不是大海撈針。姓陶的死得如此不明不白，慕容章台這幾個與陶潛稚有新仇舊怨的敗類，豈不是要被董胖子這些軍中實權青壯派給活活玩死，少不得被小題大做。再怎麼說我與慕容章台都算是表姐弟。」

常年雙手插袖的錦衣老人笑道：「郡主若是因此兔死狐悲，也太給慕容章台這幾人面子了。」

女子臉面變幻如六月天，嬉笑道：「也對，雖說這幾個兔崽子小時候總掛著兩條鼻涕跟在本郡主身後當跟屁蟲，可惜越長大越不可愛，才懶得管他們死活。」

錦衣老者自然不是靠溜鬚拍馬才能成為玉蟾州名列前茅的大清客，瞇眼道：「陶潛稚馬戰步戰都是好手，刀法砥礪個十來年，未嘗沒有機會登堂入室，南邊那個顧劍棠就是靠殺人殺出來的大宗師。留下城暗樁頗多，這意味著北涼風吹草動逃不過咱們的眼睛，因此那名多半是單槍匹馬闖過邊境的刺客，能夠輕易斬殺十名精銳鐵騎後，再在短時間內擊斃小二品的陶潛稚，讓援兵撲空，可想而知，不是弱手。關鍵在於刺客殺死陶潛稚，到底是否拔刀，若是沒有，就有些誇張了。估計接下來不光是留下城雞飛狗跳，龍腰州許多大城重鎮的封疆大吏都要提心吊膽。」

貂覆額女子沒心沒肺地笑道：「龍腰州遠比不得久經戰火的姑塞州，這邊的老爺們養尊處優慣了，個個養出一身肥膘，低頭一看，咦，竟然看不見胯下雀兒哩。這樣的北莽官員，多死幾個才好。」

錦衣老者哈哈大笑，這位小主子的唇舌實在是如既往地惡毒哪，雖說自己常年跟隨左右，已經將北莽八州逛了個遍，還是會時不時被驚喜到。

鴻雁郡主輕聲呢喃道：「離陽有趙勾，咱們北莽不也有一張蛛網嘛，我倒要看一看這名刺客何時會撞入網中。兩隻繭，六位提竿，三百捉蜓郎，八十撲蝶娘，可都是瘋狗一般的貨色。」

聽到這一連串落入老百姓耳中不起波瀾的生僻詞彙，錦衣老者警惕張望，四顧無人，才沒有出聲。

貂覆額女子嫵媚笑道：「老龍王，你怕什麼，你以前不就是這張蛛網上的大人物嘛，如今六位不可一世的提竿，小半都得喊你師叔呢。」

老者嘆息一聲，道：「沒了那層人皮身分，便是一個新晉的捉蜓郎，都不會將老奴放在眼中。」

她笑道：「都說老龍王一腳在金剛，一腳在指玄，位列咱們北莽十大魔頭第九，說出去多讓人膽寒，不比什麼提竿差了。」

錦衣老者略微失神，搖頭道：「比起拓跋菩薩、洪敬岩、洛陽這幾人，老奴不管是境界，還是殺人的本事，都差了太多。」

女子摸了摸頭上的貂覆額，一臉看似天真的柔媚容顏，嬌滴滴道：「比上小有不足，比下大大有餘，我都羨慕死了。」

老龍王會心一笑。

◆

城外，魚龍幫少年王大石走在牽馬慢行的徐公子身邊，少年先前跟著回望了一眼，瞧見城頭上的貂覆額女子後，嚇了一跳。不是所有初出茅廬的江湖兒郎都有不怕虎的氣魄與底氣，王大石就很畏懼這個在倒馬關與官兵勾勾搭搭的妖嬈娘們兒，打心眼裡覺得她既危險，也太不正經，比起少年心中偷偷思慕的姑娘，差了十萬八千里。

徐鳳年翻身上馬，來到領頭的劉妮蓉身邊，直截了當地說道：「我與魚龍幫同行到雁回關，就要分道揚鑣，有些將軍府交代的私事要去處理。馬車上有我從魏府討要來的一小箱專供軍營的火摺子，還有幾幅魏老爺子贈送的字畫，就當作是將軍府對魚龍幫的額外補償，收不收，劉小姐自行決定。

在這裡廢話一句，江湖幫派與官府籠絡關係，送真金白銀不妥，容易犯忌諱，不如送幾樣對胃口的雅物珍玩，而且進寺燒香，光去叩拜菩薩未必有用，守門的和尚也要打點到位，魚龍幫在這方面做得實在是，糟糕。越是失了先機想要亡羊補牢，越不能著急，其實劉老幫主在陵州口碑不俗，只要肯低頭，想要打開僵局，並不困難，說到底，別看自己低頭去賠笑臉的老爺們光鮮，他們也一樣有低頭哈腰的去人光景。換個角度一想，除非是閻王爺讓黑白無常來索命，世上其實也就沒有過不去的坎了。」

劉妮蓉冷冷瞥了一眼徐鳳年，抿起嘴唇，鋒芒畢露。這位內秀女子好似一塊璞玉，被生活雕琢以後，越發璀璨。

徐鳳年對她的刻意冷淡不以為意，繼續說道：「說這些，不過是想著做到面子上的好聚好散。」

劉妮蓉轉頭平靜望著徐鳳年說道：「東西我不會扔也不會嫌髒，那是魚龍幫應得的。」

徐鳳年笑了笑，轉頭指了指那個低頭在泥濘官道上奔跑的少年，小聲說道：「劉妮蓉，妳知不知道他喜歡妳？」

劉妮蓉順著手勢望見在魚龍幫默默無聞的少年，愣了一下。

徐鳳年直視前方，緩緩說道：「別誤會，我只是告訴妳一個事實，否則妳可能一輩子都不知道有這麼一個單相思的傻瓜。」

劉妮蓉皺了皺眉頭，「我其實知道。」

徐鳳年不再逗留惹人厭煩，拉了拉馬韁，放緩速度，雖說經過兩次天壤之別、各有千秋的遊歷，已經不再如曾經的年輕世子那般玩世不恭，但脾氣再好，性子磨礪得再圓滑如意，也沒厚臉皮到嗜好討罵、找白眼的地步。至於為何在魏府自攬一盆髒水，不去辯解肖鏘的死因，一來當時劉妮蓉怒火中燒，處在氣頭上，解釋反成掩飾，何苦來哉；再者她要恨便乾脆讓她恨個通透好了，世子殿下這些年一步一步走來，對於這種誤會，實在是近乎麻木。這何嘗不是世子殿下對逼死公孫楊無法與人言說的愧疚？

回到少年身邊，徐鳳年低聲笑道：「王大石，剛才我與劉小姐說了，你喜歡她。」

王大石先是驚愕，驚嚇，驚懼，繼而漲紅了臉龐，差點就要哭出來，而徐公子已經是他這輩子最為敬佩和感恩的人物，哪裡敢去怪罪，只好低下頭去，雙肩聳動，顯然是委屈到哽咽了。

徐鳳年笑著安慰道：「騙你的。」

王大石抬起頭，說不出話，茫然而悵然。

徐鳳年微笑道：「王大石，我教你一個追求女孩子的好法子，你想不想聽？這是真人真事。」

王大石趕忙抹了抹眼睛，低聲道：「徐公子你說便是。」

徐鳳年望著烏雲散去的明亮天空，柔聲道：「你走到她面前，跟她說，妳想要江湖，我便給妳一個；妳想要江山，我就給妳一座。而我呢，就想要個兒子，妳給不給？」

王大石目瞪口呆，嚅嚅囁囁道：「我可不敢這麼說。」

徐鳳年嘴角翹起，笑意溫柔。

王大石後知後覺，好奇地問道：「徐公子，誰呢，這麼有膽量，用咱們陵州的方言說，就是老霸氣了！」

徐鳳年輕輕說道：「我爹。」

◆

徐鳳年很想告訴初入江湖的懵懂少年，那些人前白衣飄飄仗劍走四方的大俠，也要為一日三餐費神。那些看似不食人間煙火的漂亮女子，也會有這樣那樣的小肚雞腸。那些耀武揚威的一方諸侯，也有打落牙齒和血往肚子裡吞的憋屈。只不過最終還是作罷，少年郎的江湖夢，能多做一天白日夢都是好事。

徐鳳年彎腰摸了摸座下棕色馬匹的柔順鬃毛，自己那個一見面就對媳婦大放厥詞的老爹，說完那句話就不出意外地討了一頓痛打，但讓世人感到驚奇的是，這名遼東行伍出身的年輕武卒，一次一次死裡逃生，一步一步登頂廟堂，除了與尋常將軍並無兩樣的一具鎧甲，更披上了那件王朝無人不知、無人不曉的藍緞蟒袍。

不過在世子殿下眼中，北涼王、大柱國、大將軍，這幾個讓人敬畏的顯赫頭銜，約莫是燈下黑的緣故，都極少去深思。記憶最深的只是徐驍年復一年地縫製布鞋，少年時代覺得徐驍是無聊透頂，如今也還是覺得徐驍是無聊。

無聊無聊，人屠徐驍許多言語，趙長陵死了，那麼多同生卻不共死的老兄弟都死了，始終未再娶王妃，子女嫁的嫁，遊學的遊學，遠行的遠行，他又能找誰聊去？

徐鳳年長呼出一口氣，突然意識到自己也挺無聊的，起碼這趟北行就是。世子殿下沒來由想起木劍溫華的一句口頭禪，當下很憂鬱啊。

◆

魚龍幫一路平安無事地到了雁回關附近，徐鳳年也就反身北上，之所以沒有出留下城便往龍腰州腹地而去，是怕被魏老狐狸瞧出端倪。拒收春弄、秋水已經惹人生疑，徐鳳年不想再在這種小事上節外生枝。與魚龍幫的離別，既談不上半點傷感，也沒如何欣喜，平淡如水。

魚龍幫不敢入城，只能在一處黃土高坡宿夜，以天為被、以地為床的滋味不好受，也就是功成名就以後憶苦思甜的談資罷了，當下沒幾個人樂意吃這份苦頭。

魚龍幫毫無懸念地只有少年王大石給徐鳳年送行。

夕陽西下，徐鳳年上馬前停步笑道：「教你的拳法口訣，不是什麼神功心法，靠的是滴水穿石，你就當作強身健體。至於那叫『三斤』的劍招，你這輩子都未必有可能使得出手，如果你知道創出這招劍勢的劍客是個缺門牙的老鐵匠，一定會很失落。他呢，姓黃，西蜀人，這輩子窮困潦倒，既沒媳婦也沒有徒弟，我就當替老黃收你做徒弟，你們兩個都是笨蛋，笨師父不嫌徒弟不聰明。江湖油子太多，個個都是想成精的狐狸，我就是一個，實誠人反而成了鳳毛麟角，你也是一個。所以你別學我，我若是沒能回北涼，他的劍術好歹還留下一招。」

徐鳳年上馬以後，一人一騎一春雷，奔赴北莽。

王大石駐足遠望，直到徐公子身影消失，才握緊拳頭，給自己鼓氣，告誡自己萬萬不能偷懶。一轉身，看到劉妮蓉站在不遠處，才鼓起的勇氣蕩然無存，少年只剩下侷促不安，劉妮蓉一笑置之，一起走回山坡。

王大石再遲鈍，也看得出她與徐公子之間劍拔弩張的關係，小心翼翼說道：「徐公子真的是好人。」

劉妮蓉柔聲道：「對你來說，當然是好人，我不否認。」

王大石漲紅著臉，少年性子憨厚，一張嘴拙笨，不知從何說起。

第十章　鳳年單騎再入莽　魔頭狠戾蛇吞象

徐鳳年單騎朝北，坐在馬背上，以道門基礎口訣作一納氣、六吐氣的養氣功夫，與馬背起伏天衣無縫。吹以祛熱靜心，呼以定八風，呵氣種青蓮，噓以養龍虎，不斷輔以叩齒去金敲玉，在腦中迴響，體內氣機熟能生巧，久而久之便有如同身體熊經鳥伸，自成三清天。

大黃庭登天閣，最明顯的就是形成一層包裹心臟的護甲般的氣機。不同道門教派典籍的闡述各有偏差，有說是金丹成就真人元嬰，也有說是心植長生蓮，徐鳳年已經能夠清晰感受到體內心臟周圍有六條氣機歡快宛轉，如龍銜珠，給予心臟強健的庇護。

只不過徐鳳年還遠未到達出竅神遊的內視境界，但在不斷瘋狂吸納大黃庭的過程中，對借天象、接地氣有了一種懵懵懂懂的雛形感受。離金剛境雖然還有一層窗紙沒有捅破，不過徐鳳年自信此金剛境更像似兩禪寺白衣僧人的天王相，與尋常頂尖武夫有所不同，否則早就死在了呵呵姑娘的手刀刺殺之下。

大黃庭玄妙的一氣貫三清，簡單而言，就是心枯氣竭之前，哪怕肢體被斷，都不至於嚴重影響戰力，這比身上那件價值連城的蠶絲軟冑可要實惠太多。因此三教聖人境界要遠比以力證道的江湖龍蟒更容易接近陸地神仙。只不過境界高，不意味著殺人手段便強，佛門雖也有金剛怒目、降伏四魔一說，但終歸還是更注重菩薩低眉、慈悲六道，這也是北莽武評將國師麒麟真人與兩禪寺住持獨立於武評之外的苦心。至於青衣曹長卿，須知此人也曾是領兵殺伐的絕代儒將，被譽為「讓天地發殺機，教龍蛇起陸地」的奇葩，是離陽、北莽兩大王朝千萬讀書人裡的頭一號異類。

徐鳳年隨著境界攀升，對天地感知清晰度暴漲，回頭再去想江南道上的相逢，越能感受到曹官子當時的深藏不露。

沒了魚龍幫需要顧及，單刀匹馬的徐鳳年白天頂烈日，晚上披星戴月，半旬就到了龍腰州腹地，再有一日行程就可以進入飛狐城。

他的坐騎是一匹腳力平平的劣馬，早已累得夠嗆，這些日子風塵僕僕，塵土撲面，他儼然已經成了一名不修邊幅的邋遢漢子，其實不用那張生根面具，都已經沒有人認得出這位佩刀遊俠是玉樹臨風的世子殿下。

大漠黃沙驕陽，道路上熱氣升騰，徐鳳年放緩了馬速，真是有些追憶那江南煙雨、小橋流水，便是鄉野村莊的女子小娘，也透著股天生的水潤。在江南渴了就去溪裡彎腰飲水，在這滿眼荒涼的荒原上，撒泡尿放個水都得心疼憐惜，好似丟了幾兩銀子。

孤苦伶仃的徐鳳年從身後馬背上摘起水囊，喝去最後自行滾燙起來的一口水，咧嘴笑了笑。百里無人煙也有好處，興之所至，養劍御劍也好，劍氣滾龍壁也罷，都可以肆無忌憚。

這片廣袤土地上蠍子毒蟲無數，一經發現，都可以試著以生澀飛劍去斬殺，十次有八次都要角度偏差導致落空，偶然有一次擊中，也多半因為氣機的不暢，力道孱弱而無功而返，但也有極少情況下誤打誤撞，能讓咱們的世子殿下如瘋子一般仰天大笑。

也對，不是十足的瘋子，誰會帶十二柄飛劍到北莽來？

置身寂寥天地間，無法與人言的無聊世子殿下，無牽無掛，無所依託，故而真正做到了心無旁騖，一邊錘鍊趨於圓滿的大黃庭，一邊翻閱刀譜揀選晦澀運行圖去氣游闕隘，修為無形中突飛猛進。

那一層窗紙已越發纖薄，徐鳳年也不著急。

饑餓消瘦的坐騎已經偷懶，耷拉著腦袋，馬蹄沉重凝滯，不肯前行，打響著有氣無力的馬鼻。徐鳳年輕輕夾了夾馬腹，俯身摸著滿是細碎黃沙的乾枯鬃毛，輕笑道：「這一路上幾只水囊的水可是大半都到你嘴裡去了，別跟我撒嬌，再走幾里路吧，我都已經瞧見炊煙了，指不定就是一間客棧，好兄弟，到時候肯定虧待不了你。」

雖說的確已經可以看到人煙，但望山跑死馬，徐鳳年知道這匹相依為命的劣馬已經是強弩之末，就翻身下馬，鬆開馬韁，讓牠跟在身後。沒了一百四、五十斤重的負擔，這匹皮包骨頭的懶傢伙終於緩過氣來，立即踩起輕快的步子，不忘用馬脖子蹭了蹭這位主子。

徐鳳年瞧著這傢伙的撒歡，哭笑不得，腳力差歸差，倒也不笨。

◆

一人一馬慢悠悠走向炊煙升起處，徐鳳年張目望去，吃了一驚，這座客棧竟是規模不小，四合院的骨架，主樓有三層，客滿的話能塞下百來號羈旅人士。除了五、六輛馬車，客棧外頭築有一座簡陋馬廄，停滿了三十幾匹馬，大多毛色發亮，高大健壯，好幾匹駿馬的嘶鳴裡都能聽出倨傲，足以讓世子殿下自慚形穢。

客棧外頭有名黝黑店小二蹲在枯樹墩上打瞌睡，腳邊有一眼散發著清冽水氣泉井，在能讓旅人嗓子發燒的大漠裡，有這樣一口井，比起晚上有俏娘子滾被窩還來得讓人眼饞豔羨。

徐鳳年見店小二睡得正香甜，嘴角流著口水，笑得意味十足，男人都懂，也不知是在惦念著哪位曾經途經客棧的貌美女子，在鳥不拉屎的漫天黃沙中，大抵逃不過皮膚白、胸脯墜、屁股翹這個路數。

徐鳳年也不吵醒他，輕輕走過去，搖起滾燙的木制機關，拉起一只水桶，拿勺喝了一口，正要給難兄難弟的瘦馬洗涮馬鼻，皮膚如黑炭、肌肉結實的店小二猛地驚覺，看到這傢伙偷水，跳下樹墩子，二話不說就一腿踹來。

徐鳳年不驚不怒，臉色平靜，腹部一縮，吸黏住這能讓尋常漢子躺上半年的凶狠一腳，見這年輕店小二面容驕橫，抽不回去，正要旋身再打賞一腳，徐鳳年連忙微笑道：「並非有心白喝這水的，小哥照行情來算錢便是，我要住店，能不能幫忙安排一下？」

人靠衣裝、佛靠金裝，動彈不得的店小二輸架不輸人，猶自氣勢洶洶，怒視罵道：「老子要不是醒過來，這水可不就是白喝了去？住個鳥的店，瞧你這跟畜生似的窮酸樣，兜裡有銀子才叫怪事！再不滾，老子可就要使出絕學了，到時候生死不負！」

徐鳳年一臉無奈，正要後撤幾步息事寧人，沒料到客棧門口出現一位雙手叉在水桶腰上的中年女子，兩頰塗抹了濃重的胭脂，凝結成塊，顯然不懂什麼妝容技巧，十分醒目，她獅子吼一般喝道：「秦武卒，就你那三腳貓功夫還絕學，斷了客棧財路，老娘讓你絕子絕孫！」

有一個頗為不俗姓名的黝黑小夥噤若寒蟬，擠出一張笑臉，瞥向徐鳳年的眼神還是稱不上友善，抽回腳，冷哼道：「算你小子運氣好。」

「秦武卒，給這位公子的寶駒仔細刷洗，餵上等馬草，敢耍小心眼，老娘削死你！」

臉上妝容與她「小蠻腰」一般霸氣的女子面對徐鳳年，笑臉就要熱情真誠許多，伸手招呼道：「公子快快請進，咱們鴨頭綠客棧能吃能喝能住，價錢公道，童叟無欺，在龍腰州這一片是塊響噹噹的金字招牌，公子只要住過一次，就知道咱們的厚道。」

徐鳳年拍了拍總算苦盡甘來的瘦馬，獨自走入相當寬敞的院落，只不過才進門，就察覺到四面八方投射而來的眼光，都跟徐鳳年殺了他們祖宗十八代似的，相比起來，店小二就顯得極為含情脈脈了。

水桶腰的女子笑著輕聲解釋道：「公子別上心，這些野漢子都十天半月沒嘗過女人的滋味了，見誰都這種吃人的眼神，咱們鴨頭綠客棧總共就十六位姑娘待客，價高者得春宵，這幫窮鬼，就怕有錢囊比他們更鼓的英雄好漢。」

徐鳳年啞然失笑，敢情是進了窯子？

有那位腰身粗壯的「女壯士」護駕，徐鳳年付過定金以後，總算有驚無險地到了二樓。一看便給人異常穩重感覺的客棧女老闆親自端了盆井水，放在架子上後含笑離去。

徐鳳年洗了把臉，面皮既然敢自稱生根，尋常梳洗並不妨礙，一盆井水已經渾濁不堪。倍感神清氣爽的徐鳳年推開窗戶，轉頭看了眼桌上的酒碗茶具，竟然是價格不菲的江南工藝，黃紫綠素三彩，色態極妍，難怪客棧敢開口要五十兩的定金。

這間鴨頭綠客棧生意爆棚，應該不是拿人肉做包子的黑店，看女老闆登樓期間與江湖豪客們不見外地插科打諢，顯然有許多回頭客，這讓徐鳳年如釋重負。他不反感打打殺殺，但如果素未謀面，僅是為了銀子你死我活也著實無趣，好不容易遊蕩江湖，誰想在江湖裡淹死。

院子裡擺了六張飯桌，坐了二十幾人，大多袒胸露乳，胸毛橫生，喝酒吃肉時比女子胸脯還要壯觀的胸肌一抖一顫，虧得個個好漢還能保持驚人食欲。粗制劣造的刀劍斧戟就隨意擱置在桌面上，少有好貨。

北莽銅鐵奇缺，北涼管制森嚴，帶把鋤頭過境都要一絲不苟地登記在冊。離陽王朝的遊俠豪徒出門歷練，兵器大多稱手而上品，馬匹倒是可能要比北莽這邊差上許多，畢竟北莽的馬場牧地要優質太多，養成熟馬成軍制作戰不易，八州官府也一樣盯得緊，但家底殷實的豪橫之士花大價錢弄上一、兩匹裝點門面，並非難事。

徐鳳年對院子裡罵罵咧咧滿嘴葷話的莽夫並不上心，倒是客棧一樓大堂幾桌子相對沉默寡言的食客都不簡單，其中角落相鄰的兩桌人物皆是雄健之輩，身上大多有一股徐鳳年不陌生的軍卒悍勇氣焰，眾星拱月般擁著一位白髮老者，那人眉心有一顆扎眼的紅痣，氣質沉穩。

一名瀟灑不羈的白衣劍客，獨占一桌，悠閒酌酒，白鞘纏銀絲，劍穗金黃，十分提神醒目。江湖前輩們苦口婆心嘮叨要不露黃白，這位劍俠反其道而行之，肯定有所憑仗。

另外一桌坐著一對身著綢緞明顯貴氣的少婦幼女，在魚龍混雜的鴨頭綠客棧就尤其顯得出淤泥而不染。稚童唇紅齒白，眉目與她娘親有七八分神似。

徐鳳年上樓時，眼角餘光瞥見孩子天真無邪地站在長凳上，與娘親要吃這吃那，瓜子臉少婦心事重重，面容慘澹，強顏歡笑地應付著孩子的撒嬌。

徐鳳年沒打算出去找吃食，呼出一口濁氣，伸手捂住雙耳，手指置於腦後，食指疊擊中指，滑下輕彈後腦勺二十四，遍敲風府、鳳池、啞門幾大竅，是大黃庭中的雙鳴天鼓沉天水，體內則劍氣翻湧滾龍壁，堪稱水深火熱，十分「痛快」酣暢。

一炷香時間後，聽到隔壁傳來開閉房門的動靜，按照步伐輕重推測，是那對母女無疑。

徐鳳年不再吐納，脫去外衫，盤膝坐在床上翻閱刀譜。

第六頁是霸氣無匹的劍氣開蜀式。當下第七頁則是細水流長的游魚式，根據隻言片語的粗略注釋，大概是王仙芝年輕時候過溪抓魚而悟，結合了一位在武帝城折劍而返的劍道高人精髓劍勢，如魚得水嬉戲，又如青山山勢綿延不絕，一鼓作氣，不衰不竭。

可惜這一式綿裡藏針，陰柔歹毒，徐鳳年一時間抓不到脈絡，嘆息一聲，後仰躺去，閉目凝神。大黃庭是道門無上心法，徐鳳年這兩年被逼著清心寡欲，美其名曰「封金匱」，著實讓人癲狂，說出去要被李翰林笑話死。

徐鳳年屈指輕彈春雷刀鞘，耳中傳來隔壁叮咚叮咚的輕靈敲擊聲，還有孩童獨有的稚嫩嗓音，唱著一首北莽小歌謠，幽幽入耳，別有風韻：「青草明年生，大雁去又回。春風今年吹，公子歸不歸？青石板、青草綠，青石橋上青衣郎，哼著金陵調，誰家女兒低頭笑……」

徐鳳年聽著舒服，嘴角含笑，豎起耳朵聆聽歌謠。但好景不長，一陣劇烈馬蹄聲傳來，連客棧都晃動起來。叮咚聲靜止，歌謠也就停下。

徐鳳年坐起身，走到視窗，看到塵土飛揚中，近百披甲騎兵蜂擁而至，為首的一名白袍公子哥騎著一匹經由野馬之王馴服而來的烏騅駿馬，直接撞碎了客棧院門，除了五、六騎跟隨衝入院子，其餘一律佩莽刀、背箭囊的輕騎都停在客棧以外，客棧內外頓時塵煙四起。

騎兵戰馬渾然一體，這種默契的靜止肅穆，遠比叫罵挑釁更能給人造成巨大的窒息感。

徐鳳年瞥了眼坐在烏騅上的將種王孫，手提一杆鐵矛，玉扣帶鮮卑頭，只不過相比貂覆額女子要差了一爵。

徐鳳年直接掩上窗戶，來一個眼不見為淨，既然沒有童謠可聽，又不想與那摸魚而來的刀譜較勁，他便自袖中飛出一柄飛劍桃花，懸浮空中，靜心屏氣搖青蓮，駕馭這柄袖珍短劍在屋內飛行。

飛劍時快時慢，好似頑童放風箏，不亦樂乎。

若是在動輒便有武林梟雄傳首江湖的離陽王朝，尋常武人早已被騎兵給踏碎膽魄，不承想在這北莽龍腰州，院子裡那幾桌漢子明知道有百人精銳輕騎在外頭，見著這位氣焰顯赫的官家世子後，非但沒有避其鋒芒，在一名壯漢握刀起身後，立馬就像是要揭竿而起結夥造反。

一時間，抽刀的抽刀，拔劍的拔劍，提斧的提斧，一個照面，都還沒客套寒暄兩句，二十多人就衝殺了過去，六、七騎臨危不亂，除了兩騎護著那名鮮衣怒馬的富貴主子，其餘戰馬後撤，騎士一同彎弓射箭，第一撥飛羽精準無誤地釘入幾人腦門，箭尾猶自輕微顫動。

那些漢子被激起了血性，非但沒有退縮，反而越發悍不畏死。

兩騎拉起韁繩，戰馬猛然高高抬蹄沉重踩踏而下，將兩名貼身靠近的漢子踩爛胸膛，但一名騎士隨即被抓住間隙欺身而進的江湖人給一刀捅進腋下，再由脫手的一板斧砍去腦袋。

飛斧繼續掠向烏騅馬上的世家子，被一臉鄙夷的後者拿雙指輕鬆撥開。另外一騎的處境要更加慘烈，戰馬被削斷前腿，所幸身披鎧甲，抵擋去幾把刀劍加身才未變成一隻刺蝟，但仍是難逃一死，戰馬墜地時，腦袋亦是被一劍削去。這場血戰，在外人眼中自然是出現得莫名其妙，但真正血腥的場景還在後頭。

院子裡不動如山高坐烏騅馬背上的世家子鐵矛點點如暴雨，每一次抽拔都會帶出一抹刺透敵人身體的血泉，一些氣急敗壞的飛斧，則被他拿手用巧勁卸去力道。身後騎兵第二撥勁射收割掉五、六條人命後，面無表情抽出北莽刀，策馬前衝與那些江湖草莽絞殺在一起。緊接著客棧二、三樓躥出幾十人，而黃泥砌成的院牆上出現幾十條鉤爪，被戰馬掉頭飛奔一扯，三面圍牆瞬間轟然倒塌，再談不上什麼四合院。

烏騅馬且戰且退，那名絕非繡花枕頭的公子哥似乎過足了殺人的癮頭，一臉閒散愜意地與坐騎退出院子。幾名殺紅了眼的江湖豪客顧不得身上插了羽箭，吼著就奔出院子，才掠出院門，就被箭雨射得死絕。

一名漢子機靈地滾地前行，抬手正要砍殘那匹烏騅鐵蹄，結果被白袍公子一矛刺在後脖頸，狠狠向下一戳，將其按死在泥地上。這名白白長了一張清雅臉孔的官家子弟獰笑著一擰鐵矛，將屍體翻了個身，鐵矛仍是不放過屍體，將漢子的面門絞爛，心狠手更辣。

徐鳳年聽到腳步聲，收起飛劍桃花，起身後聽到敲門聲，是店老闆。

這名「女壯士」端著放有一根烤羊腿的盤子進屋子，還有一些以供碎嘴的小吃食，她歉意笑道：「叨擾公子了，委實是別的房間都有想殺人的客人霸占，大多又都是有過銀子來往的老熟人，我這當老闆娘的沒臉皮去找個地方看戲，這不就靦著臉找公子你來了，這隻羊腿就當送給公子的，讓我在窗口站上一站，如何？」

徐鳳年點頭後笑道：「老闆娘的好意，心領了，妳站在這兒就是給我貼了一張置身風波以外的護身符才對，這烤羊腿不能白吃，該多少銀子就給多少銀子，這樣才能住得心安理得。」

「女壯士」眼中閃過一抹訝異，似乎沒料到會被這面生房客看破自己臨時起意的善舉，她放下餐盤後撿起吃食就走到窗口，一邊嗑瓜子一邊雲淡風輕地解釋道：「公子有所不知，鴨頭綠客棧已經做生意二十多年，來來往往無數人，總會有一些打殺磕碰，但鴨頭綠從來都不管，來者是客，只要給足銀子，住下來就是，該吃吃、該喝喝、該嫖嫖。至於被仇家找上，或者在客棧裡私鬥，能否活著離開，各憑天命；鴨頭綠常年都有棺材，到時候進去一躺，大可以等著親人來收屍，實在沒個親戚，鴨頭綠就幫著給葬了，不怕做孤魂野鬼，這也是咱們這裡生意興隆的緣由。

像今天這種兵匪廝殺，也不是頭一遭，前些年還有鬧得更凶的。客棧本不是這個四合院的模樣，那次毀壞得那叫一個徹底，我家男人恰好有些半吊子的書生意氣，就給搗鼓成如今的樣式嘍。公子別擔心，咱們北莽的恩恩怨怨，都講究一個禍不及旁觀，這叫窮講究也叫橫講究，是道上的老規矩了，只有那些個魔頭才敢不在乎。」

徐鳳年撕下一塊油而不膩的羊肉，放入嘴中細嚼慢嚥，好奇地問道：「都鬧成這樣了，一百騎兵對上五、六十江湖中人，還講究？」

老闆娘嗑瓜子的速度奇快，她斜靠著窗欄，轉頭笑道：「講究啊，怎麼不講究，不講究不就成了魔頭，在北莽誰都想做魔頭，可不是誰都能做魔頭的。就說我家那個男人，成天瞎嚷著啥時候我敢紅杏出牆了，他就去當魔頭。」

徐鳳年無言以對，甚至不敢去瞥一眼這位老闆娘的「小蠻腰」，生怕被當作不講究。

老闆娘好像是個藏不住話的，竹筒倒豆子般說道：「烏騅馬上坐著的是慕容江神，離正兒八經的皇親國戚有點距離，但在龍腰州也算一等的公子哥了。他那個在姑塞州的表哥——

慕容章台血統要更好一些。我們這些升斗小民，只知道留下城的城牧陶潛稚無緣無故就死在清明節那天，這不家裡妻女就匆匆忙忙趕過來了，都說是慕容章台垂涎陶將軍的小娘子，才下的死手。

這上頭人物的刀光劍影，咱們是看不透的，也就看個熱鬧。客棧裡的大老爺兒們大多跟陶潛稚八竿子打不著，不過覺著那位每天殺北涼人的衝攝將軍是條血性漢子，聽說慕容章台要搶人，跟孤兒寡母的過不去，不知怎麼就熱血上頭聚在一起，說要給這小子長長見識。當然，肯定也有一些是陶潛稚老部下花錢雇來的。

慕容章台這幫權貴子弟，再不是個東西，好歹也有幾十把北莽刀、幾十匹戰馬不是，這不今天就帶了一百騎兵過來，不過鹿死誰手，現在還不好說。相信公子也想到隔壁那娘兒倆的身分了，她們身邊也有一批陶潛稚昔日的忠心部將，尤其是那眉心長紅痣的老傢伙，對上要鐵矛的慕容江神只強不弱。」

徐鳳年來到視窗，看到外頭的血流成河，心中唏嘘，這就是北莽的江湖？況且聽老闆娘的語氣，對那身先士卒的慕容江神頗不以為然。可若是在離陽王朝，這種文可床榻壓嬌娘、武可乘馬談笑殺敵的公子哥，已經是殊為不易，在許多人眼中早就視作前途似錦的一方梟雄，在北莽反而成了司空見慣的世家子弟？徐鳳年皺了皺眉頭。再者，在離陽王朝，江湖仇殺也能如此激烈悲壯，可要說沒有不共戴天之仇，純粹為了一個口碑不錯將軍的遺孀就去拋頭顱、灑熱血，簡直是匪夷所思。

樓外，慕容江神大笑道：「誰能在本公子矛下支撐十個來回，要當官、要黃金、要娘們兒，隨你們開口！」

罵聲四起。

「小兔崽子，你娘昨晚在老子胯下說『太人了』。來，喊一聲爹！」

才說完，這人就給羽箭射死了。

「慕容瓜娃子，撅起屁股來，老子好些天沒碰過娘們兒了，看你細皮嫩肉的……」

這漢子沒說完，就被神情自若的慕容江神擲出鐵矛，穿顱而過。

一百騎陣亡了大半，江湖人除了中途見勢不妙溜走的，以及退回客棧樓內的，都已死傷殆盡。慕容江神驅馬前行，彎腰拔出鐵矛，一個一個紮死沒斷氣的，然後揮手示意剩餘二十騎兵去斬草除根，只帶著十餘騎再度進入院落，笑道：「老賊隋嵩，與你那些親衛一起出來受死！」

徐鳳年喃喃道：「是不太一樣。」

老闆娘扭了扭可以懸掛萬千風情的腰肢，吐出一嘴瓜子殼，不動聲色地說道：「隋嵩曾經是江湖上討口飯吃的，獨來獨往，名頭不小，後來在姑塞州犯了事，被慕容江神這批公子哥攆殺，恰巧被陶潛稚救下，野狗就成了家犬，也不知道如今咬人的本事比當年差不差。」

這位大嬸是個閒不住的話癆，雙指捏著一顆瓜子抵在唇邊，低頭見到隋嵩帶著親衛擋在門口，她頓了頓，含混不清道：「這老頭腦袋被門板夾了還是被驢踢了，就這麼帶人衝出去扛正面，不知道樓裡還有個來歷不明的白衣劍客嗎，萬一跟慕容江神裡應外合，那對孤兒寡母不就遭了毒手？」

徐鳳年沒有搭腔，任由老闆娘自說自話。北莽八州、四府、兩京，徐鳳年要在周邊八州依次繞行一圈，不走那些戒備森嚴的京畿重地，大體是由龍腰州入姑塞州出，其間能順手割走幾顆頭顱是幾顆，類似陶潛稚的北莽武將還有五、六名，地位暫時仍是不彰顯，但無一例外將會是北莽未來二十年裡的軍方棟梁。如慕容章台、慕容江神這些皇室王孫，他原本不打算留心，但在這小小鴨頭綠的確是吃驚不小。

北莽因為女帝篡位，便出現兩個國姓，耶律與慕容，前者風光不再寄人籬下，在皇帝陛下的裙底瑟瑟發抖，後者一朝得勢，大多驕橫跋扈，口碑奇差。徐鳳年一開始以離陽王朝公侯世家去揣度他們，顯然大錯特錯了，一個慕容江神就有此等武力和氣魄，北莽尚武善戰，真是到了骨子裡，都能夠徹底遮掩去膏粱子弟的脂粉氣。

徐鳳年微皺眉頭，怔怔無語，房門被悄悄推開，進來一名渾身是血的莽夫，提了柄青銅板斧。漢子見著了水桶腰的老闆娘，跟見著了親娘一般，掩上門後一抹臉，滿臉血汙，漢子坐下後，撕了一塊羊肉塞進嘴裡，心有餘悸地嘀咕道：「樊妹子，外邊給慕容家的小白臉堵死了，馬廄裡的馬也都給殺死，讓哥哥我躲過風頭，以後再不賒帳便是。好小子，一根五、六十斤重的鐵矛揮舞得跟繡花針似的，氣力大得嚇人。呂良這生兒子沒屁眼的，還騙老子說慕容江神這幫公子哥都是殺雞都怕見血的廢物。唉，得了，呂良死都死了，老子就不罵他了。」

老闆娘轉頭白了一眼這漢子，沒好氣地問道：「我家男人呢？醉死在那張桌子上了？」

漢子撓頭嘿嘿笑道：「跑得急，沒注意謝老哥。樊妹子，小心妳男人跟妳調教出來的姑娘們勾勾搭搭，我可知道那些小姑娘都對謝老哥百依百順，崇拜得要死要活，看老哥的眼神跟看我們的眼神，一個天、一個地。」

老闆娘叉腰怒道：「我呸！死鬼連老娘這棵家花都搞不定，有屁的能耐去拈花惹草。」

死裡逃生的漢子也是死豬不怕開水燙的無賴性子，順杆子就上地說道：「謝老哥是挺病秧子的，八尺高，但是瘦得猴子似的，有沒有一百斤都懸乎。樊妹子，有沒有興趣跟我大戰一百回合？」

老闆娘斜瞥一眼，鄙夷道：「我家男人對兩百斤以下的娘們兒沒想法，老娘對一百斤以上的漢子沒想法，這叫天作之合，你火急火燎瞎摻和什麼。就你這衰樣，都不夠老娘受用的。」

饒是漢子厚臉皮也當即敗下陣來，悶聲撕咬著烤羊腿。

黝黑店小二正好跑到門口，好不容易找著正主，一臉憤懣道：「老闆娘，我給咱們客棧上上下下洗衣做飯餵馬打雜做廚子，還要做那丟人的龜公，累死累活，每月就給一貫錢！老闆說好今年要給我漲工錢的，結果到現在，你們這麼黑心摳門，我這輩子牛年馬月才能把櫻桃贖回去做媳婦！小心我不幹了啊！沒了我，鴨頭綠一準兒關門大吉。還有，那佩刀的窮小子，為了你那匹劣馬，我差點連命都丟了，回頭從你定金裡扣十兩銀子，歸我。老闆娘，妳要攔著，我就真跟妳急眼！」

老闆娘丟了一把瓜子笑罵道：「出息！」

徐鳳年點頭道：「沒問題，十兩就十兩。」

店小二苦著臉問道：「老闆娘，下頭都殺得天昏地暗了，妳就不讓老闆管一管？拆了客棧，還不是要我做苦工。對了，那個瞧著就像高手的白衣俠士也上樓了，多半是衝著那娘兒倆去的，我覺著她們挺可憐的。」

老闆娘陰陽怪氣地「呦」了一聲，瞇眼笑道：「秦武卒你行啊，當年那個偷藏姑娘兜肚、摳破窗紙看姑娘洗澡的小傢伙，都有俠義心腸了。了不得，你覺著可憐，就去給那劍客一板凳，老娘要攔著你，就是你親生老娘！」

店小二被揭穿老底，黝黑臉龐漲得發紫，從屋子裡拎了一條板凳就衝出去。沒多時，傳來砰一聲，對付烤羊腿的漢子鬼頭鬼腦溜出去，一臉匪夷所思地走回來，嘴角抽搐道：「他娘的，這小子還真一板凳撂翻那劍客了，正口吐白沫躺在走廊四肢抽動，這小子撿起那柄劍就跑了。」

老闆娘也不驚奇，撇嘴道：「這兔崽子就會一招鮮。我家男人當年被糾纏得煩死，就教了他一手，對付你們這類中看不中用的軟蛋還不是手到擒來。」

漢子豎起大拇指，溜鬚拍馬道：「鴨頭綠果然是臥虎藏龍。」

說話間，店小二秦武卒被一個瘦高個病態男子拎著耳朵拽進房中，黝黑少年死死捧著雪白鞘纏銀絲的名貴寶劍，倔強道：「不還，打死我都不還！那劍客本事不濟走啥子的江湖，被我一招絕學就撂倒，活該丟了兵器。」

中年男子個子很高，卻重不過百斤，顯得比嬌柔女子還要弱不禁風，神情木訥，眼神渾濁，約莫是還未醒酒，只是望向媳婦。後者瞪了一眼秦武卒，惡狠狠道：「有你這麼在自家地盤上搶東西的嗎？真要是眼饞，你他娘的不知道離鴨頭綠遠一些再下手啊？以後誰還敢來客棧住宿，你要是不把劍還回去，老娘就讓櫻桃半年不跟你說一句話，看不憋死你這隻小白眼狼。老娘數三聲，再不從老娘眼前消失，後果自負！」

膚黑如木炭的少年毫不猶豫地嗖一下跑出屋子，把劍狠狠丟了出去，準確砸中才悠悠醒轉過來的白衣公子額頭，可憐的公子又給淒涼地活活砸暈過去。

老闆娘捧腹大笑，指著眼神幽怨賭氣站在門口的少年，罵道：「嘖嘖，還是個情種。」一看就是那種幾棍子打不出一個屁的高瘦男子眼神柔和，泛起一絲笑意。男子朝徐鳳年點了點頭，算是打過招呼。

老闆娘見樓下已經塵埃落定，該死的都死了，隋嵩對上慕容江神不落下風，但十騎中竟然隱藏了一名高手，殺人如拾草芥，幾個來回衝殺，就將隋嵩以外的陶潛稚舊部武卒給殘害殆盡，無一例外皆是死無全屍，大多被活生生撕裂了手臂。

隋嵩被馬背上持矛的慕容江神拖住，救援不得，老人雙目赤紅，被幾騎相隔幾丈圍住，彎弓卻不射箭，耍猴一般，任由老人作困獸鬥。

慕容江神收矛時露出一個破綻，老人正想要擒賊擒王，驟然間七竅流血，竟是被那名軍中高手從後邊給雙手抱住，兩者擺出一個盤根交錯的古怪姿勢，傳出一陣骨骼碎裂的啰嚓聲，令人毛骨悚然。

內力不俗的隋嵩整個胸腔都被勒得破開稀爛，臨死前還被背後軍旅高手用腦袋撞在後腦勺上，一敲之下，本就氣如遊絲的隋嵩眼珠子都給撞出眼眶，場景駭人。

這名殺神一般的北莽軍高手轉頭望向老闆娘所站窗口，正要拔地而起，掠入二樓屋內去大殺一通。

慕容江神乘馬提矛，眼神示意這名御帳近侍局出身的鬧猻卒不要輕舉妄動。北莽王庭宮府皇帳，各有一股位於王朝武力頂端的冷血侍衛，剔隱司、傳鈴郎、鬧猻卒，都是北莽軍中萬里挑一的冷血屠夫，三者相加，不過共計四百人。

慕容江神只是最邊緣的皇室成員，遠沒有資格擁有三者中任何一種侍衛擔任扈從，這名一等閘狨卒是從表哥慕容章台那裡借來的。閘狨卒近二十年尤為戰功顯赫，北莽軍神拓跋菩薩便是閘狨卒出身。

慕容江神絲毫不介意二樓一屋子人居高臨下，抬頭笑咪咪道：「今日叨擾鴨頭綠客棧，慕容江神惶恐不安，客棧損失，我自當以十賠一。敢問謝掌櫃在何方，我與表哥慕容章台慕名已久。」

老闆娘轉頭望著自家男人，問道：「老鬼，你不過是跟大魔頭洛陽打了一架，還輸得這麼慘，怎的名聲如此大了？連慕容哥倆都想招攬你？敢情這次隋嵩這些人都是因為你寃死的？」

那前不久還調戲老闆娘的漢子目瞪口呆，嘴角掛著一絲羊肉，癡癡望著那根瘦高病秧子，「魔道第一人洛陽，所向披靡，除了最後被拓跋菩薩攔在皇城門外，與洛陽交手的高手不計其數，活下來的屈指可數，只聽說有個姓謝的就在其中，一躍成為排在第十的魔頭，就在老龍王屁股後頭。老闆娘、謝掌櫃，你們這對夫妻檔千萬別嚇唬我啊！我老方膽子再肥，也經不起這麼折騰的。」

老闆娘不理睬失心瘋的粗糙漢子，望向自家男人，一臉為難，問道：「喂、老鬼，咱們給慕容江神架到火堆上烤了，你說咋辦？」

不善言辭的男人平靜道：「妳說，我做。」

老闆娘唉聲嘆氣，望向始終袖手旁觀的徐鳳年。

心知不妙的徐鳳年苦笑道：「老闆娘，妳看我做什麼，我還能出去跟慕容江神叫板不成？就算我有心也無力啊，我就是住店來著，銀錢一分沒少給了，總不能逼著我去做行俠仗義的好人吧？」

老闆娘點頭道：「倒也是。」

來往鴨頭綠的客人只知道謝掌櫃是愛醉酒的謝靈，是家有雌老虎的病癆，卻不知道是那個能與魔道巨擘洛陽一戰而重傷不死的謝靈。這個男人盯著徐鳳年，語氣古井無波，緩緩說道：「屍居而龍見，淵默而雷聲。公子修為驚人，形衰守玉關，分明是道門可以返老還童的大本事，若非是國師麒麟真人的高徒，我實在想不出還有誰能年紀輕輕，便有這等神通。可鴨頭綠客棧素來不破壞規矩，要是公子不願意出手，謝靈也只好為了媳婦定下的規矩，逼迫公子出手了。公子也不用太過為難，只要保證那對母女死在客棧以外就行。到時候那些官兵敢進客棧聒噪，再由我出手打殺乾淨。」

老闆娘一臉沒啥誠意的愧疚，笑道：「公子莫怪，我家男人不太講道理。當年若非被他霸王硬上弓，老娘才不樂意跟他過這貧苦日子。躺在走廊裡的白衣劍客，多半就是慕容章台了，公子你扛出去要脅，便能拖上一段時間。」

徐鳳年看到黝黑少年神出鬼沒，一巴掌拍在失魂落魄的漢子腦袋上，當場將其轟殺，罵道：「早看這姓方的不順眼了，吃東西從不給錢，賒帳賒帳，去閻王爺那邊賒去！」

老闆娘笑道：「少扯犢子，還不是記恨他與你的櫻桃姐上過床。」

進了賊窩的徐鳳年苦澀道：「老闆娘、掌櫃的，你們紅臉白臉唱雙簧還不夠，還要拉上小哥兒唱黑臉來震懾我嗎？這般開門做生意，實在是太講究了。」

老闆娘笑得花枝亂顫，「老娘再年輕個二十歲，一定倒追公子。」

店小二瞪目道：「佩刀的窮光蛋，甭廢話，否則我一板凳砸死你，到時候你連命帶刀都沒有了。」

徐鳳年問道：「讓我掂量掂量其中利害？」

「公子本事高，做事卻不爽利呀。」老闆娘笑道，「好啦、好啦，到底是咱們客棧理虧在先，老鬼，你去門外幫這位公子先擋上一擋。秦武卒，別在這裡狐假虎威瞎顯擺，你就是狗肉上不了席。老娘我呢，去隔壁跟細皮嫩肉的小婦人說些水靈娘們兒間的私房話。公子，與我一起去吧？」

徐鳳年跟著老闆娘來到隔壁房間，娘兒倆抱在一起蹲在牆腳，小婦人梨花帶雨，心如死灰，稚童女孩不明就裡，只是跟著娘親一起哽咽哭泣。

老闆娘嘖嘖道：「還真是一位風韻猶存的小娘子，公子，可不就是你們男人所謂的『我見猶憐』嘛。為了這麼個漂亮小婦人與慕容江神這夥人幹上一架，值了。要美人不要江山，才是英雄好漢哪。管美人是誰的媳婦，是不是這個道理？」

徐鳳年默不作聲。

老闆娘望著嚇慘了的小婦人，伸手指了指身邊徐鳳年，笑道：「別怕，這位公子是救妳們來了，不過報酬就是要妳給出身子。不給也行，反正衝攝將軍陶潛稚的寶貝兒子這趟沒來，妳讓我殺了這礙事的小閨女，妳的貞潔也就保住了。妳總不希望陶家最後的香火，死了爹又死了娘吧，那得是多淒慘？」

小婦人瞠目結舌。

稚童再懵懂，也知道境遇凶險，只是撕心裂肺地哭喊，一聲聲「娘親」，悲慟異常。

老闆娘何等閱歷，看到小婦人眼中閃過一抹猶豫，叉腰大笑，笑過以後陰沉道：「虎毒不食子，閨女可是妳身上掉下的一塊肉哪，虧妳下得了手。老娘我這輩子沒法子生育，可是對妳們這些身在福中不知福的女子，嫉妒得抓狂，每次見著拖家帶口的娘們兒，都恨不得剁碎餵狗。」

被看穿心底腌臢醜陋的小婦人眼神瞬間變得果決，再沒有絲毫軟弱。女子天生戲子，她站起身，一把推開女兒，對著徐鳳年說道：「求公子救我，小女子願意自薦枕席。」

好一個北莽從來憑子貴，生女賤如狗。

徐鳳年攙扶起小女孩，不去看不愧是將軍遺孀的小婦人，只是望向老闆娘，平靜問道：「妳家男人身受重創，就算曾經到過指玄境，如今沒了金剛境體魄支撐，也就是花架子了，怎的，真當自己無敵了？」

老闆娘愣了一愣，彷彿聽到一個天大笑話，「公子啊公子，就算如你所說，我家男人跌到一品境底部，可瘦死的駱駝比馬大，不無敵確實是真的，可公子真當自己是過江龍了？老娘可是好心好意給你送暖被窩的女子，別好心當驢肝肺。年輕人，你若是有金剛境，老娘以後乖乖地洗乾淨給你暖被窩，行不行？可你有嗎？不到金剛境，在老娘的男人眼裡，也就是螻蟻一般。不過隨口誇了你幾句，公子就輕飄飄找不到南北啦？最後給你一次機會，再跟老娘打腫臉充胖子，給臉不要臉，老娘削死你！」

老闆娘聽到年輕刀客的豪言壯語後，水桶一般的腰肢扭動，越發像一株長在牛糞上的肥牡丹。擦了擦笑出來的淚水，她抬起頭，伸出能有小婦人兩根手指粗的肥膩手指，輕揉著眼角道：「公子莫不是在跟老娘說笑話？呦呦，不能再笑了，魚尾紋都笑出來了，公子你可真壞。」

徐鳳年跟著笑起來，瞥了一眼面有愧色的小婦人，摸了摸躲在身後一臉驚懼的稚童的腦袋，問道：「老闆娘，是妳男人早就想好了要把我當替罪羊，雙手奉送給慕容兄弟？」

老闆娘心腸厚黑，也懶得掩飾，點頭笑道：「老娘的男人這點眼力見兒還是有的，否則當年能在百花叢裡找到我？知道公子你身手不高不低，死了你又送出了這隻狐媚惹禍精，恰好息事寧人。至於娘兒倆到時候命運如何，咱們客棧管不著，要怪就怪小娘們兒找了個時運不濟的男人。再就是公子運道不行，擱在以往入住鴨頭綠客棧，只要帶足銀子，酒肉管飽，姑娘管夠。」

徐鳳年微笑問道：「以掌櫃的身手，到哪裡都是座上賓，怎麼不乾脆與有備而來的慕容兄弟兩情相悅？還是說嫌慕容氏這只碗太小，填不滿胃口？」

老闆娘繼續揉著眼角，細細撫平魚尾紋，沒好氣道：「慕容氏倒是天底下頂天大的一口大鍋，可惜慕容章台、慕容江神的確只是一只小破碗，打發乞丐可以，打發我男人，差遠了。要是橘子州持節令慕容寶鼎親自登門拜訪，這就妥了。」

徐鳳年點頭道：「明白了，老闆娘夫婦二人是在待價而沽，不愧是精明生意人。」

老闆娘故作訝異道：「這位公子，你信誓旦旦要殺光所有人，怎麼才說出嘴，就沒動靜了？做男人銀樣鑞槍頭，這樣可不行，屋裡頭雖說就三個大小娘們兒，卻都要瞧不起你。秦武卒跟老娘的男人學了一招，就敲暈了慕容章台，老娘這些年也沒閒著，要不與公子比畫比畫，若是公子贏了，再出門去跟慕容江神狗急跳牆？

放心，鴨頭綠這次死人多，棺材再不夠用，也一定給公子留一口上等的柳州柏木棺材。不過呢，公子的心肝，可能得借來一用，我家那男人這幾年守株待兔，還真就沒碰到公子這樣的誘人佳餚。說實話，你即便真是那麒麟真人這等老神仙的高徒，老娘也得幫他剮出來，大不了不要客棧了。」

將心底祕密和盤托出後，說到開心處，老闆娘笑容陰森，正想靜待這位初生牛犢的年輕小夥露出驚駭慌張，不承想她自己率先瞪大眼珠子，顫聲道：「飛劍？」

◆

高瘦如竹竿的謝掌櫃扛著昏厥過去的慕容章台走下樓梯，慕容江神以示誠意，只帶了那名皇帳閘狨卒走入客棧，見到這名魔道第十人後，甚至丟掉顯赫身分，深深作揖。

謝靈將慕容章台放在一張酒桌上，沒有半點受寵若驚。

與魔道第一人洛陽戰過以後，謝靈雖然遭受重創，卻在北莽江湖聲名鵲起，都視其雖敗猶榮。不過謝靈有苦自知，好不容易隱姓埋名二十幾年，苦練機緣巧合得來的一部祕笈，本以為就算不能與奔襲帝城勢如破竹的洛陽勢均力敵，也不至於慘敗，可真正對上了那位不留活口的武道巨擘，謝靈才知道大錯特錯，一敗塗地，之所以僥倖不死，也僅是那名魔頭手下留情。

心高氣傲的謝靈本想靠著一戰成名天下知，進入北莽軍方大展拳腳，走一條被拓跋菩薩證明過正確無誤的青雲大道，如今心灰意冷，修為大損，也就不去貪圖那些功名利祿，終年借酒澆愁。都說北莽江湖超一流高手都成了絕代魔頭，一流的去了軍方建功立業，二流的在宗門豪閥裡頭養尊處優、作威作福，三流的和不入流的才在江湖這座爛泥塘裡摸爬滾打，叫人笑話。

謝靈實力折損得厲害，但心氣還在，既然自知所謂的魔道巨擘不過是徒有其表，也就不去北莽軍中丟人現眼，況且他一開始目標便瞄準了兩京王庭，小小慕容子弟算什麼東西，有資格使喚自己？只不過瞧不起歸瞧不起，一些規矩還得講究，江湖與軍隊、官府井水不犯河水，江湖人再在江湖中燒殺劫掠，北莽朝廷從不過問，但要是惹上了將府官家子弟，除非你是洛陽這般立於武道鼇頭的大梟雄，否則都要遭殃。

有謝靈坐鎮的鴨頭綠客棧，對待那些仇殺恩怨，從來都是青壯漢子看兩撥孩子打鬧，不屑過問。慕容兄弟要擄走陶潛稚遺孀，鴨頭綠不攔著，可想要一箭雙雕，既要小婦人的美色也要謝靈出山錦上添花，謝靈不便挑明，便讓媳婦唱黑臉將那佩刀青年推出去，置於死地，不過是給雙方一個臺階下，意思再明顯不過。你們兄弟在鴨頭綠殺人拆客棧，我謝靈念在你們是皇室宗親的分上，打狗看主人，就不去理會，可孤兒寡母被人帶出了客棧，客棧與你們劃清了界限，若還敢得寸進尺，我謝靈成名以前，其實雙手染血也不少了。那本祕笈開篇所謂「年啖心肝一百副，甲子可做長生人」，可不是故意要語不驚人死不休。北莽江湖百萬人，能比我謝靈更名副其實稱作大魔頭的，還真不多。

慕容江神得到謝靈的眼神允諾，走近好似擺放有一隻待宰肥羊的桌面，探手到慕容章台鼻子附近，確定有鼻息後，鬆了口氣。若是被家族寄予厚望的表哥死在這裡，他回去也要脫一層皮，指不定就要被性格暴虐的父親打成殘廢。

慕容氏自古崇武，驍勇善戰根本不算什麼，唯獨表哥慕容章台這樣才氣橫溢的讀書人，才算是鶴立雞群，皇帝陛下很樂意見到慕容子孫能夠憑藉著真才實學在朝堂上脫穎而出。

慕容江神所在家族作為慕容旁支，不得不去小心經營，眼前隱於市野的謝靈，偶然得知其隱祕身分後，便是他與家族想要極力拉攏的貴人，死在客棧內外的江湖鼠輩，只不過是一塊略帶示威性質的敲門磚罷了。

見謝靈不說話，慕容江神也不急著開口，心中估量籌碼是否給得足夠。陶潛稚遺孀肯定是要帶走的，這不是表哥慕容章台垂涎美色這麼簡單，而是身後家族利益驅使。兩京四府南北對峙，如龜纏蛇，窩裡鬥得血光四濺，這也是擅使制衡術的皇帝陛下樂見其成的場景。

北帝城，便是離陽王朝嘴裡的北莽王庭；南燕京，吸納了許多八國遺民。兩京各控兩府，獨立於八州以外，北御帳官與南面朝官，雙方一旦碰上，大抵就是北邊動粗、南邊動嘴的火爆畫面。慕容氏自然是北御帳官的一根粗壯支柱，不過這些年逐漸滲入姑塞、龍腰兩州，有挖牆腳的嫌疑。

董胖子、陶潛稚之流是立場堅定的南面朝官棟梁人物，當初在姑塞州就給足了慕容江神這批權貴王孫苦頭吃，逮著機會往死裡拾掇，對慕容氏而言，這已經不光是面子上的小事，在不去觸碰皇帝陛下逆鱗底線的前提下，相互硌硬，不遺餘力。

就像這次陶潛稚暴斃，北莽女帝當然龍顏震怒，但慕容江神如果只是欺辱了陶潛稚的女人，目光長遠的陛下根本不理會這些芝麻綠豆大的事情。南面朝官這二十幾年受的此類憋屈也不少了，說不定連董胖子都不會真撕破臉皮，這種無形中打擊南官士氣並且極為噁心人的潑髒水行徑，慕容子弟信手拈來。

事成得手以後，帝城那邊可要贏得大片喝彩叫好，家裡長輩們也都臉上有光。至於陶潛稚細皮嫩肉的婆娘，被表哥玩膩了後，少不得在帝城權貴子弟圈子裡轉贈走上一圈，淪為一只誰都踩上一踩、穿上一穿的破鞋在所難免，表哥也必然能順勢在圈裡向著核心更近一步。

畢竟在帝城，有姿色的女子不難花錢買到，可若是一名衝攝將軍的媳婦，就稀罕了。雙方都有各自的算盤，慕容江神要搶女人去帝城鋪路，若是暫時請不動眼前這位不苟言笑的魔道魁雄也無妨，到時候回去家族勞駕長輩再來拜訪就是，就不信天底下還有對高官厚祿、俏嬌娘都不感興趣的男人。

而謝靈心底吃不透那名刀客的身分，便有心借由慕容兄弟兵馬去當探路石。死了皆大歡喜，不死的話，謝靈也會偷偷滅口，一副堪稱玲瓏的絕佳心肝，對他而言是最大的補品，勝得過百副庸俗心肝。如他媳婦在樓上所言，這等比燕窩魚翅珍貴千萬倍的補品，就算是帝城那位天下道教聖人的國師弟子，不幸到了鴨頭綠這座鬼門關，也要死！

◆

謝靈猛然轉頭朝二樓樓梯口望去，殺機暴漲。

慕容江神也是悚然一驚。

一個佩刀年輕人手提兩顆頭顱，鮮血淋漓。

徐鳳年先丟出一顆腦袋，「這一顆，是給鴨頭綠客棧的還禮，不成敬意。」

謝靈捧住頭顱，雙眸通紅，牙齒咬出聲。

徐鳳年丟出另外一顆給此番大費周章的慕容江神，平淡說道：「這一顆是給北莽慕容氏的，還望笑納。」

慕容江神沒有去接頭顱，任由其滾落在腳邊，臉色陰沉恐怖。

魔頭謝靈抱住頭顱貼在胸口，仰頭發出一陣刺破耳膜的野獸嘶吼聲，房梁顫動，抖落了許多灰塵。

徐鳳年平靜道：「雖說兩名女子都是自己求死的，但相比來說，腦袋大的那一顆，死得比較憋屈，估計被我手刀割下腦袋的時候，還在納悶怎麼就死了。至於慕容世子腳邊那顆，就死得清清白白了，得知就算活著走出客棧也要生不如死後，用自己的命換了一條命。話說完了，你們怎麼講？要不要也求個死？」

都不需要機關算盡、竹籃打水一場空的慕容江神發話，那名嗜血的閘狨卒就倒拔蔥沖天而起，身體彎曲轟向這名口出狂言的小子。

謝靈根本不去看戰場那邊，雙眼淌出淚水，低頭在娘子額頭親了一下，然後替她抹上睜大瞪圓的雙眸。

她曾說過，喂、老鬼，輸了就輸了唄，輸給洛陽哩，又不丟人，要不咱們種田養雞鴨去好了，一起老死，不也挺好。他沒答應，說要再與洛陽誓死一戰，這些年瘋狂殺人奪心吃肝，越發人不像人，鬼不像鬼，可她也從不嫌棄。

本以為自己這輩子多半贏不過洛陽，會死不瞑目，為何妳卻先死了？

她說真有那一天假使只差一絲一毫，就可以打敗那個高高在上的洛陽，那就剝開她的胸膛，吃了她的心肝。

謝靈兩行清淚變血淚。

閘狨卒雙拳在徐鳳年胸前如雷炸開，邊境馬賊寇首拿宣花板斧用了許久才割開的海市蜃樓，竟是被這名皇帳近侍一瞬便攻破，他原本有些訝異年輕刀客可以氣滿外泄，不承想一擊得逞，只是個花架子罷了，騰空的身體猛然舒展如猿臂，加重力道砸在這小子胸膛上，定要教這不知死活硬抗拳頭的雛兒命喪當場。

徐鳳年身體彎出一個如挽弓的弧度，頭腳不動，利用胸背的向後凹陷來抵擋潮水般的拳罡，右手一瞬間按在閘狨卒腦袋上，正要拍碎這顆頭顱；閘狨卒察覺到不妙，這小子夠狠，才交手便要玉石俱焚，使出殺敵一千自損八百的勾當，便縮頭往後仰去，雙腿踹出，被徐鳳年左臂格擋住。

閘狨卒借勢往後閃電般彈射出去，身體黏在牆壁上，雙手成爪鉤入木板，正要進行第二次反撲，驀地心口傳來一陣絞痛，他低頭望去，雙目駭然，心口不知何時被鋒利暗器刺透，這名年輕人分明不曾拔刀！

閘狨卒之所以沒有在第一時間醒悟，委實是徐鳳年這一手耍得陰險奸詐和聞所未聞，先是擺出要力敵閘狨卒拳腳的雛兒架勢，再祭出十二飛劍中最銳利也是最渺小的一柄蚍蜉，安靜「擺放」在閘狨卒身後一丈外。

此劍晶瑩剔透，殺氣內斂至極，如果說玄雷鍛造出爐以後便殺意充沛，好似千里殺人的劍客，最長飛劍太阿氣沖斗牛如扛鼎天人，桃花劍身妖豔如二八美人，那麼蚍蜉就太不起眼了，如嬰兒質樸，便是擺放在眼前，常人若不仔細凝神，也只能瞧見鏡像模糊，如一小片清水漣漪。

當閘狨卒一擊未中，順勢後撤，徐鳳年只要微微移動太阿的方位，對準心口部位，好似閘狨卒自己就自尋死路地狠撞上去，心臟毫無懸念地被太阿刺穿，除非是金剛不敗的體魄，否則難逃一個死字。

高手間拚死，哪來說書先生嘴裡以及遊俠列傳中描繪的那般詩情畫意，從來都是高下立判，生死立見。若非勢均力敵，誰願意大戰三百個回合。

觀戰的慕容江神甚至不知道發生了什麼，眼中只見堪稱戰場無敵的閻猱卒一個交手後撤就死於非命，屍體墜落在樓梯底部，雙手摀住鮮血如泉湧的胸口。

蚍蜉飛劍的劍氣殘留體內，阻礙了閻猱卒死前徒勞的氣機彌補，可以說蚍蜉切割以後，雖然只造成狹窄的一絲縫隙，卻也是如同天涯海角，陰陽相隔，這也是飛劍取名「蚍蜉」的寓意所在——蜉蝣不識晦朔春秋，朝生而暮死。

慕容江神不明所以，見到陶潛稚遺孀頭顱後的震怒，夾雜有一絲驚懼。能夠彈指間殺死皇帳近侍，況且如此年輕，該不會是棋劍樂府這種高門大宗裡出來的嫡傳子弟吧？聽說董胖子與北莽五大宗門中的提兵山和棋劍樂府都私交不俗，提兵山山主的女兒還被董胖子給禍害了，生米煮成熟飯，饒是提兵山山主這般英才大略的江湖雄主，都不得不捏著鼻子默認這樁女兒給一個死胖子做妾的婚事，只是最擅長權衡利弊的董胖子真敢往死裡得罪慕容氏？

徐鳳年走下樓梯，冷笑道：「慕容章台，別裝睡了，再裝下去小心被謝掌櫃挖了心肝當補品。」

躺在桌上的慕容章台仍是沒有動靜，謝靈走過去先將老闆娘的腦袋放在桌上，然後五指如鉤，將那名扛下樓時便被禁錮竅穴的慕容氏俊彥的心臟從胸腔中撈出，放入嘴中大口咀嚼。

慕容江神看得肝膽俱裂，怒髮衝冠道：「謝靈安敢害我慕容子弟！」

謝靈眼眸赤紅，滿嘴鮮血，一邊手捧心肝低頭啃咬，一邊望著頭皮炸開的慕容江神，這位誤入歧途便沒有回頭路可走的魔頭沒有感情起伏地說道：「原來是棋劍樂府的劍士，正道人物的心肝，就是好吃。別看同樣是啖心肝，多了，也會知道滋味各有不同。有些人像肥鵝，心也油膩反胃，益處不大；有些是啖蛇龜，有些小毒，卻能治病；有些是蟹肉，經霜味更美，已是上品，可續斷筋骨，就像我手中這一副。至於佩刀那位公子，則就是鳳髓龍肝了，可遇不可求。我謝靈看人，從不看人臉面皮囊，只看皮內心肝。」

鴨頭綠客棧都知道謝掌櫃是個沉默寡言的老好人，一個病秧子，與人打交道，常年和和氣氣。卻不知道好脾氣都是年啖心肝一百副養出來的，謝靈破天荒說了許多，不理會心生怯意的慕容江神，轉頭看向徐鳳年，說道：「你既然會養劍也會御劍，身世註定不差，這兩個姓慕容的也未必能與你媲美，為何不遲一些再離開師門，好歹等到了金剛境再說。你殺人卻不逃，顯然是看出我受了重傷，覺得可以虎落平陽被犬欺？等下我用手指剝開你的胸口，保證你可以活著看到自己心臟跳動的畫面。你這副心肝，我會吃得很用心、很緩慢，你會因為劇痛所致，氣機集中於心脈，心肝的滋味也就更好。」

心神不定的慕容江神聽到謝靈有重創舊疾，抓到救命稻草一般，再不去管什麼慕容章台被剮心肝，也不管小婦人腦袋仍在腳邊，迅速轉頭對徐鳳年無比詞真意切地說道：「公子，你我聯手對付這個人人得而誅之的魔頭如何？我慕容氏必將重謝公子！慕容氏子弟向來一諾千金，重信諾重過性命……」

徐鳳年默不作聲，看到謝靈身形如躥出叢林的獵豹，奔至慕容江神身前，一手擰斷其脖頸，一手捶在腰上，以外力加速慕容江神體內血液與氣機流轉，低頭咬在慕容江神胸口，汲水一般，將今日第二顆心囫圇吞下。

隨手丟掉慕容江神的溫熱屍體，謝靈仰頭，一臉走火入魔的陶醉和滿足。面對這不遜色於佛教典籍對地獄殘酷描繪的情景，膽小的，早就嚇暈過去。

謝靈一雙詭異的猩紅血眸，讓人不敢對視，二樓上一個暈乎乎的稚童趴在圍欄間隙，見到大魔頭發現自己，小女孩哇一聲號啕大哭起來，嬌柔身軀蜷縮起來，只當自己看不見魔頭，魔頭便看不見自己。

謝靈獰笑一聲，掠向二樓，被徐鳳年橫刺而出，一腳踏中側腰，撞到一根梁柱上。一踏之下，便是寸厚青石板都要給踩裂，但謝靈的身體軟綿無骨，圍繞著梁柱，頭腳相銜，略帶著笑意盯住徐鳳年，桀桀笑道：「年輕人，如此沉不住氣，本以為這個最沒資格活下來的小娃娃是你的誘餌，不承想一試探便知真假。我明白了，不是你要殺陶潛稚遺孀，而是她自知難以苟活，便自己以死求清白身，但要你護著這名孩童，如此看來，你的確是陶潛稚結拜兄弟董卓派來的人，你來自裝腔作勢的棋劍樂府，還是狐假虎威的提兵山？」

一口再地道不過北莽腔調的徐鳳年微笑道：「我要是說來自北涼，你信不信？」

謝靈嘴角滲出黑血，不知道是邪功反噬還是有何玄機，平淡道：「就算你說自己是離陽王朝的皇子，我也信。」

謝靈身體遊蛇一般鬼魅滑行，最終屈膝雙手雙足死死釘在木梁上，烏黑血液與口水唾液夾雜在一起墜落到地面，啖人心肝助長功力的魔頭擠出一個笑臉：「不管你是誰，你的心肝，我都要定了。你的屍體我會掛在荒漠上，曝曬成乾，運氣不好，就任由鷹啄殆盡。」

徐鳳年面無表情，眼神清澈。大概是謝魔頭沒有見到預料中的絕望與恐懼，頓時惱羞成怒，雙腳踩斷這根粗壯房梁，身體疾射向這名佩短刀卻馭飛劍的年輕公子。

兩人碰撞在一起，巨大衝勁迫使徐鳳年後背砸穿了牆壁，身手敏捷出乎想像的謝靈幾乎同一瞬間，在破牆出了客棧以後，一記可裂鐵石的膝撞被徐鳳年雙手按住，謝靈一拳仍是結實轟在他額頭。

徐鳳年身體後掠的同時，也一掌拍在魔頭太陽穴，一人風箏斷線般向後飛去，一人在空中打轉了幾圈。電光石火間的短兵相接，出手都不遺餘力，雙方落定後仍是都沒有半點窘態，可見這場死戰想要不拖泥帶水地分出生死勝負，難。

赤眸謝靈吐出一口血水，閒逸地搖了搖脖子，眯眼看到那名公子哥額頭本已瘀血彙集由鮮紅轉青紫，卻又以肉眼幾不可見的速度快速淡散而去。謝靈這一拳交代在慕容江神之流武夫的身上，令其全身經脈盡斷都不奇怪。

然後謝靈看到這傢伙摘下在鞘短刀，先是雙指一擰，再屈指彈鞘，古樸短刀如靈燕繞梁。謝靈皺了皺眉頭，江湖上刀槍斧諸多兵器的離手術，並不稀奇，只不過是御劍術的粗胚子罷了，登不上大檯面。一來在宗師行家看來，沒有足夠沛然的氣機打底子，離手兵器不管使喚得如何眼花繚亂，都是金玉其外，不堪一擊；再者正所謂一寸短一寸險，兵器離手，有利有弊，雖然拉升了攻擊距離，但無形中也暴露了不敢貼身死戰的怯弱，故而離手術一直被劍道名家嗤之以鼻，視作貽笑大方的末流旁門左道。

徐鳳年向前狂奔，每當春雷迴旋便復彈指，短刀始終縈繞四周，旋轉速度越來越快，最後只見流螢宛轉。

初始不露崢嶸，等到離謝靈不足五丈時，一人一刀則鋒芒畢露，地面的黃沙塵埃被春雷裹挾飛起。

兩人相距三丈時，謝靈探手一抓，沒有握住春雷刀鞘，卻仍是五指驟然發力，擰去一道殺意重重的暗藏氣機。謝靈嘖嘖了幾聲，不理會手心被滾蕩氣機擦出血絲，伸臂一劃，劈碎第二條氣走龍蛇。

徐鳳年眨眼便至，抬臂做偷師而來並且加以雕琢的夫子三拱手，前兩次都被謝靈藉著雄渾蠻力擋住卸去，最後一次他還是雙手十指指尖相向，拖住謝靈下巴，迅猛一推，就給大魔頭身體浮空撥了出去。徐鳳年大步前踏，地面出現兩個坑窪，兩條春雷刀鞘挾帶的洶湧氣機在空中糾纏，如瀑布垂瀉向謝靈奔去。

身體懸空的謝靈哈哈大笑，一個單手撐地，身體陀螺般轉動，雙腳順勢踩爛那兩條蘊含磅礴劍意的凶狠氣機。謝靈得逞以後，並不著急站定，仍是保持單臂支撐、頭顱朝地的古怪姿勢，望著徐鳳年，陰沉笑道：「棋劍樂府有詞牌將進酒，有劍技脫胎於離陽劍神李淳罡的開蜀式，好像是叫劍氣滾龍壁來著，你與這名府主劍氣相近的高徒有何關係？」

九名輕騎終於按捺不住闖入客棧，見到兩名主子都給人剝橘柑一般挖去心臟，那名閘狨卒則倒斃在階梯口，頓時震駭得無以復加。

他們雖然是慕容氏親衛，不用計較北莽軍中鐵律的連坐法。

北莽軍法規定，伍長戰死四人皆斬，什長戰死伍長皆斬，可慕容章台、慕容江神兄弟一死，國有國法、家有家規，慕容氏數百年積威深重，治家與治軍已是無異，他們所有人板上釘釘地死罪難免。九名騎兵短暫的面面相覷後，毫不猶豫地奔出客棧，翻身上馬，朝謝靈和徐鳳年的戰場提刀死戰而去。若是活著回去，家人就要受到慘烈牽連，若是與主子一同戰死，反而有豐厚犒賞，實在是北莽的規矩容不得他們惜命。

其中兩騎被劍氣連人帶馬一同斬斷，更多是被謝靈鉤出心臟，塞入嘴中，最後一騎不怕死，卻怕心肝被吃掉，正要後撤，就被謝靈扯住馬尾，將騎士和戰馬摔向一道冷冽劍氣。

謝靈伸手抹去嘴角的鮮血，眼神憐憫地望著那名公子哥，桀桀道：「不愧是久負盛名的劍氣滾龍壁，有些意思，可惜九龍已是極限，九條氣機都被我擋下，你小子還有什麼壓箱本領，死前都盡數耍出。」

徐鳳年看傻子一樣看著魔頭，輕聲道：「劍氣滾龍壁的確只有九龍不假，可我就不能再來一遍滾龍壁嗎？你吃了不知幾百副心肝，功力不見漲，怎麼把自己腦子也給吃壞了？」

謝靈不怒反笑，勾了勾手指，「少逞口舌之快，劍氣滾龍壁是少有將劍意、劍招融會貫通的上乘劍勢，可那也要看誰來用，你小子還嫩，不信的話，再來試試看。」

身側有春雷飛旋的徐鳳年笑了笑，「哦？」

赤眸謝靈雙拳當胸，怒喝一聲，以他為圓心，地面一丈出現無數細微龜裂。

謝靈眼神冰冷，獰笑道：「練了這吃人心肝的長生的本事，有些見不得光，這輩子只跟魔道魁首的洛陽用過一次，你小子應該死而無憾了！」

砰！

血霧彌漫。

謝靈自殘氣海竅穴三百餘，無數股絲線鮮血浸透衣衫，破體而出，散而不亂，最終凝聚成六條拇指粗細的猩紅遊蛇。遊蛇在空中游弋不止，如惡蟒吐芯，擇人而噬。

謝靈沒有急著給予徐鳳年致命一擊，而是連續蜻蜓點水，將客棧外那些屍體踩爆，每一次鮮血濺射，都被那六根遊蛇彙聚在一起，蛇身逐漸壯大，由拇指粗細快速生長為女子手腕規模。

當謝靈站在一名血肉模糊的騎兵屍體之上時，六根紅蛇繞體的大魔頭攤開雙臂，微微屈膝，朝天空發出一聲怒吼，蘊含著無窮無盡的悲憤和仇恨，「洛陽！」

謝靈這一生為了登上武道巔峰，不惜走上這條人人唾棄的羊腸小徑，本來已經依稀看到去山頂飽覽天下盛景的希望，卻被比他魔頭百倍的洛陽硬生生從指玄境擊落塵埃。洛陽是這般高高在上，謝靈恨洛陽入骨髓，恨這個將自己說成是癡心妄想要蛇吞象的癡兒的大魔頭。謝靈可以容忍自己輸給一名年輕卻早早萬人之上的宗師，卻無法忍受這名年輕人的輕蔑眼神和清淡語氣。

天底下最美味的一副心肝，便是洛陽你那一副啊！

謝靈回望了一眼客棧，血淚流淌不止。

天底下有幾個巧笑倩兮說著看似掏心窩情話的女子，真願意為心愛之人送出心肝？

徐鳳年黑衫白底，雖然經長途跋涉與一番廝殺後破損不堪，但安靜地站在原地，儀態仍是讓人心折。

謝靈赤眸盯住這個與洛陽一樣面目可憎的風流倜儻公子哥，生硬道：「可有遺言？」

徐鳳年懸好春雷掛在腰間，笑著搖搖頭。

謝靈撒腿衝襲而來，所到之處，風沙翻湧。

徐鳳年閉目深深吸氣，一氣呵到不見底，龍汲水為吐珠。

大黃庭倒數第二境，便是氣海生蜃樓，這才是真正可以媲美金身佛陀不敗的玄妙所在。

兩人撞在一起，徐鳳年雙腳生根，在黃沙中倒著滑行，卻始終不離地面。六根血漿紅蛇如鞭打海市蜃樓，兩股天生敵對的真氣摩擦衝殺，嗤嗤燃燒，煙霧透著股刺鼻血腥味，血蛇暫時不得近身。

謝靈的拳腳則毫無顧忌，勢大力沉，每一次都勢可摧倒城牆一般，徐鳳年每一次以力抗衡不敵，被打飛倒滑出去就是十幾丈的距離。謝靈根本不給他任何喘息的機會，不等徐鳳年身形立定，拳腳便呼嘯而過。客棧外溝壑縱橫，滿目瘡痍。

風沙中，謝靈扭曲臉孔如一頭出籠的上古凶獸，雙眼流血，布滿那張給人木訥錯覺的臉頰，似乎已然走火入魔，將這名近在咫尺的年輕人當成了宿敵洛陽，厲聲嘶吼道：「宣德城外，死在你手上的人超過了千人，參戰的、旁觀的、無辜的，只要視線所及，皆被你殺死，好一個血流成河！我借勢一舉突破金剛境，成就指玄，達到祕笈上八蛇吞象，你才幾歲，吃過幾副人心，憑什麼勝得過我！

因為你，我境界跌落金剛谷底，這食人心肝的行徑被世人窺見，差點成為過街老鼠，竟然與你一同登榜十大魔頭。第十？若不是第一，便是第二又有何用？

洛陽，你可知你的心肝能助長我多少修為？我日日夜夜都想吃你啊，不光是心肝，整個人都要生吞入腹，才能解我心頭之恨！」

斷斷續續的瘋言瘋語間，兩人終於拉開一段距離，謝靈宛如一尊魔神臨世站定，六條紅蛇遊走。

徐鳳年單膝跪地，臉色薄如金紙。

氣機紊亂所致，臉上的生根面皮成了無根浮萍，尚未來得及墜落，就化作一陣粉末。

謝靈一雙赤眸光彩熠熠，陰鷙沙啞道：「你果然不是洛陽，差得太多。」

徐鳳年抬頭笑了笑，緩緩站起身，「累了？」

他在腹部雙手抱圓，吐出一口濁氣劍氣死氣。

再呵登崑崙。

臉色紅潤，眉心浮現一枚紅棗印記。

若只是如此，還只會被謝靈視作迴光返照。

三呵遊滄海。

在這等險境中，被一次次霸道捶打，開啟了剩餘緊閉六大竅穴中的極泉。

露出真實面孔的徐鳳年衣袖悠悠搖動，風采絕倫，如同入塵世的仙人。

謝靈皺了皺眉頭，喉嚨發出壓抑的嗓音，如鈍刀吱吱磨石，又像是老鼠啃咬死屍，難聽異常。

徐鳳年平靜道：「魔教寶典蛇吞象，我聽說過，聽潮亭有半部摹本，說是常吃心肝，可以證得大長生的陸地神仙境界。只不過你修練多年，應該知道後遺症無窮，當真堅信當年給你這本破爛祕笈的傢伙，存了好心？你確定不是被路邊攤賣狗皮膏藥的販子給坑了？」

謝靈憤怒到了極點，六根邪氣無匹的鮮血紅蛇張牙舞爪。

徐鳳年問道：「你不奇怪我為何佩刀卻不拙刀？是不是覺得我他媽的跟你一樣，腦子有病？」

徐鳳年摘下春雷刀，高高拋向空中。

謝靈心中一驚。

徐鳳年跟先前謝靈橫衝直撞如出一轍，藉著積蓄登頂的氣勢朝謝靈殺去，存心要玉石俱焚一般。步入金剛境以後，幾乎從未與同等境界交手的謝靈活得小心謹慎，修為深厚，若說殺人手法與迎敵策略，其實遠沒有他啖人心肝這般嚇人。

只不過這小子再生猛，只是金剛境上下浮動的偽一品雛兒，謝靈還真不相信自己會死在這裡。

氣勢正足的佩刀青年冷不丁撤下身形，不顧氣機逆行帶來的凝滯和傷害，這位對上謝靈詭譎功法、無數次在生死關頭遊走都顯得心志堅定的年輕人，瞪大眼睛望著謝靈身後方向駭然道：「洛陽！」

洛陽，兩個字。

洛陽這個人，甚至是這個名字，都已經是謝靈刻進骨子裡的心魔。

謝靈心思流轉，一愣過後便倡狂大笑，這年輕人的鬼蜮伎倆，可笑至極！退一萬步說，便是被你刺上一刀，又如何？

順著氣機痕跡抬頭望去，謝靈看到那名刀客雙手握住刀鞘，當頭刺下！

若是謝魔頭有閒情逸致環視一周，就會發現這一刺，實在是造就了不同尋常的恐怖氣象。

方圓幾十丈黃風好似一瞬靜止，許多飛揚塵土便停在空中。

一靜再一動，天地間驟然起風波。

順著一個無形弧度，所有流淌於地面的氣機倒流而上，如逆水行舟，彙聚到春雷刀鞘鞘尖。

一切不過剎那。

但剎那已是生滅。

除了宣德城外，生平第一次感受到滅頂之災的謝靈雙拳舉過頭頂，張嘴嘶吼，除了聲音，還有鮮血湧出。

說不上是一刀還是一劍。

春雷刀鞘就這般刺下。

透過六根盤旋血蛇，透過雄渾罡風，透過雙拳，透過魔頭謝靈的天靈蓋。

翻天覆地的風波炸開，波及了鴨頭綠客棧，整座結實到可以遮擋風暴的客棧搖晃不止。

徐鳳年用未出鞘的春雷將大魔頭腦袋釘入地面，吐出一口鮮血，他連忙御出一柄袖中碧綠飛劍竹馬，盤膝坐下養劍，一邊艱辛餵劍養胎一邊破口大罵道：「老子偷學了一劍，可叫仙人跪。你他娘的跪不跪？」

◆

能在鴨頭綠客棧外留下一具全屍的，竟然算是幸運，一眼望去遍地殘肢斷骸，有些人下場更慘，被蛇吞象的魔頭謝靈踩成肉泥。

徐鳳年坐在地上，餵飽了劍體油綠的飛劍竹馬，收入袖中，轉頭看著除去腦袋還算完整、已經一攤鮮血如爛泥般癱在地上的魔道梟雄。當時謝靈倨傲地詢問自己是否有遺言，世子殿下本想說僥倖活下就將謝靈與他媳婦葬在一個棺材，只不過生怕魔頭心生警覺，高看自己幾眼，就咽下這句話。

對於謝靈的年啖心肝百副，厭惡自然有，只不過憎恨倒是談不上。人在江湖，想要出人頭地，少不得蛇有蛇路、鼠有鼠道，尤其是謝靈這般沒有頂尖宗門可以依託的，境界攀升尤為艱辛，一個不小心，也就跟許多初出茅廬的雛兒一樣說夭折就夭折。

只不過真碰上了要生死相向，徐鳳年若是心慈手軟，那就是太嫌自己命硬。不過當時如果沒有從蠻腰老闆娘嘴中驗證謝靈確實跌境至金剛邊緣，他就會毫不猶豫地開始亡命天涯。但是此番惡戰，徐鳳年劫後餘生暗自慶幸的同時，也替謝靈感到不值，都已是曾經到過貨真價實的指玄境的頂尖高手，心境卻奇差無比，與武境實力極為不匹配，輸給那個大名鼎鼎的洛陽之後，就跟受了欺辱的娘們兒一般，事後再被提起就要喊疼。

徐鳳年心想還是打架打少了，起碼也要好好學習一下市井潑皮們的無賴行徑，打得過就充大爺，打不過就跑嘛，大不了臨了喊一句老子十八年後又是一條好漢，都好過謝靈這種落下心理陰影的。跌境的凶險不輸給偽境，這一點，有個摳腳老漢早已說得透澈。

徐鳳年看了眼仍舊插在謝靈頭顱中的春雷，當年羊皮裘李老頭便是在雨中以傘做劍，使出一劍仙人跪，破去符將紅甲。

徐鳳年嘆息一聲，世間有幾人，能如李淳罡這般一落千丈卻重返劍仙境界？一劍斬甲兩千六的李淳罡，江湖之大，何止百萬眾，到底是只有一個。

徐鳳年瞇起那雙殺人過後留有許多殺意的丹鳳眸，望向客棧裡慢慢走出的黝黑店小二秦武卒。他很不聰明，離開了、走出了狡兔三窟的藏身地窖，但他也很聰明，要脅了那名倖存下來的可憐稚童。

當時在二樓客房，徐鳳年故意祭出飛劍吸引老闆娘的注意力，然後以手刀割去她項上頭顱，之後他就想要找出這名號稱一招鮮的謝靈徒弟，且不說是否要殺人滅口，總歸謹慎起見，要先確定秦武卒的行蹤，沒料到二樓沒了少年蹤跡，徐鳳年也就先擱在一邊。

那名陶潛稚遺孀稱不上貞烈，卻也性子果決，約莫是想透了就算苟活於世，也逃不出慕容章台的手掌心，不用奢望去為夫君守靈和安然護送棺柩返回家鄉，就懇請徐鳳年救下幼女陶滿武，這以後她含淚笑著求徐鳳年出刀快一些，再就是莫要讓女兒見到這一幕，徐鳳年都應諾了。

她閉眼等死後，臨終前竟然不是去罵那名殺死夫君的惡徒，而是恨極了去毒咒那名與陶潛稚投帖結拜的董胖子，要這名只是沒有親自護送她們趕往留下城的北莽青年權臣，此生不得好死！女子心思，實在難以揣測。

徐鳳年緩緩站起身，不與黝黑店小二廢話，開門見山地說道：「你想活？可以，我不像你吃人心肝的魔頭師父，不濫殺無辜。你放了她，我放了你。」

秦武卒手腳顫抖得越發厲害，小女孩本來就被勒得稚嫩脖子鐵青發紫，少年無意中加重力道後，她呼吸困難，幾乎瀕死。

淚流滿面的秦武卒恍然未覺，他在隱蔽孔洞中親眼見到徐鳳年眨眼殺死閘狨卒的手段，知道這個戴了面皮的玉樹臨風的公子哥遠非看著那般的溫良恭儉，少年只是如同一頭受傷的幼狼，死死盯著站在謝老酒鬼屍體邊上的年輕刀客，咬牙問道：「你說話算數？」

徐鳳年平靜問道：「要不然你勒死她試試看？」

秦武卒微微鬆了手臂力道，猶豫不決。客棧內外都是鮮血和死人，這得用掉多少具棺材啊。少年心中交織著不可言說的悲憤驚懼。掌櫃酒鬼與老闆娘再吝嗇摳門，從他在鴨頭綠客棧紮根的第一天起，便不是至親勝似至親，況且老鬼若真是小氣，也不會教他那一手保命絕技。

秦武卒顫聲問道：「你發個毒誓，我放了她，你不許殺我！」

店小二趕忙補充一句，「也不許斷我手足，讓我生不如死！」

徐鳳年點了點頭，「有一個條件，你去將謝靈的祕笈找來給我，我看完以後歸還給你。秦武卒，要知道，真要折磨你，我有的是花樣。」

這一刻度日如年的秦武卒慢慢鬆開手臂，但其間重新勒緊，幾次反復，終於下定決心鬆開小女孩，將她往徐鳳年那邊推搡了一下，只不過稚童踉蹌後便站定，沒有向徐鳳年走去。

秦武卒顧不得小孩子的想法，給自己找了一條後路，「我這就去找，但老酒鬼和老闆娘藏東西都很巧妙，我需要一些時間，你千萬不能等得不耐煩就殺入客棧。」

徐鳳年擺擺手，秦武卒跑入客棧，徐鳳年走到叫陶滿武的小女孩身邊，看到她嚇得一屁股跌坐在地上，不敢哭出聲。

徐鳳年坐在臺階上，安靜等待稍後肯定會重返鴨頭綠的慕容氏三十餘輕騎。

終歸還是沒有拔出春雷，這等世間唯有天知地知他知以及李淳罡知道的微妙裨益，不比開竅極泉差上半點。養十二劍胎，那是未雨綢繆的偏鋒詭道，閉鞘養刀意，才是正途王道。

當初羊皮裘老頭入天象，閉劍多年不出一劍，才造就了劍開天門的巍峨氣象。世人遇不平事，不平則鳴，這叫作不吐不快，誰都能做到，沒什麼難處。但關鞘不出，除非身陷死境，才將萬事斬平，這才是養劍精髓所在。

須知李淳罡親口所言：「老夫年屆而立，閉劍大成，只覺胸中有劍意萬千，張口一吐，能教天地翻覆。」徐鳳年怎能不心生嚮往？堂堂一個世襲罔替的世子殿下，不去享受偎紅倚翠、榮華富貴，偏偏要獨行北莽，何嘗沒有將自己一步一步逼到絕境去養刀的心思？若非對羊皮裘老頭敬佩到了極點，在雁回關城頭，面對吐驪珠以後的女魔頭黃寶妝出言侮辱李淳罡，徐鳳年做出握刀柄的動作，那可千真萬確是在求死啊。可惜，這份敬意，哪怕與那邋遢老頭離別在即，也不曾說出口。

徐鳳年摘下春雷，頂在下巴上，自嘲道：「矯情。」

那匹劣馬不知何時來到了已無城牆阻隔的客棧院落，在世子殿下面前低頭，蹭了蹭主人。徐鳳年伸手撫摸鬃毛，笑罵道：「兄弟，今天這檔子事，都怨你。不過因禍得福，沒冤枉那幾十兩銀錢。」

秦武卒緊攥著一本泛黃古籍，在門檻後頭天人交戰，始終沒有勇氣用那一招鮮摺翻這個比魔頭還魔頭的可怕角色，老老實實來到臺階下邊，雙手奉上蛇吞象祕笈。

徐鳳年飛快翻頁流覽時，沒有抬頭，問道：「秦武卒，你怎麼處置那些與你躲在地窖裡的姑娘，尤其是那個叫櫻桃的？」

秦武卒心神一震，低頭不語。

徐鳳年撕下一半祕笈揣進懷中，將上半部去給黝黑少年，「這半部祕笈就當作是救她們的。」

秦武卒接過讓老酒鬼成為北莽魔道第十人的祕笈，城府淺淡，完全遮掩不住眼中的欣喜若狂，雙眼通紅問道：「若是我殺了櫻桃姐以外的女子，公子能否多給我幾張書頁？」

徐鳳年搖頭道：「不能。」

秦武卒眼神逐漸堅毅起來。

叫陶滿武的小女孩似乎對人物氣息有種敏銳直覺，嚇得往後撤了幾步，她明明對徐鳳年怕得要死，可仍舊選擇躲在他身後。在二樓房中，當她察覺到娘親的異常，也曾這般舉動，選擇站在陌生的徐鳳年身後。

將要親眼目睹人性一點一滴殆盡之時，徐鳳年笑了笑，溫顏說道：「不逼你去殺喜歡的女子。我懷裡半本祕笈，有八十四張書頁，稍後馬上有慕容氏騎兵來襲，你拚死一名騎兵，我便送你一頁祕笈。這筆買賣，做不做由你。」

秦武卒一發狠，咬牙道：「我做！」

駭人魂魄的馬蹄聲陣陣傳來，小姑娘臉色雪白，蹲在一旁，輕輕拉住徐鳳年的袖口。

秦武卒抄起慕容江神那把擱在門口的六十斤鐵矛，就衝了出去。

半個時辰後，渾身浴血的黝黑少年倒拖著一杆鐵矛，瘸著腿走回客棧，咧嘴笑道：「公子，都殺完了。」

徐鳳年撕下三十頁，丟給這名亡命之徒。

秦武卒伸出手指在嘴裡沾了沾血水，一頁一頁數過去，抬頭說道：「我殺了三十一名騎兵，公子才給了三十頁。」

徐鳳年笑了笑。

秦武卒打了個寒戰，低下頭，噤若寒蟬。

徐鳳年站起身走回客棧，輕聲道：「去幫我尋幾件乾淨合身的衣衫，再裝上一些碎銀。我在原先房間等你。對了，等我走了，你記得將謝掌櫃和老闆娘合葬在一起，再有就是這孩子的娘親，也找一副柳州棺材葬了。如果等到了需要剩餘祕笈的那一天，你就去北涼幽州找一個叫皇甫枰的將軍。至於尋我報仇之類的事情，你有這個英雄氣概，我不攔著，只不過到時候下場如何，你自己多思量思量。」

◆

在房間換上依舊是黑衫白底的素雅服飾，徐鳳年不得不承認門外候著的秦武卒是個很伶俐的少年。

徐鳳年將一袋子沉重碎銀交給稚童陶滿武，孩子可憐兮兮雙手吃力地提著銀錢，默不作聲。

徐鳳年平靜道：「陶滿武，想活下去，第一件事就是知道只有幹活，才有飯吃。」

銀錢太重，行囊下墜，孩子連忙彎腰捧住，然後陶滿武這個名字很不婉約的孩子突然哭訴道：「你是壞人，我會讓董叔叔打你的！」

門口豎起耳朵的秦武卒翻了個白眼，小娃兒賊不知死活了，這不是自尋死路嗎？老子沒有學成祕笈上記載的絕學前，這輩子都打死不會去找這傢伙的麻煩。

徐鳳年愣了一下，盯著稚童的那雙靈動眸子笑道：「好的，等我找到合適的地點時間，就把妳送到那個未見其面、先聞其名的董胖子那裡。」

小女孩驀地鬆開行囊，摀住眼睛，哽咽道：「我沒有看清你的臉，不要刺瞎我。」

徐鳳年心一抽緊，悄悄嘆息，伸手摸了摸小女孩的腦袋，柔聲道：「我若到了要與一個孩子過不去的地步，也就該死在北莽了。我知道妳很聰明，有一種我不知道的天賦，應該知道我什麼話是真、什麼話是假。」

小女孩陶滿武遮住眼睛的十指微微鬆開一條縫，看到那張笑臉，趕忙合上，卻點了點頭。

徐鳳年拍拍她的小腦袋，說道：「咱們該走了，拎好行李，否則要沒飯吃的。妳不幹活餓死的話，不能怪我。」

秦武卒看著一大一小走出客棧，只覺得莫名其妙。尤其是那名佩刀公子抱著小女孩上馬，在夕陽下騎馬離去，秦武卒恍恍惚惚，做夢一般。

秦武卒打了個激靈，摸了摸藏有半部加上三十頁祕笈的胸口方位，匆忙小跑向地窖，喃喃道：「今天都熬過去了，老子就不信這輩子會沒有出息！」

猛然停下腳步，黝黑少年不再跑向地窖，而是登上三樓，再由一間儲藏雜物的小屋子爬梯上了屋頂，等見到那匹馬澈底消失在視野，一天經歷了生死起伏的少年這才蹲在房頂，嚎啕大哭。

◆

夕陽西下，一對大小離人，乘馬在黃沙。

大人柔聲道：「陶滿武，可能妳爹娘都不清楚，但我知道妳會看穿人心，而且我會替妳保守祕密。」

小孩咬著嘴唇。

大人笑道：「我很喜歡那首歌謠，唱來聽聽，要是好聽，我會早些讓妳見到董叔叔。」

小孩轉頭看了一眼，撇頭恨恨道：「你騙人的！」

大人哈哈大笑。

小孩子紅著眼睛，自言自語道：「我想唱給爹娘聽，他們聽得到嗎？」

大人輕聲道：「我不知道。但妳不唱，他們肯定是聽不到的。」

小孩嗓音依舊空靈清脆，只是因為哭腔，越發淒涼悲愴。

「青草明年生，大雁去又回。

春風今年吹，公子歸不歸？

青石板、青草綠，青石橋上青衣郎，哼著金陵調。

誰家女兒低頭笑？

黃葉今年落，一歲又一歲。

秋風明年起，娘子在不在？

黃河流、黃花黃，黃河城裡黃花娘，撲著黃蝶翹。」

——雪中悍刀行第一部（四）孤身行北莽　完

高寶書版集團
gobooks.com.tw

DN 246
雪中悍刀行第一部（四）孤身行北莽
作　　者　烽火戲諸侯
責任編輯　高如玫
封面設計　陳芳芳工作室
內頁排版　賴姵均
企　　劃　方慧娟

發 行 人　朱凱蕾
出　　版　英屬維京群島商高寶國際有限公司台灣分公司
　　　　　Global Group Holdings, Ltd.
地　　址　台北市內湖區洲子街88號3樓
網　　址　gobooks.com.tw
電　　話　(02) 27992788
電　　郵　readers@gobooks.com.tw（讀者服務部）
　　　　　pr@gobooks.com.tw（公關諮詢部）
傳　　真　出版部　(02) 27990909　行銷部 (02) 27993088
郵政劃撥　19394552
戶　　名　英屬維京群島商高寶國際有限公司台灣分公司
發　　行　英屬維京群島商高寶國際有限公司台灣分公司
初版日期　2021年 2 月

國家圖書館出版品預行編目(CIP)資料

雪中悍刀行第一部（四）孤身行北莽 / 烽火戲諸侯著. -- 初版. -- 臺北市：高寶國際出版：高寶國際發行, 2021.02
面；　公分. --（戲非戲；DN246）

ISBN 978-986-361-979-6（平裝）

857.7　　109020997

GOBOOKS & SITAK GROUP ©